死霊 I

haniya yutaka
埴谷雄高

講談社 文芸文庫

自序

　ここにやっと序曲のみまとまったこの作品について、その意図を述べるつもりはない。けれども、この作品が非現実の場所を選んだ理由については一応触れておきたい。開巻冒頭にこの世界にあり得ぬ永久運動の時計台を掲げたのは、nowhere, nobody の場所から出発したかったためであり、また、そのような小さな実験室を設定することなしにこの作品は一歩も踏み出し得なかったのだから。

　非現実——この言葉はそれ自身多くの問題を含んでいる。私自身の解釈によればこうである。そこは虚妄と真実が混沌たる一つにからみあった狭い、しかも、底知れぬ灰色の領域であって、厳密にいえば、世界像の新たな次元へ迫る試みが一歩を踏み出さんとしたまま、はたと停止している地点である。謂わば、夢と覚醒の間に横たわる幅狭い地点である。私はかかる地点を愛する。けれども、また同時にかかる地点から一歩も踏み出し得ない自身に私は苛らだつ。私はそこから一歩も踏み出したくない。にもかかわらず、私はその一歩を踏み出さねばならない。

一種ひねくれた論理癖が私にある。胸を敲つ一つの感銘より思考をそそる一つの発想を好む馬鹿げた性癖である。極端にいえば、私にとっては凡てのものがひややかな抽象名詞に見える。勿論、そこから宇宙の涯へまで拡がるほどの優れた発想は深い感動からのみ起ることを私は知っている。水面に落ちた一つの石が次第に拡がりゆく無数の輪を描きだす音楽的な美しさを私は知っている。にもかかわらず、私は出来得べくんば一つの巨大な単音、一つの凝集体、一つの発想のみを求める。もしこの宇宙の一切がそれ以上にもそれ以下にも拡がり得ぬ一つの言葉に結晶して、しかもその一語をきっぱり叫び得たとしたら――そのマラルメ的願望がたとえ一瞬たりとも私に充たされ得たとしたら、こんなだらだらと長い作品など徒《いたず》らに書きつづらなくとも済むだろう。私はひたすらその一語のみを求める。けれども、恐らくその出発点が間違っている私にはその一つの言葉、その一つの宇宙的結晶体はつねに髪一筋向うに逃げゆく影である。架空の一点である。ついに息切れした身をはたと立ち止まらせる私は、或るときは呻くがごとく咏嘆し、また或るときは限りもなく苛らだつ。そして、ついにまとまった言葉となり得ぬ何かがそのとき棘のような感嘆詞となって私から奔しり出る。即ち、ach と pfui! 私にとって魂より奔しり出る感情はこの二つしかなく、ただそれのみを私は乱用する。

このような忌むべき事態は、勿論、私個人の歪んだ能力に由来するに違いない。と同時に、そこには私達が置かれた不幸な位置というものもある。例えば、『大審問官』を読むとき私が肌身に覚えるのはそのような荒涼たる場所である。説き去り説き来って懸河のごとく弁証する大審問官に対してキリストは最後まで黙して答えない。Dixi（説き終った）という言葉が吐かれたとき、キリストははじめて永年の霜を置いたような大審問官の唇にぴくりと接吻する。偉大なる憂愁につつまれた大審問官の魂がそのとき雷撃をうけたように震撼する。その魂は確かに震撼せざるを得ない。何故ならキリストの無言の接吻のなかには瞑想と殉教と流血に積み上げられた数千年の歴史が結晶しているのだから。そして、そのとき、私達は知る、『大審問官』の作者の苦悩が如何に深く強烈なものであれ、彼はなお（私達と較べてより強烈に幸福なことには）腕をうちおろせばかちんと敲ちあたってはねかえる数千年の堅固な実体の上に支えられていることを。もしこの私達が一つの底知れぬ重味をもって沈黙しつづけるキリストを描くとすれば、その作品中に数千年にわたって積み上げられた歴史をも創り出してみせねばならない。それは疑いもなく不可能である。私達は巨大な幅広い人類史のなかに投げこまれた一匹の哀れな鼠のごとくにデモクリトスからヘェゲルへ至るまでの厖大な積荷の間をちょこちょこ囓り歩いた。けれども、一つの積荷からぼろくずをひきずりだすごとくに怱慌とつっ走り、一つまみの断片のみを口に含んで踊った私達はいまだにその一つ一つの味を詳らかにせぬ。私達はちゃちなソクラテスであると同時にちゃちなソフィストの徒であり、一瞬合理的でまた一瞬非合理的で――要するに単純素朴なてんやわんやなのであって、一貫せる論理的思考の持続にはとうてい耐え得られぬというのが私達の精神の位置である。けれども、私達の不幸は私達が厳然確固たる実体の上に立脚していないことなのではない。もし私達が風のごとき気分のみにまかせる単なるてんやわんやの徒であるならば、そこにはまた不幸な事態も幸福な境地も何ら問題になり得ないだろう。私達にとっての不幸は、私達がその発想を最後までつきつめ得ぬてんやわんやの徒であるにもかかわらず、なお私達に一定の受容能力が備っているという一点にある。大審問官の論証を自ら築き得ぬにもかかわらず、その偉大なる憂愁はその皮膚に感得される――これが私達を未来へひきずりゆく不幸である。

それは前へひきずりゆく不幸である。苦難な未来へ踏み出さなければならぬ不幸である。とうてい動かし得ぬ手足をなお動かさなければならぬ不幸である。私個人についていえば、私は『大審問官』の作者から、文学が一つの形而上学たり得ることを学んだ。そして、その瞬間から彼に睨まれたと言い得る。私は彼の酷しい眼を感ずる。絶えざる彼の監視を私は感ずる。ただその作品を読んだというだけで私は彼への無限の責任を感ぜざるを得ないのである。それは如何に耐えがたい責任であることだろう、とうてい不可能な一歩をしかも踏み出さねばならぬということは。私はついにせめて一つの観念小説なりともでっち上げねばならぬと思い至った。やけのやんぱちである。けれども、その無謀な試みの如何に羸弱《るいじゃく》なことであるだろう。例えば、私がこの作品中に扱った《虚体》という馬鹿げた観念をとり出してみてもよい。この僅か一語に到達するためには、私には私なりの苦労がなかった訳ではない。けれども、ひとたびその語が白紙の上に書き下されてしまえば、それは他のさまざまな観念のなかに泡のごとく消え失せてしまってもはや跡形もない。微風のなかに揺れている一本の枯れた樹ほどの持続する表現力も持ち得ないのである。重味なき観念のもろさである。とはいえ、私はその脆い砕けた場所から出発せねばならない。

このような荒涼たる場所に置かれたとき先人達が如何なる方法をとったかを見たとき、私には一つの姿勢が目にとまった。そこにはさまざまな型があり、或るものはそこで地上に密着する蘚苔植物的に生きのびていたが、或るものははじめから枯死の擬態をとって立っていた。擬態——そうである。特殊な風土のなかにとにかく一本の樹幹を延ばした形で立っているその姿勢に擬態という名称を附して恐らく誤りではないだろう。死んだ真似でもしていなければとうてい自身が持ちきれなかった彼等の精神に深い興味を覚えたばかりでなく、遺憾なことには、私はそうした姿勢に親近性のみ感じた。そうである。それは遺憾な親近性であった。何故ならベェコンによって既に数世紀前に撃破された洞窟の偶像がなお私達の裡にとぐろを捲いているのを私は感じたから。けれども、ということはまた同時に、うまく死んだふりをしてみせる隠れ簑を私自身たとえ神の目を盗んでも案出すべきやけのやんぱちな衝動を感じたということともまったく同じことであった。その遺憾なやけのやんぱち的心情の分析にはここではたちいる必要もない。私が敢えてここで触れたいのはその結末の姿勢だけである。その結果、私がとったのは次の三つの方法なのであった。即ち、極端化と曖昧化と神秘化――。

前述したごとく私には一種ひねくれた論理癖がある。せめて徹底出来るところまで踏みこみたい。もし不可能ならば、ごまかしてでも通りぬけたい。ごまかしが見抜かれてもなんとか灰色のヴェールをかぶせておけ。以上が私を支えている体系である。こんなたよりない中世の呪術的方程式に従ってとにかく私流の一貫性を保っているのが、私の示し得る唯一の姿勢なのであった。明晰と厳密――いまだ私の精神を飾っていないその協和音を渇し求めていない訳ではないけれども。この場合、あとに並べられた二つの方法は謂わば比較的単純な擬態法であって殆んど説明を要しない。つまり、作中随所に見られるごとく、als ob の濫用、反覆の濫用、或る期間までの心理描写の省略、探偵小説的構成等々。けれども、第一にとりあげられた極端化の方法については、非現実の場所をこの作品が出発する場所と述べた以上その大要を説明しておかねばならぬ。一般的にいって、思考は本来事物の根源と極限へまでひたすら辿りゆくものであるから、敢えて極端化と呼ばずとも、思考本来の道行きをそのまま辿りゆけば、屡〻、いわゆる思考実験《ゲダンケン・エキスペリメント》の領域へまで踏みこむに至るのだろう。私のひそかな願望はかかる実験をここで行いたいということのみにかかっている。けれども、ひねくれたちゃちな論理癖しかもたぬ私はただ私流の極端化の原則を歪んだ形で貫ぬくばかりである。屢〻私が行うそれは、もしそういってよければ、妄想実験《ヴアーン・エキスペリメント》の領域に属すると規定して好い類のものである。そうである。そして、それはそれ以外の何物でもない。そして、このような愚かしき無力な実験遂行の故にこそ非現実の場所から私は出発しなければならなかったのである。

嘗て耆那教《ジャイナきょう》の聖典に接したとき、私には一つの奇妙なヴィジョンが浮んだ。耆那教とは印度古来より現在までもひきつづいている戒律酷しい一教団であって、嘗て私が述べるような事実など存しなかったが、私は私自身の法則に従ってその素朴な教儀を私流の領域へまで極端化してみたのである。そのとき浮び上ってきたヴィジョンとはこうである。その教団はその頃餓死教団といわれていた。着ること飲むこと食うことはおろか呼吸すらその信徒達は禁ぜられていた。従って、教団の信徒達が集り籠っている或る高山へ登りゆくと、その途上の此処彼処にミイラ化し或いは風化したひとびとの屍体が無数に見受けられた。けれども、如何なる理由によるのか、該教団の始祖大雄のみは深く暗い洞窟の奥にその瞑想的な眼を光らせて生きていた。菩提樹の下で釈迦が正覚し無窮の碧空を眺めあげたとき、ふと想い出したのがこの大雄である。（事実に於いては彼等の年代は遺憾ながらやずれていて彼等は互いに相知らなかったが、私の極端化の法則はここでも時間的、空間的な事実の拘束など無視する。）ヒマラヤに似た美しい白い雪をかむったその高山へ辿り着いた釈迦は深く暗い洞窟のなかへ大雄の前まで静かに進んでゆく……。これが私のヴィジョンの出発点である。この釈迦と大雄の対話の章は作中人物が語る一つの物語としてこの作品の最後近く現われる筈であって、この作品全体の観念の中心をなしている。この作品が非現実の場所から出発するというとき、その設定には、登場人物達がフィルムの陰画のごとく暗く処理されるという意味も含められているのであるが、かかるネガティヴな作中人物達の中心に坐っているのが全否定者大雄なのであって、彼等は彼の観念の部分をそれぞれ担って歩いているに過ぎない。

さて、そうであるとして——。

宇宙の涯から涯へまで響きゆく一つの巨大な単音の幅を検証すること、それは確かに一つのヴィジョンに他なるまい。それは確かにあらゆる先人達をひきずり歩ませた一つの光源に他なるまい。けれども、もしこの光栄ある用語があまりに暗過ぎる私の領域に似合わしからぬとすれば、私は私自身の用語をもって、それを一つの架空凝視と名づけても好いのである。私の魂は、広大な真空の一点にはたと立ち止まる。私は、架空を凝視する。そして、そこに行われる一種の精神の体操、私はここに設定された小さな実験室がもつ意味をそれ以上に予定していない。巨大なサイクロトロンやダイナモが旋回する現代、ものものしいランビキやフラスコをごたごたと並べたてて効果零の古ぼけた錬金術にとりかかった以上、その他につけ加えるべき意味などあり得ないのである。

私が本巻を序曲と呼ぶ理由は、てんやわんやの息切れする能力をもってとにかく三つの主導音をここに敲ったというだけの理由である。第一から第三主題の展開へいたるまで。だが、まだ何事もはじまっていないのである。この作品が扱うのは五日間の出来事であるが、だらだらと長いスタイルで書きつづけているため、この序曲を終ってようやく第一日目の夕方まで達したに過ぎない。徹夜など気にもかけず飛びまわりたがる作中人物達の気配を窺い看るとき、前途の遥かさにいささか恐慌の情を禁じ得ない。

（昭和二十三年十月　真善美社版）

目次

死《し》霊《れい》 I

悪意と深淵の間に彷徨いつつ
宇宙のごとく
私語する死霊達

一

最近の記録には嘗て存在しなかったといわれるほどの激しい、不気味な暑気がつづき、そのため、自然的にも社会的にも不吉な事件が相次いで起った或る夏も終りの或る曇った、蒸暑い日の午前、××瘋癲《ふうてん》病院の古風な正門を、一人の痩せぎすな長身の青年が通り過ぎた。

青年は、広い柱廊風な玄関の敷石を昇りかけて、ふと立ち止った。人影もなく静謐な寂寥たる構内へ澄んだ響きをたてて、高い塔の頂上にある古風な大時計が時を打ちはじめた。青年は凝っと塔を眺めあげた。その大時計はかなり風変りなものであった。石造の四角な枠に囲まれた大時計の文字盤には、ラテン数字でなく、一種の絵模様が描かれていた。注意深く観察してみるならば、それは東洋に於ける優れた時の象徴——十二支の獣の形をとっていることが明らかになった。青年は暫くその異風な大時計を眺めたのち、玄関から廊下へすり抜けて行った。

この青年、三輪与志《みわよし》が郊外にある××風癲病院を数度にわたって訪れなければならなくなった用件というのは、彼の嘗ての親友で、またその後、兄の知人ともなったらしい或る不幸な、孤独な精神病者の委託についてであった。幸いなことに、この病院に勤務している一人の若い医師が、三輪与志の兄三輪高志《たかし》の学生時代の顔見知りであったので、患者の委託についてさまざまな便宜をはかってくれたばかりでなく、進んで患者の担任をすらひき受けてくれたのであった。

その不幸な精神病者は、やはり郊外にある或る刑務所のなかで、不明瞭な原因から急に狂気の徴候を表示したというのである。狂気の徴候を表わしたといっても、見廻りの看守に発作的な暴行を加えたとか、なにか妄想に憑かれて曖昧な言葉を述べはじめたという訳ではなかった。昔から黙りがちな青年であったが、その刑務所へ送置されてから次第に深い沈鬱状態に陥り、遂に全くの無言状態をつづけるに至ったといわれている。それは一種の言語喪失の症状なのであるが、通常の健康状態を保っていた以前から沈黙がちなもの静かな青年であっただけに、何時頃から彼を発狂者として認定すべきか、書類作成に際して担当係員も少なからず困惑したとのことであった。

彼の狂気がはじめて問題になったのは、或る蒸し暑い日の午後、温厚な人格者であると評判されていたかなり老人の刑務所長が未決囚達の房を各個に見廻って、暑さへ向っての健康について二三の注意を与え、未決囚達の独居生活を元気づけて歩いた際、彼がその老所長に対して失礼な振舞いをしたことから端を発したといわれていた。然し、温情をその全生涯の標語としてきたという老所長を無視したような粗暴な言動が示されたのではなく、老所長が独房内に端座している彼に丁寧に話しかけたとき異常に嗤いはじめただけだという話もあった。しかも、この停年前の老刑務所長はあまりに穏やかすぎてなにかしらからかってみたくもなる人物だとの噂も他方にあり、彼は黙ったまま奇怪な様子で嚇しつけたのだと、真実らしく述べる者もあった。

これらの話は、三輪与志が、仮釈放される兄の荷物を待合室まで運んできた雑役夫達から聞いたのである。とにかく老所長の訪問に際して事件があったことだけは確かであった。老所長は直ちに担当看守を呼びつけ、このような状態に至るまで無責任に放置しておいた怠慢振りを叱ったそうである。三輪与志が看守長から聞いた話によると、老所長はその場から自ら医務室へ赴いて、「国家から保護を委託されている大切な人物」について、医師達と心からなる相談をこらしたとのことである。医師達の診察が行われると、しかし奇妙なことに、一人の医師が、彼には失語症の傾向もまた重い気鬱症の徴候も認められず、全体としてなんら発狂の症状はないと、強硬に主張したそうである。それだのに、如何なる理由でか、彼はやがて刑務所内の一病舎へ移管されたのであった。一年以上の長い期間其処へ放置されていたのであるが、彼がその病舎でいかなる扱いを受けていたかは明らかでない。

此処で注意して置かねばならぬことは、やはりその同一病舎に病臥していた三輪与志の兄三輪高志が、病状の進行の結果、執行停止となり仮釈放されたのが、不幸な精神病者、矢場徹吾《やばてつご》がその病舎へ送られていたその期間内であったということである。

さて、三輪与志と矢場徹吾の関係についてちょっと説明しておこう。

矢場徹吾が高等学校を去った理由には、やや不明瞭なものがあった。学校当局がその事件に対し処置した決定は恐らく正当であったろうが、失踪に際しての矢場徹吾の心理が説明しがたいものであった。

或る秋の午後であった。町から学校の寄宿舎への帰途、黄ばんだ葉々をつけた樹々の密生している公園の境にさしかかって、三輪与志と矢場徹吾はふと佇んだ。動物がそれによってなりたっているような気味悪く訴える低い、地を這うような締めつけるような、唸り声が公園のなかから聞えてきた。二人は重苦しく顔を見合わせると、既にかなりの人々が足を止め、粗らな円をつくっているその場へ近づいて行った。

クレチン病を患って畸形に発達した子供にこんな風貌があるといわれる。一瞥しただけで、奇怪な印象を受ける子供であった。頭から眼、鼻、口、さらに軀幹と、その凡てが正常な釣合いがとれぬというより各自がそれ自身の奇怪な個性をもって勝手に発達しきったふうに見える……。愚鈍と一瞬にして深く印象されるが、それにしてもなにか厭らしい不気味な後味がそこに残った。そんな子供が一匹の大きな尨犬《むくいぬ》をむごく扱っているのであった。

まだ六つ位にしか見えなかったが、痙攣するような激しい力で、殆んど自身と同じ背丈の大きな尨犬の耳をひっぱっていた。その子供は苔のたまった白っぽい舌を垂れていた。そして、尨犬の苦しげな唸り声が奔しるような悲鳴へ高まると踊り上って嬉しげにその両足を踏みしめた。そんなとき、その子供の鈍い瞳は生き生きと光ってさえ見えた。哀れな尨犬の哀れな耳朶は、ちぎれるばかりに張りつめられていた。しかも、耳朶の上部に赤黒い皮膚病のかさぶたが一つの乾いた隆起を形造り、哀れな尨犬の窶《やつ》れた風体を、さらに悲惨にしていた。その尨犬は、このような苛酷な扱いに日頃から慣らされているのか、何時までも、凝っと身動きもせずに竦み立っていた。然し、激しい苦痛にはやはり耐えきれなかったのである。首を前方へ持ちあげ悲しげにしばたたかせる乳白の瞳が霑《うる》んでくると——大粒の涙が湧き出てきた。……その表情の推移は、殆んど一人のうちひしがれた人間の激しい苦悩を聯想させた。

すると、事態が変った。閃くように子供の傍らへ進みよると、気味悪げに眺めている人々があっという間もなく矢場徹吾はその子供の耳朶を両手で把んで引きあげた。足が地上から離れもせず、自身の重さにぶらさがるといったふうに、その子供の軀は矢場徹吾の胸脇へずるずると引きよせられる格構になったのである。それは悲鳴をあげる瞬間もないほどの出来事であった。悲鳴どころか急激な驚愕のため子供は微かな声すら出せない様子であった。異様な瞬間であった。蒼黒い皮膚の顔面全体が一度真蒼になって、そして、首筋のあたりからまた次第に赤く染まってゆく経過が、はっきりと見えた。……不意に怖ろしい悲鳴が子供の咽喉元から奔しりでた。奇妙なことに一瞬犬の悲鳴とまったく同一のように思われたが、また、まるきり違った叫びでもあった。そのとき、矢場徹吾は子供の軀をぐいと宙天へつりあげて、烈しい音が響きわたるほど頬のあたりを続けさまに殴りつけ、そして、不意に前後もなく子供の軀を投げ出した。空間で異様に反《そ》ってくるりと一回転したように見えた子供の軀は、瞳をしばたたかせたまま立ち去りもせずその傍らになお見上げている窶れた尨犬の背を掠めて、仰向けのままどたりと地面へ崩れ落ちた。

それら一切は殆んど瞬間の裡に行われた。というより、そこに或る考えをまとめることも出来ないような時間のなかに行われた一つの出来事であった。

気狂い！　と激しく叫んだ声に、三輪与志は、ふと周囲を眺めまわした。それまで彼は、尨犬と子供を囲んだ人々の後ろに臆病そうに佇んでいる、この町に見慣れぬけばけばしい服装をした一人の少女を眺めていたのであった。彼女はぴったりと身について断截された青味を帯びた服装の下で、微かに顫えつづけていた。哀れに呻る尨犬のうちひしがれた表情は彼女をすっかり把えているようであった。両手の拳は堅く握りしめられ、尨犬の高い締めつけられるような唸り声とともに、堅く張った胸のあたりまでその拳は持ちあげられた。大きく見開いた瞳の下には、喘いだように震える口が微かに開かれていた。矢場徹吾が子供の耳朶を摑んでひきあげたときの彼女の表情を、三輪与志ははっきりと憶えていた。不意と大きく開かれた口を覆うように、彼女は握りしめた小さな拳を強く口辺へ押しつけた。それは、悩ましいほど極度に怯えた幼い子供の表情なのであった。

彼女は不安そうに新たな事態を見守った。気狂い！　と叫んだのは丈が低く首筋の太い四十年配の男で、激しい興奮に両腕を打振りながら、周囲の人々を掻きわけて進み出てきたが、矢場徹吾と正面から向き合うと、ちょっとひるんだように口ごもってその言葉を無理にひきだすふうに一言だけ怒鳴った。

——卑劣漢！

すると、矢場徹吾はその男を正面から見返しながら低い声で、然し、きっぱりと云った。

——僕は、矢場徹吾……高等学校の学生です。

瞬間、しんとした気配になった。丈の低い四十年配の男は困惑した顔を人々の方へ向けた。そのこわばってぶるぶるひきつった顔は人々の間に救いを求めていた。興奮のあまりその場へ飛び出したものの、彼はその後をどう扱って好いか解らなかったのである。

予想されたような険悪な事件も起らずに鎮まった人々を後に、矢場徹吾と三輪与志の二人は肩を並べて公園のはずれへ歩き去った。

その日の夕暮であった。校庭の諸所に集っている寄宿生達の間に一つの動揺が起った。高等学校は堅固な石塀によって囲まれていたが、運動場の後方の丘陵地帯へ展いた僅かな部分は、木柵によって区切られていた。この木柵を乗越えて、一人の少女が校庭へ入ってきたのであった。その少女は学生達の姿にためらいながら、それでも決心したような確固たる足取りで校庭の中央へ近づくと、明瞭な口調で一人の学生へ問いかけた。その質問が、矢場徹吾に就いてなのであった。

問われた男は学内に権威を振っていた如何なる運動部にも所属していなかったけれども、鉄棒の大車輪が得意で、明るく放胆な性格から一種の風紀を寄宿舎内に保持している男であった。運動場の木柵をどんな様子で乗越えて彼女が入りこんできたか解らなかったが、彼女の華かな服装が、彼の興味をひいた。

——矢場は、確か舎監室に呼ばれてる筈です。三輪も一緒です。ちぇっ！　奴等は何時も一緒なんです。何しろ風変りな奴等ですからね。だが、貴方はどうして木柵など乗越えて……正門の受付から入ってこなかったのですか。

——矢場さん……矢場徹吾さんという方はこちらにおられるのでしょうか。

矢場徹吾に就いて既に訊きながら、しかもそう繰り返した彼女の質問は奇妙なものであった。

——います。いますとも……。ですから、「青虫《カタピラー》」に呼ばれて叱られてるんです。おお、貴方がお母さん……じゃない、姉さんではないのですか。何でも三輪達は何処かの子供を殴ったのだそうですからね。先刻、舎監室へ怒鳴りこんできた男があったが……あれは貴方の……何にあたるのでしょうか。おお、失礼……僕は時々話をとちるんです……。

寄宿舎風紀係は若い女性の前でかなり混乱したように喋った。然し、風紀係がそれ以上混乱する必要はなかった。二人の周囲に集ってきた学生達の一人が、矢場を迎えに行ってやろうと舎監室への使者を申出たとき、それを機会として、忽ち勝手な話題が、真面目な顔付にもどって華かな少女を観察しはじめた寄宿舎風紀係を無視して、学生達の間に流れはじめたのであった。

矢場が吠えかかった犬を殴ったのだとか、その犬を追い回すとき連れていた飼主の子供に怪我までさせたとか、公園での事件は或る程度まで知れ渡っていた。然し、一緒にいた三輪与志の名前は、彼等の話題に殆んどのぼらなかった。何かしらとりとめもない三輪与志をはばかるような気分が彼等の間に自然と出来上っているようであった。

学生達の集団が次第に深まる好奇心のために殆んど陽気になって矢場徹吾を迎えに来たのは、矢場徹吾と三輪与志が舎監室から出てきたばかりのところであった。話を聞いて矢場徹吾は不審の色を浮べたが、癖である素早い足取りで校庭へ出て行った。

校庭には既に薄闇が迫っていて、木柵の彼方のゆるやかに傾斜した小丘陵地帯の上に、仄白い最後の暈光《うんこう》が刷かれていた。夕暮の仄かな大気は周囲に顫えるように揺れていた。

こんな風景は寄宿舎創設以来のことであった。学生達の集団は悩ましいほどの静謐につつまれながら、既に木柵の彼方に立った一つの影絵へ寄って行く一つの丈高い影絵を眺めていた。やがて相対した二つの影絵は、傍観者達の異常な注視の裡に、小丘陵地帯の裾へ溶け込むように消え去って行ったのであった。

その夜、人影もない寄宿舎の廊下を微かな音も立てずに、三輪与志の影が抜け出した。暗い校庭を通って、講堂脇に建てられた小図書館の小階段を昇ると、彼は奥まった一部屋の前に立って内部を窺った。矢場徹吾の帰着も期待し得なくなった真夜中近く、彼等の共通の友であるとはいえ、自身からは殆んどその姿を現わしてこない黒川建吉の閉じ籠った小部屋へ彼は静かに入って行ったのである。

凡ての寄宿生の義務として、寄宿舎外に寝起きすることは許されなかったが、長い期間にわたる一種説明もなしがたいほどの固執の結果、黒川建吉は寄宿舎外の小図書館の一室内に一人住みこむ許可を得たのであった。彼は医《いや》しがたい変人と見做された。放課後の大半の時間を図書館内に据えつけた彼は、就寝時間となっても寄宿舎内へ戻らなかった。集団生活に約束された規定を無視した彼の態度は、はじめ鎮めがたい紛議を学内にもたらした。集団生活に於ける義務についての充分な説得が行われたし、また屢〻、舎監自身小図書館へ足を運んで訓戒したが、凡てが徒労に終った。

寄宿舎からのみならず学校自体よりの放校と学校当局の態度が決定されかけたとき、主舎監である「青虫《カタピラー》」が、彼のために弁護したのであった。何処か他の暗い隅にある部屋ではなく、それが「青虫《カタピラー》」にとって最も重要なことであるが、この小図書館内へ執着した生徒の傾向はなにか未来を託するものがあると、主舎監には思われたのであった。かなり変屈で、しかも屢〻、狂熱的であることに於いて、学内でも有名であった「青虫《カタピラー》」が、なにかしら学問の本質を力説してみると、この異風な生徒を彼がいたわることにも許容さるべき一つの理由があるような気が人々はしたのである。

しかも、この小図書館に備えつけられた書籍の大半は、「青虫《カタピラー》」の異常な努力によって蒐集されたものであって、幾分偏奇的な趣味により、広範囲にわたっての選択はなされなかったとはいえ、或る一定の専門的事項に関しては大学附属の一図書館の書庫よりむしろ優れた稀覯本《きこうぼん》をも備えていたほどであった。

かくして、黒川建吉は嘗て在学中の生徒には存しなかった司書助手なる名称を附され、小図書館内への起居を承認されたのである。そして、寄宿舎に於いては一定の時間に消燈される不便がこの小図書館に存しなかったことは、黒川建吉を愈〻厳しい読書家たらしめた。彼は殆んど暁方近くまで起きていた。

三輪与志が音もなく部屋内へ滑りこんだとき、黒川建吉は机の上に乱雑に拡げられた大判の書物の上へ肘をついたまま、両眼を閉じて瞑想しているふうであった。

——青虫《カタピラー》はもう寝ただろうか？

と、三輪与志は友達の耳許近く囁くように云った。

――ああ、君か。

ふと目覚めたように、黒川建吉は三輪与志を見上げた。茫漠とした無為の時間が、屡〻、彼にはあった。或る一節の章句につまずいて、はたと想念が止ってしまう――すると、その瞬間から、周囲の物体と同一に化したような固着した表情が彼に現われた。その時間に於ける彼の意識は、彼自身にも解しがたかったに相違ない。彼自身、「難破」と呼んでいるその状態について、彼は不明確な言葉で三輪与志に語ったことがあった。

――君だね。

と、再び呟きながら、彼は三輪与志の前へ椅子を押しやった。

――青虫《カタピラー》の部屋にはまだ電燈がついてるようだった。もう十二時……過ぎではないかしら。

――ああ、そう。さっき此処からアキナスの『存在と本質』を持って行ったっけ……。

黒川建吉が傍らに差出した椅子に目もくれず、三輪与志は卓上に拡げられた書物を覗いた。

――『存在と本質』……あれは独訳だったかしら。青虫《カタピラー》はまだ神にへばりついているのかね。

舎監室の気配を窺うように、三輪与志は軀を曲げたまま、顔を傾けた。

彼等には共通な互いを許し合うものがあった。人々のなかにあって不自然なほど不器用な話し方をする彼等が、互いに向き合うと、興奮をさそうような論議を飽くことなくつづけ得たのであった。しかも、一種神秘的な交感がそこに存するもののごとく、彼等の熱狂的な議論をふと盗み聞くような破目に陥ったとき、人々はなにか自身が無関心に蔑視されてでもいるような激しい反感を覚えるのであった。

――青虫《カタピラー》もまだ寝られない……。

そして、なお囁くように、三輪与志はつづけた。

――この寝られぬ事態には……人間にのみ特有な恥ずべきものがかくれている。恐らく意識を噛みしめられない動物には、不眠もまた存しないのだ。ところでね、黒川、眠られぬ夜、俺の意識は、次第に、物質自体が持っているような怖ろしいほど単純な、しかも、非常に明白な一種の原意識へ近づいてゆく。それは――或る意味で、君の「難破」にも似ている。さっき其処を読むと……。

三輪与志はそこでちょっと言葉を切った。黒川建吉は大判の書物の上へ眼をおとしたが、直ぐ低く読みはじめた。三輪与志は耳を傾けた。

その産みなせるものかくいうを疑わしめるとはいえ、悪魔はなにものをも創りなす能わず。ただ神の造りませしものの上にひたすらその外観《おもて》を変じて異形なるものの象《かたち》を投ぐるのみ。

黒川建吉が読んでいるとき、鋭い抗うような光が三輪与志の瞳に浮んだ。黒川建吉は三輪与志を見上げながら云った。

——自由。三輪の自由。僕はそんなことを考えていた。君は僕になんら適確な説明をしてくれないけれども、僕には君の立場が非常に困難なものだろうと察することが出来たんだ。『ひたすらその外観《おもて》を変じて異形なるものの象《かたち》を投ぐるのみ。』ねえ、此処ではそういっている。ところで三輪の自由には……。

——ふむ、好い。勿論、俺の裡には或るものが隠されている……。

相手の言葉を遮るように、そして幾分曖昧に、三輪与志は云った。凡てに無関心と見えるほどの寛容な態度を示しながら、彼自身の秘めた本質に触れかけるとつねに避けたがる彼の性癖が、そんなところにも現われていた。彼はなにかしら粗暴につづけた。

——ねえ、黒川、憶えているかい。

或るものをその同一のものとしてなにか他のものから表白するのは正しいことではない。

と、ゴルギアスはいっている。しかも、彼自身そのものを犯すことに異常な味わいを味わっていたんだ。ねえ、それがどんなふうであっても構いはしないさ。何処にか力強いものが存するものにとっては、自身に味わうということが何よりも真実と思われるのだからね……。俺は——さて、なんといっても好いさ。それどころか自由の持つ苦悩を味わうためには、或ることを敢えてしなければならないのだ。

——敢えてしなければならないって？

——俺は……不快だからね。

二人は暫く黙っていた。やがて、三輪与志はなにか避けるような口調できりだした。

——俺が此処へきたのは——矢場のことできたんだが……。

——矢場が女と一緒に行った……そう誰か話していた。

と、黒川建吉はぼんやりしたふうに云った。

——そう。その女は、何故か矢場を探していたのさ。ところで、此処に矢場の書いたものがあったね。あれはどんなものだったかしら。見たいと思うんだが……。

かなり早口に話して大きく息をつくと、三輪与志はまた黙った。黒川建吉はちらと眼をあげたが、然し、触れられた「女」についての説明を三輪与志はそれ以上しなかった。ここんなふうに中途半端で黙りこんでしまう三輪与志の態度に慣れているらしく、黒川建吉は静かな気配とともに立ち上ると、書棚から部厚に綴った報告書めいた束をひき出して、三輪与志の前に置いた。覆い紙を除くと、そこに標題があった。標題というよりそれは或る質問であって、その質問に回答した学生達の文書がこの大量の綴書をなしているのであった。その質問はこの寄宿舎の学生委員会が、或る機会に全校へ提出したものであって、次のごとき内容を持っていたのである。

人間が考え得ること、それはひるがえって、その考え得る人間にとって何を意味するか。

この質問に対する回答の一般的態度は、かかる質問の形而上学的瑣末性を指摘した拒否的なものであった。多くの学生がその回答のなかでかかる質問に真摯に答える必要を見出せないと極言した。同義反覆の弄びごとに等しいと、蔑むように触れ廻る学生すらあった。三輪与志は、その当時、学生達が懐いた冷笑的な印象を想い出すことが出来た。学生達は恐らく或る気分、それも皮肉でしかも象徴的な気分のみをその質問に対して懐くことが出来た。彼自身はその質問に対して何らの回答を与えなかったけれども、既に彼自身の或る種の疾患となっていた不快な観念が彼の内心にあるにはあったのである。

そのとき適切な回答として学生委員会の承認を経て校内に掲示されたものは、かなり見当はずれな得体の知れないものであった。然し、その掲示を一つの道化として理解してはならなかった。学生委員会をはじめとして、全学内にわたって、その当時異常に切迫した雰囲気がみなぎっていて、凡ての平凡なるものの裡に非凡な力がかもされている時代なのであったから、外見は無意味な弄言と見えながらも、その内面には烈しい内容を含めた表現が予期もされぬ方面から出現したとしても、それは一つの傾向として許容さるべきであったろう。

実際に於いて掲示された回答は、こんな風につづけられていた。

私は恥じている。なにを見ても――まったくのところ消えてなくなりたいほどだ。この虚脱、この羸弱は本来私に装飾されるものではなかった。人間が当今までなし得た否定は或るまとまった、完全な、そのものとしてただそれだけの、謂わば非常に「自己的なもの」に過ぎなかった。人間が嘗て人間を捻り歪め得たとは、誰だって信じてやしない。その癖、それは奇妙な屈辱で……。

そんな風であった。青虫《カタピラー》と並び称せられた或る篤学の教授は、この回答を「現代の混乱自体をその表現方法とした見事な文章」と評したほどであった。

三輪与志はその綴書の上へ瞳を据えて、次々と頁をめくって行った。さまざまな角度から述べられた多くの回答に気もとめないような、殆んど無関心とも見える速度であった。やがて、三輪与志の頬のあたりが微かに痙攣した。遂に矢場徹吾の回答を発見したらしかった。三輪与志はちらと走らせた一瞥の瞬間に、その全体を読みとってしまった。ところで再び味わい得ないようなこの拭いがたい瞬間。それを味わいたいだけの誘惑からしても、そこから遁れることは出来はしない。

凝っと空間にすわった三輪与志の視点に、やがて或る変化が起ってきた。微笑に似た仄明るい光が口辺に漂って、間もなくその翳りが不意に消え失せると、彼は黒川建吉へ頰を寄せてそっと囁いた。

――いまから……出てみないか。

――そとへ……？

――そう。

物音もせぬ深い静寂があたりに漂っていた。背に金文字を刻印された数多い書物が暗い書棚のなかに深く沈んで見えた。斜めに光をうけた相手を黒川建吉は凝っと眺めあげた。ひとびとも寝しずまった深夜に散歩へ出てゆく習慣がこの頃の三輪与志にはじまっていることに黒川建吉は気付いていた。けれども、この小図書館内の一室に閉じこもっている彼が誘われたことは嘗てなかったのである。

――出て見よう……。

殆んど同じ口調で囁き返した黒川建吉へ、三輪与志はかぶせるように云った。

――青虫《カタピラー》が気付くといけないから、そっと……。ねえ、そっと塀を乗り越えよう。

彼はそう呟きながら、矢場徹吾の回答を綴書から取りはずしてポケットへおさめると、足音を忍ばせて部屋から出て行った。

仄暗い夜であった。校庭を横切るとき、何処か直ぐ傍らのあたりから香気の高い植物の匂いが漂ってきた。音もなく二人の影が石塀を乗り越えたとき、遠くから微かな音が響いてきたが、あたりは異常に静かであった。

――もう一時過ぎではないか知ら。先刻、青虫《カタピラー》の部屋で時計が鳴ったようだったな。

石塀から滑り下りると三輪与志は低く呟いたが、続いて下り立った黒川建吉の影はなんとも答えなかった。

仄白く微かな輪郭を見せた石塀のつらなりは、彼等二人の後ろに直ぐ消え失せた。道路一つを距てて隣接した公園の境には、大きな樫の木が黒い果てもないほどの影絵を描き、聳え立っていた。公園の底知れぬ闇は、忽ち二人の影をのみこんだ。

数時間前、哀れな尨犬が不気味な唸り声をあげていた地点を、彼等は過ぎかけていた。

――俺の直ぐ後ろについてきてくれ、黒川。此処らが、最も暗い場所で……しかも、かなり距離があるんだ。（おお、チャリダス、彼処なる下に何ぞある？）（大暗黒――）……あっは、公園のこの道を通るのは、黒川、入校以来じゃないかしら。俺達の左手は――憶えているかい、蓮の浮いた池になっていて、その縁を俺達はぐるりと廻って行かねばならないんだ。まだ聞えないが、その裡、噴水の響きが、聞えてくるよ。

饒舌に話しかけながら、三輪与志は後ろの影を確かめるように振り向いた。すると、ちらと不快そうに眼をそらした。濃い闇のなかで黒川建吉の姿は、ぼんやりと非常に大きく見えた。

黒川建吉の「難破」と対照され、彼等の間では陰語めいて、三輪の「気配」と名づけられていたが、深夜、読書などに耽っている三輪与志には、屢〻後ろを振り返る癖があった。背後に……光と影の仄暗い境に、誰か立って何時までも何処かの隅を凝視《みつ》めたまま黙りこくっていたり、微かにしわぶきしたり、或いは時折は、軀を曲げて書物を後ろから覗きこんだりする気配を、ふと感ずるのであった。振り向いて、其処に——三輪が立っていたら、どうするかね、と矢場徹吾にからかわれたとき、そうした現象が起り得てもさほど驚くにあたらぬ気がしたほど、それは三輪与志にとって親密な気配であった。そして、その「気配」は、三輪与志の裡で次第に微妙なその涯もきわめがたい領域へ拡がってゆくようであった。黒川建吉の小部屋に彼等が集って夜更けに話しているとき、三輪与志はふと曖昧な眼付になり、耳を澄ますことがあった。——凝っと聞いていると、この机からも、或る呟きが聞えてくる……。そんなふうにいうことがあった。

黒川建吉の影を振り返ってから、三輪与志の気分は次第に重苦しくなっていた。深夜、ふと感じるように——奥の見透しがたい暗い木立に誰か立っているような気がしはじめた。歩みにつれて移動する周囲は、衝きあたった灰色の壁のようでもあり、また、それは拡がってくる果てもない霧のようでもあった。それは、彼が秘かに名づけている《宇宙的な気配》の前兆であった……。

小図書館の一室内に閉じこもったまま殆んど外出したこともなく、また、暗さにまだ眼も慣れぬような黒川建吉は、一種の感で、航行する船が背後にのこす長い帯のような航跡《みお》を辿るように、三輪与志の後ろへ従っていた。

——矢場は何をしているんだ。

三輪与志が振り返り、視線をそらしたとき、黒川建吉はふとそう呟いた。暗い木立から木立へ視線を移しながら、三輪与志は、今度は彼自身答えなかった。

——三輪が論文を書きはじめていると、矢場がいっていた……。

——書いている。『自同律の考究』という表題だ。

ぽつりと不快そうに三輪与志は答えた。その三輪与志の肩へ殆んど触れるほど近く、黒川建吉は寄りそってきた。

——存在は不快を噛みしめなければならないのだろうか、三輪。

——そう。そうかも知れない。……俺は不快だといっているだけだ、先刻から……。

と、三輪与志は曖昧に短く云った。自身の内面へ触れるのを避けたがる彼の性癖が次第に現われはじめた。彼はその眉を沈鬱にひそめて、前方を真直ぐに凝視めたまま、寄りそってきた黒川建吉を振り向きもしなかった。すると、黒川建吉は、そうした三輪与志にかまわず、さらに囁くように云った。

——矢場は持ちこたえられるだろうか。

——あっは、それは、俺が矢場を教唆してるかのような詰問だよ、黒川。徹吾は徹吾なりの独自の予感を持っている。あいつはいきなり踏み出してしまうんだ。

——矢場が踏み出すって……？　おお、君は、墓地で矢場に云った……。

——ふむ、あれは、墓石に手を触れながらの冗談さ。

と、三輪与志はなにかしら果てもなく迫りはじめる周囲の気配から無理に遁れるようにつづけた。

――墓地を歩いていると、こんな町に珍らしい外人の石碑があったんだ。恐らく牧師じゃないかしら……。Ich wandre meine Strasse……われ、わが道を彷徨う、とその碑面には彫られてあった。俺達は顔を見合せた。ふむ、俺達はどんな墓碑銘を作るだろうか、とね。若し俺が自身で鑿をとって彫り置き得たら、と俺は徹吾に云った、Credo taedium solum――不快のみ信ず、さ。洒落ていえば、不快のみ信ず、余は余とともにありし不快の他に何物をも知らざればなり、だ。だが、これは陳腐な本心だよ。何故って、鹿爪らしい本心は凡て古めかしい、愚かなもので、既に誰かがいい出してしまったか、また、すっかり同一の言葉だって、いわれていなければならぬ筈だという気がするものだから……。例えば、余は不快のみ信ず、余は余とともにつねにありし不快につき何ら知るところなければなり、といい換えたところで、誰が俺の本心を疑うだろう！　おお、本心は凡てそんなものさ。ところで……俺がいいたいのはそんなことじゃない。俺が不意にいい切ってしまいたいのは、と俺は徹吾に云った、まったく別のことだ。それは、好いかい、こんな風にいっても好い。顔を顰め、むずかっている赤ん坊が、若しその理由をいいきり得たら、それは世界で最初の言葉だ。……こう云った。

――いや、そうじゃない。そんな曖昧な比喩じゃない。それこそ陳腐な……見せかけなんだ、三輪。

と、黒川建吉は大きく両腕を宙に振った。二三足飛びあがって何ものにもさまたげられない範囲で、五六度、軀の結び目が壊れるほど手足を振りまわしたら——幾らか気がはれるかも知れぬといった感じであった。それは日頃の黒川建吉には思いもかけぬ激しくつき上げるような挙動であった。

三輪与志はふと立ち止った。……不意に息苦しそうな喘ぎが三輪与志から奔り出た。

——黒川、それは確かに、俺の見せかけに違いない。だが、果して、俺は何を語り得るのだろうか。

と、彼は沈鬱につづけた。

——子供の頃、独りで広場に遊んでいるときなどに、俺は不意と怯えた。森の境から……微かな地響きが起ってくる。或いは、不意に周囲から湧き起ってくる。それは、駆りたてるような気配なんだ。泣き喚きながら駆け出した俺は、然し、なだめすかす母や家族の者に何事をも説明し得なかった。あっは、幼年期の俺は、如何ばかり母を当惑させたことだろう！　泣き喚いて母の膝に駄々をこねつづけたそのときの印象は、恐らく俺の生涯から拭い去られはしないんだ。そして、黒川、成長後、雑沓のなかから、また、肉体をかこむかぼそい層の空間から——同じ気配を感じたとき、俺は、ただ泣き喚いて何も述べ得ないでいる幼年時の姿のみを想い浮べた……。ふむ、すると、俺は、故意に曖昧にすらなったんだ！

そして、三輪与志は、不意と言葉を切った。黒川建吉は一つの感動を覚えるふうに、凝っと三輪与志の言葉を聞きとった。彼等は再び歩きはじめた。

――三輪、君は、必ずしも曖昧ではなかった。君の故意は許され得る。すると、三輪、僕は訊きたいのだ。その君が、敢えてするのは何だろう。君が羽ばたきたつのは……何処だろう！

と、悩ましげに黒川建吉は呟いた。

――君は、それだけは、僕にも語らない。それは、君にとって述べ得ざる秘密なのだろうか。それとも、あまりに愚かしすぎる言葉だからだろうか。何故、君の性質は、自身に負いきれないことばかり考えたがるのだろう。

と、つづけさまに質問しながら、しかも、彼は三輪与志からの返答など全く期待しなかった。それは、一語から一語へと波のように高まり、激してゆく質問であった。

――おお、三輪。

他に異なった思惟形式がある筈だとは誰でも感ずるであろう。何処に？　私は、その頭蓋を打ちわっている狂人を見ているかのような表象をつねにもつ。

と、僕への手紙に君は書いたことがある。そうだ。君は知っている。君の自由は破滅の同義語だと君は知っている。そうなのだ。しかも、その君は、一つの机の呟きにも、肉体をかこむかぼそい層の空間にも、耳を澄まして、そして、自然が自然的に衰頽することはあり得まい——と信じている。そう、そうなのだよ、三輪。それを知っている君がそれを信じているのだ、三輪。君はなにかしら『最後の審判』の夢を信じている。ところで、そのぎりぎりの踏み切りはいったい何処から出てくるのだろう。そうだ。その秘密を君は決して語らない。君はそれだけは僕に秘めている。だが……存在が自らに恥じいるような呟きは、何処から何時発せられるのだろう！

黒川建吉は、殆んど悲痛に叫んだ。或る触れてはならぬ——謂わば《悪しき無限》の領域へ、黒川自身踏みこんでしまったと見えた。三輪与志は大きく軀を揺すった。然し、何らの言葉も彼から洩れ出なかった。

風が出てきたらしく、濶葉樹の多い公園の樹々の葉末が、激しくざわめきはじめた。冬の木枯しとは異った、神経的な、刺すような苛らだった響きであった。ひそやかな静かな噴水のしわぶきは、既に断続的に彼等の後ろに聞えていた。彼等は、暗い、長い公園の並木道を通り抜けかけていた。

森と森の裂け目から覗かれる空は仄暗かった。黒い紗に覆いつくされたような天空であった。一つの星のきらめきもざわめく風の動きも見えなかった。ざわめきたつ葉末が揺れている樹々の梢のみが触手のような影を延ばしていた。あたりは果てもなく暗かった。網の目のように枝々が入り組んだ最後の暗い木立の間を通り抜けながら、三輪与志はまるで違ったことを低く云った。

――休暇中……俺は婚約したよ。

それは一つの興奮へまで高まった論議の後味から遁れるような沈鬱な調子であった。

――婚約……？

――そう、まだ十三の子供なんだ。

――十三の少女……？

――そうだよ。その骨格もまだ出来ていない。

彼等は暗い木立の間を通り抜けた。

彼等は黙ったまま、広く暗い公園を逆の方向に進みはじめた。遥か遠くの地点に睡たげな街燈の光が一つ見えた。その淡い光が拡がった彼方に彼等が通ってきた木立につらなった他の深い森が見えた。

――矢場は本当に、その女を知らないのかい？

暫くたつと、黒川建吉は不意にそう訊いた。三輪与志はちょっと肩を顫わせた。

――その女……？

――そう、校庭に呼びにきたという女のひと……。

――徹吾自身は確かに知らない。

――君も……？

――俺も……知らない。どうして……？

と、三輪与志は低く問い返した。

――いや、ちょっと……。

と、黒川建吉は曖昧に口をつぐんだが、三輪与志は再び殆んど認めがたいほど身顫いした。次第に冷えてきた湿った気流の動きが感ぜられた。疼くような重苦しいものが彼の裡に拡がってきたように見えた。夜半過ぎまで帰ってこない矢場徹吾……それは重苦しい想念であった。この夜の散歩へ黒川建吉を誘い出したのも、その落着かぬ気分をまぎらすための時間に他ならなかったのである。湿った大気を呼吸しながら、彼はその想念を振りおとすように大きく肩を揺すった。

彼等は仄かな光をあびた他の暗い森のなかへ踏みこんだ。その森の縁は水が溜ったような窪地がつらなっている足場の悪い地帯で、彼等は互いにふらつきながら進んだ。太い木の根や打ち捨てられた木片などがそのあたりに潜んでいた。突き出た枝は肩へ触れるほど低かった。仄かに反射する光をたよりに進んでいた黒川建吉は、やがて何かに躓いて、傍らの三輪与志の肩へ打つかった。

――気をつけろ！

と、三輪与志は鋭く云った。網の目のような低い枝と枝がからみあった後方の隙間から洩れてくる光は、却って前方を認めがたくしていた。すると、注意した三輪与志が、深い窪地へ半ばかかった分厚な板を踏んで大きくよろめいた。太い木立の肌をかすめて地面へ倒れかけたかに見えた彼は、そのとき、予期しなかったものを両手で激しく摑んだ。軟らかな、気味悪い感触が、瞬間、三輪与志の指先へ伝わった。足許を注意しながら、光を斜めに覗きこむと、杭と杭との間に仄白く浮いて横たわったものが見えた。猫の屍骸か……なにかしらそんな動物に相違なかった。三輪与志は苛らだたしげに肩を聳かすと、なお深く暗い木立の間を押し進んだ。木立の間は次第に透いてきた。湿った大気が樹肌にまつわりついていた。香わしい夜の匂いであった。暗い木立のなかで何かを踏む彼等の足音が軟らかな木片を裂くように響いた。ざわめく風はいまだに高い梢を揺すっていた。大気は冷えてきた。靄が揺らぎのぼっているような蓮池の方角から水面になにか跳ね上る音がしきりに聞えた。

彼等は黙っていた。殆んど手探るように進んでいる黒川建吉はその頭を低く垂れていた。小図書館内の一小部屋に閉じこもり、訪れてくる各人から断片的な話題のみ聞かされていた彼には、何時しかそうした習慣が出来ていた。彼は訪れてくるひとびとに応答もせず、眼前の書物の上に何時までも眼をおとしていることがあった。けれども、彼が必ずしもつねに話題からはなれ自身について瞑想しているのでないことは、話者がとまどって彼を凝視めるほど思いがけぬことを反問したりするので明らかであった。彼は独自な推理に耽ることがあったのである。そんなふうな黒川建吉はふとその顔をあげた。

——三輪、そのひとは矢場を知らなかったのだろう?

——そのひと……？

——そう、校庭へ入ってきた女のひと……。

——そう、そうだったらしい。

と、三輪与志は短く答えた。

彼等は低い湿った枝が肩へからむ長い暗い木立を出はずれて、薄黒く光った蓮池に沿う潤い地帯へさしかかっていた。

——すると……恐らく、誰かの使いだ。

と、黒川建吉はぽつんと云った。

——誰の……？

——それは、解らない。

靄がたれかかったような薄暗い大気のなかから、公園の境の大きな樫の木が黒々と現われてきた。彼等は肩と肩を寄せあって、高い樫の木の下を通り過ぎた。彼等は仄白く浮き出た石塀の地点へまで戻っていた。石塀に寄りそって暫く物想いに耽っていた三輪与志は気づかわしそうに低く呟いた。

——もう帰っているかも知れない……。

——そう、帰るとすれば、起床時間前だ。

と、仄白い石塀へ手をかけながら、黒川建吉は重く答えた。

けれども、矢場徹吾の姿は、それ以来、彼等の前に見出されなかったのである。納得しがたい顔付をして、寄宿舎内の各室のみならず、運動場の隅に建てられた小倉庫の扉まで開いたあげく、黒川建吉と顔を見合わせた三輪与志は、凡てを矢場徹吾の帰着まで待ってみることに決心した。その夜の不吉な印象にもかかわらず、矢場徹吾がそれきり失踪してしまうほどの理由は到底彼に発見出来なかったのである。そして、この徒らに待った時間が、凡ての手がかりを失わせる結果となったのであった。

誰とも知れぬ少女とともに校庭の柵を乗り越えた矢場徹吾の醜聞は、奇怪な臆測を次々に加えて、忽ち全校内に拡まった。そして、そのことは三輪与志と黒川建吉にも或る衝激を与えたのであるが、出頭を命ぜられたたった一人きりの母親宛の電報が、転居先不明の理由で郵便局から差し戻されたとき――学校当局は、真相をただすより、噂がその地方へ拡がる以前に凡てを処理してしまおうと決意した。真相究明の努力が前提要件だと、学校当局へ強硬に主張した「青虫《カタピラー》」の抗議も徒労であった。教授室の一隅で、意見が対立した一教授と論争したあげく、その年長の老教授から「青虫《カタピラー》」は秩序の破壊者とまで罵倒された。彼自身熱狂的で変屈な日頃の「青虫《カタピラー》」をひそかに狙いつづけていた陰然たる攻撃が、いまや公然たる一撃を加え得る機会を得たのである。一週間後、形式的に開催された教授会の席上で何ら手がかりもなく失踪した矢場徹吾はついに放校と決定されたのであった。そして、この不可解な事件とその酷しい結末は一種謎のような印象のみをひとびとに残したのである。

その後、或る地方都市所在の大学へ進んだ三輪与志が、卒業後、その頃急に無人となった三輪家へ戻り、殆んど無為の日をすごしつづけてきた最近まで、矢場徹吾について何らの消息も聞かなかった。すると、同一刑務所から仮釈放された兄三輪高志から、弟は思いがけずも矢場徹吾の世話を依頼されたのである。この唐突な世話の依頼は、三輪家にとってかなり奇妙なことであった。しかも、また奇妙なことに、そのとき、矢場徹吾を高等学校時代に見知っていたと、弟は兄に一言告げたばかりであった。互いの学校生活がかけ離れ、各自の成長時代に共同生活を送ったこともなかった兄と弟は、双方とも疎遠な態度をとっていた。そして、兄三輪高志は弟以上に或る事柄についての説明など試みる性質ではなかったのである。矢場徹吾が兄の知人であろうということすら、兄自身が説明したわけでなく、両者のそれまでの環境からの推測に過ぎなかった。兄は家族に凡てを謂わば命ずるのみであった。そうした意味で、兄三輪高志は三輪家に於ける一種の暴君であった。

いずれ後に述べられることではあるが、三輪家について、ついでに簡単に触れておこう。三輪家には、僅か二人の男子しか生れなかった。およそ人々の噂にのぼるほどの政界の事件の背後には必ず顔を覗かせていた父がまだ老境にも入らぬ壮年時代で急死した以前から、兄三輪高志は、当時危険視されていた或る社会運動に従事していたらしい。けれども、秘密に充ちた兄の行動は誰にも知れなかった。というより、兄に婦人問題が生じたときに祖母が乗り出したことに気付いたぐらいで、母は成長後の子供達をなにかしら怖れていて、その日常生活を調べる気力は殆んどなかった。そして、或る早朝、警官達を乗せた一台の貨物自動車が三輪家先の小路に止り、玄関を激しく叩かれるまで、母は彼が如何なる仕事に従事しているのか遂に知らなかったのである。

その頃まだ地方の大学にいて不在であった弟は後から聞き知ったのであるが、その朝、兄のみを溺愛していた気丈な祖母がまず眼を覚した。父なき後の三輪家の支柱であり、老人には珍らしくかなり欧羅巴《ヨーロッパ》かぶれと呼ばれていながら、しかも、勝気に家事を切り廻していた祖母は、床のなかで兄の危機を直感したらしかった。孫のことなら蚤一匹いても解る……と日頃から口癖にいっていた祖母は、床から跳ね起きると、寝衣のまま二階の兄の部屋へ駆けのぼって行った。まだ仄暗い部屋の中央に、兄は既に身仕度を済ませ、耳を澄ましながら佇んでいたといわれる。身仕度した兄の素早さを、祖母はその後たびたび自慢した。露台へ通じる小部屋の小窓から木立の多い庭を覗いてみた祖母は、そこに誰もいないと兄に告げた。兄の仕事の性質について、幾分気付いていたとはいえ、その本質については母同様に殆んど理解しているとも思えなかった祖母が、そうした観察を兄のために行ったのは、かなり奇妙なことであった。部屋の中央に佇んで凝っと物思いに耽っていた兄は、早く階下へ降りろと、無理に祖母を説得した……と祖母は後で述べたが、女中達の話によると、かなり長時間、祖母は二階にとどまっていたそうである。

女中達に玄関の扉を開かせて入ってくる警官達と、二階から降りてきた祖母は、ちょうど玄関の正面で行き会った。気も顚倒していた女中達と気丈な祖母と兄の部屋を急きこんで訊きただす警官達は、階段の下で謂わば無秩序な円を形造った。そのとき、階上に轟然たる響きがしたのである。それは、家中の者がその場に竦み立ちつくしたほどの烈しい響きであった。

後で調査されたことであるが、書棚の後ろの壁が鉄骨を露出するほど破壊され、露台へ出る硝子扉は、蝶番も外れ、吹き飛び、割れ砕けていた。粉末に近い硝子の破片と表紙が焦げた多くの書籍が、室内から露台へかけて散らばっていた。秘密を好んだ兄の性質上、其処で如何なる種類のものが破棄されたか大体臆測されたが、何時頃如何にして爆薬物がそこへ持ちこまれたのか、その後も明瞭にならなかった。

気難かしい顔付をして階上から降りてきた兄は直ちに食事の支度を命じたが、女中達に対してばかりでなく警官達に対しても、見下すように横柄であった。日頃から不遜な兄ではあったけれども、このような場合にこれほど傲岸に振舞う兄の態度は家族の者達としてもはじめての経験であった。そして、警察から刑務所へ送置された後に於いても、兄は一種の権力を家庭に対して振いつづけていたのである。

兄のこのような傾向を許容し、助長したのは、三輪家の実質的な支柱であった勝気な祖母の偏愛によったといい得るかも知れなかった。数年後、病臥した軀を仮釈放され、自家の二階の寝台へその軀を移したまま身動きも出来なくなった兄は、一切の世話を祖母にしか任せず、祖母以外の誰をもその部屋へ入れなかった。ところで、二月ほど前、正確にいえば五十日以前に、それまで病気などしたこともなく頑健で気丈であった祖母が、洋風な自身の居間で、机の縁へ寄りかかったまま、突発的な脳溢血で倒れたとき、兄は深い眠りに落ちていたが、目覚めて祖母の容体を聞くと、険しく眉をひそめて、二階から祖母の居間へおろしてくれと、家族の者達にはじめて云った。気難しい兄を二階から運び出す作業は容易でなかった。階段下の長い廊下を伝って、祖母の部屋へ入りかけると、もはや兄は険しい眼付をした。祖母の居間の窓際に置かれた白陶の花瓶に挿された数本の山百合の匂いが、その部屋のみならず、廊下へまで漂い流れているのに気付いたのである。部屋の入口で担荷を止めさせた兄は、神経に強過ぎるこんな匂いの花は病人の脇に置かぬものだと嗄れた声音で述べ、こんな匂いでは不眠になる、と人々を酷しく叱責した。思わず兄の顔を見返した人々は不眠になる？　と問い返したげな表情を現わしたが、兄の言葉に抗いもせず直ぐさま一人の女中がその花瓶を祖母の部屋から別室へ移した。

険しい眼付から直らぬ兄は、寝室へ移すことも出来なくなった祖母が横たわった前の長椅子に同じように横たわった。既に意識もなくなり、荒い呼吸のみ繰り返していた祖母の咽喉には、間歇的に起る微かな隆起が不気味に見えた。黄ばんだ祖母の顔を正面から凝視めつづけている兄の脇にいづらく、人々はその部屋に兄のみを取り残して、次第に立ち去った。間もなく祖母が息をひきとったとき、兄は何故か家人の誰をも呼ばなかったので、祖母の死の正確な時刻は誰にも解らず、また、医者も間に合わなかったのである。拭き清められた死体が盛装されて棺へ納められ、部屋の飾りつけが葬儀屋の手で行われるに際して、兄は部屋の隅から葬儀屋に指図して棺の端に設けられた小さな硝子窓から祖母の顔が彼の正面へ覗かれるように配置させた。指図される葬儀屋が棺を動かすたびに、棺内の死体は板に当って強直した鈍い響きをたてた。

その気持も量り知れぬ子供達を持った不幸な母は、さらに気弱くなっていた。時折やっと愚痴を洩らす母は、兄のそんな様子はお父さんにそっくりだと云った。

以上が、矢場徹吾と三輪与志との関係、及び、さらにその兄三輪高志との非常に曖昧な関係なのであった。そこには恐らく必要以上に隠された或るものがあったが、いまはもはや××風癲病院へ戻らねばならない。

××風癲病院の白堊の病棟と病棟を繋ぐ長い橋廊の端れに、三輪与志の長身な姿が現われた。

この××風癲病院は、私達の誰もが記憶していない古い年代に、一人の不幸な富豪によって設立されたといわれている。詳細な事実はもはや病院内の誰にも明瞭でなかったが、その慈善家の妻か弟か、いずれにせよ彼に最も親密な者が精神病に冒されたことが、この××風癲病院設立の機縁となったらしい。隔離、収容という便宜的な処置が唯一の適切な療法であったその当時、狂暴な発作に襲われる患者も稀でなかった結果、親属の者など正視し得ぬほどの残虐な手段が採られることも避けがたく、従って、××風癲病院と忌まわしい噂は、絶えず相互に結びつけられていたのであった。事実、一人息子を殺されたと、強硬に、また、執拗に抗議しつづけた或る家族の事件が、当時、一般の論議を喚起したことがあった。尤も、その後、治療法の進歩と社会施設的な風潮は、このような習慣のあとを全く絶ってしまい、今日では、××風癲病院といえば、殆んど誰にも福音的な語感を覚えさせ、また、病院自体、その名に恥ずかしからぬ権威をもった存在となっていた。然し、××精神病院と改名する気運もなしに、××風癲病院の名札をいまだに懸けつづけているその建物の古めかしい内部には、陰気な、薄暗い、湿ったような印象があった。そして広い建物の何処か腐蝕した部分から洩れる膠泥《こうでい》の匂い、また、湿気と蘚苔の匂い、そんな匂いが廊下から高い橋廊へまで漂っていた。

この夏異様に繁茂した楡の群葉は、橋廊に連った病棟の廊下窓を覆いかくし、その梢は、鋭い傾斜度をもった病棟の屋根へまで達していた。病棟に沿って並んだこの鬱蒼たる楡の木立、庭園の中央を貫く敷石の白っぽい連り、灌水場とも見える小規模な噴水――それらを眺めおろしながら、三輪与志は古風な橋廊を緩《ゆっ》くりと渡って行った。橋廊の半ばへさしかかると、真下に小規模な噴水場が見おろされ、澄んだ水盤の中央には、水掻きの掌を噴水孔とし、濡れた上半身を水面から表わした青銅の水魔《ニックス》が、堅固に礎えられてあった。それは、一風変った好事癖の持主だったらしい慈善家の趣味によって、当初から設立されていたものらしい。雲の翳りが楡の木立の多い中庭にかかると、その青銅の水魔《ニックス》は、物寂びた、奇妙な碧味を帯びて見えた。

晩夏の午前の眩い陽射しが翳ると、中庭を眺めおろしている三輪与志の頬にも、深く削られたような陰影が現われた。彼の風貌は、数年前に比較すると、著るしく変化していた。成長に伴う平静な、落着いた調子が全体的に窺われたが、同時に、一種の固着観念を潜めているような、動きもない、鈍い、澱んだ表情があった。その表情はすでに彼の本質となっていたのかも知れない。いま或る予期せぬ事態が発生して、それに応じた或る反射行動を彼がとるにしても、その眉宇は微動すらせぬのではあるまいかと思われるほどであった。一言でいえば、その年齢にもかかわらず、若々しい青春の鮮やかさは、その風貌の何処にも認められなかったのである。

けれども、彼の動作は鈍くはなかった。彼はふと顔をあげ、橋廊の手すりに両腕をかけると、背の高い軀を橋廊から深く乗り出した。その地点から玄関先で見上げた塔の時計台が眺められるかと、試みたのであった。軀を捻って眺めあげると、鋭く傾斜した病棟の屋根の彼方に、石造の枠に囲まれた時計台の先端が僅かに見受けられた。彼は不安定な姿勢のまま、遠い時計台を暫く注視していた。やがて、この橋廊の地点からは文字盤の十二支の獣の絵模様が識別出来ないことを確かめると、彼は軀を元の位置へ引き直しかけて、殆んど無意識の裡に、その首筋を不意と反対側へ振り向けた。白い翳が向いの病棟の窓から覗いていた。楡の葉を透して凝っと見合わせた顔はまだ十歳位の少女で、その顔立を見極めないうちに、少女は窓から身をひいた。（岸博士の部屋だな）と彼は自身に呟きながら、再び橋廊の上を大股で歩きはじめた。少女の顔が消えた窓に新たな翳がさし、そして、また消えた。長い橋廊を渡りきって、冷気の感ぜられる廊下を奥へ曲ると、彼は一つの部屋の前へ立ち止り、考え深そうに軽く扉を叩いた。（どうぞ）という幅のある声と共に、内部は急にしんと静かな気配になった。

窓際に置かれた大机から、白い仕事着をつけた若い医師が、扉を開いた三輪与志へ近づいてきた。彼は中背で穏やかな眼付をしていたが、緊った口許に窺われるように、そのものごしはかなりきびきびしていた。

——どうぞ、三輪君。御覧の通りの始末ですが……まあ、見物でもしていて下さい。……友達の方は間もなく着く筈です。

そう述べた若い医師の後ろには、大机に寄り沿って二人の姉妹らしい少女が立っていた。年長の少女は、治療中に入ってきた三輪与志の姿を、正面からたじろぎもせず仔細に眺め廻した。軀をそらし小さな顎をつき出したその少女の容貌は驚くほど美しかったが、敏捷に動く眼付ややややとがった口付には、子供らしい稚気がまだ失せぬ一種の不遜さが窺われた。他の一人は、窓から橋廊を覗いた少女で、優れた顔立をしていながら、しかも一目で痴呆症とわかる鈍い瞳を蒼白い頬の上にぼんやりと浮べていた。三輪与志は隅の長椅子の前へ佇むと、その場の事態を遠くから眺めるふうに、凝っと身動きもしなかった。

大机の上には、積木細工に似た薄い断片が積みあげられていた。それが木片でなく、切り離された厚紙の集積であることは、三輪与志の位置からも明らかに認められたが、それが何を意味するかは不可解であった。鈍い瞳孔をぼんやり見開いた少女は、それまで三輪与志が気付かなかった片手の鋏を持ちあげて、一枚の厚紙を力をこめた響きとともに、切り離した。既に或る形に切り抜かれているその厚紙を三輪与志が注視すると、それは長い首筋と四本の足を備えた獣の形——馬のようで、少女はその胴体の部分から二つに切断したのであった。切り離された断片は、傍らの少女の手で、忽ち積上げられた他の断片のなかへ混ぜこまれてしまった。姉らしいその少女は、狡そうな素早い眼付を三輪与志へちらと投げかけながら、混ぜられた紙片の堆積を妹の前へ押しやった。羸弱《かよわ》そうな、蒼白い顔色をした妹は、当惑したように暫くその雑多な堆積を眺めていたが、やがて、おずおずと一枚の厚紙を抜き出した。それは二本の足を備えた形のようで、しかも、先刻切断した馬の形とはやや色彩を異にした厚紙であった。厚紙の種類が一様でなく、相互に違った色彩をもっていることは、その少女に一つの目印となっているらしかった。背を屈めた少女は二本の足を備えた形を大机の上に置くと、其処に一つの形を求めるように、ちょっと斜めに歪めてみた。すると、その形はなにか新しい獣の形を示すように思われた。

　そうした少女の動作は、けれども、彼女自身の意図によっているか、疑わしかった。ともすれば、彼女の視線は放心したまま、目前の空間へとまった。机から室内へ、室内から窓外へと、鈍い、光のない視線が移されると、傍らの少女が、大机の縁をこつこつと二つばかり叩いた。すると、蒼白い少女は殆んど反射的に再び厚紙を手にとり、重い鉛でも垂れているようなぎごちない手付で、その形を横へ置き換えてみたりした。そして、その形を逆さまに置くと、二本の足は二つの長い耳に変化したように見えた——。

目にとまらぬほどの微かな嗤いが、三輪与志の口辺をかすめて、彼は若い医師へちらと視線を移した。けれども、少女達の横に佇んだ若い医師の態度は、ひたすら観察のみにとどまっているようであった。実験者はむしろ敏捷な年長の少女で、その運用振りを監督しているかのごとく、若い医師は腕を後ろに組んだまま、一人の少女の動作を注視していた。

　三輪与志がこの若い医師、岸博士をはじめて訪ねたとき、病院の人々から「博士」と呼ばれている人物があまりに若く、恐らく彼より二つ位しか年長でなかったことは意想外であった。この岸博士は礼儀正しく、どんな話題にも決して退屈な色を見せたことがないのが特長で、豊富な示唆を惜しみなく与えてくれるところに彼の寛容な性格が示されていた。彼は話の途中で、時折、うなずくように軽く足を踏み鳴らした。どちらかといえば、話好きで、しかも、依頼に対して行き届いた注意を与えてくれた岸博士は、何故か沈鬱な三輪与志に興味を覚えたらしく、要件以外の長話を機智まじりにつづけている間に、やがて、兄三輪高志と同期であると述べた。尤も殆んど登校したこともなく、科目も違った三輪高志との間に密接な交渉があった訳でなく、単なる顔見知りに過ぎなかったが、三輪家の爆発事件は当時衝動的な事件であったので、兄三輪高志の動勢を、岸博士はかなり詳細な点まで知っていた。病床にある兄三輪高志に三輪与志がこの若い医師について報告したとき、兄は「博士」以前の若い岸杉夫を不確かに記憶していた。そして、学生時代にも才気に充ちて親切であった岸杉夫が、その友人間に『輝ける騎士』とかいう綽名で呼ばれていたことを、兄はやっと想い出して、珍らしく弟と二三の会話を交わした。かなり重態である兄の病状について、岸博士は、彼の担当が臨床方面より寧ろ研究部面であったにもかかわらず、彼の同期の友人を紹介したり、さまざまな配慮を行ってくれたのであるが、兄がその好意に少しもとりあわないので、××風癲病院を訪れるとき、三輪与志は兄に触れることを殆んど避けていたのであった。

若い医師はふと三輪与志と視線を合わせると、穏やかな微笑を浮べながら、三輪与志へ向って二三歩静かに歩み寄った。

——如何ですか？　矢場君にも……確か矢場君といいましたね……こんな訓練をするかも知れません、若し必要とされればですね。根気強い忍耐を要する仕事です。

三輪与志は、岸博士の真意をはかりかねて、黙ったまま凝っと見返した。若い医師は、大机の縁へ手をかけた年長の少女の形の好い、すらりと延びた後ろ姿を、眼で指し示した。

——御覧の通り、私自身はこの訓練の傍観者で……。凡ては、あの娘の希望で——発案です。ほら、御覧なさい。貴方は先刻嗤われたようだが、まず兎の形が出来ましたね。次に並んだのが犬です。形を間違わずに組み合わせています。殆んど間違わずに……もとの形を組み合わせるようになったのです。この仕事をはじめた頃に較べると、非常な進歩です。

——つまり……療《なお》りつつあるのですか?

と、無感動な調子で訊いた三輪与志に、岸博士は落着いて答えた。

——療ることは……不可能でしょう。

——不可能ですって? あの娘は痴呆症のようですが……。

——そう、麻痺性痴呆です。

と、岸博士は人懐こそうな微笑を再び浮べながら、双方の掌を三輪与志の前へ差し出した。

——あの娘は……綾取りの天才です。こう両方の掌へ糸をかけて色んな模様にしてみる遊戯ですね。私は患者を診察するとき、最初に、一本の鉛筆と紙を与えて何時までも放って置くんです。すると、あの娘は実に見事な図式を画きました。美しい曲線と直線が組み合わされた、雑多な、複雑な構図でした……。こうした観察法は、医者にとっても必ずしも効果のある仕事ではないのでして……そんな方法を全然無視する人もありますが、私自身はちょっとした興味をもっています。私が患者に求めるのは、一つの観念なのです。

——一つの観念……ただ一つの観念を求められるのですか。

と、三輪与志は低い声で訊き返した。

——そう、そこから出て、また、そこへ帰ってゆく一つの観念ですね。医者が患者の裡にこの一つの観念を発見出来れば——治療の方法は単純化されます。思想家が或る基本観念を求めるように、医者が患者の裡に一つの観念——一つの意志の原型に似た観念を発見出来れば、医者は直ちに或る単純な訓練の処方箋を書くことが出来るのです。つまり、患者は医者にとっての子供に——そして、医者は母になれば好いのです。貴方自身、子供の頃、お母さんから受けた教育をどんな風に記憶していますか。それは、単純な、しかも、繰り返された忍耐であった筈です。

——一つの習慣……強制された習慣だったといえるでしょう。

と、三輪与志は無表情に口をはさんだ。

——そう、絶えざる強制だったのです。一つの観念から生ずるさまざまな聯想を整理し、一定の聯想のみを絶えず習慣づける強制です。或る観念から特定の行動のみしか生じさせなくする苛酷な訓練です。そして、私達が一定の型にはまると……おお、ところで、貴方は、私達が特定な、完全な型へはまると信じてられますか。

——信じて……いません。

——ふむ。私達は信じたくないのですね。けれども——まだ中学生の頃、教師の講義など聞かずに、小刀を巧みに使って机の上へ彫刻ばかりしていた一人の友達を、私はよく想い出すことがあるんです。この友達は化学の実験がことに嫌いで、化学実験室は後方が高くなった階段風な教室でしたが、その教室の机で彼の彫刻を施されていない場所は殆んどない位でした。他の学生達が或る知識を増加させてゆく時間に、まあ、それと同一量の彫刻を彼は増加させて行って——知識と技能を比較し得るものとすれば、獲得されなかった知識を補ってあまりあるほどの優れた技術を彼は会得した、といい得るのです。この友達が、いま、優れた彫刻家になっているかどうか、私は知りません。私が知っているのは——彼が来る日も来る日も一本の同一の線ばかり彫っていると仮定すると、彼は果して何になり得たかということです。私は、彼と同じような患者を扱ったことがあります。

——ふむ、それは一つの観念です！

と、三輪与志は低く呟いた。三輪与志を凝っと注視した若い医師は軽く爪立つように軀を揺すった。

——精神病医にとって躓きの石となる患者は、まあ、何らの意欲も認められぬ患者です。勿論、精神病自体が一つの意志障害も含んでいるのですから、その微かな意欲を探り出す作業が困難なことは当然ですが、患者のなかには、時折、あまりに美しすぎる精神の持主がいて、私達をまどわすことがあるんです。つまり、そこに生の痕跡も認められないような――つまり、精神と精神の在り方との間に一分の間隙もない患者ですね。

――おお、解りました!

と、三輪与志はゆっくり頷いて、つづけた。

――貴方が、先刻、あの娘の治療が不可能だといわれたのは、あの娘の描いた構図と……綾取りとの間に、一定の生きた――つまり若しそういってよければ、相互に齟齬した醜い観念を、いまだに発見出来ないという意味だったのですね。ところで……では、あの年上の娘は何を意図しているのです?

と、視線を投げた三輪与志の眼付は、瞬間、見開かれたように、大机の上を注視した。先程並べられた兎と犬の形に連って――馬と羊の形が、一つの異常な行進をはじめているように認められた。対話に耽っている二人の姿を時折見据えて、癇癖らしく、鋭く、腹立たしげに舌打ちした年長の少女の傍らで、鈍い瞳をもった少女は、その蒼白い顔を机へ触れるほど近づけて、厚紙の形を静かに並べつづけていた。

――あの姉娘は、こんな獣の形を是非共、妹に覚えさせたいのです。化学の教師が机へ彫刻している生徒に化学方程式を暗記させたいようにですね。それは、本質的には徒労ともいえますが、また、その教師が熱心で厳格であれば、或る程度の成果が収められない訳でもありません。ほら、御覧なさい。もう五匹目の獣が並んでますよ。注意力の集中と聯想の整理が、とにかく促されてるんです。

そう述べながら、岸博士は三輪与志へ合図する態度を示して、傍らへ歩みを移した。彼の指示に従って、窓外へ視線を投げると、楡の葉末越しに、橋廊と、向いの病棟と、その屋根の彼方に聳えた時計台が眺められた。三輪与志の頬を痙攣に似た影がかすめた。彼は、大机の上の獣の形へ再び眼を落とすと、忽ち或る不明瞭な聯想にとらわれたようであった。

——貴方はあの時計台を御覧でしたか。

と、若い医師は、少女達に聞えぬほどの低い声で呟いた。

——此処からはっきり見えませんが、あの時計の文字盤には十二支の獣の絵が描かれています。長年この病院にいた一人の偏執狂があの時計の内部を製作したんです。手先の器用な男で、機械をいじっている姿は、精神病者とも見えなかったのですが、非常な偏執狂で、奇妙なことに十二支の獣を守護神と崇め、部屋中に馬だの羊だのの絵をはりつけ——まあ、この部屋の有様と同様だったのです。そう、この娘達の父親がその男で——時計職人の頃から、その守護神を大切にしたのも理由あってのことでした。彼は、つまり、天空に祈りながら、永遠にとまらぬ時計を製作しようと目論んだのです。

――おお、永遠にとまらぬ時計……それは、『永久運動』の罠ではないですか？

――勿論、それは躓きの石でした。然し、自然は永久運動ではないか――と喝破した先人の言葉が、彼の脳裡に深く刻みこまれてしまったのです。そして、少くとも、原理的には、彼は成功したといい得るんです。そこに二つ以上のものが存在すれば……例えば、そこに蛇と牛に似たようなものがいて互いに闘えば、それは永遠ではないか、というのが彼の出発点でした。彼は苦心の果、非常に精妙な共鳴盤とぜんまいを製作して――時を敲つ震動が微妙にぜんまいへ作用し、絶えざる充足が行われるように、工夫を凝らしたんです。

――おお、それは成功です！

――そう、成功でした。

と、岸博士は微笑しながら、興味深そうに答えた。三輪与志はかすかに叫んだ。

――すると……あの時計は今もとまらずに動いてるんですか？

――動いてます。ところで、遺憾なことは、その永久運動たるや、彼に工夫された装置のみによってでなく……あの時計が今も動いている理由は、彼が結局それて行った出発点の原理によって動かされているんです。つまり、二つ以上のものが存在する自然は、永久運動の基盤だ、という原理です。おお、三輪君、そのことに注意して下さい。そして、彼があの時計を製作した後に……強烈な反射盤を内部に備えた真空の硝子箱が製作され、あの塔の上部へ据えられたんです。この方法は極めて単純で――太陽の位置へ向って展いた硝子箱内部に湛えられた水が、太陽熱で蒸発すると、上部に区劃された房に貯えられ、毛細管に似た管によって一定の場所へ集中されるのです。そして、水へ還元された蒸気は、時が敲たれる瞬間、水滴となって落下しながら、精妙な震動盤の端へ設けられた小さな、精巧な水車をつづけさまに廻転させるように工夫され……つまり、進歩した水時計が出来上った訳です。そして――どうも癲狂院に適わしい、奇妙な話ですが、あの時計は螺旋《ねじ》も捲かれずに、いまだに動いてるんです。

三輪与志は時計台を眺めたまま暫くぼんやりした物想いに耽った。微笑しつづけている若い医師も、彼等の対話にその作業をさまたげられることもなく十二支の獣の異常な行列を並べ続けている少女達も、彼の眼前から消え去ったような深い瞑想であった。やがて、彼は、鈍く、沈んだ眼を次第に見開くと、ふと黙想から覚めたように云った。

――私達が屢々それて行くかも知れない出発点……それが、患者に対して貴方が求めていられる……一つの観念なのですね。

――そうともいえます。

と、若い医師は落着いて答えた。

――その一つの観念を明確に発見しさえすれば……貴方はそこからそれて行き得る無限の横道を必ず是正出来るのでしょうか。

——若し私に時間さえ与えられればですね。

と、岸博士は軽くまばたきながら答え、そして、ゆっくりとつけ加えた。

——というのは、御覧のような訓練は、この悧巧で、熱心な姉娘の希望によるものですが……若し私自身が白痴の妹に或る出発点を把めば、違った実験をも行い得ると確信しています。

三輪与志は不意と微笑した。それは若い医師が浮べる微笑に殆んど似ていた。

——ですが、貴方の発見すべき一つの観念は……先刻貴方自身がいわれたように、生の原型、或いは生自体といっても好いような、最も端緒的な一つの傾向ではないのですか。

——というと、どういう意味です？

——ということは、私達がそこに工夫をこらして扱い得るような一つの観念は、必ず横道へそれねばならぬものではないか、ということです。

——というと……同じ言葉を繰り返して失礼ですが……どういう意味です？

と、若い医師は凝っと三輪与志を凝視めた。三輪与志は自身の内部をまさぐるように、足下を伏目に眺めていたが、やがてゆっくりと云った。

——ここに一つの幽霊屋敷があるとして……百人の人間を交互に宿らせてみるとします。この場合、幽霊屋敷の事実をその人々が知っていてもいなくても構いませんが、すると、そのじめじめした、陰気な、古ぼけた匂いのする部屋で——幽霊が出てくるでしょうか。

――恐らく出るでしょう。

――何人位の人達に出るでしょうか。

――おお、変った質問ですね。まあ、恐らく八十人位に出るでしょう。

と、岸博士は三輪与志を凝視めたまま、短く答えた。三輪与志は伏目の視線をちらと上げた。

――それは同じ幽霊でしょうか。というのは、八十人に同一の幽霊が出るのか、それとも、それぞれ違った幽霊が出るのだろうかということですが……。

――恐らく違った幽霊が出ます。

と、若い医師は即座にはっきりと答えた。三輪与志はちらりとまた足下に眼を落としながら、重々しく訊いた。

――貴方の先程の言葉を繰り返して失礼ですが……で、貴方は、私達が一定の型へはまる――と信じてられるのですか。

――信じています。

と、岸博士は三輪与志を鋭く眺めた。岸博士は話題が異常に変化してきたことを気にもとめず、それどころか、真面目な意味で、興味深そうであった。そして、さらに落着いてつけ加えた。

——御承知でしょうが……ひとは生み出し得るもののみを生み出す——これは鉄則です。

——そうとすれば、私達は、まるきり違った観念——というより、まるきり違った思惟形式を持ち得ないものでしょうか。

と、三輪与志はたじろぎもせずに、訊きつづけた。

——ということは、例えば、幽霊屋敷に出てくる幽霊の意識を、貴方の意識にしてみるといったようなことですか。

——まあ、そんなことです……。

と、三輪与志は、低く、しかし、力強い調子で答えた。

——こういえば、貴方は不服かも知れないが、まあ、こんな風に考えてみたら如何でしょう。一人の最も異常な精神病者を、或る型の幽霊と考えてみる。おお、尤も貴方を精神病扱いにしている訳じゃありませんよ。ところで……精神病者ほど一つの観念の幅から遁れられないものはないのです。

——確かに不服です。

と、三輪与志はきっぱりと短く云った。彼は一種の力を取り戻してくるようであった。

ふと視線を合わせた二人は、互いに無意味な微笑を口辺に浮べた。

——ふむ、貴方も自己意識の延長外に出てみたい一人なのでしょうか。それが、それほど魅力的な課題ですかしら。ですが……私は精神病医として敢えて断言しますが、自己が自己の幅の上へ重っている以外に、人間の在り方はないのです。

——それは、不快です。

と、三輪与志はぽつりと云った。閃くような、素早い視線が再び合った。三輪与志の傍らから離れた若い医師は、両腕を組んだまま、部屋の中央を歩きはじめた。

——不快……。私はひょっと想い出したのですが……間違ったら失礼……自同律に関する論文を、貴方は書かれなかったでしょうかね。もうかなり前——数年前で……そう、社会的な運動が盛んな頃で、誰も注意しなかったようでしたが、私はかなりはっきり記憶しています。

三輪与志の頰へ思いがけぬ紅味が、不意とのぼった。部屋を歩きつづけている岸博士は、そうした三輪与志に注意もはらわずに、言葉を自身のなかからひきずり出すように、幅のある声でゆっくりと話しつづけた。

——ひとは五分間と論理的に思考し得ないだろう。……或る章節の書き出しに、確か、そんな文句がありました。自然は自然的に衰頽することはあるまい……。そんな言葉も覚えてます。あの雑誌は確か……何処かにあった筈です。もう一度読んで——是非共話しあわねばならない。

そこでふと言葉を切った岸博士は、部屋の中央で立ち止り三輪与志を見返ると、きっぱりといい切った。

――ですが……あの論文の観念は、全体的に誤りです。

――そう、私達は耐え得ないでしょう。

と、奇妙に乾いた音調で、三輪与志は呟き返した。岸博士は一歩ずつ踏みしめる厳密な足取りで三輪与志の周囲を巡りながら、窓から時計台を透し眺めた。

――というより、一つの基本的な観念からそれて行った一つの異常な結実です。あの時計の製作者以上の――。

――すると……一つの基本観念から出発せずに、まるきり違った永久運動を創ってみたら、どうでしょう？

と、三輪与志はふとぼんやり呟いた。

――ふむ、当節流行の『虚無よりの創造』！　ですが……おお、どうしたことか、論争的になってきましたね……創造という言葉を使う権利など、私達はもってないのです。

――どんな権利をもってるのです？

――発見、発明……「必要にして充分な」それだけです。――つまり、あり得た自然とあり得る自然の整理だけです。

と、岸博士は極めて明快に断定した。眼を伏せて暫く考えこんでいた三輪与志は、やがて、質ねた。

――人間がなし得ることは、それだけでしょうか。

岸博士はひきしまった眼付で三輪与志を眺めると、口早に遮った。

――おお、その前に……精神病医としての私から、ちょっと質問させて下さい。というのは……貴方は、現実を認めますか。

――認めます。

――というと、どんな風にです……？

と、岸博士は疑わしそうに訊き返した。

――私は生きてる、というだけのことです。

――明答です。と同時に……おお、こんな医者らしい推察をつづけて失礼ですが……貴方は、現実を認めないのでしょう？　つまり、最も単純にいえば、こんな風に――私が貴方を押せばそちらへ動くといった風に、生きていたくないのでしょう？

――そうです。

と、三輪与志は短く答えた。一瞬、彼は若い医師と異様な視線を交わし合った。岸博士は三輪与志へ顔を寄せ、強く覗きこむように囁いた。

――三輪君、危険です……。それは自殺です！

――自殺……。ふむ、自殺はただに自殺でしょう。

――おお、貴方は何を求められるんです。

——虚体です。

と、三輪与志は眼を伏せたまま、きっぱり云った。

——ふむ。それで……貴方は、幽霊にでもなりたい——。いや、どうも、風癲病院らしい変な話になってきましたなあ。ところで——貴方御自身、先程の質問に答えてくれませんか、人間はさて何をなし得るか——。

——人間が人間である自己証明でしょう。

——ふむ、的確です。で……どんなふうに証明するのです?

——人間ならずして創り出せぬものを創り出すことによって、です。

——おお、それが、誤まれる論法です。で、何を創り出すのです?

——それは、つまり——嘗てなかったもの、また、決してあり得ぬもの、です。

と、なにか奔しり出るように、三輪与志は呟いた。岸博士は、すると、激しく掌を打ち合わせた。

——ついに私と正反対の意見へ達しました。おお、神でない貴方が……そんなことにかかりあえるのですか。貴方は、勿論、神を信じてないでしょうね。

——信じていません。

——ですが……貴方は、虚体を求めていて——それはもはや一種の神性ではないのですか。勿論、貴方の課題が非常に困難で、また、一つの矛盾であることは認めますが……。

――そう、矛盾自体です。

――すると……貴方は信じてないものを確信してもいるのですか。

――そういえるかも知れません。

と、三輪与志は曖昧に、短く答えた。

――ふむ。正反対の意見を何時も自分の意見ででもあるように見せかけている一人の友人を私は知っていますが、貴方もその類に似ていて――それは一種の知的快楽でしょうか。この頃の青年は怖ろしい……といわざるを得ぬ時代です。

互いに視線を避けたような気まずい沈黙が、数瞬、二人の間へ忍びこんだ。足下へ眼をおとしつづけていた三輪与志は、やがて、物静かに訊いた。

――ところで……貴方は、自己意識を信じてられますか。

――おお、素朴な信仰問答へ移りましたね。私は、自己意識の徹底的信者です。

と、岸博士は言葉を部屋の上方へほうりあげるふうに楽しげに答えた。鬱積してきた雰囲気を払拭するように、彼は快活につづけた。

――信仰告白・岸杉夫といったようなものを何時か……貴方御自身の話を伺うとき、ゆっくりと述べてみましょう。何故って、私が自己意識の信者になったのは、教室で植えつけられたというより、やっと物ごころがついたばかりの子供の頃、非常に高い階段から落ちた体験に由来しているからです。勿論気絶して、家人もいない階段下の部屋で再び気付いたとき、私は奇妙な、とりとめもない、非常にぼんやりした想念にとらわれましたよ。私の意識が墜ちてゆく軀から置いてきぼりをくって——つまり、意識がその枠から飛び出そうとしたのではなかったか、と……。それは一種の喪失感覚だったのです。そこに物忘れしてきたような薄暗い階段を見上げて、私は暫くぼんやりした時間を過しましたが、こんなとりとめもない想念は、その後何らかの形の再現がなければ、整理された印象にはならないものです。医学生になりたての頃、私はどうしたことか……おお、生の謎にでも蒼白く悩んだのでしょうね、頑固な不眠症に冒されたことがあります。そして、退屈まぎれに、医学生らしい実験を試みている裡に一つの発見をしましたよ。貴方は、海面へ浮べた軀が、息を吐くと同時にぐんと水中へ沈みこむ感覚を味わわれたことがおありですか。私の発見はそれに似たものでした。私達が疲れ果てて眠りこむのは——まあいってみれば、一つの階段から他の階段へずり落ちるような、陥穽《おとしあな》へぐんとひきこまれるような眠りに襲われるのは、やはり、呼吸をはき出すときだと確かめたのです。そして、闇のなかで息をひそめて非常に静かに呼吸していると——そのとき、あの階段をずり墜ちてゆく瞬間瞬間の感覚が急にまざまざと甦ってきて……それは、鮮やかな記憶でした。階段板の堅い縁、絵模様に似た木目、黒褐色の木肌——そんな微細な部分まではっきり想い出されたのです。すると、私は殆んど閃くように、医学生らしい聯想をしました。——急激に前方へ移動する物体に荷われたものが振り落とされる慣性の法則は、執拗な自己主張をもちつづける意識にも適用出来るのだ、と……。ふむ、これは精神病医として幸福な聯想でしたでしょうかしら。というのは、その後、治療室で患者の顔を眺めるたびに……おお、貴方の顔をそんなふうに眺めてる訳じゃありませんよ……私自身の経験を濾過してきたような、強烈な、抵抗しがたい感覚が湧き起ってくるからです。この患者に或る衝動を与えて、その意識を飛び出させ得たら——と。おお、私が発見すべき一つの観念とは、このような意味も含んでるんです。

凝っと聞きいっていた三輪与志は、微かに首を振りながら、呟いた。

——それは……いまだ、自然です。

——というのは……どういう意味です。

——それだけの意味です。

——ふむ、敢えて繰り返しますが……私達はあくまで自然の部分なのです。

と、岸博士は、視線を脇へそらした三輪与志を凝視めながら、ゆっくりといった。そのとき、長い対話中、苛らだたしげに軀を揺すり、足を軽く踏み鳴らしていた年長の少女が、彼等を振り向き、強く舌打ちすると、大机の端を叩いた。それは乱暴な動作であった。並べられた厚紙の形が、頭と足を振って、一斉に動きはじめたように見えた。

振り返った岸博士は、大股に近づくと、濶達な声をあげて笑いながら、端に置かれた兎の形の耳をつまみあげるように手にとってみた。ぼんやり佇んでいた蒼白い少女が、すると、半歩ばかり踏み出した。そうするのが今までの習慣であるように、殆んど直立して岸博士を見上げながら、三輪与志には聞きとれぬほど低い、然し、澄んだ声で、何か発音した。教師の前に立った初年級の生徒のような一種のぎごちない緊張が、その鈍い、光のない眼付の奥に窺われた。岸博士は少女の頭を軽く抑えて、濶達な太い笑い声をさらに挙げると、三輪与志を振り返った。

——異常な精神に興味をもってられる貴方には、是非紹介する必要があるようですね、三輪君。「神様」です。

と、岸博士は高く笑いつづけながらいった。軀と釣合いがとれぬほどか細く、羸弱《かよわ》い足を踏みしめた蒼白い少女は、岸博士の手に押されて、たどたどしく前へ進んだ。然し、岸博士に何故前へ押し出されたか解らぬ無表情な、蒼白い顔は、微動もしなかった。

——こちらは「ねんね」。この綽名はかなり変ですが、まだ一人前にならぬ娘を、寝てる赤ん坊同様だとして「ねんね」というでしょう……あの「ねんね」です。

岸博士は通常の人物を紹介するような丁寧な態度でそう述べた。けれども、妹の訓練中ひきつづいた長い対話にすっかり怒り立ったような彼女は、もはや悪戯児らしい眼付も見せず、堅く口許を結んで、彼等を見向きもせずに、大机の上に散らばった厚紙を、幅広い封筒の中へ無造作につめこんでいた。粗末な身なりをした彼女は、まだ十五位であったが、その肢体は妹と違った、見事な発育を示していた。若しこの少女に華美な服装をまとわせ、大通りを引き連れ歩いたら、誰でも振り返って見るに違いないと思われた。

やがて、厚紙の束を紐でくくった彼女は、なおも彼等を無視したふうに、あたりを見廻し、窓際に立てられた小さな日傘を摑んだ。すると、何か認めたように窓から顔を差し出した。橋廊の上を数人の人物が騒がしく通り過ぎ、何か喚いているようにすら聞えた。

――矢場君でしょうか？

顔をあげた岸博士へ黙ったまま、失語症である矢場徹吾が喚く筈もないと、三輪与志は凝っと耳を澄ませていた。足音が互いに押し合うように入れ交った響きは、廊下からこちらへ次第に近づいてくるように、高まって来た。

首をかしげた岸博士が歩み出しかけるのと、廊下のもつれあった足音が急に立ち止ったのと殆んど同時であった。扉がさっと開かれると、廊下の何処かに強力な弾機《ばね》でもしかけてあるように、不気味なほど生色のない、黄ばんだ皮膚に薄汚れたしみを浮べた一人の男が、その不健康な顔色に似合わぬ矢のような動作で勢い好く飛びこんできた。頭を短く丸刈りにし、くすんだ頬のあたりに無数の小皺を刻ませたその人物は、一見、年齢も解らなかったが、また、岸博士と隔てもない年頃のようにも判断された。こんな敏捷な男には猟犬のような直覚力が備っているものらしい。窪んだ奥に光った素早い眼付で室内の人々を見廻すと、その人物は一瞬のためらいもなく、白い仕事着をつけた岸博士へ向って一直線につき進んだ。すると、その背後から、色の褪せた、軀に合わぬ、だぶついた詰襟服をぶらりとひるがえした丈の低い老門衛が、息を激しくきらせながら、せかせかと入ってきた。彼は小刻みな足取りで先方の人物の背後へ追いすがった。速い歩調の男の前面へ僅か半歩でもまわりこもうと、彼は哀れな努力を試みていた。額から皮膚の弛んだ咽喉元へかけて、銀色の汗の玉が浸み出ていた。小刻みに軀を揺するせわしい調子につれて、その銀色の透明な玉は見事な弧を描き、左右へ跳ね散った。岸博士の前で不意に立ち止った男の背中へ思わず強くぶつかると、老人は平衡を失って大きくよろめきながらも、危く前方の男の肩へしがみついた。

——いや、途方もない……患者さんを誘拐しようとする方じゃ。

と、軋むような癇高い声で老門衛は喘いだ。やっと摑えた男が発言せぬ裡にいち早く報告せねばその義務が果せぬふうに、彼は岸博士と薄汚れた男の間へ無理やりに割りこんできたのである。

——何時の間にかするりと門衛所へはいりこんで、今日刑務所から来る患者は着いたかと訊いたあげく、べらべら話しかける調子が、おお、なんと薄気味悪いと思っとりましたがな。……途方もない方じゃ。病院の入口に待ち伏せしていて——いきなり患者さんを誘拐しようとするんじゃ。おお、先生、この人も何処かの病院から抜け出してきたばかりの患者で……。

汗もふきとらずに急きこんだ老人は、そこでふと口を噤んだ。出ばった顴骨の奥から見くびったように眺めおろしていた男が、老門衛がその手をびくりと放したほど、骨っぽい肩を揺すりあげながら、低い、嗄れた声で嗤いつづけたのであった。彼の堅い鼻柱は異常に膨れ、痘痕《あばた》のように薄黒い斑点は嗤いとともに微妙に伸び縮んで見えた。

——誘拐……？　ちょっ、僕が誘拐するなら、あの護送自動車ごと持ってくよ。だが、爺さん。そうではなかったかね、僕は玄関脇で矢場が降ろされるのを、おとなしく待っていた。そうではなかったかね、爺さん。そんなことはどうでも好いが——貴方が矢場を預ってくれるあの「輝ける」岸博士ですね。ところで、僕は学生時代の貴方を見憶えているかも知れない。というのは、赤貧洗うがごとき苦学生たる僕は、その頃馬鹿げた商売を自分に課していたのですからね。それは、詩人志望の浪漫的な魂を圧殺した極めて散文的な商売でしたっけ。ふむ、貴方はあの実験にかかりあっていただろうか。つまり、僕は——減衰、不滅衰伝導理論の論争華かなりし時代の医学部へ実験材料の蛙を一手で納入していたことがあるんです。おお、蛙——あの四つの足で這いまわり、凝っと身構えると、眼をぐっと中空へ見上げる蛙ですよ。ふむ、貴方はどう思います？　碧い、滑らかな肌をもった雨蛙が鮮かな五月の青葉の上に乗って凝っと動かぬ姿は、見惚れるほど優美で蠱惑的な位だが、殊に蟇ときたら……こいつはまったく男性的だ！　夏の夕方、薄闇へ這い出し、腰を据えると、眼前を横切る昆虫を瞬時にぱくりとやる——一つの生命の消滅など察知するすべもありやしない。微動だにしやしないんです。この疣だらけの醜怪なやつが下腹を地につけ、ぐっと前方を睨んで、たとえ天と地が二つに裂けて吹き飛ぼうともはや微塵もゆるがぬといった風格は——どういう訳か、僕にジャコベン党員を聯想させましたよ、おお、Citoyen crapaudです。何故って、ギロチンがいずれブーメランのようにはね返ってこようと……やつは凝っと眼を見開いているままだろう。無惨に踏みつけられ——そう、道傍にその屍体がころがっていることがよくあるが、一枚の剝製に見事に押し潰されても、なお厳然と身構えたやつは、眼を見開いたまま上方を睨みつづけている筈だ。豪雨が黒い地面を銀色に叩きはじめると、僕は必ず窓から顔を出して、Citoyen crapaud! と呼んだものです。おお、これは馬鹿げた商売以上の馬鹿げた話ですかね。僕の商売がどんな目論見をもっていたにせよ、あの醜劣無比な蟇に、こんなひたむきな、謂わばべた惚れの愛着を覚えたのは——つまり、まあ、いってみれば、そこにひどく屈辱的なものが伏在していたことの反証かも知れない。というのは、僕は、或る日、研究室のなかで届けた蛙の箱をひっくり返したことがあるんです。ふむ、そんな話を聞きませんでしたか。蛙達は一斉に飛びはねた。——摑えろ！ 眼鏡をかけた若い助手があわてて叫ぶと……プレパラートの奥や検微鏡の脇や書類棚の下を、僕は蛙のように四つ足をついて這いまわったんです……。そして、フラスコを二つ割り、助手と激しい喧嘩をしたあげく、その日から僕はその商売をいさぎよくやめちまったんです——。

——失礼ですが……貴方は矢場君のどういう御知り合いです！

と、そのまま放任しておけばとりとめもなく発展しそうな男の話を遮って、岸博士は素早く口をはさんだ。このあわただしい事態に面しても精神病医らしい真摯な態度を喪わぬ岸博士は、落着かぬふうな男の眼付を正面から観察しつづけていた。隈どられたように窪んだ奥に輝いた男の視線は、一瞬の休みもなかった。薄汚れた斑点とともに筋肉が収縮する黄ばんだ顔を岸博士へ向けていながら、彼の視線は部屋のなかの他の人物達――何故かこの侵入者に無関心な態度で佇んでいる三輪与志や、その背後に、これは全身を好奇心に埋め、延びあがって美しい眼を見張っている姉娘や、その傍らのぼんやりした妹娘の姿などに、目まぐるしく投げかけられ、しかも、口先きだけは岸博士からそらされずに、話しつづけた。

――さて、出がけの僅か十分前に、僕は矢場が此処へ送られると聞いたんです。こいつは偶然だが、必ずしも意想外ではなかった。矢場がいた病舎の担当看守は、僕と一度喧嘩をしたあげく仲善くなった男でしてね。いや、その男からいえば、口惜しまぎれに僕を嬲りものにするため人並以上に話しかけてみただけかも知れないが――とにかく僕の顔を見ると毒気のある皮肉をいう男ですよ。すっかり出てゆく支度をした僕が……といっても、このままの身なりですがね、偶然廊下で会うと、そいつは薄笑いしながら、今日は変った日で百二十三番もいなくなるというんです。百二十三番――というのは、矢場の番号ですがね。矢場と僕が同じ日に出てゆくのが何故変っているかといえば、そいつは僕を博言博士と日頃からからかっており、そして、ふとしたことから、矢場が無言無説居士と呼ばれていたからですよ。ちょっ！　博言博士と無言無説居士！　監視窓から覗くと、寝台へ腰かけたまま――そう、一日中身動きもせずに凝っと黙想している姿は人間がどれほど無意味になり得るかを示すものだ、とそいつが小賢しいことをいうので、僕が皮肉ったことがあるんです、無言無説は東方の理想で――。

――ちょっと失礼……。貴方は先程から正当に答えてくれないのですが、すると、貴方は矢場君と同じ場所におられたのですか？

――そう、そうです。ふむ、同じ場所！　同じ場所でも、僕は病舎にいたんじゃありませんよ。御覧の通り至極健康な僕は別の建物にいて――それがどうして予期せぬほど急に仮釈放になったのか、僕自身びっくりとまどっている次第ですがね。僕がそのときどんなに振舞ったか想像出来ますか。しめた！　と両手を打って飛び上った僕は、瞬間に、幾つかの決心を同時にしてしまった。そして……おや、爺さん、気色ばんでまた割りこんでくるなんて、まだ文句があるのかね。

岸博士の横へ押しのけられたまま薄気味悪そうに喘いでいた老門衛は、そのとき、ふと気を取り直すと、勢いこんで、その男を真下から見上げるほどぴったりと寄りそってきた。

――おや、病院でなく……刑務所にいたのかね、あんたは。そんなところに今日の今日までいながら、怪しからぬ決心をしたものじゃ。門衛所でも独りで喋っていたあんたは……護送自動車が着くと、いきなり犬ころみたいに駆け出しおった。そして――おろされた患者さんの肩をかかえると、中庭の方へしょっぴいて行き、わしらが手を合わせて取り抑えなんだら、おお、患者さんを何処へ連れて行ったか、知れたものでない……。慎しみなされ。今日という今日から、慎しみなされ。あんたは、患者さんの耳へ口を寄せてなんだか乱暴に話しこんだが……そんな悪策みは今日という今日限りにして……。

――僕が矢場の耳許へ話しこんだって？　嗤わしちゃいけないよ、爺さん。矢場は精神病者で――たとえ僕が何かたきつけたところで、そんなことが何んの役にもたたぬことは、精神病院の門衛でもしてるなら、爺さん、お前さんにも直ぐ解る筈だ。しかも、僕は正真正銘、何も話さなかった。僕はただ――こんなふうに矢場の肩をつかまえて耳許へちょっと挨拶したのさ、ばあ――とね。

不意と彼は閃くように腕を延ばして、真上からその老人の肩をぐいと抑えた。身構えるひまもない速さであった。そして、耳許へそう強く呟きこむと、老人がびくりと後方へ飛び退る動作を、彼は薄笑いしたふうに横目に見据えていた。両腕をぐっと突き出したまま、作り笑いして眼球のみきらり移動させる挙動は、彼が先刻言及した醜劣な蟇に似ていたが、彼は意識的にそんな風に振舞っているのかも知れなかった。

――だが、矢場は身動きもしなかった、完全に無感覚な物体のようにね。えっ、そうだっただろう、爺さん。しかも、僕が、お前さんのいうとおり、矢場を病院の中庭の方へひきずって行ったとすれば、それこそ誘拐の意図などなかった証明で――僕は大いに慎しんでいるのさ。ふむ、お前さんこそ慎しまなければならない。此処は精神病院だから、慎しまぬと――狭窄着をつけられるよ。

老門衛はかっと真赤になった。彼は眩暈でもしたようにうろたえてしまった。彼の役目上、粗暴な発作に狂い出して手もつけられぬ患者を処理した経験はあったが、こんなに愚弄しつづけられたことはなかったのである。岸博士の面前をも忘れ、小さな拳を固めた老人が、必死の覚悟でも決めたふうに無我夢中で躍りかかろうとしたとき、敏感な岸博士がするりと二人の間へ入った。日頃から病院内の人々に人気のあるその泰然たる姿を示すだけで老門衛の興奮が鎮まると確信しているらしく、岸博士は老人を背にかばいながら、わざとらしく尊大に頭を擡げて、斜めに老人を見下している男へ、温和な、陽気な微笑を浮べた。

――まあ、こんな老人などからかわずに――矢場君との関係をなおお訊きしたいものですね。……矢場君の古い友達で、治療の依頼主でもある三輪君と先程から一風変った話をしていたところへ――貴方が現われて、確かに、今日は変った日になりそうなんです。

そう陽気らしく述べた岸博士の言葉がひき起した効果は思いがけなかった。背延びしたように上体を不意とひき緊めた男から、それまで見かけられなかったほど率直な、真摯な、奔しるような反問が洩れ出た。

――三輪……三輪というと、ひょっとしたら――それは、三輪高志の何かですか？

――ふむ、ひょっとしたら――貴方が三輪高志君の友人ではないかと想像してましたが
……そう、それは、三輪高志君の弟さんです。

と、岸博士はやや機智をこめた、探るような調子で口早に答えた。すると、鳥肌のような柔毛が密生した頸部をさしのべていた男は、くるりと振り向いた。そして、これも期待にはずれたことであったが、彼は一語も発しなかった。彼の肩先には、窓外から射しこむ鮮かな緑色を帯びた光が密度の濃い大気に屈折し、陽炎のように揺らいでいた。まだ動悸がおさまらぬらしい老門衛のかすれた呼吸音が、忽然と静寂へもどった室内で、窓のあたりへひっかかって顫える一つの羽音のように遠く聞えた。

三輪与志は、部屋の中央に、両腕を垂れ、上体をやや傾けた姿勢で立っていた。彼は故意に無関心なのではなかった。逆光線のなかに暗く翳った彼の視線は、部屋の入口へ凝っと固定し、据えられていた。

閾の上には、暑苦しそうな制服をきちんと着て、短剣を腰に下げた二人の男が、一人の長身な、やはり頭を丸刈りにした男をはさんで、当惑したような気のきかぬ様子で佇んでいた。三人揃って横列のまま閾を越えることは不可能であった。けれども、彼等の当惑は、とめどもない饒舌が殺気だった事態へまで高まった室内へ挨拶もなしに入ってよいも

のかどうかを判断しかねて、恭〻しく佇みつくしていたふうであった。

彼等が黙狂たる矢場徹吾を護送してきた看守達であることは明らかであった。一人の看守は汗を拭うために、ポケットから薄汚れた手巾をひきずり出したが、むず痒そうな手附で顔をよくふき終らぬ裡に、再びせきたてられるようにしまいこんでしまった。なんとなく手持ぶさたで、事態の好転を待ちうけていたものの——さて、室内が静まり、先刻から患者を凝視めつづけている一人の人物、三輪与志にならって、室内全部の視線が一斉に彼等へ向けられると、二人の看守は急に狼狽したようであった。彼等は互いに軀を押しつけ合いながら、室内へ踏みこんできた。間にはさんだ患者矢場徹吾の腰へ片手を廻して、隅の長椅子へ向ったが、ふと一人の看守が立ち止り、不意に誰へともなく挙手の礼をすると、他の一人ははずみを食ったようによろめいた。

長年の刑務所生活にもかかわらず、矢場徹吾の容貌には少しの窶れも認められなかった。彼の頰は熱っぽく紅潮し、大きな眼はきらきらと輝いていた。予想に反して、口許は堅くひき緊まり、放心したような徴候は見受けられなかった。著るしい変化といえば、顎のあたりが意志的に角張り、眉の上に太い皺が一本深く刻みこまれていることであった。そして、全体として、彼の表情は失踪当時より冴えた生気に溢れている位だった。岸博士の横に並んだ不健康な、薄汚れた男の顔色に比較すると、彼がむしろより健全で、その肉体にも精神にも瑣細な障害も存せぬように見えた。ただ彼の足取りは重々しくなっていた。膝のあたりに力がはいらぬらしく、一歩から次の一歩を重くひきずるふうであった。足早な彼の動作を見憶えている者にとって、それは最も注目すべき変化であった。

彼等が部屋の隅へ近づいたとき、三輪与志の上体がさらに傾いたかと思う間もなく、彼は既に歩み出していた。数年間会い得なかった複雑な感動が、彼のなかに渦巻いていたのかも知れない。彼の内面はその無表情な外面から測り知り得なかったが、まじろぎもせず長時間にわたって凝視めつづけていたことは、恐らく記憶や思考の筋道に終りもないようなものが限りなく湧き起ってきたためだろう。長椅子の前で、友達の軀を看守達からかっちりと受けとめる具合になると、彼の両腕は目に見えぬ糸にでもつり上げられるように緩っくりと持ちあげられ、友達の肩をしっかりと抑えた。彼は食い入るように相手の眼付に見入った。

——徹吾……。

と、低く沁みいるような囁きが三輪与志から洩れ出た。燃えるような静謐の時間がたった。けれども目にとまるほどの反応は矢場徹吾に示されなかった。彼は正面から三輪与志を凝視め返していた。異常なほど固定した瞳であった。暗褐色の瞳孔の上に、謂わば倒影し、縮写された三輪与志の顔容が細密画《ミニアチユア》のように鮮やかに映っていると思われたが、頭を重々しく擡げた眼の光りは、同時に、或る壁へつきあたっているようでもあった。その内面に意欲の支えも認められぬ人物の外貌を記録すれば、こんな表情だったのかも知れない。やがて、抱かれた両腕に身を憩わせることもなく、自身の重さにずり落ちる形で、彼は長椅子の端へどかりと腰をおろした。はりつめた緊張がかき消えたのかも知れない。急激な疲労にでも襲われたように、三輪与志は不意と両腕をおろした。すると、第二の現象が起った。幼い「神様」がするすると前へ進み出たのであった。きらきら輝く矢場徹吾の真直ぐな視線と同じ高さにある彼女の鈍い瞳は、互いに眺めあったまま、次第に間隔をせばめた。若し彼女に充分な表現能力があれば、そのとき、喜悦に溢れた叫びでもあげたのだろう。それほど軽やかな足取りで、「神様」は殆んど小跳りした。

——解った！

と、傍らにつき従った姉娘が弾んだように叫んだ。妹の微細な動きを熟知しているらしい彼女は、大封筒の紐をあわててほどくと、中から厚紙をとりだして、一つの形を素早く妹の手へ握らせた。それは他人目にはかなり滑稽な挙動であった。先刻岸博士が彼女自身へ示したと同一な態度を、この小さな、背丈もない、白痴の少女がとったのである。彼女は兎の形を矢場徹吾の目の前につまみあげて——答えを待つふうに凝っと掲げてみせた。

——ちょっ！　あの娘も貴方の患者ですか？

と、薄汚れて黄ばんだ皮膚の男が岸博士を振り向きながら、むず痒そうに口走った。

——あんな馬鹿げたことに何んの意味があるんです？　矢場は完全な物体で——僕にだって返事出来ないんですからね。

――静かに――。ちょっと静かにして下さい。こうした相手を一緒に遊ばせることは、無益ではないのですよ。

と、岸博士は両手で制止しながら、大股に長椅子へ寄って行った。彼は「神様」の頭を軽く抑えて、姉娘へめくばせした。

――厚紙でなく……紐を出してごらん、ねんね。ひょっとすると、綾取りの相手位出来るかも知れない……。ところで私がこんなことをさせても悲しまないで下さい――三輪君。

そう何故か一段と声高くいいきった岸博士は、一風変った、断乎たる方法をとった。……悲しまないで下さい――三輪君、と呼びかけた彼は、長椅子の後ろから、三輪与志ではなく患者の肩を強く摑んだのである。その動作は、患者たる矢場徹吾自身へ呼びかけたようで――殆んど反射的に揺れ動いた矢場徹吾の横顔が、後ろから抑えたその指先を無表情に見返る挙動を、岸博士は実験するフラスコでも窺うような緊張した視線で上から斜めに見下していた。

ぴくりと肩を揺すった三輪与志へ、不意と辛抱しきれぬふうに嗤いあげた男が眼をまばたいてみせた。彼は馴れ馴れしげに寄り添ってきた。恐縮したように人々を避けて身を退いた看守達や、長椅子の周囲に狭苦しいまでに寄り集った岸博士達の集団から、三輪与志を遠く追いやる具合に、彼はなんだか厚かましく、何処までも近づいてきた。

──ちょっ！　心理学者たる資格に欠くるところもないようだな、岸博士は──。ところで……君は三輪高志の弟さんだそうですね。僕は──。

と、彼は圧倒するように覗きこんだ。触覚をつき出した昆虫がなにか探ってみるような表情であった。

──首猛夫《くびたけお》……。

きっぱり述べたその名の効果を確かめるふうに、彼は短い首をひいてまじまじと三輪与志を凝視めつづけた。相手は微動もしなかった。

──首猛夫……。この僕の名を聞いたことがないんですか。ふむ、三輪は相変らずの秘密主義者らしいな。だが、君が三輪の弟さんなら、是非記憶しておく必要がある。三輪高志と僕は、何時も棒組みで──片方の名は必ず他方の名を必要とするといった間柄です。三輪高というのは、こんな例もあるのだ。君のお父さんの古い親友とかいう津田康造の名は、君も知ってるでしょうね。

三輪与志はちらと眼を上げた。

──三輪の爆発事件はかなり手酷しい方法だったが、それには勿論、同志への警告の意味もあった。ところが、馬鹿げたことに……それが棒組みの所以だろうが、一週間たたぬ裡に、僕もやられてしまったのさ。すると、三月後に、警視総監の更迭があって──津田康造が総監になったんです。そして……こんなことは前代未聞だが、総監自身が三輪を調べたことがある。ちょっ！　君はそんな話を聞かなかっただろうか。勿論、親友の息子を矯正するとかいう美しき友情の流露の意味もあったろうが、そのとばちりは、おお、僕にも及んで——二人の被疑者が次々に総監室へ呼び寄せられたのは、警視庁はじまって以来のことだろう。ふむ、君はお父さんの親友たるその馬鹿げて生真面目な津田康造氏を知ってますかね、えっ？

——どんな取調べをしたんです？

と、三輪与志は眉も動かさずに訊いた。

——取調べ……？　ふむ、僕は取調べなどはうけはしない。

——ですが……取調べられたと云ったのは、貴方御自身でした。

——ちょっ、激論したのさ、二日間もつづいて。一方的な取調べなどではなかったよ。

と、首猛夫は肩をひいて粗暴に訂正した。彼の窪んだ眼の光りがぎらぎら輝きはじめたのを、三輪与志は仮面のような表情で眺め返した。何故か解らぬが、二人の沈黙は意味もなく険悪なものになった。僅かな会話を交わしたばかりで互いに空々しく凝視めあった二人の脇を、岸博士が二人の看守をひきつれて通り過ぎた。その看守達は簡単な報告をたどたどしく述べたてていた。窮屈な場所から一刻も早く立ち去ることを心懸けているらしい彼等は、却って、まごついていた。一人が不明確に報告すると、他の一人が傍らからあわてて註釈したりした。扉の附近に、襟をはだけて気抜けしたように立っていた老門衛は指示を仰ぐふうに近づいた岸博士を見上げたが、岸博士が穏やかに首を振ると、力の抜けた足取りで、看守達につづいて閾を廊下へ踏み越えた。首猛夫は彼等が出て行く後ろ姿を横目に眺めていたが、斜めに頰を寄せると、思いがけぬ角度からさらに無躾に切りこんだ。

——君は……その、心理をあやつったりする——文学青年でしたか、三輪君？

——いいえ。

——ふむ、文学書など——あまり手にとったこともないのですね。それはいい……いいことです、三輪君。

と、上体をひき緊めた首猛夫は、不意と紛気らしく高声に笑いはじめた。けれども、その落着かぬ視線は、戻ってくる岸博士へ既に向けられていた。長椅子の前で「神様」の指先へ紐をかけていた「ねんね」は露骨な嫌悪の色を浮べると、我慢しきれぬふうに舌打ちしたが、高笑いをつづけている首猛夫は、背後のそんな動作に気付かなかった。

——爺さんは元気もない格構で出て行き……こうつと——これで静かになったが、矢場を診た結果、どう判断されます？　岸博士。ふむ、あすこへ腰かけ、顎を支えた姿勢は、「考える人」そっくりだが……もし思惟測定器といったようなものがあれば、ちょっと応用してみたいものですね。

——おお、もしそんな機械があれば、貴方に応用してみたいものです。端倪すべからざる変化から変化へ辿るその貴方へね……。

と、融通性に富んだ諧謔の調子がなくもない岸博士は二人の傍らへ近づきながら、くすぐったそうな口調でつづけた。

——ところで……もう三度位伺った筈ですが、矢場君とどういう御知り合いか、さらに貴方御自身についてもまだ聞いていないように思うのですが、いかがでしょう？

——ふむ、僕自身についての説明は——いま三輪君にしたばかりですよ。僕は、首猛夫……つまり、何時もなにかに惚れこんでいて——首ったけ、という風です。

と、薄黒い斑点を顔全体に揺るがせながら、こちらは口早に答えた。そして、殆んど無作法な爆笑を、二人は同時にあげた。肩を揺すって笑いあげながら、岸博士と首猛夫は互いに視線をそらさず、観察しつづけていた。

——貴方はなかなか寛容な精神の持主ですね。ふむ、そうでなければ、精神病医たる資格に欠けるのかも知れないが……ところで、或る人間を或る時期に或る位置に置いて、その本質的な典型、一見隠されているかに見える性格の根強さ——といったものを測定する道具がないわけでもない。尤もかなり不完全な道具ですがね。

——ほほう。それは何です？

——死刑の宣告……です。

と、首猛夫は眼を細めて皮肉そうに云った。

——ほお、それは——貴方には応用出来るが、矢場君には駄目ですね。

と、岸博士も目をまばたいて皮肉そうに答えた。傍らで沈黙をまもりつづけている三輪与志を、首猛夫はちらと横目で眺めた。

——その男を僕は「眼鏡」と呼んでいた。その男というのは、目の鋭く釣りあがった痩せた男で——三輪の隣りの房にいたので、三輪はよく知ってますよ。僕ははじめ知らなかったが、既に死刑が確定していて、その男はただ執行を待ってたんですね。ふむ、世間で評判になった犯罪者は判決確定後直ぐ刑を執行されるらしいが、普通の場合は、三箇月か、六箇月置くものらしい——大抵、三箇月と六箇月の間に執行されるんです。その男が盛んに「眼鏡」を壊すんです。御承知でしょうが、看守はこうした者をやさしく扱ってるんですよ。「眼鏡をまた買ってくれ」。そういっている。「前に買ったのはどうした?」。ところが、誤って踏み潰したとか何んとか答えてるんです。然し、次の品をそう直ぐ買ってやるという訳にはゆかない。何しろ刑務所のなかですからね。僕は、その頃、三輪とさかんに連絡をとっていて——おお、刑務所のなかだって、連絡ぐらい幾らでもとれるんです。僕は斜め向いの房でのこうした押問答をよく聞きながら、その男がどんな男だか知りたくなったものです。そんな振舞いは焦燥からでしょうかね。然し、この男が不安や恐怖に駆られていたとはいえなかった。眼鏡のことを看守と話し合うにしても、非常に落着いていて——どんなふうに、また、何時、眼鏡を壊すのか推察出来ない位だった……。強盗殺人が、その男の罪名でしてね、盗みに入った家の主人を日本刀で斬り殺したんです。僕は三輪との連絡などそっちのけにして——その男に注意してたが、その男の房は非常に静かだった。恐ろしい不安につつまれた沈黙とはどうしても思われぬような静謐さだったんです。ところで、この男が風呂へ入っているとき、面会係の看守が彼の番号を叫んで、呼び出しにきたことがあった。まだ朝でしたがね。僕が緊張に耳を澄ませたというのも、看守が二度ばかり大声で呼んだのに、彼がさらに返事をしなかったからですよ。「おい、おい」不審になった看守は遂に風呂場の前まできて、呼びかけた。「面会だよ」。すると、彼が裸のまま顔を覗かせて、「本当かね」とにやりと笑ったふうにはじめて答えたもんです。こんな気の強い、落着いた男でさえそんな風だった。彼自身、午前はどうも落着かず、午後になってはじめて落着くと看守に打ち明けたことがあるそうですがね。死刑の執行は殆んど午前中だったんです。

——ふむ、貴方に似合わぬ穏やかな話ですね。そんな測定で——貴方は満足なさるんですか？

と、岸博士は、相手を凝視めながら、生真面目に訊いた。首猛夫の窪んだ両眼が、すると、青白い燐光のように光った。

——満足……？　へへえ、馬鹿げたことだ。ところで、こんなことを思いつめた経験はないでしょうかね、岸博士。誰かに死刑を宣告する……というより、何時それを執行するか日時も解らぬ場所へそいつを置いて、一つの測定をやってみる——。

――いいえ。先刻も三輪君へ話したのですが――完全な意識測定器を与えられれば、私は、それで……満足します。

――ふむ、僕にはそんな測定をしてみたい奴があるさ！

と、首猛夫は烈しく口走った。

その圧倒する調子は岸博士へ向けられたようであったが、彼の落着かぬ、魂胆ありげな視線は、傍らの三輪与志の表情の上へ凝っと止まっていた。それは、貪婪な鷹が獲物へ飛びかかろうとして、しかも素知らぬ様子で横目に窺っている眼付であった。けれども――その鋭い眼付は長くつづかなかった。耳を澄ました三輪与志がひょいと軀を曲げて、岸博士が気付かぬ裡に、扉の方へ向ったのであった。凝っと注意すると、室外で微かに扉を叩く音が聞えた。この時間に訪ねてくる人物を恐らく予期していたらしい三輪与志は、ひっそりした廊下へ出て行った。

やがて三輪与志の後に従って現われたのは、十八九位のすらりと長身な少女であった。彼女は上気していた。急いできたらしく、片手に小さな縁取りした手巾を握りしめ、薔薇色の頬を鮮やかに輝かせ、生き生きと澄んだ眼付を人々へ投げながら、ゆっくりと室内へ入ってきた。長身な肩を並べただけで堂々たる威容に溢れた彼等の姿は、人目をそばだたしめるほどであった。少女は潑剌たる気品に輝いていた。橋廊から青銅の彫刻を眺めおろしているときのあの深く削られた陰影が三輪与志に認められなければ、彼等二人は比類少い組合せといえただろう。彼女の顔立ははっきりした輪郭を持っていた。爽やかな眼元と高く彫られた鼻筋とひきしまって動かぬ口許は相互に調和し、若々しく滑らかな皮膚はしなやかで、その力強い表情は微妙な動きに充ちていた。そして、大判の書籍を収めた書類棚のほかに目ぼしい装飾もなく広々と簡素な室内へ新鮮な雰囲気をもたらしたのは、彼女の長身な体軀に似合った純白な衣装であった。彼女は澄んだ眼を瞠り、確固たる足取りで進んできた。陽のささぬ土牢からでも出てきたような血色の悪い人物首猛夫が、まず彼女の注意を牽いたようであった。離れてみると、不気味なほど醜劣な印象を与える首猛夫は、なんだか中途半端に薄笑いして、身動きもせず佇んでいた。白く濡れた口辺を、彼は僅かに開いていた。小皺の刻まれた頰を歪めたまま凝っと身動きもしない様子は、この部屋へ飛びこんできてからの動作に較べて、不自然な位だった。次第に間隔がせばまったとき、頭を丸刈りにしたこの異様な人物を盗み見ながら、彼女は三輪与志へ頰を傾けた。

——矢場さん？

と、語尾も聞きとれぬほど低く彼女は囁いた。三輪与志は首を振った。彼女の澄んだ眼がさらに見開かれると、彼女はたじろぎもせず正面から相手を眺めた。ものに動ぜぬ、力強い表情であった。彼女は視線もそらさず、口元を堅く結んで通り過ぎた。薄笑いしている首猛夫の黄ばんだ皮膚へ、白い翳《ヴェール》が幅広い、大きな覆衣のように照り映え、そして、消え去った。

三輪与志は真直ぐに進んだ。彼は傍らに薄笑いしている首猛夫にも気付かぬようであった。新たな白い翳を浴びた若い医師がその上体をひきしめると、彼は声低く口をきった。

——御世話になってる岸博士……。

と、三輪与志はぽつりと紹介した。微妙に動く眼を瞠った少女が、一歩前へ出た。

——これは、津田安寿子《やすこ》——僕の婚約者です。

——岸です。津田さんといわれると……津田康造氏のお嬢さんですか。

ちょっと驚いたような岸博士は、語句に間を置いた瞬間に想いついたらしく、そう平静に直ぐ訊いた。彼等の背後で何かに躓いたらしく、首猛夫ががたりと滑ったような音をたてた。

——ええ、今日は三輪の祖母の埋葬日で、時間もさしせまっていますので、それで私が与志さんを迎えに参ったので御座いますわ。本来なら三輪の兄が御骨を墓地までお送りせねばならないのですが、いまの弱った軀では無理だろうと、三輪の母が一人気をもんでおりますのに、兄も与志さんも母にとりあわないものですから——私が毎日のように三輪の家へ行かねばなりませんの。私が参ったところで母の相談相手になれるわけもなく、母の心配話の聞き役をただつとめているだけですけれども……こういう大事な場合には困ってしまうのです。

と、彼女はためらいもせず岸博士を直視しながら、よどみなく云った。ものに動ぜぬ気質とともに、同時に、彼女には自然な親密さが備っているらしかった。

——で、三輪君の容態は如何です？

——祖母が亡くなってから、却って気がはっているのですかしら……今日も二階で起きていたようですわ。与志さんは、そんなことも申し上げていないのですの？

と、彼女は傍らの婚約者の横顔へ長い睫毛をちらとあげた。三輪与志は何処か違った場所でも眺めているように、殆んどよそよそしくぽつりと云った。

——墓地へは独りで行くと、今朝、いってたよ。

——御兄様の御部屋に、それで、今朝、長くいらしたのですの？　日頃にないことだと御母様はまた気をもんでられましたわ。——何を話してられたのですの。

——長く……？　いや、兄とは格別話さなかった。ただ矢場のことをちょっと相談したきりだ。

——それで……矢場さんはもう着かれたのですの？

眼を大きく見開いた彼女はゆっくり室内を眺めまわすと、隅の長椅子の周囲へ視線をとめた。

こんな光景が精神病院の一室に展げられていようとは、予想出来ないことであった。それは、のどかな幼稚園の遊戯室か日蔭の庭園でも聯想される情景であった。小さな「神様」は長椅子の端に腰かけた矢場徹吾の頬へ触れるほど寄りそっていた。というより、矢場徹吾の片頰へ頭をもたせかけて、「神様」は片足をぶらぶら遊ばせていた。蒼白い白痴の少女の掌に張られた緻密な綾糸の線を、頰を紅潮させた黙狂は凝っと覗きこんでいた。そこにはたとえ無意味であっても、一つの形と変化が確かにあった。新たな形と変化を示す綾糸を彼は注視しつづけていた。「ねんね」と一緒に、そして、その意識内部の反映の仕方は察知出来なかったが、その外見は、現象に牽かれる無意味な幼児に似た視線をもって——。彼は手出しもしなかった。けれども、綾模様が新たな形をとるたびに彼の首筋が僅かに動いた。それは一つの指示を表わしたのかも知れない。紐の一端を口にはさんだ「神様」は、他端を細い指先で巧みに処理すると、さらに新たな模様をくるりとつくり出した。

津田安寿子はひきつけられるように、彼等の横へ近づいていた。彼女も「神様」の手許を覗きこんだが、やがて、彼女は床上へこぼれ散っている数片の厚紙の形に気付いた。それは、大封筒からこぼれ落ちた獣の形に違いなかった。ふと何気なく、上体を屈めた彼女は、同じ瞬間に気付いて片手でひろいあげかけた「ねんね」と鉢合わせしそうになって顔を見合わすと、相手の美しさに驚いたように互いに暫くぼんやりと眺めあった。「ねんね」の頰には相手の薔薇色に似た紅味が次第に浮んできた。

伏目になった津田安寿子は不審げに厚紙の形をつまみあげた。然し、こんな動作に或る強制の習慣が含まれていようとは、彼女に想像し得ぬところだったろう。片足をぶらぶら遊ばせていた「神様」の姿勢に、すると、変化が起った。絶えざる実験の訓練をうけて、一定の型へはまっているらしい彼女は、相手の手許を凝視めると、何か発音しかけた唇を僅かに開いたが、と同時に、困惑した翳がその眼元のあたりに拡がりはじめた。そして、困惑した翳が頰から口元へかけて崩れるように延び拡がると——その姿勢が不意に弛んできた。それは、白痴の少女が保持し得る緊張の幅を表示する経過であった。なにかしらそれ以上は彼女に持ちきれなかったのである。ちらと津田安寿子の手先を窺った「ねんね」は、素早い動作で厚紙の形をかすめとった。

——揃え方が違うのよ。ねえ、これは兎の耳で——こちらは馬の足でしょう。ううってしか、これじゃいえないわ。

と、不服そうに「ねんね」は口先をとがらせた。こちらは驚いたように澄んだ眼を大きく見張った。

——まあ、これが兎の耳なの。これ、どうするんですの？

——そう、あんたは知らないわね。

と悪戯児らしく「ねんね」は、今度は頰も染めずに相手をまじまじと凝視めた。

——あたいのとこには、本物の兎の耳もあるわ。お父さんが集めたんだけど……あんたが遊びにくれば、見せてあげられるのよ。

——何処ですの？

——二階がまがって、倒れかけてるようなところ。でも——あんたとは身分が違うわね。

——身分……？　どうして、そんなことをいうんですの？

——どうしてって……でも、そうじゃないの。

——いいえ、私は行ってみるかも知れないんですのよ。その本当の兎の耳を見に……。

——でも、あんたがきたらみんなにじろじろ見られてしまうわよ。

と、物おじせずに「ねんね」は乱暴な口調で云った。

活潑な「ねんね」のその隔てもない会話に誘い寄せられたらしい岸博士は、そのとき、彼女達の横で快活な笑い声をたてた。「ねんね」はちらと見上げたが、たじろぎもせず、子供っぽく口先をとがらせると、津田安寿子が恐らく訪れたこともない離れた地区にある貧民窟を急に説明しはじめた。

塵芥と腐臭を漂わせている運河に沿った地区——そんな狭隘な土地が「ねんね」の居住地らしかった。何方《どちら》へ行っても直ぐ運河に衝き当るらしかった。それは霧が深くたれこめる土地らしかった。夕方になると、何処からともなく現われる人々であらゆる小路が埋まってしまい、その人々が肩先を押し合って、夜中過ぎまで歩いているような場所らしかった。尤も、これは、その隣接地区の話だったのかも知れない。数多い小運河や、古い木橋や、繁華な大通りなどをとりとめもなく横切って行く彼女のまとまりのない話振りは、遠い貧民窟の報告らしくもなかった。

彼女は口先をとがらせたまま、何か考えるときの癖かも知れない、時々、二本の指を片頬へついて、黙りこんだ。何時かその地区を訪れてみたそうな相手の熱心な態度が、彼女に、口先の説明ではなく、そんな方法を思いつかせたらしかった。彼女は床上へ蹲ると、まず一本の紐を長く引き延ばしてみた。それは奇妙な地図であった。謂わば小さな模型図を彼女は床上へこしらえはじめたのであった。一本の紐は、縦貫している街路、数本の平行に並べられた紐は、幅広い運河――そんなふうであった。そして紐が交叉した地点にあって目標となる建物、また、小運河へ架けられる橋などの位置へは、色彩の異なった厚紙の断片が、それぞれ巧みに組み立てられた。この姉妹が器用な手先を持っていることは明らかであったが、それにしても、それは独特な説明法であった。

「倒れかかった二階家」の小さな模型を組みたてながら、彼女はふと顔をあげた。相手が呼吸をとめたような気がしたのである。津田安寿子の視線は何処か横へぴたりと止まったままであった。片腕で顎を支えた矢場徹吾の上体が彼女の肩先へ殆んど接していた。彼女はさりげなく立ち上りかけたが、ちょっと身顫いしたようでもあった。というのは、その裾が長椅子の角へひっかかって、背後へ強くひっぱられたのであった。

――おお、どうしたんです？

と、岸博士が驚いたように近づいた。

——いいえ、なんでもありませんわ。

と、津田安寿子はこともなげに答えたが、手巾を堅く握りしめた彼女の手首のあたりが、それと目だたぬほどひきつっていた。

——矢場さんが脇にいられることに気づかずにいて、それが——急に、変な気がしたんですの。

——矢場君が……急に、どうかしたのですか？

——いいえ。ただちょっと……。

——ちょっと、どうしたんです？

——急に変な気がしたものですから。何か動いたような気がして——。でも、矢場さんは……ただ観てられるだけですのね。そう、それだけなんですわ。

——ふむ、それは——或る種の気配です。例えば……森のなかを歩いているときなど、何処か奥まった場所で誰かが朽葉を踏むような物音を聞いて、ふと立ち止ることがありますね。そう、そうした瞬間は貴方にも一度ぐらいあった筈です。こうした外界の気配は必ずしも無理由とはいえないでしょう。それは一種の交感——外界への怯えをともなった交感です。そう、それだけですよ。勿論、何ら外部的な原因もないまったく無理由な恐怖といったものもない訳ではない。そして、その無理由な恐怖は……たった一人いる部屋のなかでも起りますが——たとえ、そうにしても、貴方は気丈夫に持ってしかるべきです。何故って――三輪君が探求している領域はむしろ私より精神病医的ですからね。

と、相手を落着かすように岸博士は穏やかに微笑しつづけた。怯えを手首で抑えて手巾を握りしめたまま凝っと聞きいっていた津田安寿子は、ちらと不意に視線をあげた。彼女は口ごもるように訊いた。

――与志さんは何を話しますの？

――一言でいえば、非論理的な世界の設定で……一つの極から他の極まで、私は飜弄されつづけましたっけ。三輪君の問題提出は非常に鋭く、私は内心に思わずあっと叫んだほどでしたよ。

――それは……どういうことですの？　私にも解るようなことですか知ら。

――それは一種の幽霊問答といって好いでしょうね。つまり、三輪君の問題を命題化すると、こうなるんです。――此処に一つの幽霊屋敷があるとして、さて、如何なる幽霊を出現さすべきか。

と、岸博士は幾分道化て首を振ったが、それは、そのままの形では相手に受けとられなかった。それは、むしろ、逆効果を起したのであった。大きく澄んだ眼を見張った津田安寿子は、岸博士の言葉とともに、懸命に自身を抑えているようであった。彼女はちょっと片腕を持ちあげかけたが、彼女の頰から血潮がひいて、すっと一筋に蒼くなった。彼女はその上体を捻じ曲げるように婚約者の方へ振り向いた。何か問い質したげな表情であったが、そこにそんな余裕もなかった。機会を狙っていたらしい首猛夫が、いきなりその場へ飛び出してきたのであった。彼は何時の間にか三輪与志と肩を並べていた。けれども、彼等の態度は異様であった。彼等は肩を接しながらしかも互いに振り向きもせず、無関係な傍観者のように、互いに素知らぬふうに佇んでいたのであった。薄汚れた斑点を延び縮みさせた首猛夫は、岸博士と彼女の前にのめるように立ちはだかったが、その際、恐らく故意かも知れない、彼女のしなやかな肩先へ鋭く衝きあたった。

――ちょっ！　愚劣な話だ。僕が最も呪っているのは幽霊的観念そのものですぜ。おっと、失礼……好きか嫌いかの二者撰一しかない女性への第一印象は注意しなければならんそうだが――僕はあまり芳しからぬ印象を貴方へ与えたようでしたね。僕は、首猛夫――三輪高志の謂わば、まあ、運命的な友人で、しかもまた、貴方の父上の甚だ芳しからぬ知己でもあるんです。ちょっ！　このことを是非記憶しておいて下さい。それこそ……貴方の婚約者が僕へ敢えてした無視をさらに無視して、僕自身、敢えて自己紹介する所以ですからね。僕の予定表には、津田康造氏宅への急速な訪問という項目がはいっているが――ところで、さらに忙しくなりそうなのは、何処かにある幽霊屋敷をも是非訪問しなければならなくなったことですよ。ふむ、その幽霊屋敷は何処にあるんですかね、岸博士。

――その質問は、三輪君へされるのが至当です。

と、岸博士はするりと体をかわした。

彼等から離れ佇んでいる三輪与志と首猛夫は、一瞬、火花が散ったような閃く視線を交わし合った。窪んだ眼を鋭く光らせている首猛夫は、奇妙な薄笑いを浮べていた。津田安寿子は彼から無視されたのを機会に後ろへ退ったが、それにしても、父の知己であるというこの異常な男から視線がはなせぬらしかった。彼女はこの異様な人物と婚約者を不安そうに見較べた。首猛夫が現われてから沈黙勝ちになった三輪与志は、その表情を微動もさせず、まるでかけ離れたことを、やがてぽつりと云った。

――この世界が幽霊屋敷であるとして――と、そんなふうにいっても好かったのです。

――この世界が幽霊屋敷……？　ふむ、それは、卓見だ。

と、首猛夫は白い歯を見せて嗤った。

――ところで、それが、津田家の応接間でも好いが、君の眼前にかしこまった幽霊に、さて君はどう挨拶するだろうかね、三輪君。

と、彼は奇抜な質問をつづけた。けれども、充分話し合った訳でもないのに、彼等の間には互いに反撥するものが潜んでいることを何らかの理由で感知したのかも知れない三輪与志は、それと解るほどの陰鬱な、自身にのみひき籠った視線を横へ向けてその素気ない態度を相手から隠そうともしなかった。すると、二人を仔細に観察しつづけていた岸博士の頬が次第にひきしまってきた。横へ視線を向けたまま答えようともせぬ三輪与志が彼等の会話へ加わらぬことを見極わめると、彼はこの捕捉しがたい人物首猛夫を単独で探査してみようと決心したらしかった。彼は横から素早く口をはさんだのであった。

――ふむ、三輪君はむしろその相手自身です。

――というと……？

――三輪君は……つまり、相手の幽霊の立場にあることを欲してるんですよ。

――あっは、君がその幽霊自身だって？　ふむ、物ごころついて以来の希望がこんなところでかなえられようとは予想しなかったぜ、三輪君。何処か薄暗い部屋でひたと幽霊と眼を見合わす最初の瞬間――それを僕は夢想しつづけてきたのだが、僕達が、ぴたりと眼と眼を見合せたあの先刻の邂逅はどうも散文的だったらしいね。えっ？　そうではなかっただろうか。ふむ、君は黙りつづけているのだね。

――三輪君のそれは、しかも非人間的な幽霊なんですよ、首君。

――非人間的……？

――そう、そうです。

――というのは、まさかその両手が血みどろという訳ではないだろう、三輪君。何故って、悪逆、無頼、暴行、殺人等が最も人間的であることは、既に歴史が証明するところだからね。

――いや、三輪君のそれは、人間の匂いがしないというばかりでなく、人間的な思考方法をとらないということなんです、首君。

——あっは！　君もまた無言無説の境地を欲しているのだろうか、三輪君。だが、君が——怨恨的幽霊の立場でなかったことは頼もしいことだよ。

——というと……そこにさまざまな立場があるのでしょうかね、首君。

と、岸博士は殆んど執拗に横から質問をひきとりつづけた。首猛夫は横目にぴったりと寄りそってきた岸博士を探るように凝っと眺め返した。

——少くとも、まあ、二つの型があるらしいのですよ、岸博士。僕が興味も持たず、また、全然無視している一つの型は……恐らく貴方もそう認められるだろうから、僕達二人が問題外とするのは——なんだか血なまぐさい怨恨しか知らぬ、愚昧な、女性的な、東洋的幽霊です。

——ふむ。すると——そうでなければ、もう一つの型はどういう立場です？

——理性的幽霊——。

——理性的幽霊……？

——そう、そうですがね。つまり、ちょっと対話をしても興味のある岸博士のような……。

——ふむ、幽霊との対話！　それは美しい情景でしょうね。何処か薄暗い部屋でひたと幽霊と眼を見合わす最初の瞬間——それを貴方は長年想い描きつづけられたらしいが、勿論それのみにとどまる筈もないでしょうね。というのはつまり……互いにじろじろ凝視め合うと——おお、どう挨拶するんです？　首君。

——自殺の勧告ですよ。

と、皮肉そうに眼を細めながら、首猛夫は再びぽつんと素気なく答えた。

何処かの空間で死をめぐっての諸観念がはっしと敲ち合ったような気がした。そして、その奇妙な余韻が、或る空間や肉体を透し通って、何処か遠い、暗い部屋の一点——ぴたりと眼を見合わすような幅もない一点へ凝っと止まると果てもなく鳴りひびきつづけている——とも思われた。岸博士は不意と身を立て直した。

——貴方の意見は三輪君とまるきり違っているようですね。で……理性的幽霊が自殺すべきだと、貴方は何故主張なさるんです？

と、岸博士はさらにそのかすように訊きつづけた。

——幽霊が理性的幽霊である限りに於いては、勿論そうあるべきですよ。というのは——まあ、ここに絶世の美人がいて、それが幽霊となれば、やはり、絶世の美人たらざるを得ないでしょうね、岸博士。

ちらと津田安寿子へ横目を走らせて薄笑いした首猛夫は、両眼を蒼白い燐光のように光らせながら、そう反問した。

——そう、まあ、そうでしょう。

——千年経ったら、どうでしょうか？　ふむ、花のかんばせ色褪せるべき千歳の星霜を経れば……ですね。

——おお、それが幽霊なら、やはり、絶世の美人でしょう。

——そうなのですよ。岸博士。この絶世の美人は東洋的な愚劣な幻想だが——二千三百年前のアリストテレスの幽霊がいま貴方の前に現われたとしたら、ふむ、貴方はどうします？

——どうするって……どういう意味です？

——つまり、まあ、論理学の講義でも貴方にする……としてです、貴方はアリストテレスを讃嘆するでしょうか？

——そう、二千三百年以前の偉大な才能を讃えるでしょう。

と、岸博士が落着いて答えた瞬間、軀全体が揺れ上るほど首猛夫は爆笑した。

——おお、嗤わしちゃいけませんよ、岸博士。僕が訊いているのは、二千三百年以前の……まあ、百年以前のでも好いが、或る思索者の思想についてなんです。つまり——或る瞬間でぴたりと機能をとめてしまった思想は、恥知らずでないかと訊いているんです。あっは、僕は検察官になって、あらゆる幽霊の……幽霊としての誕生日を仮借なく取調べてみたい。何処か薄暗い部屋で幽霊とぴたりと眼を見合わせた瞬間、ふむ、僕はいきなりあびせかけてやるさ——恥を知れ、とね。そして、首くくりの手伝いでもしてやる積りなんです。あらゆる幽霊が百年もの歳月を許されながら、幽霊たり得た瞬間から思惟も成長もやめてしまって、新たな啓示も表わし得ずに、老いたる繰言のみ僕の前に展げるなんて、それこそ首くくりに価いする屈辱だ！

——ほほう、それで、貴方は屈辱による幽霊の自殺を強要なさるという訳なのですね。……ですが、それはもはや、幽霊の責任ではなく、つまり——話しかける貴方自身の責任ではないでしょうかね、首君。

——そう、そうなのですよ、岸博士。それが解れば——ふむ、僕達のまわりくどい議論とてまんざら無意味でなかったことになる訳です。

と、その場に躍りあがるように、首猛夫は鋭く叫んだ。

——この世界が幽霊屋敷だという三輪君の意見に、その限りで僕も賛成しとこう。四十年も五十年もの歳月を経て……ぴたりと機能のとまった愚昧な幽霊ばかりがうろついているのを見れば、それこそ首をくくる手伝いでもしてみたくなる筈ではないでしょうかね、岸博士。そして——理性的幽霊なんてものを想い描きはじめた僕は、まったく正気だったんです。そう、僕は、誓って、正気だったんです。僕にはひどく羨しかった、彼等に与えられている謂わば無限に等しい時間が、ね。彼等に許されているような百年の歳月を僕に与えてくれれば、僕は必ずバベルの塔を三つ位建ててみせますよ。おお、岸博士、こんなに時間が惜しい僕の気持ちが解りますかね。僕は三年かかることを大体三日でやってきたんです！

その内面を示すこともないこの異常な人物がなにかしら興奮してきた様子を、岸博士は興味深そうに眺めていた。

——ふむ、貴方の意見によると……愚昧な人間と幽霊的存在とは同義語のようですね。愚昧な人間がそれぞれ幽霊を背負っているとは、なんだか今まで一般にいだかれていた観念と正反対のようで——独創的です。

——独創的ですって……？　冗談じゃない。ぴたりととまったまま——おお、こんなふうに時間がとまって、その先に発達も成長もない幽霊的観念、この退屈な天国の思想は、巷にみちみちていますよ。この幽霊の特権を大事に背負うと、すっかり安心しきってまことにのんびりと巷をうろついているんです。ふむ、僕と正反対なのは……僕が三日でやることを、彼等は三年かかってもやらずにほったらかして置くことです。何故って、彼等にとって、彼等がそうある以上の何も望む必要がないからです。

と、首猛夫はにっと白い歯を見せた。

——すると——貴方は此処へきてもう一時間近くになりますが、二箇月分以上の仕事をしてしまったのでしょうね。

——おお、図星です。僕はもう出かけようと思っていたところでしたよ。ところで——矢場の病室は何処になるんです？

と、首猛夫は不意に声をひそめた。岸博士もつりこまれたように、低く答えた。

——五号室です。五号室は……廊下向うの部屋で、端れから一号室二号室と数えるのですが、いま行ってみますか。

——いいや、僕は此処で矢場に挨拶してきます。

そういいながら、首猛夫は隅の長椅子の方へ斜めに寄って行った。腰のところでちょっと上体を折り曲げた彼の姿勢は、横へ這ってゆく或る種の醜怪な動物のように見えた。すると、あわただしい事態が発生した。先刻から首猛夫を睨みつづけていた「ねんね」が、「神様」をかばうようにその肩先を抑えながら、矢場徹吾の傍らからふいと離れると、殆んどわざとらしいほどの足音をたてて、大机が据えられてある窓際へそそくさと移ったのである。彼女は明らかに敵意を示していて、大机へ背をもたせかけた後にも、首猛夫の挙動から視線をそらさなかった。そんな視線に気付かぬ首猛夫が、矢場徹吾の腰かけた長椅子へ近づき、無言の患者の肩へそっと手を触れたとき、彼女は強く舌打ちしたほどであった。その不服そうな、勝気な姿を、鮮かな血色を既にとりもどした津田安寿子は興味深そうに見返っていた。

——私達はもう参らねばなりませんわ、岸先生。

と、津田安寿子は、やがてつつましやかに云った。彼女の澄んだ視線は物問いたげな光りを湛えていた。この部屋の異常な会話は彼女を惑乱させたらしかったが、と同時に、その理解に努める真摯な力強さがそこに窺われた。彼女はその婚約者へ聞えぬほど、岸博士へ近づいていた。

——三輪の母は、与志さんが無口なのを気に病んでおりますが……先程のような話を、与志さんがすることもあるのでしょうか。

——私とはよく話します。三輪君は——相手によって黙ってしまうようですね。尤も、貴方が見えられる前、論議した話題は、精神病医としての私も大分ひきまわされた形で……ややたんのうした位ですが、三輪君の意見はまたゆっくり伺うつもりです。三輪君の話は極めて現代的です。

——現代的といいますと……私には理解出来ないような内容でしょうか知ら？

——おお、幽霊の話などではないのですよ。それは、謂わば言葉の綾で……貴方には是非加っていただきたいような論題です。

津田安寿子は長い睫毛を伏せると、ちょっと考えこんだ。眼を伏せると、明るく澄んだ彼女の表情は、静かな愁いを帯びて見えた。やがて、彼女は口ごもるようにいい出した。

——明後日の午後、私の誕生日に、友達ばかりの小さな会を、自宅で致す予定でおりますが、若し時間が御座いましたら……岸先生にも御出席願いたいと存じますわ。

——明後日の午後ですか。是非伺わしていただきます。貴方のお父さんには司法団体の会合で、一度御目にかかったことがあります。

——そうで御座いましたか。同じ年頃の友達ばかりで、父はその席へ出れるかどうかまだ解りませんが……その現代的な課題をゆっくり聞かせていただきたいと期待しておりますわ。

――現代的な課題ですって……？　ふむ、そういう意味なのですか。

と、岸博士は思わず声を高めた。

――ひょっとすると、私は今夜不眠に襲われるのではないかと心配しているのです。何故って、私が今日当面した現代の課題は……おお、それが貴方に理解出来ないというのではないのですが、まあ、誕生日には適わしくない話題かも知れませんね――それは、虚無主義《ニヒリズム》の克服です。

そう岸博士が述べたとき、それと同一の瞬間に、三輪与志の頬を閃くような鋭い痙攣がかすめ過ぎた。けれども、それが岸博士の言葉によって惹き起されたのでないことは、彼が先刻から部屋の隅を凝視めつづけていたことで明らかであった。矢場徹吾の肩先を軽く揺すっていた首猛夫が、何を意図したのか、相手の腋下へ両手を差し込むと、その重さでも量るようにぐいと持ちあげたとき、不意と思いがけぬ微笑が矢場徹吾の口辺に浮んだような気がしたのであった。窓際に立ち並んだ樹々の葉々を透してくる、暗緑色を帯びた光線のなかで、その口辺の翳を確かにそれと見定めがたかったが、しかもなおそれが疑いもなく一つの微笑であったような気がしたのである。

すると、不思議な符合であったが、相手の腋下を持ちあげかけた首猛夫が、電流にでも触れたように矢場徹吾の傍らから飛びのいた。そして、彼は奇妙な動作をしたのであった。二三歩飛びのいた首猛夫は、やがて触覚のように頸を差し延ばすと、相手の紅潮した頬へその黄ばんだ、薄汚れた頬を近づけた。相手の呼吸が整っているかどうかを窺ってみたらしかった。頬と頬を接するような近さから、彼は相手の横顔を検査するように横目でじろじろ眺めていたが、不意に振り返ると、岸博士へ声高に呼びかけた。

——矢場の治療をはじめたら僕にも是非立ち合わせて下さい。ふむ、その日は何をおいても飛んできますよ。一種の意識測定器たる貴方の前で——この眠れる物体を揺すってみたいんです。おお、そんな所業が嘗ての同志をないがしろにした冷酷さだと誤解しないで下さい。それどころか、僕は矢場に限りない親愛の情を懐いていて——矢場の夢想をまず彼自身に味わせてやりたいと、衷心から望んでいるんです。矢場は変った同志で——ちょっ！　僕自身も変った同志と名付けられて仲間から爪弾きされてきたんですがね、そのため親しくなったという訳ではない、無口で不機嫌な矢場から少なからぬものを学んだという点で、僕は彼に興味を覚えたという訳です。僕がまず教えられたのは、彼の無類の不機嫌でしたよ。僕は考えた——。不機嫌なものは充実した自我を持っているように思われる。さて、そこで不機嫌になってみる。すると——始めて人間の幸福に味わい至ったような気がしたもんです。尤も、矢場自身は幸福なんてものを味わい知ったこともなかったんですがね。彼を苦しめつづけたものはひたすら——自我だった。おお、僕達は可憐な青年だったんですよ。僕は無口な彼から言葉をひきずり出すのに苦心したっけ。ところで、その頃の僕達は絶えず会っている訳ではなかったし、また、会った度毎にそんな話題をとりあげられる訳でもなかった……。それで……飛躍的な思索ばかりを彼から受けとることになったんです。ですが、それが飛躍的であれ、僕はひたすら精神史のみに興味を持っていた。ちょっ！　僕の顔が蟇に似ていようがいまいが、そんなことに毛筋ほどの興味もありやしないんです。ふむ、それは或るビルディングの六階だった。時刻は夕方で、暮れかかっていた。薄紫色から濃い鼠色へ移ってゆく宵闇が窓際から這い寄っていた。窓から眺められる地平線の上空はまだ仄明るかった。背を屈めて這いこむ闇は何処かに凝っと止って、目に見えぬほどの速度で這い進んでいるようだった。それは、不安をそそるような夕暮だった。下方の街路には諸所に街燈が淋しく点いていたっけ。けれども、舗道は深い闇に沈んでいた。その事務所は、他で開催されている或る大会の連絡場所になっていたので、時々、電話のベルが鋭く鳴った。おお、そのときの情景を僕ははっきりと憶えている。僕は、彼が何を望んでいるか、を訊いたんです。薄闇のなかで、彼は口端をちょっと歪めたっけ。ふむ、それは、それが突拍子もない夢想で、真面目に受けとられなくても好い、という印しだった。窓の外の拡がった闇を眺めながら、彼はいったんです。

「この窓の外が、引力のない真空の拡がりだとして、身を投げたらどうなるでしょう？」

「落ちないことは確かだね」

「すると――どうなるんです？」

「ふむ、永遠に……或る一点に止っているだろう」

「おお、貴方は……貴方自身はそうしていますか」

「いや、僕は動くよ」

「動く……？　何によってです？」

「ふむ、つまり、僕自身の傾向と重みによって――」

「そう、私もそんなふうに自身を調べてみたかったんです」

僕達は窓の外の深い闇を眺めつづけていた。下の街路から何とも知れぬ騒音が聞えていた。遠くの広告燈が忙しげに明滅していたっけ。僕は、瞬間眼を閉じると、直ぐ見開いてみた。涯も知れず拡がった漆黒の闇が、この薄暗い部屋の窓際に佇んでいる小さな二人の人物を凝っと見据えているような気がしたんです。僕には、そのとき、或る想念が非常に明瞭になってきたっけ。若し自然がこんな風に眼を見開いて睨みつづけているとしたら、その前で――何を考え、何を行うべきだろうか、と。すると、矢場が不意にいったっけ。

「この世が終る前に――物体が眼を見開く過程を、私は確かめてみたいんです」

ちょっ！　それは奇妙な夢想だったろうか。謂わば大自我へ自身をひきくらべたがる矢場の意向として、それは、突拍子もない空想だったろうか。いや、そうではなかった。各人がその能力に応じて働き、その欲望に応じて与えられるといった、謂わば、まあ、時がぴたりと止まったような見事な天国を果して身についた実感として想像出来るかどうかなどという涯もない愚かしい議論が横行していた時代だったのだから、矢場がそんな風に飛躍したとて、少しも不思議ではなかったんです。それどころか、矢場の本心には最も現実的な理由があって――おっと、失礼、僕は先刻から貴方に衝き当るのが癖みたいになってしまいましたね、ふむ、明後日の会合へ出席する光栄を僕も是非得たいものです。何故って、幽霊と全く無縁な僕にとって、虚無主義の克服など一瞬時ですからね。僕の行動の原理は――この世に人間しかいない、ということだ！

と、首猛夫は言葉をぶちまけるように粗暴にいいながら、不意と身をひいた津田安寿子の肩先へ軽く触れながら、忙しそうな身振りで岸博士との間をすり抜け、扉の方へ後退りして行った。

――この世に人間しかいない！　それは明白単純だ。だが、出来れば――呪文のように日に一度はそうとなえてみるべきですよ。何故って……神秘的な事物や僕達の触れ得ざる法則が、何処かの中空にぶら下っていると、僕達は忽ち考えたがるんですからね。ところで、勿論、哀れな裏長屋から壮大な官邸に至るまで――赤ん坊と生れてはじめて眼を見開いた代物しかいやしないんです。僕が手ぶらで入ってゆくと――鹿爪らしく、厳しげに、また、哀れっぽく眺めているが、蟇のように頭を擡げてぐっと睨めば、睨み返すか、それとも、伏目になるかそのどちらかだ。あっは！　この世に人間しかいない――これこそ、三年かかる仕事を僕が三日でやってのけられる理由です。ふむ、僕は矢場と並んで闇の前に立っていたとき、このことをはっきり悟ったのだ。そしてそのために、まず、眼をぐっと見開いた睨みを習練しなければならないんです。森の小道や叢を丹念に覗き歩けば、必ず二三匹の蛇に出会えるが——鎌首をもたげて凝っと眺めている相手と、まあ、少くとも五分間は睨み合う必要がある。おお、決して伏目になってはならないんですよ。そして、有無をいわせぬ応用、つまり、強者の視線を会得出来れば——ちょっ！　相手の視線に触れると、内気に俯向く小娘など、三日でやれることを三年もほっておく奴等に任せておけばよいと、心から納得出来る筈です。だが、はじめから鎌首を垂れてするすると逃げ出しかける相手には——まあ、こんなふうに閉めかけた扉へ素早く片足を差し挟んでおく。閉めかけた胸の扉へちょっと風を通すんです。相手の心へ絶えず片足かけておくこの方法は、ところで、その維持がなかなか難しい。というのは、相手がこちらへ懐く嫌悪感——おお、それは必ず懐かれるし、また、懐かせねばならないんですがね、その嫌悪感を一定にとどめておくけじめが難しいということなんです。つまり、そのけじめを越えて、憤怒させたり、或いは逆に、妙な優越感を持たせたりすれば、忽ちこちらの足が挫かれるんですからね。だが、疼く程度の嫌悪感を保たせ得たら——占めたものだ。嫌悪するが故に、新たな嫌悪を容認するといった奇妙な事態が生じて……僕は行き過ぎなど顧慮せず、差し込んだ片足の範囲を拡げてゆけるんです。この二つの行動方法を適用して——僕は何処へでも、まあ、たとえ泥足がはばかられる宮殿へでも、入ってゆくという訳です。尤も、絶えず嫌われながらね。ふむ、僕は想い出した――僕が完全に孤独な少年としてこの世へおっぽり出されたとき、そんな僕を憐れみ、うるさくつきまとって世話してくれた操正しい婦人に恥をかかしたことをね。その婦人はその頃の僕の唯一の相手だったので絶えず恥をかかせていたともいえるが――それというのも、僕の未来を嘱望している調子が見えたせいもあるらしいんですよ。「私には貴方がそんな風に――どうやって人波の間を切抜けようかと試している気持がわかりますわ、ええ、解りますわ、貴方の気持は……」「へえ、僕の気持が解るんですって？」「そうですとも。尤も、貴方は人の世について何も知らないただの小僧ですよ、貴方は独りで傲ぶっているけれども……」「へえ、では、奥さん、僕が貴方に惚れていることも御存じなんですか」。おお、すると、その婦人はぎくりとしたふうに頬を赤くそめたんです。「何んですって？　貴方はまだ小僧ですよ。そうですとも――何んてことをいうの、貴方は。貴方はまだ十六じゃありませんか」。僕はこの善良な婦人の惑乱した言葉を含み笑いしながら、聞いていたっけ。おお、僕がこんなことを想い出したのは――当惑されたが嫌われなかったのは、この婦人ぐらいだったからです。その理由は、勿論、この婦人が僕をただの小僧と見做していたことによるんですがね。ふむ、それ以来、僕は、まあ、嫌悪と嫌悪の間にはさまれて生きてきたようなものですよ。

私が生きているということ。それはそこに一つの幅があってそのなかに囚えられているということだけれども。

これは、矢場から聞いた文句で——だけれども、という言葉が気に入ったのだが、僕も、嫌悪と嫌悪の壁にはさまれているのだけれども、といいたいですね。この認容句のなかには微妙な含みがある。そして——岸博士、三年かかることを三日でやってのけるためには、そんな犠牲は何でもないと思いませんかね。ふむ、こんな僕に、明後日の会合への出席が拒まれる筈もないだろう。そして、この部屋への出入もね。また近い裡に会おうぜ、三輪君。ところで、こんな文句は矢場に似合わぬだろうか。どうだろう! Villon, our sad bad glad mad brother's name!

そして、するりと廊下へ抜け出した首猛夫は後ろ手で扉をばたんと閉めたが、隙間もなく設計された頑丈な扉は、蝶番が軋む金属音とともに、壁が震えるような激しい音をたてて鳴り響いた。

二

そこにはかなり風変りな記録があった。三輪家と津田家の関係は、古い記録へさかのぼれるほど親密であったが、この両家の間には一つの奇妙な関係があったのである。両家の歴史をひもどくとき必ず現われるこの奇妙な関係は、現代へまでひきつづいており、そして、それは私達にとっていささか興味のないことでもないのである。両家の系図が詳細に引き合わされるのは約三百年間であるが、この三百年という時間の裡に——つまり、十数代の営みの裡に、幾度かの縁組みが両家に交わされていたのであった。尤もそれはそれ自身なんら風変りでもない。生の流れを敢えて断絶することもなかった一つの物語であった。そして、両家にまつわる一つの運命的な謂わば決定的な歴史を展げるためには、もはや紙の上の奇妙な記号と化してしまったそのひとびとの年代誌へまでさかのぼってみる必要はあるまい。私達の物語は両家にまつわる現代史なのである。

それは真夏にしては陽射しの弱い薄曇った日の午後であった。顫える大気は蒸し暑く、何処からか漂ってくる強い潮風の匂いがした。ひょろ長い街路樹は熱っぽい波に洗われ、乾いた埃に白けきった裏葉をきらめかせながらそよいでいた。雑沓が不意にとぎれ、そして、人々が再び動き出す瞬間、一種静謐な透明な空白が眼前に音もなく崩れてゆくような気がする——そうした十字路でのことであった。弱い陽射しは斜めに街路を横切ってその光線の彼方に窓に鎧戸をおろした高い建物が暗く凹んだ陰影をたたえて立っていた。夏期休暇中地方の高等学校から帰省していた三輪与志はその頃鋭い形をとりはじめた或る想念にその表情を酷しくひきしめながらふと立ち止った。十二三の少女が斜めにすれ違いかけたまま立ち止ったのであった。それは背丈の高い、瘠せぎすな、扁平な胸部をもった羸弱そうな少女であった。その瞳は大きく見開かれ、化石したような凝視が彼へ向けられていた。高い建物の蔭から流れ出た弱い陽射しを少女はその半面にうけていた。少女の頬へさしかかって薄い陽炎をゆらめかせている微弱な光線の凝っと止った鮮やかな形を、その後も三輪与志は刻印されたようにはっきり記憶していた。この斜めの琥珀色の陽射しを彼自身も正面から浴びていた筈なのであった。少女はその位置に化石していた。呼吸を忘れたような鋭いひきつりが咽喉元をかすめ過ぎると、淡黄色の陽をうけた顔色がすーっと紙のように白くなった。病気だなと、三輪与志は気付いた。彼はそのとき卒倒という発作がまるで石塔か何か重い垂直な物体をそのまま横倒しにするように起ることを知ったのである。彼はふいと手を差し出した。その少女が棒のように強直したまま斜め後ろへのめった瞬間に抱きとめたが、彼はそのとき時間を微細な瞬間へ至るまで一瞬の狂いもなく厳密に分割出来るような気がした。一瞬一瞬に物体としての堅い固定した重みが加わってくるのであった。それは小さな玩具屋の店先であった。彼は少女をかつぎこむとき道路際に陳列してある細い首をもたげた木製の白鳥をがらがらと押し倒し、そして、店奥から出てくるあわただしい人影や街路から寄り集ってくる人々から遁れるようにその場を立ち去った。

するとそれから数日後、三輪与志は自宅でそれと同じ現象に遭ったのであった。彼は二階から降りてくると階段脇の薄暗い部屋の扉をあけた。書庫になっているその部屋から本をとり出そうと思ったのである。彼は眼前に何か硝子のようなものがゆらりと浮び上ったような気がした。数日前の少女の瘠せぎすな顔が思いがけず彼の眼前にあった。薄暗い光線のなかで白く眼を光らせた少女のほのぐらい輪郭だけが浮んでいた。彼は思わず手を延ばした。すると、あの街上と同じようにその少女は棒のように前へよろめいたのである。

けれども、事態は数日前と違っていた。彼の後方で烈しく飛び上ったような叫び声がすると、彼は忽ち扉の横へ押しのけられていた。

——水……水……。飲ませる水は何処にあるんですの。どうしたのだろう、まあ、この子は？　熱があるんじゃないの？　まあ、すっかり冷えきっている！　早く、早くコップに水を持ってきて下さいな。

三輪与志はこの早口な婦人の叫びに応じてコップを取りに廊下を渡ったが、彼が戻ってきたときには既にその瘠せた少女もどっしり肥った婦人も彼の母親や女中達にとりかこまれていた。書庫へ入りこんでいたこの少女が挨拶につれられてきた津田家の一人娘、津田安寿子なのであった。予想せぬ発作のため、三輪家の家内への挨拶も行われず彼女達は立ち戻らなければならなかったが、それこそ三輪家と津田家の間につづけられた連綿たる関係に一つの結末をつける異常な結合の開始だったのである。

女学校へ入ったばかりの幼さでもはや頑固なヒステリーが起ったのかと、津田夫人は不安になった。目まぐるしい大都会へ移ってきたのでその早期な発生が促されたのかと考えられたが、それにしても津田安寿子は奇妙な行動ばかりとった。理由を訊いても彼女は白い眼を光らせたまま、頑くなに返事もしなかった。そして、離れの部屋に何時までも黙って閉じこもっているかと思うと、思いもかけぬときに急に肩を顫わせてとめどもなく泣いた。顔色から血の気が消え失せて、僅か二三日で首筋がげっそり瘠せてしまったように見えた。津田夫人は、熱病にうかされたような、といっても確かな病気とは認められぬ理由も知れぬ一人娘の症状にまず当惑し、なだめすかしたあげく、その理由を探り出すと、その場に殆んど飛び上ったのであった。

それは、僅か十三歳の少女の古風な恋患いなのであった。そしてその相手が偶然にも三輪与志だったのである。十数年にわたる地方生活を終りこの首都へ戻ってきてからまだ一週間も経たぬ裡に起ったこの出来事は、津田夫人を呆然たる自失状態へ陥らせた。けれども、謂わば奇蹟的なこの出来事は、より密接な関係を本来持つべくして未だ最近まで持ち得なかった三輪家と津田家のひとびとに話題豊富な哄笑と歓喜を呼び起したのである。彼等の婚約は直ちにとりきめられた。ひとびとは古くから両家に伝わりつづけた特有な親和力を論ずる一種の夢心地に酔っていた。十三の少女の恋患い——そこから聯想されるこの出来事の異常な性格はそのときいささかの顧慮も検討もされなかったのである。

彼女自身はすっかりはにかんでおどおどしていた。一瞬の告白がこれほど盛大な事態になるとは予想もしていなかったのであった。そんな彼女を今度は周囲の者達が無理でも前面へ押し出した。そして、その先頭に立ったのが津田夫人自身なのであった。彼女がはじめて三輪与志を単独に訪れることになった日、津田夫人は娘がすっかり怯えきって出がけの挨拶も出来なくなったほどの興奮状態で送り出した。そして、帰ってきた娘を待ちうけていたように玄関先で捉えると、その一日中の行動を早口にたたみかけて訊いた。けれども、津田安寿子は殆んど答えられなかった。問いつめている裡に、事実そこに答えるべき何物もなかったことが明らかになった。彼等は動物園へ行ったのであった。

——動物園……？　奇妙なとこへ行ったものね。そして、どうしたの？

然し、動物園のなかでも何事もなかった。何かしら不安になってきた津田夫人がさらに酷しく問いつめた結果明瞭になったことは、彼等が最も長時間、海驢《あしか》の檻の前に立ちどまっていたことであった。氷山をかたどったような灰色の岩、碧い水面、そのなかを滑らかな硝子にでもぴたりと触れるように青い水層へその身をつけて滑っている海驢の前に立ったまま、三輪与志は身動きもしなかった。そして、軀をくねらしもせず滑り進んでいる海驢から眼を放さず、彼は一時間以上もその場につっ立っていたのである。それだけだった。

津田夫人は謎にでも当面したような名状しがたい顔付をした。それは彼女を襲った最初の不安であった。けれども、彼等はまだ互いに馴れないのだと、彼女は自身に安堵する理由を強いて見つけ出した。彼女はその後頻繁に三輪家を訪れて、娘の婚約者を素知らぬふうに観察したり、その成長過程を訊きただしたりした。彼女は長男の幼児時代を見知っていただけで、その後に於ける三輪家の子供達の成長過程をまったく知らなかった。長男の高志はそのとき既に大学へ行っていた。祖母さん子で傲慢な彼についで眉をひそめるような二三の噂を聞かぬでもなかったが、津田夫人は彼について気もとめなかった。弟の与志は、非常におとなしく成長した――そんなことが解った。兄が祖母に溺愛されていたので、弟は殆んど孤独と同じ状態で育ったが、そんな環境がまた彼の気に入っていたらしく、あらゆる行動が家人の記憶に刻印されていないほど静かであった。ただ幼年時代の或る時期にひきつけるためか、無理由に泣きはじめて家人を困惑させたことがあるだけでああった。

この評価は、津田夫人にとって甚だ悪かった。現在でも三輪与志はその家にいるのかいないのか解らなかった。彼女が無理な機会をこしらえ話しかけても明確に答えているのかいないのかまるで把えどころがなかった。若し私の子ならもっとてきぱきさせるのだが——と、暴君的な夫へ対してばかりでなくその息子達へも決して口出しせぬ内気な三輪夫人をはがゆがって、津田夫人は果てもない癇癪を起したほどだったのである。そして、津田夫人は謎のような顔付を次第に家庭内でもつづけるようになってきた。それは彼女に屢〻起るヒステリーの発作がやがて勃発する前兆なのであった。

——まあ、なんてことだろう！　あれは馬鹿げていますよ。まだ十三位で一眼惚れするなんて、なんて馬鹿げた子だろう。ここへきてまだ一週間も経っていなかったんですよ。一体、津田の家には、そんな古風な恋患いのしきたりでもあったんですか。貴方……。まあ、貴方は私の話を聞いてられるのですか。貴方は何んでも他人事のように聞いている癖がおありですが……それは貴方の悪い癖ですわ。

と、或る夜、彼女は書見中の夫の肩を揺すらんばかりに切り出した。津田康造はちょっと見返ったが、如何なる事態が発生しても驚かないのが彼の特徴であった。彼は読書をつづけながら落着いて答えた。

——うむ、そうだろうね。恋患いは、大体昔から馬鹿げていることだよ。

——そう、そうです。そうですとも。あの子は思ったより馬鹿なところがあるんです。一日中何んだってあの子は黙ったまま従いて歩いてたんだろう！　あの子があんな風だとは思っていませんでしたわ。ですけど——貴方も安寿子が馬鹿げた娘だと仰っしゃるんですか？

——そういっているのは、貴方だよ。

——まあ、貴方。貴方は……話をしてるときくらい、こちらを向いていても好いじゃありませんか。ええと、何を話していたのですか知ら。そう——安寿子が馬鹿だなどと私はいっていませんわ。もっと悧巧なところがあった筈だと——私は思ってたんです。そう、そうですわ。まあ、あの子が私の娘でなければ、与志さんと婚約などさせなかったのですよ。

——貴方の娘でなければ、とはどういう意味？　まさか、貴方は安寿子の婚約を悔んでいるのではないだろうね。

——悔んで……悔んでいるのですって？　まあ、あの子はきっと不幸になりますわ。そう、きっとそうです。私達がまとめなくても——あの子は結局婚約していたに違いありませんわ。何故って、あの子は貴方に似て温和しいけれど——私に似て強情なところもあるんですからね。

次第に興奮してきた津田夫人の論法は、謂わば混沌と逆説的になってきた。こうした夫人の態度には必ず背後に潜められたものがあったのである。そして――彼女は触れてはならぬものへ眼をつむって触れるように、ついに本論へ飛びかかったのであった。

――貴方、貴方、貴方……。ちょっとこちらをお向きなさい。貴方はどうしてそう冷淡なのでしょうね。安寿子は貴方の娘じゃありませんか。そして、与志さんは――与志さん位の若い人は、一体、何を考えているんでしょう？

――そう、あの頃はいろんなことを考えるものだ。考えてはならぬことも、考える必要もないことも――考えられる凡てを考えるのさ。それが青春時代の特徴だが……考えてはならぬ考えにはまりこむことが最も魅惑的なのだよ。

と、夫人の指図通りに向き直った善良な夫は、質問の筋道からそれずに真正面から答えた。夫人は憤然ときめつけた。

――いろんなことを考えるのは、解ってますよ。私だって色んなことを考え、悩んでいるんですからね。ですが、その……ややこしいようなこと――考えてはならぬことなんてあるんですの？

――貴方が考えないことは――大体、その部類に属するのだね。

――まあ、それは皮肉ですの？　貴方は、まあ、私にまで皮肉をいわれるんですの。そんな貴方が……貴方御自身は、一体――あの年頃にどんなことを考えてられたんです？

——ふむ、そうだね。まず——意識の発生……。

——なあんですって？　そんなことは、家《うち》の御祖父さんが相手もかまわずに述べたてている暇つぶしのようなものじゃありませんか。そんな暇つぶしは、私には御免ですよ。

——そう、そうだろうね。だが、一生かかっても考えつくせないほどの課題がまだ歴史の上に残っていて——少し真面目になれば、圧倒されてしまうのだよ。

——それが真面目なのですって？　まあ、そんな真面目なものを身につけて——安寿子を妻にもらってなど欲しくありませんわ。与志さんは、一体——安寿子のことをどう考えているんでしょう？

津田夫人はなんだか口惜しげに足踏みすると、夫の部屋から荒々しげに飛び出したが、把えどころもない娘の婚約者についてのもどかしい想念は、海のように湧きたった彼女の胸裡にさらに曖昧な姿でわだかまりつづけているのであった。

なにかちょっとした塵一つでも自分の気持へひっかかると最後の果ての得心がゆくまでつきつめてみずにいられぬ性質のひとびとがいる。そんなひとびとはどちらかといえばきまったように単純率直で、遥かな目標の小さな一点のみみつめて、その途上のさまざまな過程など顧慮もせぬきわめて直截な精神さえ備えているのである。そこに必要なのは第一歩の踏み切りなのであって、胸裡にわだかまったものがひとたび奔出すると、もはや自分でもとめどがない常軌を逸した行動へまで踏みこんでしまうのである。津田夫人もまた自己を統御し得ない型の人物であった。彼女は自分の部屋へもどると大きな化粧鏡の前で訳も解らぬ憤懣に膨れあがった自分の白い顔をぼんやり眺めていたが、やがてそんな決意が不意と浮んだのである。彼女はまだ燈火が眩ゆく輝いている娘の部屋の前を通るとき、その隙間から覗きこんでみたい衝動に駆られたが、腹立たしげに肩を聳かすと、そのままあわただしげに出て行った。

それは殆んど真夜中近かった。そんな夜更けに彼女が三輪家へ着いたとき、そこには誰一人として男っ気がなかった。政界の裏面工作に暗躍している三輪広志の帰宅時間が不規則なのは当り前としても、二人の息子達——兄の高志も弟の与志もいまだにこの三輪家へ帰っていなかったのである。息をきらせて入ってきた津田夫人は、瘠せこけた三輪夫人の眼の縁に待ちくたびれて黒ずんだ侘しい疲労の翳を認めると、それだけでながかわしい事態へ当面したように、忽ちかっとなってしまったのである。

——まあ、貴方のところは話にならぬほど自堕落だわ。御主人ばかりでなく子供達が二人も揃って今頃まで帰ってこないなんて……一体、貴方をなんて思ってるんでしょう！

——でも、慣れているのよ。

——慣れているって……？

——そう、すっかり慣れきっているのよ。

と、三輪夫人は相手の勢いに辟易した気弱そうな微笑を浮べた。

——まあ、そんな疲れた顔をしてながら、慣れているなんて——貴方は子供達を毎晩こんなふうにさせておくの？　毎晩こんなに遅くまで夜遊びさせているのは、とりもなおさず貴方自身のしつけが悪いってことになるんですよ。

——でも、あのひと達は、もう、子供ではないのよ。

——まあ、まあ、なんてだらしもない、悲しげなことをいうの？　幾つになったって、あの子供達は貴方の子供なんですよ。貴方がそんな侘しげな顔付をして子供達のしつけをしなくなったというのは——貴方は、あの子供達を怖がっているんじゃないの？

と、津田夫人は思わず垣を乗り越えてきめつけた。すると、窶れて蒼白い翳を漂わせた三輪夫人の頬がぎくりとしたふうに痛ましく歪んだ。この気弱な相手はすっかり眼を伏せてしまった。

ここでちょっと説明しておくと、三輪夫人はその頬骨が高く切目の長い細い目をしていたが、その夫の全面的圧服の前に屈従しつづけたためか、つねに胃弱のような蒼白い顔をしていた。他方、津田夫人はその顎が二重にくびれるほどどっしりと見事に肥っていて、その皮膚の色は透き通るほど白かった。彼女の顔の輪郭は完全といって好いくらいの円形で、小鳩のように澄んだ眼や恰好よく整った口許の印象もまた愉快なほど滑らかな丸味を帯びていた。彼女は非常な早口で、その最大特徴とするところは、興奮してくると自分でも無意識にたてつづけに間投詞を三つばかり並べたててしまうことであった。（まあ、まあ、まあ、どうしたってことなんでしょう？》こんな具合であった。どんなふうに発音すればそれほどまくしたてられるかと思うほどの早口でそれが連発されるのであるから、傍で聞いていてもちょっとばかり壮観であった。そんなときの彼女の二重にくびれた顎は、どんな速さにでも調節出来る複雑な発声機のように見えた。会うたびに部屋の隅におしこめられた蟷螂《かまきり》のように瘠せ細り、陰気に萎縮してゆく三輪夫人を彼女は無性にはがゆがっていたが、そんなはがゆさを天真爛漫型の津田夫人は決して覆い隠さず、何時でもぴしりときめつけ、そして、三輪夫人はすっかりそれに辟易していたのであった。燃えきった蠟燭の芯のようにかすかに揺れていた三輪夫人は眼を伏せたまま陰気に呟いた。

——あのひと達は、薄笑いしているのよ。

——まあ、貴方の前で薄笑いしているんですって……？

——そう、そうなのよ。私がどんなことをいったって、薄笑いしているだけなのよ。

その物悲しげな返事を聞いた瞬間、津田夫人はきっとなった。そして、日蔭の蔓のように瘠せて骨張った相手の頰を一分間ほどまじろぎもせずに眺めつづけていたが、やがて苛らだたしげにその首を振りながら、その肥った軀全体が風船玉のように膨らむほど大きく深呼吸すると、彼女はいきなり喋りはじめたのであった。

——まあ、まあ、貴方の気弱なのにはすっかり感心してしまうわ。どうして貴方は自分の息子などを怖がっているの。たとえあのひと達がどんなに奇妙に薄笑いしたって、たかが貴方の息子じゃありませんか。そう、そうですよ。いくら途方もないことを考えていたって、結局、貴方の息子で——つまり、ちっちゃな豚の子だわ。まあ、貴方、貴方はそんなことを今まで考えたことはなかったかしら。貴方はもとからそんなに瘠せていたから、そんな聯想などしなかったかも知れないけれど……この私は乳をのませるとき、何時もそんな馬鹿げたことを考えていたものよ。ねえ、乳首の先を無性にしゃぶられるとき、なんだか奇妙にくすぐったくて思わず身を退くでしょう。すると、肥ってくびれた首をうんうん振って、益〻強く吸いついてくるわね。その格構がまるで豚の子で——すると、私自身はつまり肥った牝豚ということになる訳ね。そして、それからなおも段々肥ってきたとき、私は自分が大きなおなかをしてどたりと寝そべっている百斤ぐらいの白豚になってしまったような気がしたものよ。だけど——まあ、だけど、この私が肥ってゆくだけしか能もない馬鹿げた母豚にせよ、子豚はやはりありきたりの子豚ですよ。いくら偉そうな……ええと、考えてはならないようなことを考えたところで、小さな乳房にぶらさがらなければどうしても一人前になれもしない豚の子で、甘酸っぱい乳の匂いがまだその襟っ首についているんだわ。だから、貴方はぴしりとするときには、ぴしりときめつけなければいけないのよ。それがたとえ口のあたりにちょっとした薄髯が生えてきて手に負えなくなった男の子にしたところで、すっかり同じことなんだわ。そう、そうなのよ。ところで、いったい部屋の隅に凝っとしている女の子が男の子とちがって奇妙な薄笑いなど出来ないだろうなんて、どんなところから貴方は思いついたの。勿論、安寿子は訳も解らず泣き出してしまうような、詰らぬ、気弱なところがあるんだから、そんな薄笑いなど出来はしないし、それに、私がそんなことをさせてはおかないのよ。だけれど、あの子は私がぴしりときめつけても――びくりともしない気丈なところがあって、馬鹿げたことに我意をはるんだわ。まあ、あの子もなんて強情な豚の子だろう。私は出がけにあの子の部屋を覗こうとして――ええと、いったい私は何を話していたのか知ら。そう、そうだっけ。私がこんな夜更けにやってきたのは、与志さんについてつきつめたところを訊きにきたのよ。与志さんは安寿子の夫として――貴方のきっぱりした判断をここでお伺いしたいけれど、何処か変なところはないかしら。私には今まで気になっていたのだけれど、与志さんは、子供の頃、疳の虫が起ったように急に泣き喚いて泣きやまなかったことがあるって話だったわね。いいえ、その話の内容などもう伺わなくても好いのよ。夜中に急に廊下を駆け出したこともあったが、一般的にいって、物静かな、何処にいるかも解らぬような、特徴もない子供だったというんでしょう。私がここで訊きたいのは――そんなありきたりのことではないのよ。まあ、どうなんだろう。この私になんだか思いもかけぬ、想像もつかぬものがあの与志さんにはあるような気がして――これはまあ一種のヒステリーの症状なのかしら、いったい私の予感は奇妙に当るんだから、それだけになおさら不安なのよ。大体今度のこの婚約について、貴方のところのひとはみんな冷淡なのね。こんなふうに毎日やきもきしているのは、この私だけで——そう、この私一人きりなんだわ。そう、そうなのよ。こんなことをあまりあけすけにいっては貴方に気の毒だけれど、まあいってしまえば、うちの安寿子との間がきっぱり破約になれるような理由を私はここで訊きだしたいほどだわ。ええと、あの与志さんに一風変ったところはなにかないかしら?

と、津田夫人はちょっと行き過ぎと思えるほど容赦もなく訊問した。圧倒された三輪夫人は侘しげな、浮かぬ表情で暫らく黙っていたが、やがてかなり見当違いに答えた。

——そう、私にもあの子供達は不安で……気がかりなのよ。

——あの子供達って……貴方はまあいったい何を聞いていたの。私は高志さんのことなど訊いてやしないんですよ。そう、高志さんこそ奇妙な薄笑いをしてるかも知れないわね。だけど……あの与志さんについて、貴方がいままで一番気がかりで、そして、貴方の前に何処かにこびりついているってことは何かなかったかしら。それも、いますぐ貴方の前にぴたりと思い浮ぶようなことでなければ、駄目なんですよ。

と、無理強いな彼女独特の論法で、津田夫人はいささかの手控えもせずにさらにきめつけた。善良に習慣づけられたこちらは、再びまともに考えこんだ。

——中学へ入ったばかりの頃だったかしら……与志さんは急に食事をとらなくなったことがあったのよ。

――それは確かに風変りだわ。何故だったのでしょう？

――どうしてなのか、私には解らなかったけれど――。

――まあ、貴方には何も本質的なことが理解出来ないのね。そんな風なぼんやりした態度で子供を育てていれば、必ず子供に馬鹿にされてしまうんですよ。そして、与志さんはどうしたの？

――また食べるようになったけれど、食卓の上の食物を凝っと見ている眼付は気味が悪かったと憶えているのよ。

――どんなふうに気味が悪かったのかしら。

――なんだかその食物を見ているばかりでなく、何処か私達の……何処かを見ているような気がしたのよ。

――貴方の何処かって……いったい、貴方の何処なの？

――それが私が知っている何処なのか、私にはまるきり解らなかったけれど――。

――まあ、まあ、貴方は自分のこともまるっきり解らないのね。そして、与志さんはそれからどんなふうだったの？

――それから格別どうってこともなかったのよ。

――すると、それはそれっきりで、それから変ったこともなかったの？

――そう、そうだったのだわ。

──ふーむ。

と、津田夫人は訳も解らず大きな溜息をついた。

それっきりで謎でもかけあったようにすっかり黙りこんでしまった彼女達は、その対話からはもはや何物も生れてこないことを互いに感じながら、気もないぼんやりした視線を眼前の空間へ投げかけていた。薄暗い絶望とも憂愁ともつかぬとりとめもない物想いが彼女達を暫らくとらえていた。すると、やがて玄関先に誰か帰ってきたような気配がして、ぴくりと立ち上った津田夫人はこの家の主人三輪広志を出迎えたその場でいきなりその息子達の教育法について訊きただす破目になったのである。

三輪家の祖母に似て意志的な角張った彼の顎を眺めると、一種生理的な悪感とでも名づけるべき奇妙な胴震いを津田夫人は昔から覚えるのであった。秘密の翳を負った三輪広志は政界へ乗り出した当初からさまざまな醜聞を身につけていたが、嘗て洩れ聞いた婦人関係の風説が津田夫人の何処かに消えやらぬしみのようにこびりついていて、それはそれだけで身顫いするような謂わば生理的な悪臭を放っていた。そして、玄関へ入ってきた三輪広志の何処かから事実強烈な洋酒をぶちまけたような乾いた、刺すような、鋭い薄荷の匂いが漂っていた。そのつんと鼻をつく匂いをかぐと、津田夫人はふと十数年前の婦人関係はどんなふうになったのだろうと閃くように考えた。けれども、三輪家の祖母同様この物語に於いては後景にかくれた影の人物である彼についてあまり詳しく記述する必要もないかも知れない。ただここでは、その暗鬱におし黙った外見からは何を考察し何を意図しているのかいささかも解らぬ現代の青年達、その剝き出しにされた粗暴な表面の行動からは予測も出来ぬほどの暗澹たる想念に憑きまとわれている青年達、これを逆言すればその秘められ隠された想念とまるきり違った行動をとっていてしかもそんな見せかけの行動など髪の毛一筋ほども信じていず敢えて生きることすら殆んど重視もしていない青年達——そんな底意も知れぬ謂わばエクセントリックなひとびとをそこから準備し育てあげた一人物としてその精神構造を僅かばかりでも覗き見れば、足りるのである。

殆んど一言の挨拶もぬきにしていきなり続けさまに訴えた津田夫人が、その相手から直ちに悟ったことは、二人の息子達が彼より遅く帰宅しようがしまいがそんなことは何らの考慮にも価いせぬらしいことであった。

——まあ、僕にちょっと一言。貴方がこんな時刻にそんなことを僕に訴えにくるなんて、津田の妻としてあり得べからざる行為ですよ。何故って、そんなことは津田自身よく心得ている筈です。あれほど自由に育てられた津田はまた安寿子さんをまったく自由に育てた筈ではないですかね。そして、ひとたび安寿子さんの完全な独立を認めれば、たとえ与志との間がうまくゆかなかったところで——あれ達の問題にかまう必要などさらにないのです。

と、二階への階段へ片足かけながら、嘗て津田夫人に会ったときにこりともしたことのなかった三輪広志は、そのがっしりした肩幅から正面に相手を見下したまま、ちょっとうるさそうに、また、歯に衣も着せず冷酷そうに答えた。一種果てもない混沌たる憂愁とも絶望ともつかぬ昏迷のなかに徒らな時間を空費していた津田夫人は、その言葉を聞くと再びかっとなったのであった。

——まあ、自由ですって……？

——そう、自由です。

——それに、独立ですって……？

——そう、そうですよ。

——まあ、まあ、まあ、貴方はなんて厚かましいことを言われるんでしょう。自由だの独立だのという立派な言葉が貴方からいい出されると、まるで馬鹿げきった奇妙な気がして、胸の何処かがきゅっとなるようですわ。貴方が惹き起したという評判の疑獄事件などまるで根も葉もなかったことのような気がしてしまうくらいですわ。ええ、そうですとも。そりゃここにある白をあすこにある黒といいくるめる弁論術が貴方の御商売でしょうけれども——ええと、安寿子はまだ十三なんですよ。みすみす見えすいた不幸に陥る勝手なことをさせておいては、親の責任がとれないんです！

——責任……？　僕は敢えて言っておきますが、貴方自身の欲望をともなわぬことは、凡てひま潰しで、おせっかいに過ぎんのですよ。

——私自身の欲望ですって？　それはいったいどんな意味ですの？　この私はまぎれもなく安寿子の母親で——そう、勿論、ゆきとどかぬところもある無智な母豚かも知れませんが、それにしても、誰がなんといおうとあの子の将来を真心から気づかっている唯一の親なんですわ。ええ、そうですとも。

と、津田夫人はきっとその円い眉を逆だてていいきった。すると、あらゆる誹謗にも嘗て屈したこともない相手は皮肉そうに嗤い出したのであった。

——そう、そうでしょうとも。ですが、僕は嘗て津田にこう勧告したことがある。もはや内閣で実施可能な義務養育法を審議しはじめたらどうだろうか、とね。そう、そうなのです。いまやあらゆる子供達を国家自身の手で養育しとげるべき時期に既に達しているんです。僕達の精神の限りもない健全な発達を阻害する躓きの石は、愛らしきとかいわれる子供達の将来を飽くまで気づかいつづける母親の精神なんですよ。

——なあんですって……？　まあ、まあ、なんて手ひどいことを仰っしゃるんですの？　そんな言い方は——人類の敵ですわ。腐敗だらけの政界のなかでも最も悪徳に充ちていると評判されているその貴方が、どんな仮面をかむって自由独立だの進歩発達だのと公言なさるんです？　いいえ、安寿子は私の子です。——理窟ぬきに私の子なんですわ。

——ふむ、精神的に全く無関係です。

——精神的に無関係ですって？　貴方は、まあ、どこまでそんな冷酷な言い方が出来るんでしょう？　では、どうして安寿子が私に似て強情なんですの？

——ふーむ、見事な論理ですね。では、どうして——あのたかぶった高志や与志が貴方に似て限りもなく強情なんでしょう？　好いですか。こうした奴等凡てが私達の子供なんです。真面目そうな顔付をした奴等が九九、八十一と子供らしい声をはりあげてとなえるのは、貴方の精神的遺伝でも、また、貴方に教えられた訳でもなく、貴方にまったく無関係ですよ。

——九九、八十……なあんですって？　貴方は何時もそんな調子で論敵を言いくるめてしまうんでしょうね。ですが、まあ、安寿子にはこの私の……一部が伝っていて——それこそ疑うべからざる事実ですわ。そうです。それこそ、夫に誓って好いことなんです！

——津田にその貴方が誓うのですって……？

と、そこで相手は再び腹の底から嗤いあげた。

——まあ、まあ、誓いなんて幾らでもたてれば好い。ところで、そうなると、貴方がきっぱり主張される所有権の根拠は甚だ微弱に——しかも、条件つきになったものだ。僕は敢えてお伺いするが、貴方はいったい津田ときっかり正確に半分ずつその所有権を主張なさるつもりでしょうかね。勿論、そうだとして、貴方自身の一部であると主張する分泌物——まあ例えば興奮したときの鼻脇に浮び出てくる一滴の汗といったものについて、貴方は何処まで貴方の権利を主張しつづけます？

——なあんですって……？　一滴の汗ですって？

——そう、貴方自身の疑うべからざる部分です。

——まあ、まあ、まあ、そんなことは話にもならぬほど馬鹿げていて——まるで違った性質の問題ですわ。そうです。まるきり違ったものなんですわ。そうですとも。貴方がた男の方がいくら残念がっても、これだけは絶対に味わえないってものがはっきりこの私にあるんです。ええ、そうですとも——私は胎内の安寿子がなんだか奇妙な意地をはってその手足をつっぱって動いているのを、今でもはっきり憶えているんですからね。

——それはここに一つの硝子の箱があるのと同じことです。

と、三輪広志は極めて冷酷に短く云った。すると、津田夫人は相手が立っている階段の下で憤怒のあまり殆んど呼吸をつまらせてしまった。

——なあんて無情な言い方を素気なくなさるんですの？　貴方は、奥さんを——ここへ置いたりあすこへ置いたり出来る硝子箱扱いにしてられるんですの？　津田がいくらお人好しにせよ、よくも、まあ、そんな貴方と親しくしつづけられたものですわ。いったい、まあ、貴方には父親らしい一片の愛情もないんですかしら。高志さんにせよ、与志さんにせよ——貴方がこの場で無造作に吐き出した空気みたいなものですかしら。

——まあ、まあ、まあ、そういったものです。

——まあ、まあ、なんて皮肉な口真似をなさるんでしょう。今こそ解りましたわ。新聞記者達を集めて《悪徳論》を厚かましくも公言なさったのは、そんな貴方御自身に対する観察意見だと今こそはっきり解ったんですわ。貴方は悪を恥じないばかりか、それを誇りにしていられるんですからね。そんな貴方が——高志さんや与志さんを何故育てていらっしゃるんです？

——奴等は食客です。気ままなしかも胸裡に奇妙な永遠の不満を懐いている食客ですよ。僕つまり奴等の父へ対する辛辣な批判をその胸の何処かに秘めているが、それが、まあ、永遠の食客的意見であるため、残念ながら、大抵何時も的はずれなんです。

——なあんですって？　子供がその親のところへ居候しているなんて、なんて恥知らずな考え方でしょう！　いったい貴方御自身は子供の頃からそんな考えでいられたのかしら。

——子供の頃は、何時も津田と一緒で成長したんです。そうだった。新聞記者どもがまきちらす僕への偏見に貴方もまた固執しているらしいが、もし貴方が津田の親しき半身ならもう一ひねり僕への理解を深めてしかるべきですよ。何故って僕が津田へ凡てを吐露せず何かを考えたことは一つとしてなかったんですからね。

そして、彼は相手をじろりと見据えたが、その眼付は鋭く真直ぐに魂の底まで射抜くような、凄まじく痺れるような光を放った。津田夫人は思わず身顫いした。すると、彼女には珍らしくその言葉が咽喉奥でぶるんとつかえたように鳴ったのである。

——あれはやはり本当だったのですの？　壁へ貼った備忘録へ毎日青い印しをつけてられたというのは……。

——壁へ貼った備忘録……？

——そう、そうですよ。

——というと、何んです？

——一日一悪！

と、津田夫人は魂でもぬけたように、空になった喞筒《そくとう》が喘ぐような叫びをあげた。

——ふーむ。一日一悪……その訓練を津田から聞いたことがあるんですか？　だが、まあ、その頃の僕の深い気持にまで立ちいって聞いたことはないのでしょうね。何故って、貴方はいまだに幸福そのものらしいから……。だが、僕は津田に代ってお教えしときます。僕はその頃ひとびとについて黙想しながら、こんなふうに考えていたものだ。——それは不幸なひとびとに違いない。男は世に傷つき、女はけがされている……。そうだった。ところで、一歩戸外へ出てひとびとの輝かしい薔薇色の顔を眺めたとき、僕はいきなり二つの正反対な岐路へ立たされてしまったという訳だ。何処か胸の隅へそんな考えをきゅっと抱きしめて、たった独りぼっちの果てもない感傷にひたりきっているか、それとも、敢然と街頭に立ってひとびとを睥睨するか、二つに一つだったのです。ふむ、そんな僕の気持が解りますか？　僕はそのときその後者を選んでしまったが、というのも、ひとびとに不幸を自覚せしむべき重大使命を忽然と悟ったからなんです。あらゆるひとびとはこうした僕の前でその哀れなぐらつきやすい灰色の位置をはっきり自覚しなければならない。そうなのです。ぴしりと音をたてる平手敲ちがやつらには絶対に必要なのです。そうでなければ……やつらは何を目指して生きているのだろう。永遠の薔薇色のなかでぼんやりと睡たげな眼を開いてでもいるというんですか？　だが、そんな馬鹿げた夢想からは何一つこの世に生れやしないんです。そうですとも。僕の意味するぎりぎり最後の自己主張とは悪の自覚なしにはただの一歩すら踏み出し得ないものなのです。そう、小指一本を動かすことさえその最後の自覚にかかっているんです！　そこんところが、貴方に……そんなに幸福そうに肥ってられる貴方にお解りかしら。僕があの一日一悪への踏み切りを敢えてしたのは、ひたすらその真面目な問題にかかわっていたからで、そして、それはいまの高志や与志よりずっと若い頃のことだったのですよ。

——まあ、まあ、それが真面目な問題なのですって？

——そうです……。

——なあんてことだったのでしょう！　一日一悪をいくらつづけたところで、真面目なことになどなりっこありませんよ。

——ふむ、僕達の精神史にとって興味深いことは、僕がやや早く生れ過ぎたということだ。自己主張……この言葉は貴方にどう響きます？　薔薇色の幸福に輝いた貴方はそんな言葉にぴくっと身動きもしないようだ。なにしろ貴方自身がそんな脂肪の塊りで、他のあらゆる一切が……つまり、その脂肪のひとっかけの塊りや鼻脇に浮んだ一滴の汗すらがそれぞれ自己主張をするなんて考えてみたこともないでしょうからね。ところで、そんな脂肪のひとかけらへまで話を及ぼさずに、この僕と貴方ってところに問題を限っておきましょう。僕が津田と毎日会っていた頃の雰囲気では、そいつは一つの悪徳だった。そうだったのですよ。現代では、まあ、そんな強靭な態度をもたぬとすれば、殆んど生きる資格を認められぬほどありふれた馬鹿げた合言葉になってしまったが、その当時そいつは悪そのものの自己表現であるかのように見られたんです。少くとも、そこへの傾斜を示す一つの標識だった。というのも、押しあいへしあい自分自身になりきってしまおうとする一つの傾向が地平線に現われはじめたばかりの時代だったからです。もしその当時その血と肉にまつわる一切を母の胎内に置き忘れてきたような津田が僕の眼の前にいなかったら、そうだ、僕はその問題をあれほど考え抜きはしなかっただろう。津田の親しき半身である貴方をこの眼の前に置いてこういっては失礼だが、津田はあらゆる形の悪をそのまま自然にうけいれて逆らわない……。そうです。津田の前へ行くと誰でも無限の無抵抗といったものを感ずるのだ。まあ、まあ、薔薇色の貴方からいわせれば甚だ張り合いのない亭主ということにもなるのでしょうがね。だが、その所有権の半分を決して主張しようとしない僕からすれば、そんな津田は唯一の魂の友だったのです。（こんなものは消えてなくなれば好いと念じて、眼をあけてみる。すると、眼前に在る――。それが俺の意味だ》。そう僕は津田の前で屢〻呟いた。というのも、それがこの僕の唯一の出発点だったんだからですよ。ところで、津田は一種特別な心理家で、こちらのあらゆる意図を隈なく見抜き洞察しながら、しかもそのこちらをきわめて自然にいたわっている……。その気配は僕にさらに徹底化を要求したんです。ふむ、そうでしたよ。

――徹底化ですって？

――そうです……。

――そして、貴方は一日一悪をずっとつづけていたんですの……？

――そう、厳密に。それは酷しい自己訓練だったが、僕はその戒律をつらぬきつづけましたよ。

――まあ、まあ、誰にそんなことをしむけていたんです？

――僕の前に在る誰にも、です……。

――誰にも……？　あの少年時代の誰にもですの……？

――そう、やつらはこの世の屈辱を悟った筈です。

――えっ、まあ、なあにを悟ったんですって？

――不幸の自覚です。そして、やつらはこの世に於けるなにかになり得た筈だ……。

――なあんてことだったのでしょう！　一日一悪が他人にその不幸を自覚せしめること

だなんて、貴方はしんからの悪童だったのですわ。

——もしそう見えれば、そうしておいても構いませんがね。

——いいえ、そうですとも。悪の自覚だなんて——強制されることではありません！

——はっは、そう、そうですとも。ですから、そのとき、僕は津田と飽くまで徹底的に論議したのです。好いですか、僕が津田と論議しあった問題の中心点はこういうことです。もし同一瞬間に同一空間を二物が占有し得るようになれば——つまり、謂わば永遠の大調和ともいうべきこの平和な夢想がなんらかの方法でこの世界に充たされ得れば、僕は一日一悪を自分の使命ときめこむ悪徳政治家などに決してならないだろう、とね。

——いいえ、津田は貴方と議論など致しませんわ。貴方がお一人で勝手なことを喋りたてていたに違いありませんわ。そうですとも。そんなふうな……ええと、どんなことでしたっけ？　もう一度いって下さらねば、解らないじゃありませんか。

——はっは、二度いったって解りはせんです。まあ、津田にでもゆっくり聞いてみるんですね。そうすれば、歴史的課題を負った僕達がちょっとばかり早く生れ過ぎてしまったことを、津田は巧く説明してくれる筈ですよ。はっは、圧服と屈従——この二つを表面だけしか見ない新聞記者共には、てんで何も理解出来やしないのだ。やつらは謂わば力の理論の政治家として僕を評価しているが、《まず在らねばならぬ》という僕の理論がこの世界でどんな意味を持っているか、てんで考えてみたこともないですからね。だが……こんなことをこんなところで何時までも喋っていると、風邪をひいてしまいますよ。安寿子さんと与志のことは、まあ、この頃流行文句のリビドーのおもむくままに任せておけば好いんです。尤も、与志には後からいっときましょう。……こんなに遅くまでうろついているくらいなら、安寿子さんの傍にせめて一時間ぐらいは坐っていろ、とね、はっは……。がっしりした肩幅から揺らぎ出るような、太い、嗄れた、不気味な余韻すらひくその嗤い声は、長男の高志にそっくり遺伝していた。酔いがさめきった速い足取りで二階の居間へのぼってゆく彼の頑丈な後ろ姿を忌ま忌ましげに見送っていた津田夫人は、間もなく傍らに陰気な蠟燭の芯みたいにゆらゆらと佇み竦んでいる三輪夫人のしょんぼりした姿を認めると、三たびかっとなった。湿った棒でも呑みこむような一種限りもない憐憫を背筋に覚えると、その眼前の哀れな存在をさらに苛めてみたくなる奇妙な性質が彼女にない訳でもなかったのである。

——まあ、まあ、貴方はそこで何をぼーっとしてるんですの。私はいままで貴方の家庭の唯一の同情者だったんですわ。夫の横暴に耐えながら、とにかく家庭を維持しつづけてきたのは、嫉妬もしないでぼーっとしている貴方の見事な犠牲によるのだと敬服さえしてきたのですわ。ところが、まあ、十幾年たってみると、このふしだらな有様は一体どうしたってことでしょう。貴方は家庭の軸にもならずに——何もかもすっかりぶち壊してしまったんです。ええ、そうですとも。何もかも家中の凡てをてんでんばらにぶち壊してしまったんです！

と、彼女はいきなり叫びあげた。そして、絶えず生き生きと動いている真円な眼をぱちぱちとまばたかせた彼女は、そこでちょっと深呼吸した。

——まあ、貴方は私のいうことが耳に入っているのかしら。そうなら、もっとしゃんとなさいな。いったい貴方の家庭では、一緒に、そう、みんな一緒に食事をしたことが一度でもあるのかしら。そう、ないでしょう。帰ってくるのも、寝るのも、起きるのも、食事をするのも——みんなてんでんばらばら、勝手放題気儘もここに極まれりですわ。まあ、貴方、聞いてるの？　それは怖ろしい堕落ですよ。救いようもない、もう手のつけようもない種類の本当の堕落です。ええ、こうなってはもう手の施しようもあるものですか。貴方の家はみんな勝手気儘なひと達がうろついている——化物屋敷です！

そのとき、堅い金属製のぜんまいが互いに擦れ合い鋭く打ち合ったあげく、不意にばらばらとほどけたような鈍い響きをたてて、時計が一時を打った。凛然と口をつぐんだ津田夫人は不意に身顫いした。そのひきしめた口辺は微動もしなかったが、小鳩のように丸い眼は凄じい音のした暗い隅の方角へ向けられた。けれども、凹凸の多い区劃の蔭に隠れているらしい柱時計の形はその場から動きもせぬ彼女についに発見されなかった。

化物屋敷——彼女に浮んだこの想念は誤りなかったかも知れなかった。彼女がやがて柱の軋むような響きに飛び上ったのは、どぎまぎしているような気弱い微笑を浮べている三輪夫人を二階へ追いやり、自身は裏玄関の隅へ腰をおろしてから長い時間経った後のことであった。彼女は腰をおろすと激しい疲労を覚えた。彼女は無理に眼を開いているつもりであったが、何か落着きのない、きれぎれな、まとまりもつかぬ、薄気味悪い夢を見ているような気もした。そのとき、静かに軋むような音がしたのである。未来の婿たる三輪与志が帰ってきたときどう処理すべきか、彼女は何故か考えてもいなかった。けれども、扉が静かに開く音を聞くと、彼女はその腕か或いは軀全体を相手の襟元へ差し延したいような気負った衝動を感じた。

すると、異様な風体をした兄の高志が入ってきたのであった。薄汚れた服装をした彼は大学生らしくもなかった。彼は上衣の胸を暑苦しそうにはだけていたが、その上衣の下には上下のつながった粗い縞の労働服を二重に着こんでいたのである。

彼は思いがけぬ人物を認めながら、しかも、素知らぬふうであった。と同時に、その性質も知れぬこの高慢そうな青年をどう扱ってよいか津田夫人にも解らなかったのである。気づまりな瞬間を横へよけるように彼が通り抜けかけたとき、彼女自身予想もしなかった質問が、すると、彼女から飛び出したのであった。

——リビドーって何ですの？　高志さん。

彼は軀を斜めにしたまま立ち止ったが、視線を彼女へ向けもせず、曖昧に佇んでいた。

——大ざっぱにいえば……生自体といってもよい根源的な欲望です。

と、彼は薄笑いしたように答えたが、彼女はもはやその言葉を聞いてもいなかった。一度口を切ると矢つぎ早に次の質問が飛び出したのであった。尤も、この孫のために起きてくるかも知れぬ、厳しい、苦手の三輪家の祖母を何処かに意識して、彼女の調子は低かった。

——中学時代……与志さんが食事をしなくなったって、本当ですの？

——そう、そんなこともあったが——どうしてです？

——どうしてって——何故、食事をしなくなったのでしょう？

そう訊き返しながら、彼女は、ぎくりと相手を見上げた。三輪高志の口辺に確かに薄笑いがかすめたのであった。

——蛸を噛んだのです。

——何を噛んだのですって？

——蛸……軟体動物です。与志は、それから、自身の手を差し出して眺めていましたよ。自身の皮膚も感触悪いものに見えたのでしょうね。

——まあ、でも、安心しましたわ。ぐちゃっとしたものを噛んだりすると、暫く何も食べられないことがありますからね。

と、彼女は理由も知れず大きな溜息をついたが、質問を打ち切った彼女に、相手はさらにつづけた。

——あいつは、時々、馬鹿げた考えにとらわれたがる。あいつがそれから、到達したのは、自身の手は自己ではないという意見だったらしい。

——なあんですって？　いま、なんといわれたのですの？

——それは古い哲学の繰返しです。まったく古ぼけた繰返しに過ぎんのです。古ぼけた陳腐なものを一つの発見だと思いこむのが、あいつの悪い癖だったのです。

何時の間にか、彼は津田夫人の横顔を探るように見ていた。この頃頻繁に訪れる彼女が今の時刻まで起きている理由を、秘密好きの彼なりに問い質しもせず探索していたのかも知れなかった。その音調が父と同一であったばかりでなく、彼の切長な眼は険しい、射すくめるような光を放っていた。彼女からもはや質問が発せられぬのを確かめると、彼は物慣れたふうに足音もたてずに横へ消え入ったが、津田夫人はいまは身動きもしなかった。彼女の弛んだ頬の筋肉はもはや生き生きとは動かなかった。彼女の内部はさらに果てもなく波打ちはじめていたが、彼女は疲労し、昏迷し、そして、それが何の目的とも最早自身でも気付かず、ただ惰性で立っていたのである。

その頃、人影もなくなった深夜の大通りを三輪与志は一人で歩いていた。鋭い形をとりはじめて彼を悩ます或る想念が、謂わば彼を無限小の一粒子と感じさせるような、暗く、広大な、一つの空間から他の空間へ駆りたてるかのようであった。

酔える身を広大な空間へ彷徨わすものには、やがて宇宙の意識が意識されよう。

目にとまらぬ荒廃や衰滅のみ漂っているような横町、えせ宝石や木靴の響きや、夜の臥床《ふしど》へまでついてきそうな病的な匂いや光りの交錯した雑沓の街上、そうした場所はもはや三輪与志の気を牽かなかった。彼が好んで彷徨ったのは、人間の匂いの感ぜられぬ真夜中過ぎの街路や淋しい墓地などであった。肌と肌が触れあうような雑沓や人いきれの中でひそかに覚える一種甘美な孤独感は、既に彼から喪われていた。彼が索める孤独感は——若しそうした感覚があり得るとすれば、無限の寂寥感に他ならなかったのである。仄白い、冷たい輪郭を浮び出して、立ち並んでいる墓石の列、或いは、人気もなくなった、眠たげな大通りへ向って傾きはじめたような家々の連なり、そうした場所で、彼はふと立ち止ってみる。寂莫と暗黒のなかに眠りこんでいた墓石や家々が、彼の気配と足音に眼を見開いて、その深夜に一人進んでゆく彼の姿を眺めはじめたような気がするのであった。そんな時、彼は謂わば見開かれた周囲の眼と自身の眼を見合わせようとする衝動を抑えながら、凝っと足許を見下しつづけている。すると、彼には次第に聞えてくると思われた。それもはじめは嗄すれた呼吸音のように殆んど聞きとりがたい、さだかならぬ単音が次第に不明瞭な囁きとなり、隣りから隣りへ囁きかわしている裡に、時折、はっと怯えるほどのどよめきへまで高まるのであった。耳を澄ますと、その低い囁きの間に、眼に見えぬ耳から耳へ送り伝えられる皮肉そうな含み笑いすら聞えるような気がした。そして、この抑えに抑えてしかも抑えきれぬような忍び笑いが波のように起りはじめると、彼は、再び歩き出すのであった。

彼はもはや名状しがたい一種不可思議な夜のざわめきのなかにあった。それは、単なる孤独ではなかった。彼とともに移動する謂わば一つの空間が、彼とともにあったのである。しかも、一つの墓石から他の墓石へ、一つの家から他の家の連なりへ、彼を凝視《みつ》めつづけながら私語する囁きは伝わりつづけたばかりではなかった。墓石の背後の晦暗へ、家々の背後の晦暗へ、さらに、その闇の内部も見渡しがたい遥かな地平へ、その地平の上へ重たげに垂れ罩めた厚い鉛のような層へ、そして、夜目にも白々と流れるちぎれ雲へ、蒼穹にまたたく星辰へ——つまり、涯もない無限の空間へ、低くかぼそい囁きは囁きを呼び、忍び笑いするようなざわめきはざわめきを伝えて、拡がりつづけると思われた。このような無限の拡大感覚は、或いは逆にこんなふうにもいえた。それは、彼自身の無限の縮小感覚なのであった。囁きと忍び笑いとざわめきに取りかこまれて、涯もなくつらなった白けた道を進んでゆく彼は、一つの巨大な、その底部も見透しがたい漏斗のなかへ降りてゆくような気がした。それは見渡す限り遥かな、しかも、次第にその口径を狭めてゆく透明な円錐に違いなかった。其処へ入って行くと、次々に眼を見開く物体の凝視に射すくめられて、彼自身が無限の縮小過程を辿るように思われた。彼とともに移動する彼自身の圏を次第に狭めながら、行きつく果ては、針の先で突いたような漏斗の尖端、目にもとまらぬような一点なのであった。その尖端に辿りついた自身を想定するとき、彼は何時も目に見えぬ微風に揺られ動いているような無限の寂寥感を覚えた。そして、その針の先端のような一点で、無限小の微粒子に化すと同時に、彼は心の底から叫びたかったのである。そうだ。ひたすらその叫びをぶちまけたいためにのみ、彼はこの深夜の異常感覚を索めつづけたのではなかったか。無限小の一存在となった彼が、胸奥から衝きあげるように叫びたかったのは、僅かの一語であった。それを誰が心の底から溢れ出るように鋭くいい切り得ただろう。その僅か一語とは、含み笑いしている彼の周囲の物体すらも、何らかの顰め顔なしにはいい切り得ないのかも知れない。即ち――《俺だ！》との一語である。

少年の頃、彼は森の境で一人遊んでいるときなどに、不意と怯えた。ひっそりと静まった森の何処かからかすかな地響きが起ってくるような気がするのである。或いは、何らの障害物もなく寂莫たる周囲から不意に湧きおこってくる。それは駆りたてるような気配であった。如何に泣き喚いて駈け出そうとも、そこからの逃亡は不可能だと思われるような気配であった。

それは傷つきやすい繊細な魂をもった少年期に於ける単なる怯えであったろうか。彼は材木の置かれた広場や黄ばんだ枯草が斑らに残っている傾斜地で一人遊んでいることのみを好んだ陰気な少年に違いなかった。そして、如何になだめすかしても、彼を締めつける気配について、彼は何事をも説明し得なかった。それは、彼を怯かす異様な圧迫に適応する力が少年期の彼になかったとのみいい済ましておれる瑣末な現象に過ぎなかったのであろうか。彼は愈〻物静かな、瞑想的な少年になった。そうだ。自身の物想いに耽って、とりとめもない視線を何処かに注いでいる少年になったのである。成長した後の彼は、そうした子供らしからぬ瞑想的な風貌をもった少年を見かけるたびに、胸を締められるような物悲しさを覚えた。そんな少年を不意に泣き喚かせて駆け出させることは、困難なことではないのである。しかも、その少年は誰にもその理由を説明し得ないだろう。少年にそぐわぬ瞑想的な顔付をした彼は自身をひたすら掘った。這い拡がってくる煤煙がその空間から或る層を押しのけ駆りやるように、意識の奥を横切ってゆく気配を、彼は涯の涯まで追い索めた。それは、暗い洞窟に沿って羽ばたく蝙蝠の影のように目にとまらぬ拡がりであったけれども、何処かの果てで捉えられねばならなかった。その影のようなものの本体は是非とも明らかにされねばならなかった。それは、怯えやすい少年の魂をもっていた彼にとって一種の自覚の機縁をなしていたばかりでなく、こうした謂わば宇宙的な気配の怯えなくしては、自身自体があり得ぬとすら思われる貴重なものであった。そして、彼は次第に悟った、彼の暗い内面に触手をもちあげ匍いまわりはじめる彼自身の怯えなくしては、如何なる気配の増大もないことを。そして、さらに彼は予感した、彼の怯えとくいちがったように彼の意識を駆け抜けるこの宇宙的な気配は何処かの果てで彼自身と合致せねばならぬことを。けれども、羸弱い彼の風貌が或る調和に輝いたことはなかった。彼の眼付はより瞑想的になった。或る少年風の絵入りの書物で、《見つけたぞ！《エウレカ》》と叫んだ人物の話を読んだとき、彼の視線は遥かな空間に憧れるように凝っと前方へとまった。

彼が少年から青年へ成長するにつれて、少年期の彼を襲ったその異常感覚は次第に論理的な形をとってきた。彼にとって、あらゆる知識の吸収は彼自身の異常感覚に適応する説明を索める過程に他ならなかった。それは一般的にいって愚かしいことに違いなかったが、《俺は――》と呟きはじめた彼は、《――俺である》と呟きつづけることがどうしても出来なかったのである。敢えてそう呟くことは名状しがたい不快なのであった。誰からも離れた孤独のなかで、胸の裡にそう呟くことは何ら困難なことではない――そういくら自分に思いきかせても、敢えて呟きつづけることは彼に不可能であった。主辞と賓辞の間に跨ぎ越せぬほどの怖ろしい不快の深淵が亀裂を拡げていて、その不快の感覚は少年期に彼を襲ってきた異常な気配への怯えに似ていた。それらは同一の性質を持っていて、同一の本源から発するものと思われた。彼が敢えてそれを為し得るためには、彼の肉体の或る部分をがむしゃらにひっつかんで他の部分へくっつけられるほどの粗暴な力を備えるか、それとも、或いは、不意にそれがそうなってしまったような、そんな風に出来上ってしまう異常な瞬間かが必要であった。

俺は俺だと荒々しくいい切りたいのだ。そして、いいきってしまえば、この責苦。

そうだ。しんと静まりかえった部屋のなかで凝っと耳を澄ましているときでも、窓からぎらぎらと輝いた白昼の街路を眺めているときでも、一つ一つの物体からそうした呟きが聞えてくるような気がするのであった。夜、彼は窓を開いて、暗い庭園を眺めおろしてみることがある。楡の木が黒い影絵を描いて、ざわめきたった葉末がゆすられて見える。誰の姿も庭園の裡に見えはしない、すると、彼は背後に不意と嗄れたしわぶきを聞くような気がするのであった。それは、彼自身と同じ位の背丈をもった或る幽かな物体が思わず洩らしたようなしわぶきとも思われる。彼は不意と振り返りたい衝動を抑えながら、凝っと耳を澄ましたまま佇んでいる。柱の割目に潜んだ地虫が目に見えぬ翅を擦り合わせるような、床板の継目と継目が軋むような響きがさらに聞えてくるのであった。彼がゆっくりと背後へ軀を捻ってみると、勿論、何の姿も見あたらぬ寂莫たる空虚なのであった。けれども、影のようなものの洩らす響きがそこに消え去ったのではない。耳を閉じると、せせらぎのようにしんしんと響きをたてる耳鳴りの間を縫って、やがてまた或る呻きが聞えてくる。それは確かに自身を持ちきれぬような一つの呻きに違いなかった。自己が自己へ重なって、或る叫びを叫び上げようとして叫び得ぬ瞬間瞬間を凝っと嚙みしめている或る姿勢の気配なのであった。《俺は――》といいかけて、自身を嚙む奇妙な顰め顔を保ちつづけている忌まわしい表情のもたらす或る怖ろしい呻きなのであった。彼の部屋のなかの一つ一つの物体がそれ自身の不快を忌まわしく嚙みしめている――。この名状しがたい不快は、彼にとって、思惟の法則自体に潜んでいる或る避けがたい宿命のように思われた。それは、思考する人間のみが味わう深淵なのではなかった。若しこの全宇宙が自身について一つの哲学的見解を述べたてるとすれば、彼自身が或る瞬間にいいまどう舌たらずな言い廻しとまったく同一な忌まわしげな吃り方を示す瞬間が必ずやってくるに違いないと、彼は堅く信じこみはじめたのである。

物体の呻きに囲まれる——それは、若しそういい得るなら、一種論理的な感覚に違いなかった。けれども少年の頃から異様な感覚に襲われつづけた彼にとって、それは、彼自身の私語する呟きと同様な実体的な感覚に他ならなかった。暁方、目覚めかけて、ものの像がさだかならぬ自らを整えて微動しながらその原始の形を変貌させて次第に定著してくるさまを眺めるとき、彼はつねにいい知れぬ悲痛な侘しさを覚えた。おお、彼の裡には、一種不可思議な交感の能力すら備わってきたのであった。一つ一つの物体がそれぞれ悩んでいる。自身の変貌を許し得る或る粗暴な力をそれぞれ索めて、自身を揺すっている——そんな切実な、いい知れぬ悩ましさが、眠りからさめかけた瞬間の彼を捉えるのであった。それは、確かに異常な交感であった。一つの想念というより、若し再びそういって好ければ、一種論理的な感覚だったのである。

《不快が、俺の原理だ》と、深夜まで起きつづけている彼は絶えず自身に呟きつづけた。《他の領域に於ける原理が何であれ、自身を自身といいきってしまいたい思惟に関する限り、この原理に誤りはない。おお、私は私である、という表白は、如何に怖ろしく忌まわしい不快に支えられていることだろう！　この私とその私の間に開いた深淵は、如何に目眩むような深さと拡がりを持っていることだろう！　その裂目を跨ぎ、跳躍する力は、宇宙を動かす槓杆を手にとるほどの力を要するのだ》。

　暗い静寂につつまれた夜の神秘を見透すように、広い庭園へ視線をそそいだ彼は身動きもせず、低く呟きつづけるのであった。

《このひっそりと怖ろしいばかりに静まりかえった、身動きもせぬ世界、毛筋ほども身動きすれば自身の形が崩れてしまう世界は、《ある》という忌まわしい繋辞を抱きしめて、歯を嚙みしめたまま、身動きもせず蹲っている。あっは！　存在と不快と同義語であるこの世界は、忌まわしい繋辞の一つの端と他の端に足を架けて、悲痛な呻きを呻きつづけているのだ。誰がこの呻きを破って、見事な、美しい、力強い発言をなし得るのだろう》。

《あの窓の外に仄かに見える細くしなやかな梢、目に見えぬ微風に自身を軽やかに揺すっている梢の尖端、あっは！　凬と樹、俺が毎夜見つづけていた自然は常にあのように身を処して、やがて一つの力強い発言をするのではないか。あっは、そうではないのか。太初から終末へ至る存在の変容《メタモルフオーゼ》——マグネシウム、ソヂウム、ヘリウムへと辿る見事な、美しい変容《メタモルフオーゼ》を重ねる力は、宇宙を動かす最も単純な秘密な力ではないのか。そうだ。ぷふい！　俺は——悪魔、といって好いどころか、敢えてそういわなければならないんだ！》

　それは彼にとって一歩を踏み出す最初の想念であった。その想念が彼を訪れたとき、楡の葉々のざわめきに耳を傾けながら、彼は暗い庭園を何時までも凝っと見下していた。大気は香わしく、四辺は静かに眠っていた。樹々に新らしい芽がふくらみ出るようなかそけき音が聞えるようであった。けれども、彼は満身に巨大な、荒々しい波のうねりを浴びているような気がしていた。そうだ。白く泡だった波浪に捲きこまれ、深みへ深みへと揺れ動かされてゆく微粒な砂のような無限の寂寥感を、彼は覚えた。それは、果てもない、侘しい、引きこまれるような感覚であった。無限の遁走、そこにのみ彼の自由がある——そんな寂寥感であった。

彼は一歩を踏み出したが、その想念の全貌は見渡しがたいほど巨大な領域へわたっていた。彼が深夜の散歩をはじめ、そして、自身への覚え書風な記録をとりはじめたのは、その頃からであった。休暇で帰省した彼が家にいるときは、記号や註のいれまざったその記録をつづけていた。彼のノートの端には、奇妙な方程式の符号が書き並べてあった。その一つを取りあげてみると、例えば、こんなものであった。

Ich＋Ich＝Ich

Ich－Ich＝Dämon

そして、暗い大気が澄み、人々が寝静まる夜更けになると、彼はペンを置いて外へ出ていった。

津田夫人が未来の婿として彼を知ったのは、ちょうどその頃であった。お喋りで、どちらかといえば、そこに女性的という註釈がつくものの才気煥発型といえる彼女にとって、この孤独癖のあるような精神内部の変化も解らぬ陰気な青年は妙に扱いにくかった。彼は自身に構わぬ、飾らぬたちであったが、彼女にいわせると、その精神にも何らの装飾性がないという訳である。彼女がまじろぎもせず観察した頃の彼からは、謂わば《俺は――》という主辞がまったく喪失しているかのごとくであった。彼は、彼自身に対するあらゆる評価に無関心で、喜怒哀楽の表情が浮ぶことも殆んどなかった。要するに、津田夫人にとって、「安寿子がどうして惚れこんでしまったのか、訳が解らない」のであった。

深夜の散歩から三輪与志が帰ってきたとき、津田夫人は氷山の蔭に隠れた海象のようにすっくと立ち上った。彼女は牙をむいて立ち上った積りであったが、立ち上った瞬間に肥り過ぎた軀の重みで前のめりに崩れ落ちた。というより、「訳の解らぬ」腹立たしい無数の想念に疲労しつくした彼女の肉体は、もはやその精神力のみでは支えきれなかったのである。彼女は何かいい出しかけたが、肩先から大きく喘ぐ呼吸音が干れた喞筒のような音をたてるばかりで、言葉が出なかった。小刻みに身顫いするような悪感が全身に浸み渡って、口のなかは灼けるように熱っぽかった。何処をどう通って、また、三輪与志一人には恐らく重すぎる彼女の軀に誰が手をかして、彼女を寝所まで運んだのか、彼女には解らなかった。膝をついた瞬間に、彼女は急速な昏迷状態に陥ったのである。ただ彼女が朧ろげに記憶していることは、彼女自身にも思いかけぬ、哀れな母親らしい嘆願を、何処かで口走ったらしいことだった。その言葉の内容は、あの忌ま忌ましい三輪与志の父親が階段を昇りながらいい残していったものと同一に違いなかった。「安寿子の傍へ……与志さん」。牙をむく筈だった彼女は、そんな哀れな願いなど毛頭いう積りはなかったのである。まだ暗い暁方、ぱっちりと眼を開いた津田夫人は、しびれるような記憶のなかで、自身がぱくぱく口を開く自動人形にでもなってしまったような哀れっぽい気持になって、苛らだたしく寝返りをうちつづけた。

けれども、津田夫人のこの常軌を逸した突飛な行動が、澱んだ沼の表面のように動きもない三輪与志をしてまだ十三歳の瘠せこけた彼女の娘を膝の上に抱きあげしめる機縁になったのである。どうしてそんな行動をとったのか、三輪与志自身にも理解出来なかった。彼は肉体に触れる感触が嫌いであった。それが人間の肉体であれ、動物の肉体であれ、或いは、彼がその舌で触れその歯で嚙まねばならぬ一片の肉塊ですら、一種名状しがたい、謂わば自身を持ちきれぬような悪感を、彼に与えた。彼は自身の腕を差し延ばして、網の目のように入り組んだ皮膚を、疼くような悩ましさに包まれながら、凝っと見つづけていることがあった。皮膚と皮膚との感触は、彼に堪えがたかった。その疼くような不気味な触感が電流のように伝わると、彼は不意に荒々しくその場に躍り上ってみたくなるほどであった。若し理由もない殺人といったものが起るとすれば、或いは、宇宙絶滅といった極端な荒々しい衝動が起るとすれば、こんな瞬間の粗暴な、悩ましい感覚に由来するに違いないと、思われるほどなのであった。

彼等は、がらんと広い、鼠色の壁を反映して空気の冷たい三輪家の応接間にいた。何時ものように、彼等の間には、何の会話も交わされなかった。伏目になった少女の白い額の上に垂れた巻毛を眺めていると、一種香わしい、紛気をそそるような匂いが漂ってきた。彼は身動きもしなかった。けれども、彼はふと軀をひいた。熱っぽく喘ぐ津田夫人の譫言が彼の耳許に囁かれたような気がしたのである。白く脂らぎった皮膚がくびれて、深い皺になった咽喉元の襞が、とぎれとぎれの不明瞭な言葉につれて不気味に白く蠕動していた瞬間の印象が悩ましく掠めすぎた。彼は身動きもしなかった。けれども、彼はふと両腕を差し出した。伏目の視線をあげかけて怯えたように歪んだ羸弱い微笑が、少女の口辺に浮んだ。彼女は奇妙な微笑を浮べたまま、糸にひっぱられて四肢ががくがく動く操り人形のように立ち上った。身顫いする戦慄が彼の背筋を走った。何故彼は少女の腰を抱きかかえて、彼の膝の上へ乗せたのか解らなかった。一種身悶えするような抵抗が、その一瞬一瞬に味われたようにも思われた。強直した重みが彼の膝に伝わった。少女の白い襟筋と渦巻いた毛髪の間へ頭を埋めて、彼は両手を少女の胸部へさしまわしたまま、彼自身が一つの揺籃でもあるかのように軀を揺すりつづけた。扁平な胸部であった。すると、強直した背をおずおずと彼へもたせかけていた少女が、それと認められぬほどの波打つような忍び笑いをたてて、しなやかな皮膚の胴体を捻りそらしたような気がふと彼にした。彼は思わず両手の先に力をこめた。それは瘠せた、驚くほど扁平な胸であった。それはそうあってはならない不思議な感覚であったが、乳房の隆起はなかった。肋骨と肋骨の間の凹みが、彼の指先に疼くように確かめられた。激しい戦慄が再び彼をかすめた。彼は不意とその場に荒々しく立ち上りかけた。すると——その瞬間に、少女の捻れた軀が毬のように躍り上ったのである。それは、支えもない空間へ身を投げたような動作であった。軟らかな絨緞を敷きつめた床上を、両足を揃えたまま、二三歩弾みあがったように飛び進んだ彼女は、前方の長椅子の上へ俯伏せにどたりと倒れ込んだ。腰のあたりに起った目にとまらぬほどの身顫いが波のように彼女の肩先へ押し寄せて、薄い板のような彼女の肩先はわなわなと震えていた。

三輪与志はぼんやり立ち上ると、彼のその頃の習慣となっている翅音のような耳鳴りに聞きいりながら、津田安寿子の波打つ肩先を暫く眺めていた。打ち伏した少女の身顫いはとまらなかった。それどころか時折はたと止ったかに見える痙攣は、間歇的により昂まってきた。顔を深く埋めたまま、啜り泣いていると思われた。彼は踏みしめるような一歩を踏み出した。少女の細い襟筋へ身を屈めて、相手の呼吸音でも窺うように静かに顔を近づけた彼は、ぴたりとそのまま凝然と凍りついた。少女は哭いていたのではなかった。彼の身を屈めた気配が感ぜられたのだろう。巻毛の乱れた毛髪へ手を差しこんで、その首筋を彼がねじり曲げた訳でもないのに、さながら一つの抵抗をより強力な握力がぐいとねじりあげるかのように、彼女は埋もれ隠れた顔の半面をそっと擡げ現わした。そこに涙の痕は見受けられなかったが、泣き歪んだ痙攣以上のこわばった表情に、まだ媚めかしさも知らぬ苦しげな微笑が浮びかけられていた。彼はぎくりとした。彼の瞳から一寸と隔っていない顔前に相手の瞳がぴたりと据えられた。刷いたような青味を帯びた白い膜と微動もせぬ瞳孔が、彼の瞳の直前に在ったのである。

彼は、それ以前に似たような経験をしたことがある。電車から降りかけて、同時に降りかけた一人の中年の酔っぱらいが彼の肩先へよろけかかったことがあった。激しく衝きあたられて振り返った瞬間、口のなかで何か不明瞭な言葉を繰り返した酔漢が彼に挑みかかるように、さらにぐいと顔を寄せてきた。相手の顔付を見定める余裕もなかった。瞬時にして、彼は相手の瞳と瞳のみを見合せることになったのである。それは、悪感をさそうような醜劣な瞬間であった。血走った細い網の目が黄色な表膜の上に這い拡がり、開かれた瞳孔は鈍く、死んだように動かなかった。若しこの鈍い瞳孔のみを凝視させつづければ、その背後に一つの魂が動き蠢いていると告げても誰もそこに生きた何物かを想定することは出来ないに違いなかった。そんな凝結したような、忌まわしい瞬間であった。彼が肩をひくと、その酔漢は前へ崩れかけながらも、それでも、立ち直った足取りで前方へ進んで行った。彼はその場に佇んだまま、悪感に震えるような不快を嚙みしめつづけていたのであった――そんな経験があったのである。

津田安寿子の澄んだ瞳孔を凝視めたとき、彼は何か嚙みしめても嚙みきれない固い棒のようなものを呑みこみつづけているような気がした。彼は瞬き一つしなかった。それは本来目をそむけることが出来ないのだという或る避けがたい忌まわしさが、彼の胸裡に疼きつづけたのであった。彼は身動きもしなかった。それは、一秒間と経たぬ時間だったろう。相手の瞳が不意にかき消えると、彼の鼻先に少女の肌から発散するような甘酸い匂いのみが残った。さらに烈しく肩を顫わせた津田安寿子は、顔を伏し隠したまま、今度は歯を食いしばったように低くとぎれる泣き声をたてた。彼は不意と眼を閉じた。彼の深い、暗い奥底の何処かが悲痛にかきむしられるようであったが、と同時に、相手に何事をも納得させ得ないだろうという侘しい想念が彼の全身を揺すりつづけていたのである。

そんな経験が彼等の間に起ったのである。その夜、彼は一つの夢を見た。その夢は、非常に短く、また、単純であったけれども、彼にとって必ずしも無意味ではなかった。その夢はこんな内容をもっていた。

……あたりは薄暗く、暁方か、黄昏か、その時刻は明らかでなかった。彼ははじめあらゆるものの形をはっきり見定めることが出来なかった。どうした訳か、彼はコロッシアム風な野天の広場へ引き出されていた。鉛色に覆われた空には、その動きが解るような酷しい朔風が吹き荒れていて、荒廃したコロッシアムの崩れかけた頂上を矢のように掠め流れてゆくちぎれ雲が寒む寒むと見えた。彼は、軀の内部まで凍るほど、寒かった。気付くと、彼の上半身は裸であった。皮膚全面は笞打たれ傷ついていて、その割目から噴き出てくる黒血は、酷しい寒風に吹き曝されると、見ている間にじりりと凍りついた真黒な塊になった。傷の割目から盛り上った白い肉が、噴き出る黒血とは関わりもなく一つのとめどもない気泡のように膨れあがってゆくさまを、彼は無感動に眺めていた。彼の後頭部は鈍くしびれているようで、何故か彼には何らの感情の動きもなかった。その広場の遠い中央で或る刑罰を受けるに違いないというぼんやりした予感が、彼の何処かにあるばかりであった。広場の中央には、乾いた砂が一つの大きな円を描いて撒き散らされていた。其処へ到着すれば、彼の命はないと、如何なる理由でか、彼は知っていた。

やがて、荒涼たる広場を囲んだ冷えきった石壁から離されかけた彼は、ふと一人の少女の姿を認めた。その少女は、高い石壁の縁から上半身が乗り出すほど延びあがり、広場下の彼へその両腕を激しく差し出していた。この寒さのなかで乾いた麻の寛衣を肩からかけた少女の両腕は、怖ろしいばかりに瘠せ細って、思いがけぬほど蒼白く、長かった。彼女のあらゆる緊張はその瘠せた両腕に集中しているらしく、歪んだ指先が彼の眼の前にぶるぶる痙攣するように顫えていた。それは、彼が嘗て見慣れた少女に違いなかった。ふと彼には、或る異様な予感がした。指先から腕へ視線を辿ってゆくと——彼は殆んどぎくりとした。それは彼が予感した通りであった。彼へ見据えられた大きな白い瞳は、見開かれた死魚の瞳のように、不透明に、不気味に動かなかった。しかも、その一方で、極度に歪み曲げられたままぴたりと停ったような表情からなにかしら激越な言葉が狂気のように絶えず喚きたてられていたのである。そして、その内容はまったく聞きとれなかったのである。それは一種悩ましい嫌悪がそそられる疼くような愛情らしく思われた。こうした種類の力は、彼には持ちきれなかった。見てはならぬものを見たように顔をそむけた彼は、刑吏らしい男の後に従って、歩調をゆるめもせず、広場の中央へ進んだ。すると、コロッシアムの高所から、彼の背後へ向って不意に叫んだ者があった。

——そうだ。卑怯な振舞いをしてはならぬぞ。

それは酷しい風に乗って、とぎれとぎれに伝ってくる力強い押しつけるような叫びであった。彼が振り返ると、鉛色の空を背後に負った、見知らぬ黒い服装の男が、少女と同じように両腕を彼へ差し延ばし、打ち振っていた。なにかしらはっきりと自身に頷いた彼は、広場の中央へ次第に進んで行った……。

僅かそれだけの夢であった。夢を弄びつけた彼にとって、それは平凡な夢であり、暗く不吉な印象の他には殆んど何らの感興をもひかなかった。けれども、覚めたとき何時もするように、印象を暫くまさぐっている裡に……彼には、その夢が次第に奇怪に思われてきた。見知らぬ黒い服装の男が彼へ呼びかけたのは、彼が聞きとり得なかった少女の言葉を聞きとり、理解した上でのことに相違なかった——そう考えつくと、彼は、むしろ、愕然としたのである。彼の夢のなかで行動する人物が、彼からつねに「独立に」思考し、振舞っている事実が、そのとき、今さらことあたらしく、しかも、なにか悩ましくすら思われてきたのであった。そこには彼自身から独立した或る種の自身があって彼からつねに「独立」しつづけているようなのであった。彼が支配し得ぬ領域が彼の裡にあるとして……その力と性質の微細を極めることが出来なければ、自身を育てるとは何事だろうか。そんなことに思いふけりながら、少女の蒼白く長い腕や死魚のような瞳――つまり彼が想い出し得るかぎりの細密な記憶を、たしかめつづけた彼は、次第に激しい疼痛が後頭部に起ってくるのを覚えた……。それは、重苦しい後味であった。彼は何らの関わりもないような、殆んど意味もない事態のなかにあっても、恐らく彼に無縁でない或るものがそこにあって、しかもそれを確かめもせず徒らに過しているのではあるまいかといったふうな、異様に閃く懸念がふと彼を捉えるのであった。

この夢以後疲労の翳を漂わせていた彼は、それから間もなく、地方の高等学校へ戻って行った。彼が大学を卒業するまで、休暇の帰省期間中しか、津田夫人にも、またその許婚者たる津田安寿子にも会い得なかったことは、彼女達にとって或る意味では不幸であり、また同時に、幸福でもあった。津田夫人にとっては、彼等二人の間の理解しがたい心情についての不安が逆上的なヒステリーへ高まるまでに休暇期間がきれて、彼が不在になることが一種の救済であった。そうでなければ、娘ではなく、彼女自身が病気になってしまっただろう。ただ彼の傍にいるだけで満足しているように、はにかんで彼を眺めつづけている娘の態度は、彼女にとって無性に苛らだたしかった。その癖、彼女の娘は三輪与志と会ってきた後、彼女の家庭で小さなヒステリーを起した。それは津田夫人が誇張していうように意地悪く、異常に怒りぽくなって、家族の者達を困らせるほどのものではなかったが、やや不安なことは、その小ヒステリーが次第にそれらしく強くなってくることであった。それが、捉えどころもなく陰気な三輪与志の前でおどおどしてきた反動としての熱烈な愛の表現だと解るだけに、津田夫人は、まだ養子とも単なる婿とも決めていない三輪与志へ対してかっと腹を立てるのであった。けれども、「惚れたものは仕方がない」と、本質は謂わば単純で善良な津田夫人自身堅く思いこんでいるので、その彼女自身の鉄則を自ら打ち破ることは不可能であり、従って、癇癪を起したあげくの彼女は一種の自縄自縛に陥るのであった。そんなとき、彼女は奇妙な眼付で娘を眺めながら、その太い首を苛らだたしげに振った。

瘦せて、羸弱そうな軀つきをしていた津田安寿子は、次第に肉附豊かな、長身な、美しい娘になった。肩のあたりから腰へかけてすらりと延びた優美な線は、津田夫人自身見惚れるほどであった。態度もはきはきと的確になり、物おじせぬ澄んだ視線を他人に向けるようになったが、しかし、三輪与志に対しては、殆んど目立った進歩を示さなかったのである。そして、彼の精神内部に起ったその後の変化は、誰にも知られなかった。殊に地方の大学へ移ってから以後の彼は、完全に孤独で、その胸裡を吐露する一人の友人も持たず、より沈鬱により理解しがたくなった。そうした三輪与志に対するとき、津田安寿子は、伏目になった会話を交わすことがあっても、自身の言葉が絶えず何かに思い耽っている相手の心情を傷つけはせぬかと異常なほどつつましやかであった。そして、帰宅後暫らくは黙り勝ちで、やがて不機嫌にすらなった。何か話しかける相手がその不機嫌の責任でもあるかのようにあたり散らすことさえあったのである。自身でも不満の理由がみつからぬ娘の様子を見ると、津田夫人は自分そっくりの姿でも眺めるような、腹立たしく当惑したような眼付をした。そして、或る思いがけぬ機会に、相手に出しもせぬ恋文を娘がひそかに書いているのを発見したとき、津田夫人は、「なんて奇妙な子なんだろう」と、心の底から嘆息した。

このように奇妙な青年男女の心理を津田夫人に納得の行くまで説明してくれそうな一人の青年が、すると、彼女の前に現われたのである。それは、三輪家の祖母の埋葬に出かける津田老人を送り出しているときであった。津田夫人の観察によれば、津田亮作氏は物忘れがひどくなっていた。けれども、津田老人は、見たところ老衰の徴候もなく、彼自身、若い者達に劣らぬと言明していた。墓地へ行くにも、彼は家族達より一足先に歩いて行くと主張した。町々の正確な位置を知り、その変遷の跡を辿るには、電車や自動車に乗らず、自身の足で歩くにしくはないと日頃から主張しつづけていたのであった。

——お祖父さん、お祖父さん、お祖父さん、煙草はお持ち？

——持っとる。

——マッチは？　何時も何処かに置き忘れてこられるんでしょう。

——持っとる、持っとる、持っとる。三輪の祖母さんは、何時もわしに何か一言は小言をいわずには気が済まぬ質《たち》じゃったが、わしのその頃の態度は英国風の紳士ともいうべきものじゃった。わしの信念には……。

——まあ、まあ、まあ、お祖父さん、出がけにはそんな話をなさらなくとも好いんですよ。向うで、憶い出話をゆっくり聞かせておあげになると、皆喜びますわ。途中で、何処かにひっかからないでいらっしゃい。何処かの旧跡を調べるなんてひまをとっていると、それこそ三輪のお祖母さんの小言ですわ。

そして、玄関の扉を開くと、敷石脇の棕櫚の植込みに下半身を隠して、玄関内を窺ってでもいたらしい、薄汚れたしみを大きく動かせた首猛夫の黄ばんだ顔がふらりと現われた。

この頃の津田家には、津田夫人がそれまで見知らぬさまざまな人物が現われ、あわただしげに立ち去ってゆく習慣が出来ていたので、玄関脇に生い茂った棕櫚の間から異様な風体の人物が現われたとしても、格別不思議ではなかった。それどころか、一癖ありげな人物達をさらに毛嫌いせぬ夫の謂わば底知れぬ寛大さにかねてから業をにやしていた彼女が、この頃は、夫の政治的、或いは、社会的地位がこのような腹に一物ありげな人物達を包容し得るほどの位置に達したのだと、彼女なりの判断を下し、そして、その判断に不満でもなかった。という理由は、夫のところで訳ありげな密談をつづける彼等が或る時は彼女の部屋へ立ち寄って、自家宣伝とも追従ともつかぬ挨拶を述べたてている裡に、彼女は彼女の夫津田康造が来るべき政権の書記官長に擬せられているというような微妙な雰囲気に気付いたからであった。そして、一種独特な肌合いをもった人達がもたらすあわただしい、濁った雰囲気すら、彼女の気を牽かぬ訳でもなかったのである。

薄汚れた斑点をたたえた首猛夫と殆んど鉢合わせしそうになった津田家の祖父は、しゃんと腰を立て直すと、相手の足許から頭の先までじろじろと眺めつづけた。

——ふむ、あんたは何をしとったのかな。まさか此処が検微鏡で覗かれるような訳の解らんものの棲処じゃと思って研究していた訳でもなかろうて。わし自身はこう思っとる。此処は、れっきとした津田康造の住居で——。

——そう、そうですとも。僕自身がこうして玄関に立っているのも、そう思ったからで、他に理由などありませんよ。ところで、僕の名を御存じでしょうか。首猛夫——はっは、首ったけ、と憶えておいて下さい。津田康造氏へ重大用件をもたらした僕は、差し延ばした首が前へおちるほど息せききって此処へ辿り着き——墓地へ出かけられるお祖父さんを見送った上で、ちょっと御面会願おうと、先刻から此処へかしこまっていた次第なんです。

謂わば出たとこ勝負のその場で有利な態勢を占めようとするらしい首猛夫は、眼前の老人と玄関先に見える津田夫人とのどちらの天秤にかかったら好いかと交互に見較べる目まぐるしい視線を矢のように走らせていた。すると、津田夫人が片方の天秤をぐいと踏んだのであった。

——さあ、さあ、さあ、早くお出かけなさいな、お祖父さん。こんなところで喋りこんでしまうと、今日一日経っても墓地へ行けませんよ。ほら、お忘れもの。ステッキ——。

そして、話の腰を折られた津田家の祖父が不精無精にステッキを取りあげているすきに、するりと首猛夫は玄関内へ滑りこんだ。夜になると噎《む》せるような芳香を放つ熱帯地方の植物が密生している植込みの間を通り、厳めしい石造の門を出てゆくまで、祖父の後ろ姿を覚つかなげに見送っていた津田夫人は、ふとあわててその場に飛び上った。その重苦しそうな軀をそんなふうに何時も跳り上がらせ得たらさぞ楽しみだろうと思われるほどの見事な跳躍であった。彼女の見知らぬ青年は何時の間にか、玄関奥の控えの間へ既に入りこんでいたのである。

——まあ、まあ、ちょっとお待ちなさいな。貴方は厚かましい方なのね。ええと、でも、貴方は——重大用件をもってきたとか先刻いわれていたわね。すると……手っとり早い動作はそれほどさし迫った用事をもっているためで——それに、頼もしいといえないこともないって訳かしら。一体、貴方はどちらの方なの。といっても、尤も、反対派であっても、構いはしないんですのよ。

と、政治的手腕を弄したつもりの彼女はさしてとがめる調子もなく、陽気そうに叫んだ。すると、こうした寛容な応援を予期していなかったらしい首猛夫も、彼の顔付に似げなく弾むように叫び返した。

——反対派ですって？　素晴らしい言葉を御存じですね、奥さん。若しお望みなら、僕をそうしておいて下さっても、結構ですよ。何故って、僕はつねに、力強く、しかも、見事な言葉の永遠の愛好者なんですからね。

そのとき津田夫人はぴたりと息を呑んだ。薄気味悪いほど生色もなく、無数の小豆色の斑点を顔一面に散らしている相手を、彼女ははじめて正視したのである。それは一瞬にして津田夫人から物をいう勇気を奪ってしまったほどの醜劣な印象であった。なんだか冷たいものにその肥った軀中を撫でまわされでもするように、彼女はぎくしゃくと全身を揺り上げた。そして気を取り直すように相手の顔へもう一度視線を注ぐと、彼女は思わず洩らしたように云った。

——私達も……というのは、津田も私も、墓地へ行かねばならないので、あまり長くはお話し出来ないと思いますのよ。

そんな云い方を何故したのか、彼女自身にも理解出来なかった。けれども既にいい出してしまっていたのである。そして、応接間の扉を開きながら、彼女はふと不吉な胸騒ぎを覚えた。自身の部屋へもどり、日頃から長くかかる身仕度をはじめた彼女は、氷に撫でられるような得体も知れぬ印象を想い出しながら、太い首をかしげてみたが、その想念はまとまりもつかなかった。理由も知れぬ痼癪が起きるときの特徴としてこまかな装身具を廻りに投げちらしたあげく、こんなことは薄気味悪い人物達がこの頃来はじめたせいだとがむしゃらに決めこんで、彼女は無性に腹立たしくなってきた。

首猛夫が鈍い緋色の絨氈と黒のモロッコ皮の安楽椅子との対照がかもし出す、くすんだ空気をたたえた、あまり明るくない応接間へ滑りこんだとき、この家の主人、津田康造は読みふけっていた書物を閉ざさず膝の上へ置いたまま、眼を上げた。彼は、どちらかといえば、瘠せ型で、中年代に特有な澄んだ落ち着きがその風貌全体に現われていた。思索的な、精神生活へ踏みいっている冷徹な感じはその周囲にも漂っていた。彼の額は広く、顔の輪郭はほっそりした卵形をしていたが、彼の娘は彼から優れた部分をみなうけついだに違いなかった。音もなく滑りこんだ首猛夫を、彼は冷静な、澄んだ眼付で眺めていたが、この特長ある人物の顔を想いださぬようであった。彼等は、互いに暫く眺め合っていた。首猛夫はちょっと上体を傾けたままの姿勢で、瞬きもしなかった。やがて、音もなくすり寄った彼は腰をかがめると、携えてきた言葉を相手の膝上へでもそっと置くように、ぽつりと云った。

——宣戦布告にきましたよ。

数瞬の沈黙が過ぎ去った。冷静に身動きもせぬ津田康造は、眼もそらさず訊き返した。

——どうして私にです。

——貴方が極点だからです。

——どういう極点？

——アジア的思考様式の極点だからです。

と、首猛夫は腰を屈めたまま、強く押しこむように云った。真面目な津田康造は、数瞬、再び考えこんだ。すると、そのすきに相手は津田康造と向い合った椅子に素早く滑りこんだのであった。

——ふむ、貴方は、アジア的生産様式という言葉を聞いたことがおありでしょうね。そうとすれば——そこに対応するものが、もうお解りの筈だ。あっは！　それは、つまり、大地に密着した農夫の思考です。まだ暗い夜明けからその夜更けまで動きつづける一人の農夫の思考を、貴方は一日中追いつづけてみたことがおありでしょうかね。一体、そこにあるのは何だろう？　ふむ、貴方は既にお解りな筈だ。そこには余計な、自身に抵抗するようなものなど何もありはしない。おお、何もありはしない。そこにあるのは——太陽と嵐と自身の手足を頑くなに信じて、見られた自然と間隙《すき》もなく一致する精神です。あっは、一＝《イクオール》一のゆるぎない思考だ！　そうだ。それは、根だやし出来ぬほど、頑固なものだ。やつは、とにかく生きている。たとえ、植物的生存にしても、ですね。ちょっ、こいつを如何にして脅かしてやれるだろう？　快を快と感じ、不快を不快とする間隙もない巧みな表現のみに専念するこの単一な世界をね。そうだ。僕には僕なりの武器がない訳ではない。おお、僕は勿論僕なりの武器を持ってるのですよ。僕にとって重要なことは、いきなりそいつに宣戦布告してしまうということだった。一粒の麦を単純再生産する農夫をいきなり脅かしてしまうということだったんです。ところで、僕はどんなふうに戦闘を開始すべきだろうか。僕の武器をいきなり閃かせてそいつを脅かす宣戦布告の最も適切な、最も効果的な形式は、ところで、何だろう！　ふむ、僕は考えた。灰色の冷たい壁に囲まれたなかでぎりぎり考えているとき、僕の前にぽっかりと一つの形が浮き出てきた。それは閃くように現われた。ふむ、それがそこにぴたりとあてはまったように現われたその一つの形とは何だろう。僕の眼の前に浮び上ったその鮮やかな形とは、おお、総監、貴方の顔なんですよ。

そして、凝っと相手を注視したまままきらりと白い歯を見せた首猛夫は、ちょっと口を噤んだ。

——ふむ、貴方は凡てをそのまま受けいれる。貴方に逆うものさえ許容して、怒り顔を見せたこともない。おお、貴方の総監室で、思考の拡大再生産、さらに、人間精神の変革についてがなりたてた相手をも肯定して、眉も動かさなかった。ちょっ、何処まで貴方は自然そのままを気どっているのだろう。貴方に会う者すべてが、貴方の裡に、謂わば無限の無抵抗のみを感ずるのは、何故だろう。はっは、こんな失礼な、ずかずか踏みこんでしまういい方を僕が出来るのも、相手が貴方だからですよ。貴方は、相手が強く押しこむそれだけの幅を凹んで、何ら自身抵触するところもない。酔生夢死の極点です。怖ろしいほど静まりかえった涅槃《ニルヴァーナ》の境地です、おお、涅槃《ニルヴァーナ》！　考古学の陳列室に並べられた標本みたいな貴方の精神には、こう書いてある。Nil admirari とね。はっは、そんな貴方が、何故、あの厳めしい総監室に坐り得たのだろう。奇蹟だ！　格別辣腕も振るわない貴方があの椅子に坐り得たのは、恐らくひたすら人徳によったのでしょうね。無為にして化する、とかいうあの訳も解らぬ人徳——欲望の欠如と同義語でもあるあの曖昧きわまる東方の理想像を、貴方が備えていると、周囲の人々が思いこんだためでしょうね。あっは！それは笑いごとではない。貴方は、母親の胎内に、あらゆる意味での自己主張を忘れてこられた。ちょっ、貴方自身そう思われませんかね。そう、貴方は自己主張の完璧な喪失者です。おお、この無言無説の完全な体現——それこそ僕が宣戦布告すべき一方の極点なのですよ。

そういいきると、首猛夫は頭をそらして毒を含んだような嗤い声をあげた。無数の斑点が咽喉元にまで拡がっている相手の横顔を眺めている裡に、津田康造はちょっと肩を揺すった。いきなり脅迫がましい言辞を弄する訪問客も稀ではなかったが、彼にはその嗤い声が聞き憶えのあるような気がしたのである。彼は相手の嗤いがおさまると、そっと放ったような短い質問を発した。

——理由は、それだけでしょうか？

——ふむ、理由とは……なんの理由です？　貴方は静かな訊き方をしますね。

——宣戦布告が私へでなければならぬ理由です。というのは、私は総監時代に貴方を見知っていたような気がするのですが——。

二人は微笑も浮べず熟視しあった。首猛夫は、再び白い歯をにっと見せた。

——そう、そうなのですよ。ふむ、貴方は僕が相手と選んだだけあって、なかなか心理家ですね。そう、僕の宣戦布告は、貴方が総監であったことにも起因しているのです。

——というと、どういう風にです？

——ふむ、僕は陰謀を策らんでいるのですよ。

——陰謀……？

——はっは、そうです。陰謀なのです。だが、ここで問題なのは、僕が陰謀を策らんでいるということじゃない。重要なのは、貴方の前で……貴方に、それを公言するという、そのことなのですよ。えっ、どうです？　僕は重大な陰謀を、貴方の前で公言するのです。ふむ、貴方は僕を逮捕するか、しませんか？　どうでしょう！

——逮捕する理由は……認められません。

と、相手の眼を静かに、深く覗きこんだ姿勢も崩さず、津田康造は低く、つつましやかに答えた。すると、相手はぐいと思いきり厚かましげに後方へのけぞったのであった。

――はっは！　そう、そう答えるに違いないと、僕は予想してたんです。逮捕するか、しないかと僕が迫ると、貴方は慎重に答える――。それは、予想とまるで一語も違いはしないんですよ。ちょっ、逮捕する理由が認められないのではなく、貴方御自身がいまは警視総監でないという理由からでしょう。はっは、僕はそこで貴方に一つ馬鹿げた話をしてやろうとちゃんと用意してきたんですよ。これは正真正銘の実話です。午前の法廷で、一人の兇悪な被告、というのは暴行罪という罪名を負っていたのですがね、その被告に見事な判決を下して、ぴしりと再び手錠をはめられた被告が法廷から連れ出されるまで悠々と見送っていた或る洗錬された裁判官が、帰宅途上の電車のなかで、一つの喧嘩に出遭わしたんです。それは直ぐ隣りに居合わせた男達が惹き起した喧嘩で、なんでも足を踏んだとか踏まぬとかいう詰らぬことが原因になっていたらしい。裁判官が身を避ける間もなく激しくなった殴りあいは、片方が非常に膂力優れた男であったために忽ち解決がついたんです。その男は、ところで、既に羽目板に倒れかかった相手の襟を摑んで更に強く羽目板へ打ち続けたそうです。もはや完全に無抵抗状態になった相手の男がその後頭部を打ちつけられるたびに、ひどい音が車内一杯に響いたといいますよ。車内はしんとしてたのです。そして、次の駅で加害者たるその暴漢が悠々と下りてゆくまで、車内の誰も一言も発しなかったという訳なんです。それどころか、殆んど卒倒した男がたどたどしく自分で起き上るまで、誰一人手を貸してやる者もいなかったという次第ですがね。そして――わが裁判官はその間中、身動きもしなかった。いや、膝頭のあたりが無性に顫えていたという事実を除けば、そういえるのです。はっは、その暴漢を捉えて見事な判決を下すのは、もはや威儀正しい裁判官の役目でないと、勿論、貴方は主張なさるんでしょうね。おお、見事な役目だ！　みんな勝手に、てんでんばらばらになった世の中ですからね。ちょっ！　自分は生きている——それが唯一の保証です。他の者も下らぬ愚行をつづけて、とにかく勝手な生き方をしているが、そんな他人はどうであれ、自身もとにかく訳も解らぬ部分的な役目とやらをちょっぴり果して、生きているということ、それが自身をなにかしら納得させる唯一の気休めなんです。そして——あっは、それがゆるぎなき生だと頑くなに確信していること、そのことこそ僕が宣戦布告すべき他方の極点なんです！

そう息もつかずに述べたてた首猛夫の眼の光は怖ろしいほどぎらぎらと輝きはじめていた。蒼白い不気味な燐光をそこに放ちながら、皮肉に薄笑いしているような場合とは違って、彼の内面から高まり、押し上げてくる力強いものが、そこへ白熱するように奔しり、溢れ出てくるようであった。そうした相手から津田康造は瞬時も眼を放さなかった。厳粛な、やや沈鬱とも見える表情で、彼は相手の言葉のはしばしまで注意深く聞いていた。一般的にいって、彼は、それが如何なる種類の訪問客であれ、何らの差別をしなかったが、この場に相対した彼等の態度を見ても、中年過ぎの一人物と異様な風体をした一青年が対峙しているとは思えなかった。それは二人の親しい友人が、或る内面の悩みを打ち明けあっているような雰囲気にすら見えたのである。その何処かが傷ついた相手を深い憐憫をもっていたわるような微光が、津田康造の瞳をかすめると、彼もそっと物を置くように静かに云った。

――それは、怖ろしい課題らしい。貴方が宣戦布告されるというその課題は――。

――そう、怖ろしい、破局的な課題です。

――ところで、貴方は、その戦争に――成功するでしょうか？

――どうして、それが訊きたいのです？　ふむ、或る意味では、成功しつづける筈ですよ。

――すると、貴方の武器――こんなことをさらに訊いては、失礼かも知れぬが、いきなり脅かす貴方の武器というのは、何でしょう？

――ふむ、それを貴方自身から訊かれるとは、僕の光栄です。えっ、そうじゃありませんか。それは、死――絶えざる死、です。

と、その語尾を殆んど囁くように、首猛夫は声をひそめて答えた。そして、鋭い触覚のように延ばした顔を微動もさせず囁いた彼の口辺に、やがて彼の癖である薄笑いがのぼり、拡がっていった。

――序に、ちょっと僕に道化させて下さい。あの裁判官の役目を僕にさせて下さい。僕が此処にこうして坐っている。貴方は、其処に――被告として坐っているという訳です。

おお、僕は見事な判決を下しますよ。死刑！　ふむ、死刑の宣告をうけたら、貴方はどうします？　ちょっ！　死を納得する理由を、貴方は忽ち見出すでしょうか。いや、いや、貴方はそんなことも考えやしない。たとえそれがマイナスの記号を担っているにせよ、一歩を進める何物もそこにありやしない。其処にそうして——眉も動かさずにいる貴方は、自然そのもののごとく坐っているだけだ。そう、そうに違いないでしょうね、貴方は——。おお、ところで、貴方は、人類の運命について考えたことがおありでしょうかね、えっ？

——人類……？　そう、先刻此処でこの本を読みながら考えていたのは、そのことでした。

と、津田康造は膝上の書物をまさぐりながら、平静に答えた。すると、素早い手つきで表紙を裏返してみた首猛夫は、その書物の表題を瞬時に読みとった。

——ふむ、僕が貴方に暗示すべき人類について、貴方御自身が考えてられたとは、奇蹟だ！　僕はそのことは予想してなかったのですよ。で……どんなことを考えてられたのです？

——それは、陰気なことです。

——というと、どんなことです？

——私がこの書物を読んでいながら考えたことは——人類の進歩の型についてです。

——進歩の型ですって？　それがどうして陰気なんです？　明朗闊達な筈じゃありませんか。それとも……おお、僕が貴方にお訊きしたいのは、人類はいま如何なる段階に到達し得たか、ということです！

——そう、如何なる段階に到達し得たのかは、私自身も考えてみたことです。

——おお、貴方自身も考えられたのですって？　すると、そのとき、こう考えなかったでしょうか——人類、青年期に達す、とね。

と、首猛夫はなにか相手の胸裡へ刺しこむように囁きこんだ。その眼の色は白熱した火花を奔しらせているようであった。

——生か死か……その二者撰一のみが唯一の課題としてそこに提起されているのみで、あっは、他に何もありやしない！　それは危険な年代です。心魂へまで納得する強力な理由を見出すことなしには、一歩を踏み出すことも、片腕を上げることも肯じない、非妥協的な年代です。おお、それは危険極まる年代です。貴方が眉も動かさずに自然そのままの形で此処に坐っているとき、あらゆる懐疑、あらゆる叛逆が全地球上に灼熱した熔岩のように渦巻き、湧きたっているんです。それを堰止めるべき如何なる権威、如何なる勧告ももはやありやしない。如何なる無視ももはやありやしないんです。人類はその危険な段階へまで成長してしまった。人間精神を、生産的か否かで検証する最後の段階へ到達したんです。人類の歴史なんてものを何処かの遊星にやってしまったら好いかどうか、を判定すべき最後的な段階へまで成長してしまったんです。おお、解りますか、僕の宣戦布告の意味が……？　もし冷厳な、曇りもない眼で貴方自身の眼前を直視すれば、貴方ははっきりとそれを見る筈だ。あっは、僕の眼を覗いて下さい。そこにあるのは、一体何だろう？　生か死か――そのどちらかだ！　ふむ、ぴくりと肩を揺すった貴方には肝に銘じていまこそ解った筈だ。おお、自然すらその危険より身を避けることは出来ない。朽木のように無害に音もなくただ一人で死滅してゆく老衰死ではなく、この危険な激情的な青年期にある人類が意を決するとき、自身の死へ何を捲きこんでゆくか予測し得ないからです。そして――何より重大なことは、生と死へかかった重味は、いま、死へかかっているということだ！

と、首猛夫はもはや熱狂的な興奮へまでたかまった全身を顫わせながら、深く息を吸いこんだ。二尺と離れぬ位置に相対した相手の挙動を先刻（ぴくりと肩を揺すった）と彼が述べたにもかかわらず、津田康造は、事実に於いて、身動きもしなかったのである。

――死！　それは如何に荘重な、しかも、親密な重みをもって現代に響き渡ることだろう。死は、青年の胸に甘美な、粗暴な、陶酔の歌を奏でる。現代はまだ死の時代なんです。勝手にてんでんばらばらに蠢いている奴等は、勿論、生を頑くなに信じて、その響きを聞かぬふりをしている。他人はどうであれ、自身がとにかく生きているということ、それを唯一の保証として、気休めの生を送っている。或いは、自然そのものに化したと悟りすまして、人気もないちっぽけな応接間に眉も動かさず端座している。だが、それが何に支えられているかといえば、何もありやしない。ただ生きている――それだけです。ちょっ、いきなり通りすがりの者を捉えて、それが「役目」だけを果たすあの哀れに顫える裁判官でも好いが、こう訊いてみたら、どうでしょう！「君は如何なる理由で生きているか？」とね。すると――そこに答えが与えられるどころか押し問答をする間もなく忽ち気狂いだとでも思われて、暗い、陰気な風癲病院へ送られてしまうのが落ちなのだ。あっは！少し優れた煽動家《デマゴーグ》の課題は死の理由を正当に見つけることにある！死への必当然的な理由と保証の発見が、「選ばれた人々」の緊急課題になっている。誰が最も優れた死を示し得るかが、現代の最大特質をなしているんです！それこそ、愚劣で崇高な危機の時代ですよ。生を保証する何物もなくなったのだ。おお、誰がそれを示し得るだろう。自ら十字架に架かったような権威をもって、誰が再びそれを決然と表白し得るだろう。まだ誰もないのだ！ふむ、教養深い読書家らしい貴方が文学書を繙けば、それは忽ち明白になることです。僕達が輝かしい青春の息吹きをしはじめたのは、あの恐ろしい前世紀からで――その世紀から現世紀まで僕達の青春の脈動を辿ってみれば、おお、僕達の血がどれほど濁ったかが忽ち明らかになる。そうだ。貴方の書架を飾る現代の文学書のどれを手にとってみても好い。病菌に冒された魂の解剖図が、いくらでも展げられます。それは――下劣で、醜悪で、淫猥で、つまり、精神悪と肉体悪とをひたすらぶちまける競争に耽っている次第です。それも、前世紀に芽生えた偽悪とやらでなしに、正真正銘の、堂にいったものなんですよ。その方向はいまさらに拡がり、深まるばかりだ。それは、世界のいかなる大家といえども、その傾向から免れ得ぬ、といったような単純なものではない。大家といわれればいわれるほど——ふむ、悪の領域へ敢然と突入し、沈潜し得るその深さの度合によってのみ、彼は果して大家なりや否やの、判定が下されるという状況なんです。ふむ、どうでしょう？　それこそ、まごうことなき死への道です。薄汚れた精神はおろか、肉体の悪へもとことんまでのめりこむ、死へ行く時代だ。どれだけの悪をなし得るかと、各自が四六時中その脳髄をしぼっている。おお、貴方の周囲を見廻わしてごらんなさい。友達をもてば、その心理を卑劣なまでに探ってみるしか能がなく、美しい夫人を見れば、姦通し得る能力の有無のみでその優劣を見分けるといった具合です。英雄なんてものは、下僕と同じ肉と魂の塊りで、誰を模範とすべきかと学生に訊かれたら、如何なる教師も嘘をつくときの赤い顔なしに答えられないんです。さまざまな悪が許容されてはきたものの、前世紀の中頃までは、殺人を許し得ざる罪と信ずる多数の人々がまだ残っていた。ただ少数の文学かぶれの人々が、自殺だけ認めていた。ところが、現代では、誰もかれもが——腹黒い金儲けの徒から、人類の理想を説く高潔な士に至るまで、誰一人残らず殺戮の必要を衷心から認めている。ふむ、何ら内心の抵抗なしに認めてしまった。現代の世紀とは、つまり、或る人々のいうごとく、公然たる、万人の許可を得た、戦争と革命の時代です。青春から溢れ出た荒々しい衝動の一面は、そこに心ゆくまで医やされる。おお、理想なんて言葉は、口にするだに恥かしい。たまにそれを口にするのは、自分が他の何者かを圧服しても好いという一つの気休め——百万人の首ぐらいちょん切っても好いという保証を他人及び自己に示してみせるときだけに限られている。ちょっ！　それは、必然悪とやらを唱える頭の好いやつも、訳も解らぬ一つ覚えのみを喚きたてる愚かなやつも、誰もかも同じことです。あっは、どれほど殺戮をつづければ、生を全的に肯定し、「われ生きたり」という万人妥当の理由を未来へ向って確然と公言し得るようになるのだろう。真にゆるぎなき、充足した生の微光は、何処から射してくるだろう。おお、眼に見えず発光しはじめる神秘な栄光を僕達の新らしい眼がとらえるのは、まだなのだ。見られた自然とは似ても似つかぬ、恐ろしい不可視的な世界をなお脚下に踏みしめて、毅然と「われ生けり」と叫び得るのは、まだなのだ。おお、それは恐ろしい時間の幅だ。僕達がそこへ達したとき、僕達はあまりの歓喜と怖ろしさにこなごなに砕けてしまうかも知れない。だが、それはまだまだのことだ。これぞよしと真にゆるぎない確信をもって、生か死かを選ぶ真の決然たる判定はまだ僕達についていない。新らしい、恐ろしい肯定者の鼓動を僕達はまだ聞いていないのだ。それが現われるとしたら、それは恐らく僕達の死の廃墟から立ち上り得る者のみだろう。僕達はただしゃにむに死の淵にひしめき合い、押し合うだけだ。あっは！　僕達の世紀はまだ死への下降段階をまっしぐらにつき進むのだ。僕の前には、忌まわしい否定像——怖ろしい、救いようのない否定像しかありやしない。僕は、死を——絶えざる死を閃かせてちっぽけな生を頑くなに信じている者を脅かすんです。僕は手套を投げるように誰にでも迫るんです——生か死か、とね。僕はそいつに、絶えざる死の響きを聞かせる。そいつがぴたりと死と眼を見合わせても、眼もそらさず、たじろがなくなるまで、ね。僕は貴方に宣戦布告して——既に戦闘を開始したんです。おお、僕は、死の福音をのべる十二使徒の一人になるんです！

不意にしんとなった。若し幽霊でもこの部屋へ入ってきて、死の福音を説く首猛夫の傍らへでも腰かけたら、その衣ずれの音が必ず聞えるに違いないと思われた。薄汚れて黄ばんだ首猛夫の顔色は、そのとき、紙のように白くなっていた。つねに落着かずに周囲に投げかけられるその視線は、いまは凝っと空間に据わっていた。つまり、首猛夫は日頃の動きに充ちた態度に似合わしくなく、一瞬、異様な硬直状態に陥ったのである。それまで相手から瞬時も眼をそらさなかった津田康造は、はじめて視線を膝上に下した。彼は大判な分厚な書物の頁を、そこに心も置かずに、とりとめなく静かにめくっていた。沈思するようなひっそりした沈黙を彼は暫くつづけていたが、やがて、動かしていた手をはたととめると、視線もあげずにそのままの姿勢で云った。

——貴方が宣戦布告される意味はよく解りました。いや、充分に解ったとはいえないかも知れない。けれども、私にはさまざまな聯想が浮んだ。そして、まず、貴方がその危険な決意を私の前で……公言しなければならなくなった点について、やや解ったような気がしたのです。そう、貴方が話された以上の貴方の恐ろしい立場が、私に想像出来るような気がしたのです。というのは、貴方の話を聞いてる裡に、私はやっと貴方が誰であったかをはっきり憶い出したのですよ。

すると、首猛夫の肩がぴくりと動いて、彼はもとの態度にもどったが、津田康造はそうした相手の動作にも気付かぬように、膝上へ眼を下したまま、つづけた。

——貴方の活動振りの記録は殆んど超人的でしたね。貴方の調書を持ってきた部下は、貴方自身の口から聞き出したことはその調書のなかに何もないが、他から訊き出した面白い記録があるといって私にいろいろ話してくれました。その記録によると、貴方は殆んど同一時間に他の場所へも現われたようになっている。貴方は身に附属する一切のものを持たずに、というのは、証拠物件となるような何物も持たずに、その記憶だけを携えて、あらゆる地方へ出没している。そう、その部下は貴方の写真を見せながら、貴方の異常な記憶力について、こんな風な噂さえあるほどだと、説明してくれましたよ。同志の名簿——つまり、仲間達の経歴、傾向、性癖、そして、職場の住所をオブラートへ細密に書いたあげく一読したのち忽ち食べてしまう珍らしい組織者《オルガナイザア》だ、と。その部下は、貴方が一人で百人に値いする男で、その異常な記憶力と努力で、仲間達に嫌われながらも、貴重な宝庫として扱われていることを、珍らしい報告として知らせてくれたのです。私達は、それから、あの総監室で顔を合わせた。そう、人間精神の変革について、私に話してくれた貴方の顔を、私は、先刻、はっきり憶い出せたんです。尤も、あの頃の貴方の顔は、そう、青春の薔薇色に輝いていましたけれどね。貴方は、確か、三輪高志君の親しい友人で、その本名は奇妙なものでしたね。確か……首——。

——猛夫、です。

と、こちらは眉も動かさず間髪をいれずに、つけ加えた。

——そう、首猛夫といわれましたね。私は貴方の顔に見憶えがあることに気付いたとき、貴方の恐ろしい立場を想像した。勿論、あの超人的とも見える活動をしてのけた貴方は、貴方の宣言を見事な——その隙も捉えさせぬ実行に移すでしょう。だが、恐ろしいのは、そのことではない。貴方が自身で気付いている以上に恐ろしい立場は——最後まで、あらゆるものの最後まで、貴方は見届けなければならないということです。

——ということは、死の福音の宣布者は最後まで自ら死んではならないということですか？　おお、それは初歩的な質問だ。

——いや、貴方は陰謀の遂行の過程で、貴方自身に忠実であれば必ず恐ろしい立場を悟る筈です。

——ふむ、それは僕にかける謎ですか？　ところで……陰謀とは何でしょう？

——貴方が宣言した陰謀です。

――というのは、何でしょう？

――ほう、それを貴方から私が訊かれるのですか？　それは――生か死かの二者撰一を前にした人間精神の恐るべき変革でしょう。

――おお、おお、人間精神の恐るべき変革ですって……？　貴方は、見事な、端倪すべからざる心理家だ。何故なら、僕は、死の福音を宣布するに足るいささか体系的な理論的根拠を予め説明してしまったとはいえ、陰謀の具体的内容についてはまだ触れていないんですからね。えっ、どうでしょう？

――そう、そうでした。

――ふむ、恐ろしく簡単に認めてしまいましたね。ところで……貴方が先刻考えてられたとかいう、人類の進歩の型について、僕自身もまだ伺っていなかった。そう、そうでしたね。

――そう、貴方の死の理論を聞いている裡に、私の考えの或る部分にさらにはっきりしてきた点がなくもなかったのです。

と、津田康造はやや遠廻しに曖昧に答えた。けれども、彼がその考えを曖昧な形で述べようとしているのでないことは、その生真面目な、平静な顔付から直ちに窺われた。彼は膝上の書物をまさぐりながら、ゆっくりと云った。

――私はこの本を数日前から読みはじめたのです。大分珍らしい書物らしい。アラビヤの技術史なんです。最近私が読みあたった裡での良書でしょうね。私は貪るように読み耽った。あの沙漠にかこまれた熱風の国にこのような多彩な、謂わば事物の神秘を開くような技術が開花したことは、私にとって瞠目するほどの驚異でしたよ。私は、時々、頁を伏せて讃歎の声をあげたほどなんです。貴方とても、事物の深奥へ迫る真摯な魂の美しさについて、率直な感動を惜しまないでしょうね。そう、私は精神の充実を心ゆくまで覚える、楽しい数日を過したものです。ところが、今日——それは、貴方が来る大分前からですが、次第に陰気な、重苦しい聯想に襲われはじめたのですよ。それは、この章を読みはじめてから、ふっと浮んできた想念なんですが、いくら拭い去ろうとしても脳裡から去らない。この章です。魔術大王ゲーベルという章なんです。この章は、錬金術師の坩堝からめらめらと燃えたつ神秘的な焔を眺めるような興味深いものです。魔術大王という魅力的な呼名をつけられた一伝説的人物、中世紀の錬金術に対して驚異的な魔力を振るったその偽ゲーベル文書——それはそれ自身としてさまざまな聯想を誘ったのですが、然し、私がはたと躓いたのはそうした研究ではなかった。私がつきあたり、躓いたのは僅かの一語だった。それは恐ろしいほど美しい消滅の記録だった。それは、その時代のアラビヤに既に知られていたあの王水です。輝やかしい黄金を見ている裡に融かしてしまう、あの硝酸と塩酸の混合液です。この王水にひっかかりながら、私はふと考えた。一体、アラビヤの文化は何処へ消えてしまったのだろうか、と。これほど高度に発達した技術が退歩してゆくとはちょっと考えられないのです。けれども、それは跡形もなくなった。不老不死の仙薬と万物が其処で転換される唯一無二の元素を質ね索めている裡に——王水のなかへ投げこまれた黄金のように跡形もなくかき消えてしまったのです。黄金を創り出すべき努力が、却って、黄金の消滅を招く正反対な事態へ到達してしまったのです。それは、殆んど信ぜられないような一種の奇蹟です。そう、信ずべからざる奇蹟です。こんな想念が一度起ると、もはや打ち消しがたく次々に聯想が湧き起ってくるものですね。そして、人類の進歩とは何か、という重大な疑問が鋭く迫ってくる。果して人類の進歩は何処へ向うのだろう——私達が、バビロン、エジプトと数えはじめれば、アラビヤへ至るまでにも悲痛なほど多くの文化興亡の歴史が記録されていて——絶えざる、直線的な、階段を一歩ずつ踏みしめ昇るような進歩など見当らぬ。それは冷酷な事実です。直視せざるを得ぬ事実です。すると、こういう想念が起るのではないでしょうか。地上にある一つの国はその絶えざる進歩を自国の未来へ夢想することを許されぬ——。勿論、これは文化の興亡史を眺めた誰もが懐く平凡な思想で、とりたてていうほどのことはありません。私の暗い気分は、そうした想念のためではない。貴方が此処へ入ってくるまで私が陰気に思いふけっていたのは、その価値を正当に判断すれば退歩を予想してはならぬものすら何らの痕跡もなく消え失せてしまうあの奇蹟についてでした。そして——貴方の死の理論を伺っている裡に、それまでぼんやりしていた一つの形が私にはっきりしてきた。それは、こういうことです。

此処に私がこうして坐っている。すると、貴方が其処に坐って、死の理論を閃かせながら、恐らく貴方より三十歳以上年長の私を脅かしている。そういった光景が、既に消失してしまった別世界の絵のように私に映ったのです。私が怯えるにせよ、怯えないにせよ、貴方が私を脅かしているということが、一つの明確な聯想をもたらしたのです。貴方は、先刻、一＝《イクオール》一の思考について述べられましたね。勿論、貴方が意味づけられる内容は、私のそれとは違います。ところで、私は私のなかに確立した一を、如何にして私の子供へ譲り渡せるでしょう。私は少くとも二十年間待たねばならない。そう、私の赤ん坊が無邪気な、たわいのないことをいってよちよち歩きはじめ、そして鹿爪らしい顔をして私の前に腰かけるようになるまで耐え忍んでいなければならない。空しい二十年間です。そして、たとえ私が百まで達していても、私達が話し合いはじめる第一歩はつねに一なのです。私達はさてどんなふうに話し合うでしょう。父と子の間に跨ぎこし得ざる深淵が開いているとひとはいうが、私はこうして此処に坐り、貴方は其処にそうして坐っており、本当は、私達の間に理解されがたい何物もないのです。私達は互いによく解る。ただ貴方の一にはダッシがついていて、そのダッシを貴方は進歩だといい張るだけです。そう、貴方はいい張るばかりでなく脅かしすらする。貴方のダッシが百へ向うにせよ向わないにせよ、いずれの場合でも、貴方は主張しつづける。絶えざる進歩を叫びつづける。貴方はそこに全身の熱情をかけさえするのです。そして——王水のなかへ投げこまれた黄金のように、それは何時しか跡形もなくかき消えてしまう――。輝やかしい黄金の夢が、何時しか、死の沙漠のなかへ潰滅してしまうのです。

さらに話がつづけられるかとこちらは瞬きもしなかったが、津田康造は口を噤んだまま前のめりに肩を傾けたままであった。眉をあげた首猛夫は思いがけず憐れむような口調で云った。

――それも……平凡な思想ですね。

――そうです。子供をもった誰でもが懐く思想です。

――ただ僕にとって興味深かったのは――貴方もまた死の使徒だったという発見ですよ。

――死の使徒？　そうでしょうか。私がそこから考えつづけたことは、死からの飛躍でした。それは、ただちょっと……どうなんです？

――ただちょっと……。

――あまりに飛躍しすぎているのです。

――どんなふうに、です？

――私の二者撰一は真の二者撰一にならない。それはこうです。私が千年も万年も永生を保ち得るか、それとも――。

――それとも……どうなんです？

――それとも、生れたばかりの赤ん坊が万と叫び得るか、です。

――ふむ、怖ろしい生ですね。

――そう、怖ろしい生です。それは可能になるかも知れない。

――可能になる？　どんなふうにです？

――私達は他の恐ろしい可能をも予感しています。

――それは、何です？

――新しい錬金術です。

――ふむ、貴方はひょっとすると僕がひそめ隠しているそのものを予感しているのではないだろうか。新しい錬金術は、どんな怖ろしいことを可能にするんです？

――石を麵麭《パン》に変え得るかも知れない。

おお、それは僕が圧し殺していた予感と、まったく同じものだ。どうしてです？　どうして貴方は、眉も動かさずにそれをいえるんです。僕は貴方の魂をひきずり出して、この場で残る隈なく取り調べてみたいほどだ。それは、目もくらむような、怖ろしい死の深淵にぎりぎりと追いつめられた人間が、どんづまりの果てに発する最後の言葉なんだ。おお、その問題について最も鋭く悩んだ前世紀の偉大な作家は、ひたすらその最後の言葉を恐れ、しかもそれを渇望しつづけた。それはどれほど怖ろしい苦悩だったろう。この卑劣な人類に永遠の大調和を見つけ出してやろうと、怖ろしく忌まわしい課題を担いつづけた苦悩は、どれほど重苦しいものだったろう。おお、それは、人類とやらを乗せた地球を担っているアトラスが感ずるほどの激しい重味だったろう。貴方はその重量を感じますか。えっ？　端然とこの場に坐っている貴方は、その痛烈に肩へ食いこむ重味を感じますか。ふむ、教養ある貴方はあの作家の愛読者なのでしょうね、だが、どんな種類の愛読者なんだろう。貴方はあの作家の悩ましいほど予言的な言葉をどう解釈するんです？　おお、どうでしょう？　おお、駄目です。貴方が其処に静かに坐って貴方流の生の微光を僕に閃かせてみても、駄目なんです。僕はびくっともしやしないんです。僕は、そんなことは百も承知の上で、死の福音の使徒となっているのですからね。

――そうでしょうか？

と、興奮した相手の言葉へ応ずるにはあまりに静かな調子で、津田康造は訊き返した。彼は斜めに傾けた額ごしに相手を既に熟視していた。首猛夫は躍りあがるように膝を立てた。

――ちょっ！　静かな反撃だ！　ふむ、僕は、どうも――貴方が好きになってきたらしいぞ。最大の敵である貴方がね。

――それは……待望の戦闘を開始されたからでしょう。

――ふむ、貴方には身構えが出来たらしいですね。そんなふうに落着いていると、僕の陰謀は、愈〻、楽しくなってくるというものです。えっ？　貴方だって、楽しくなくはなさそうだ。

——私も、興味をもっています。

——ほほう、愈〻、逆襲だ。おや、身を立て直しましたね。——逮捕するという段取りですか。ところで、今度は僕は逮捕されるような方法をとらないのですよ。

——どんな方法をとるのです？

——僕がのこすのは、完全な無証拠です。

——どんなふうに……？

——こんなふうに——つまり、貴方といま話しているように。

——他のひととは、どうします？

——他のひととは、何です？

——つまり、貴方の仲間です。

——ふむ。あまり多すぎる仲間ですね。僕以外の凡てが、そうでしょう。

——すると——私も、そうですか？

——そう、貴方も同志の一人でしょう。

——ほう、貴方の陰謀は、何です？

——死のう団です。

と、首猛夫は、厳粛に云った。彼は嗤いもしなかった。相互に凝視め合った視線は、冷たくも、弱々しくもなかった。もし首猛夫がそのとき他の正体を現わしたとしても、そんなふうだったに違いない。彼等は異常に真面目だった。殆んど膝をつき合わせたような真近かな距離で、互いに席もはずさずに長い会話をつづけていることは、彼等が互いの胸裡に、率直に触れあっていることを物語っていた。津田康造は穏やかに身を起すと、さらに静かに訊いた。

——活動的な貴方だから、それは見ものでしょう。貴方は組織するのでしょうね。

——いいえ、しません。

——でも、駆りたてるのでしょうね。

——駆りたてられる奴があれば、ですね。但し、自由意志で。

——すると……おお、解りました。それは、こうなのでしょう。貴方の目的を知らぬ、というより、何も知らぬ者達の中心に貴方がいるのですね。その手に、糸の結び目を持って——。

——そう、貴方はなかなか心理家だ。僕は確かに糸の結び目を持っていますよ。そして、その先に、三角帽を被った道化た操り人形が、踊っているという訳です。

——それは面白い見ものでしょう？　真の観客は貴方一人なのだから……。

——ふむ、貴方は、皮肉もいえるんですね。そう、籠のなかに入った小鳥が跳ね廻っているのを眺めている位の興味はありますよ。

——それは、巧みな組織です。

——いいえ、そいつらは僕を嫌っているでしょう。

——けれども、それは巧みな組織です。

——どうして、それが組織でなければならないのでしょう？　僕はあくまで理性的でありたいのですよ。たとえそいつらの情熱を煽るとして、でもです。

——貴方はどうしても、それを組織だといいたくないのですね。

——そう、僕は一人狼なんですよ。

と、囁くように顔を寄せた首猛夫は不意に微笑を浮べた。それは彼に珍らしいほど穏和な微笑であった。彼等の対話はもはや果てしもなくなってきた。

——一人狼……貴方はこの下層世界の異端者を知ってますか。五色の光が輝く夜の盛り場に、鋭い、油断もない眼を光らせ歩いているそいつの姿を見たことがありますか。そいつは、侘しい、暗い影をひいている。どんな親分にも属さぬそいつは絶えざる脅威と危険に曝されているんですよ。何時どの方向から短刀《どす》がぐさりとくるか解らない。あらゆる場所で、そいつは見張られている。絶えざる監視の眼がそいつの背中につきまとっている。そいつが其処らを荒しはせぬかと、見守られているんです。そいつの生活は静かな息すらつけぬ。素知らぬ顔付で人混みのなかを歩いていても一分の隙もない緊張を全身へかけているそいつの肩先には、何処か侘しい翳がある。そいつはそんな悲痛な影をおとしながら、何処の親分にも属せず、全国を渡り歩いているんです。ふむ、総監、僕はそんな世界を覗いてみて——或る一人狼をゆっくり観察したことがある。そして、僕が気付いたことは——もしそいつに僕同様のお喋り能力を賦与出来れば、僕とまるきり見別けがつかなくなってしまうだろうということでしたよ。肩を抱き合って訳も解らぬ譫言を正気なつもりで誓い合う短い酔いがさめて、その馬鹿馬鹿しさを骨の髄まで悟りきったものは——この一人狼になってしまう。あらゆることを単刀直入に一挙にやってのけられる方式が、そいつの気にいると、もはや向うからそいつを離さない。そして……そいつは永遠の一人狼になってしまうんです。

すると、凝っと聞いていた津田康造は相手も見ずに低くつけ加えた。

——そう、その肩には永遠の寂寥を負っているでしょうね。

——ふむ、憐れむのですか？　如何なる一人狼にも憐憫は不必要です。

——そうでしょうか？　もし或るひとが、涯もない曠野を行く一匹の飢えおとろえた狼を見たら……。

——それが如何なる人間であれ、その狼は容赦なく貪り食ってしまうでしょう。

——もしそのひとが、狼の達し得ぬ高所にいて、ひたすら眺めおろしていたとしたら……。

——おお、貴方は急になんて厭な、坊主臭い調子になったのだろう。ふむ、僕は決して憐憫などうけませんよ。その場を去らずに、吠えつづけます。

——そう、そうでしょう。ところで……貴方が情熱を煽る相手がそうだったら、どうでしょう?

——というと、どういう相手です?

——貴方が糸をつけて踊らすべき人形が、一人狼だったら、どうでしょう?

——ちょっ! 僕は必ず圧服してみせますよ。おお、貴方は、愈〻、攻勢に転じてきたらしいな。

——どんなふうに、圧服するのです?

——どんなふうに……? その相手が一人狼なら——僕自身がもってると同じものがそいつにもある筈だ。

——それは何です?

——ちょっ! 宗教裁判の審問でもはじまったんですか。なんて鹿爪らしく訊きつづけるんです。それは破局への情熱です。おお、僕は必ずそれを逆手にとってみせますよ。破局への情熱——それは現代にいくらでもころがっています。眼の血走った、眉根の険しそうな青年をどんなのでも好い、そこらからひっぱってきてみて下さい。そして、この机の向うに立ったその青年の前にピストルを置いて御覧なさい。貴方を理由もなく射つか、それとも、自分の額へあてて、ぐっと引金をひくか、どちらかです。

と、首猛夫はぎりぎり歯嚙みしながら、叫んだ。

彼の顔色は再び真蒼になっていた。椅子の肘端を摑んだ指先はわなわなと顫え、相手へ躍りかかるほど延びきった胸許は大海のように波打っていた。彼は深い肘かけ椅子から殆んど躍り上がらんばかりになっていた。怖ろしい興奮に身を支えながら、やっとその場に釘づけになっている彼の態度は、その挙動全体から窺われた。何時の間にか廻ってきた正午過ぎの陽射しが隅の絵硝子に映り、その光の縞のなかに彼は全身をひたしていた。真蒼になった彼の顔は、或る瞬間は隈どられたような碧味を帯び、他の瞬間には薔薇色に見えさえした。そして、そこに浮んだ泡のような斑点は、しかもぶるぶる顫えつづけていたのである。

或る冷静な第三者が傍らにいて彼等の対話を聞いているとして、息もつげぬほど緊迫したようなその対話内容からなお何かしら納得しきれぬ謎のような印象を受けとるとして、しかも、その第三者がより注意深ければ、あくまで理性的である筈の首猛夫がこのように激しい感情の起伏に身を誘われる理由について、より納得しがたい眼射しを向けたに違いなかった。そこには、たとえ目にとまらぬほど微妙なものにせよ、かかる感情の転変を説明するに充分な或る心理的な抵抗が潜んでいる筈なのであった。けれども、彼等二人の表情からは、その心理の激突は窺い知れなかった。津田康造の語調には殆んど目立つほどの変化は認められなかった。やや著るしい変化といえば、広い額からひきしまった頰へかけて愁いを帯びた翳を静かに停めていることであった。彼の顔色もまた心持ち蒼ざめて見えた。とはいえ、彼の細くしなやかな指先も、大判の書物をいまだに乗せている膝頭も顫えてはいなかった。彼は、自分の額へピストルの銃先をあてた青年を眼前にでも眺めるような一抹の悩ましさを頬へたたえると、何処を眺めるともなく伏目になりながら、訊いた。

——貴方は、何時出られたのです？

——自分の額へピストルを押しあてる、自己呪縛の円から、ですか？　ちょっ、何の話です？

——灰色の壁に囲まれた陰気な部屋からです。何時出られたのです？

——ほほう、見事な立場転換を行いましたね。僕がぎりぎり考えていた灰色の壁に囲まれた部屋から出てきたのは——今朝ですよ。

——今朝……すると、此処へ来る前に何処かへ寄りましたか？

——おお、既に数箇所寄ってきたんです。何故です？　ちょっ、僕の陰謀の足取りでも辿ってみるという訳ですかね。

——私が訊きたかったのは、貴方が既に高志君に会われたかということでした。

——三輪に……？　ふむ、まだです。勿論、今日中に会いますよ。やつは重病で寝てるそうだから、後廻しです。それがどうして気にかかるんです？　ふむ、今度は僕から訊きますが——貴方は、先刻、僕に謎をかけっぱなしにしておいて、その本体には永遠に触れないつもりでしょうかね。ちょっ！　貴方は眼を伏せたきりで、目に見えぬ錬金術の本でもまだ読みつづけているってふりをしてるんでしょうか。えっ？　どうなんです？

すると、挑むような相手へちらと碧く澄んだ眼をあげた津田康造は、さらに眼を伏せながら思いがけぬことを低く云った。

――高志君の亡くなった父――三輪広志と私は、親しい間柄でした。

そうぽつりといったきりで、彼は細い指先を組み合わせたまま、身動きもしなかった。そうした相手を探るように窺っていた首猛夫は、さも苛らだたしげに肩を揺すりあげた。

――ふむ、貴方は小憎らしいほどの戦術家だな。包囲環の弱点を探ってみる斥候でも出すように――ちくりと思いがけぬ場所を刺してみる貴方は、今度は側面攻撃でも開始するつもりですかね。ちょっ！　三輪の父がどうしたというんです？　僕は記憶してますよ。あの悪徳政治家と貴方が親友なのは奇怪なくらいだという噂があったことをね。えっ、そうでしたでしょう？

――私達の間柄は子供のときからです。

――ちょっ、喜劇だ！　よちよち歩きはじめた三輪の父が、いきなり貴方の前で百と叫んだのですかね。

――子供の頃は――私を苛めましたよ。

――子供の頃は貴方を苛めて、そして、青年時に、無限に無抵抗な貴方を前にして、ふと何ら効果も甲斐もなく苛めつづけている彼自身の姿に思いあたったという訳ですかね。どうも貴方は、妙に舌たらずな云い方をされるが、一体、貴方は何をいい出すつもりなんです？

——こういっては失礼だが、三輪には——貴方に似たところがありましたよ。

と、津田康造は伏目のまま、声低くつづけた。すると、首猛夫は飛びあがるように腰を浮かせた。

——ほーれ、来た！　ちくりと刺す針が短刀に変って、いきなりぐさっときた感あり、だな。三輪の父に僕が似てるって、どういう意味です？　子供のときから——その悪徳に慣れたため、僕を前にしても貴方は眉も動かさなくなったという訳なんですか。

——三輪は、私を前にして、確かめたのです。

——ふむ、何を確かめたのです？

——彼自身を、です。

——ちょっ！　貴方はなんてなま臭い云い方をするんだろう！

と、首猛夫は忌ま忌ましげに肩を揺すった。津田康造は、伏目のまま、さらに静かな調子でつづけた。

——恐らく私は一つの鏡だったのでしょう。

——えっ、何ですって……？

——自身の行動を一部の隙もなく、確信出来るような理論的根拠を、絶えず、というより、執拗なほど検討してみる性癖が、三輪にあったのですよ。

と、津田康造は何かそっと洩らすように低く云った。首猛夫は不意と膝を立てた。

——あっは！　自身への確信なしには一歩も踏み出せない、臆病な理論癖が、僕に似ているところだとでもいいたいんですか。ちょっ、馬鹿げている。それは馬鹿げています。それは、まるきり違ってますよ。僕の宣戦布告はそんな性質を持ってやしない！　貴方はなんて恥知らずな心理洞察を試みるんだろう。貴方が愈〻、好敵手たる正体を現わしてきたので、僕は脳天から足の先まで身顫いするほどです。あっは！　たとえ僕の宣戦布告が貴方の前だけでなされるとして——そう、僕は貴方以外の前では決して真の正体を現わさないつもりですからね、そうとしても、僕の宣戦布告は貴方の前に唯一無二の保証を求めるためでも、僕自身の気休めのためでもないんです！　おお、記憶して下さい。僕はそれで気が楽になるってことなどありやしないんです。貴方は決して僕の福音の保証人じゃありやしない。たとえ僕が鏡のような貴方の前で僕のせっぱつまった理論を執拗なまでに検討したあげく、僅かの一歩も急に踏み出せなくなったとしても、僕は決して貴方を、下から見上げやしないんです。おお、決してそんなふうでありやしない。たとえ僕がこの誰にも述べざる魂の秘密を貴方の前だけに打明けたとしても、それは、僕が貴方の前に跪ずいて永遠の自己検証を求める懺悔などでありやしないんです！

と、首猛夫は激昂したように叫んだ。暗い闇をたたえたような彼の眼の光から、凝っと見据える一筋の蒼白い燐光が奔りはじめると、彼は身顫いするように絶えず全身を揺すりつづけた。もし相手が睨み殺せるものなら、そうしてしまっても好いほどの険しい、不気味さをたたえた表情であった。けれども、津田康造の態度には何らの変化も生じなかった。愁いをたたえた額を垂れて、足許を凝視めつづけている彼は、相手の興奮にも気付かぬように、さらに静かに云った。

——彼は悪徳の標本みたいにいわれていたが——彼には力強い必然性があったのですよ。

——おお、おお、力強い必然性を持ち得るのは悪徳のみだ、とでも、貴方がこの僕に教えてくれるつもりなんですか？　ちょっ！　思いもかけず陰険なところのある貴方は、十三人目の使徒にでもなってみせるつもりなのかしら。

——彼の原理は、まず在る、ということでした。絶えず眼前に在れば、ひとは必ずその正当性を探し出すか、或いは案出してくれさえする。そう、案出してくれさえすると、彼はいい張ったのです。《こんなものは消えてなくなれば好いと念じて、眼をあけてみる……すると、眼前に在る。これが強味だ。突いても押しても根をはやして動かなければ、決して圧服されやしない。》そう彼は口癖のようにいっていた。彼は悪徳と呼ばれることを恐れないばかりか、それを自身を支える誇りにすらしていたのです。そう、貴方のいわれる死へ行く時代の一先駆者だったのでしょうね。彼にとっては、事態の本質は明らかだった。在るものがつねに正しい。力あるものが、在る。そして、在ったものへしか判断はなし得ない――。

――あっは！　そんなものが僕の死の理論と、何処が似てるんです？　そんなものは古代の遺物で、生を信じつづけて何処までも生きのびてる奴等へ根を生やした、根絶やしがたい遺伝的思考です。

――彼がいい残した背後へ潜んでいるものは、すると、こうなるのです。消滅したものは凡て幻影である。たとえそれが偉大な幻影であっても、その何処かに怖ろしい空虚なところがあって、あらゆる正反対な見解をそこに許しても少しも変ではない。というより、正邪善悪二つの解釈をのこるくまなくうけ入れて、どっぷりのみこんでしまう――。

――おお、おお、貴方がそれほど悪徳の擁護者だとは気付かなかった。ちょっ、貴方はなんて曖昧な云い方をしはじめたんだろう！

と、首猛夫は憤怒に駆られたように叫んだ。ともすれば彼の膝が立ち上りかけるのは、それまでの彼の攻撃的な姿勢が、全身の棘を逆だてたような、苛らだたしい防衛的な立場へ何時しか変じているためかも知れなかった。彼の眼の光は、陰気な、暗い焔を放ちはじめた。彼は相手の頬へ触れるほど顔を寄せると、不意に囁きこんだ。

――貴方は卑劣な心理家だ！

――そう考えることもあります。

と、こちらも囁き返した。首猛夫の眼の光は、さらに黒い焔をあげた。

――ふむ、僕は三輪の父にそんなに似てるんですか？

――似ています。

――どんなところが、です？

――力強い悪徳……。

と、津田康造は声をひそめて、ゆっくり答えた。首猛夫は歯噛みするように頬を顫わせた。

――僅かそれだけ……？

――そう、それが凡てですよ。

と、長い間の伏目から視線を上げた津田康造は、真近かな相手の瞳をつつましやかに覗きこみながら、まじろぎもせず低く答えた。

一瞬、彼等は息をとめたように互いを眺め合った。首猛夫はぐっと肩を聳かした。

――ちょっ、貴方はいよいよ卑劣な心理家だ。そう、それは愚劣なくらいですよ。何故って、僕は貴方の前に正体を現わしてしまったし――貴方への宣戦布告のなかで、忠実な死の使徒である僕自身について僕なりの説明を既にしてしまった、のですからね。おお、僕の悪徳とは何だろう！　それは、現代の栄光だ。それなしには、此処にいる僕自身も、力強い一語だに発し得ない或る原理的なものなのだ。そこに自身を支えてとるにたらぬ世間への誇りにしていたという三輪の父の悪徳と僕のそれとは、まるきり違う筈です！　僕のそれには、貴重な、そうだ、神秘なほどの或るものが隠れている。ふむ、それが貴方に解るだろうか？　えっ、どうなんです？　おお、其処にいる貴方だって、それなしには僕とこれほど長く話しつづけられやしないんです！

と、黒い焰をあげつづける眼を寄せて呟きこんだ首猛夫は、頰を真近かに接したまま、陰熱にでもうかされるように囁きつづけた。

——ということは……解りますか？　卑劣で、陰険な僕に似てるのはむしろ——敵対者たる貴方かも知れないんですよ！　おお、そうなんです。

と、口辺を痙攣させながら、首猛夫はぴったりと口を噤んだ。津田康造は眉の間を暗くひそめた。

——あれほど私と違っていた三輪が私に、それと同じことをいったことがあります。

——ふむ、まったく同じ言葉を、ですか？

——そうでした。

——ちょっ、貴方はなんて底知れずに卑劣なんだろう？　すると……貴方自身は、その発生の根拠をどう説明するんです？　おお、悪徳は何処から芽生えるのだろう？

と、首猛夫は相手の耳許へ口を寄せて、囁きこんだ。眉をひそめた津田康造は相手の眼を重苦しそうに見返すと、身動きもせずに答えた。

——私は必ずしも、悪徳の擁護者ではありません。

——そう、そうでしょうとも。

と、忽ち相手の言葉を低くひきとって、白い歯を見せた首猛夫は、眼もそらさず囁きつづけた。

——そう、勿論、そうなんでしょう。正邪善悪二つの解釈をどっぷりのみこんでしまう貴方の前には、そんなものはないでしょう。僕はそれを認めます。おお、それは壮大な、美しい涅槃だ！　僕はこいつも認めておきます。ふむ、僕は貴方の立場を一応全的に認めておくのです。ですが……しかもなお、僕は訊きつづけたい。僕は飽くまで貴方に訊きつづけたい。悪徳は、何処から芽生えるのだろう？

彼等二人は無言のまま、暫く沈鬱に凝視め合った。首猛夫は眼をそらしはしなかったけれども、不意と身顫いした。碧く澄んだ相手の瞳のなかに名状しがたい苦悩の色が現われると、それと見る間に放射するようにこちらへ移ってきたような気がしたのである。首猛夫は相手のなかへ飛びこむように、さらにぐいと顔を近づけた。すると、そのとき、相手はぽつりと云った。

——貴方自身への確信から……。

——えっ、何ですって？

——真の悪徳は、最も必然的な理論で自身を強く縛ることから、発生するのです。

——例えば、どんなふうに？

——例えば——疑うべからざる自身の死を、固く確信することから……。

と、津田康造は悩ましそうに声をひそめて云った。

何か耐えがたいものをのみこむように、首猛夫は息をとめたまま相手を凝視めつづけた。

——奇妙だ！　貴方は真面目なのでしょうか。それはあまりに反理性すぎて——貴方はそんなふうにそっとしかいえないのですね。えっ、そうでしょう？　おお、僕達は坊主のような話し振りになってしまった。あっは、すると——千年か万年の永生でも確信すれば、善徳が発生するという訳ですかね。

——そこからは、生ぬるい悪徳しか起らぬでしょう。

と、津田康造はさらに殆んど聞きとれぬほどの小声で答えた。

首猛夫は上体を折り曲げると、弾機《ばね》のようにその場に飛び上った。

——謎だ！　おお、おお、先刻から貴方は僕に謎をかけている。その正体をひた隠しにした謎をかけっぱなしにして——僕の宣戦布告に対抗しようとしているのだ！　あっは、謎のかけっこは僕の望むところだ。そうですよ、総監。怖ろしい謎のかけっこをしようじゃありませんか。互いの死生を賭けた怖ろしい謎かけ競争をね。ふむ、どんづまりの最後で何やらを自身に悟るとか貴方に予告されてる僕は、だが、決して負けやしない。僕は必ず勝ってみせますよ。おお、僕は必ず貴方をとって食うんです！

と、首猛夫は上体を曲げた顔を相手から離さず、相手へ躍りかかるように叫びあげた。そして、どすんと強く傍らの机の端を敲ち鳴らした勢いにつれて、その中央に置かれた花瓶が腰のあたりでがくがく足踏みしながらよろめいた。

そのとき、長い化粧をやっと済ました津田夫人が入ってきたのである。

その肌が透き通るように白く、肥り過ぎているとはいえ中年過ぎの美しさが日没前の一瞬のように輝いていなくもないことを自覚している津田夫人は、化粧時間が非常に長く、しかも、そのことに不機嫌であった。円い、生き生きした眼を動かしながら、その頬に薔薇色の光を浴びて、早足に入ってきた彼女は、せわしく室内を見渡したが、自身の不機嫌のためにその場の険悪な雰囲気を察知出来なかった。それどころか、客扱いの好い日頃の津田家に似つかわしくなく、女中達に一杯の紅茶をも運ばせなかったことにも、彼女は気付かなかった。そして、薄気味悪い印象を与えた客がまだ其処にいたことに、彼女はただぎくりとなったのである。

——まあ、貴方は落着きはらって其処に坐りこんだまま、何をしてらっしゃるんですの？　もう時間ですわ。墓地へ行く時間になっているのですよ。先刻から——車は私達を待っていて、三度も迎えを寄こしたくらいですわ。

と、額のあたりを心持ち曇らせた夫に向って口早く話しかけた彼女は、机の傍らに立った首猛夫の姿から眼をそらしながら、急きこんでつづけた。

――ちょうど御客様も立って……お帰りらしいし、貴方もさっさとなさらなければ、遅れてしまいますよ。ええと、貴方はその通りの支度で構わないのですね。まあ、まあ、その御本を貴方は墓地へまで持ってらっしゃるつもりですの？　その御本は其処へ――書棚の上へお置きなさいな。貴方はなんて子供みたいに手のかかるひとだろう！

と、夫の身の廻りまで忙しげに世話をやきつづけながら、彼女はたゆみもなく小刻みに動いた。そして、その間中、彼女は気味悪い訪問客へ背を向けつづけるように気をくばっていたのである。

激しく肩で呼吸していた首猛夫は、すると、奇妙な身顫いをした。それは、水中から上った犬が全身を逆立ててぶるぶるっと水を切るような一瞬の痙攣であった。腰のあたりから肩へかけて、目にとまらぬほどの痙攣の波が走り過ぎるにつれて、彼のそれまでの表情も態度も忽ちすーっとかき消えるように変化してしまった。陰険に相手を窺うような日頃の眼の光が彼に現われた。彼は、一瞬にして、ちょっと腰のあたりを曲げたような彼独自の仮面を再び身につけてしまったのである。

――ふむ、僕ももう出かけるんですよ。

と、応接間の入口へ向って歩み寄りながら、彼も津田夫人の方を見向きもせず、独り言のように呟きつづけた。

——ところで……明後日の誕生祝いもこの部屋で開かれるんですか？　僕は御令嬢の招待を受けたが——この部屋は陰気過ぎやしませんかね。

そうこともなげにいい残して、彼は部屋を出かかったが、後方の津田夫人はびっくりしたように夫の横顔を見上げた。

——まあ、この方は安寿子の知り合いなんですの？　いったい、どうして安寿子がこんなひとを知ってるのだろう？

——首君は——高志君の古くからの親友だそうだ。

と、津田康造は低い調子で云った。すると、部屋から出かかった首猛夫は、待ち設けていたように不意と振り返ったのである。

——そう、そうです。それに——僕はまた弟の与志君とも親しい間柄なんです。（と、彼は平然と嘘を答えた。）ちょっ！　この頃の青年はなんて気取り屋なんだろう。何を考えてるか解りやしない。怖ろしい秘密主義だ！　与志君とても、瘠せた頬に神秘な秘密の翳をたたえているが——なあに、それはただちょっとした現代の病気に外ならないんです。ふむ、親しい間柄の僕はよく知っています。与志君はまだ僕より青臭い！

——まあ、貴方は与志さんと……安寿子と一緒にいたところで、お会いになったのですの？　何処で会われたんですの？

と、津田夫人は忽ち急きこんで訊き質したが、まだ不気味な印象の去りやらぬ相手を直視も出来なかった。

——風癲病院で、です。これは甚だ象徴的なことですよ。

——風癲病院でですって？　まあ、どうしたのだろう！

——おや、奇妙だ。奥さんは矢場徹吾という患者のことを知らないんですかね。

——まあ、憶い出しましたわ。高志さんのお友達だとかいうその方が、病院へ着かれたのですの。

——そう、そうなのです。それで——ちょっとした病気の者がそこへ集まったという訳です。

——すると……まあ、貴方は与志さんが確かにちょっとした病気だとでもいわれるんですの？

——いや、与志君ばかりではありませんよ。はっは、僕はびっくりしたくらいです。何故って、精神を医やすべき吾等の医師すら突拍子もないことをいうんです。御令嬢の招待を受けた彼の挨拶の言葉を聞いて、僕は本当にびっくりしてしまった。いや、誰だってびっくりする筈です。なにしろ——明後日の誕生祝いの席上が、現代の医やしがたい癌となっている虚無主義《ニヒリズム》を超剋し得るや否やの大討論会と化すだろうなどと、大真面目にいってのけるんですからね。はっは！

と、首猛夫は陽気そうな高嗤いをあげた。暗い眼を細めた彼は、けれども、肩越しに斜め背後の相手を見下すように窺いつづけていた。手当り次第の話題を展げながらも、相手が何処へひっかかってくるか一瞬にして見抜けるように細心の注意を払っていたのである。彼等は歩みも止めなかった。そして、彼等は既に広い玄関へさしかかっていた。津田夫人は、何時の間にか肥った首筋をすり寄せて、彼の斜め背後にぴったりと踵を接していたのであった。

——まあ、それは何ですの？　私は、そんな……馬鹿げた討論会のことなど訊いていませんよ。私がお訊きしているのは、与志さんがちょっとした病気だとして、それはどんな病気か確かめてるんですわ。

と、遂に本性を抑えきれなくなった津田夫人は、かっとなって叫んだ。

——ほほう、与志君は魂の病気です。

と、ちょっと立ち止った首猛夫は、相手をじろっと見据えた。

——貴方は与志君にこんな症状を気付いたことはありませんか。不意と黙りこくって、二時間でも三時間でも一語も発しない——。

——そう、そう。与志さんは何を考えているのか解らなくなってしまうことがあるのですわ。

——そのくせ、何かの機会に話しはじめると、譫言のようにとめどもなくなってしまう。

——まあ、まあ、親しいだけあって、貴方はよく御存じですわ。そう、そうらしいのですわ。私も……安寿子も、そんなときの与志さんを知らないけれど、どうもそんなふうらしいのですわ。

と、津田夫人は太い首をすくめて、腹立たしげに答えた。彼等は広い玄関の扉へ近づいていた。

——そんな症状は、尤も、与志君ばかりじゃありませんよ。ふむ、僕は断言します。鋭い、そのくせ、退屈な魂をもった青年には、馬鹿げた探求癖があるんです。確固とした、しかも、とりとめないものにわが身を投げこんでみなければ気が済まぬといったこの手合いは、われとわが身を深刻そうに削ってみせる。末細りになってやがては耗りきってしまう蠟燭の焰のようなもので自身を支えている。そんな手合いの特徴は、蒼白い顔をして、むっつりと何時までも黙りこみ、時来たるや忽ち饒舌になって、生と宇宙の謎を解きたがるんです。

——まあ、なんですって？

——奴等は、その一語であらゆる謎がばらばらに解けてしまう新しい、力強い言葉ばかり吐きたがっているんです。

——まあ、まあ、貴方は親しい友達をも辛辣に批評なさるのね。

――いや、僕は一般的にいってるんですよ。ただ遺憾なことは、与志君もそんな思いあがった手合いに属して、深刻ぶっていることです。

――そう、そうなのね。なんだか私は頭が痛くなりそうだわ。ええと――そんな魂の病気を、一口にいえば、何なのでしょう？

――ふむ、先刻も僕はいったでしょう。奴等は僕より青臭いって――。

――そうだったかしら？　すると、それは、何なのでしょう？

――一種の自我喪失症ですよ。

と、首猛夫は、彼等の後方から従ってくる津田康造をじろりと見返りながら、唄いあげるようにいい放った。扉の把手に手をかけていた津田夫人は、ぴたりと立ち止まった。

――えっ、何ですって？　何を喪っているんですって……？

――彼等があるべき本体を喪ってるんですよ。そのくせ――それが彼等の特徴だが、なんだか理窟ありげな、とるにも足らぬものを代りに弄んでいるんです。ちっちゃな掌のなかに意味ありげに握りしめて、ね。おお、奴等は灰色の壁に衝きあたったこともない無邪気な子供達だ！

――子供……子供だと貴方はいまいわれたんですの？

――そう、先刻から僕はそういってるんです――奴等はまだ青臭い、とね。奴等は、青臭い、まだ乳の匂いのする子供で、気をまぎらして弄ぶ玩具《おもちゃ》を欲しがっているだけなんです！

　ばったり開いた扉につれて、彼等は玄関外部の敷石の上へ滑り出ていた。棕櫚の長い葉がばさりと首猛夫の肩にあたって、大きな弧を描きながらそよいだ。津田夫人は、すると、躍り上がるように堅い敷石をこつんと踏みしめたのであった。

　――まあ、まあ、まあ、私が昔から思いこんでいたのとそっくり同じですわ。そう、そうなんです。与志さんはまだ子供で――乳の匂いをさせているだけです。何か怖ろしいことを考えてるようだけれど――確かにまだ青臭い子供なんですわ！

　と、彼女はさもわが意を得たりとばかりに叫びあげた。彼女の頬は生き生きと輝きはじめ、相手をその場から勢い好くしょっぴいて行かんばかりであった。

　――そんな与志さんや……安寿子の前で、小さな兎みたいにびくびくしているなんて、まったく馬鹿げた話で――誰がそんなことを思いついたんだろう！　ええ、私は昔から、与志さんがとるにも足らぬものを弄んでいるだけだとちゃんと気付いていましたわ。そして――まあ、馬鹿げたことに、私だけがやきもきしていたんです。そう、そうだったのですよ。私だけがひとり身の瘠せ細るような取越し苦労をして――はたの者はみな平気な顔をしていたんです。そう、みんな腹の立つほどの木偶《でく》の棒で――貴方のいわれるような青年の敏感な魂なんてものを思いやってみれるひとなど一人もいやしなかったんです！　まあ、なんてことだったのだろう。家《うち》のお祖父さんは与志さんの好い話し相手のつもりでいるけれど、自分だけが勝手なお喋りをしているだけで、津田ときたら、与志さんと向いあったまま二時間も三時間も黙りこんでいるんですからね。それこそ馬鹿げた話で——恥さらしなくらいなんですよ。魂の病気をぴたりと当てた貴方の前で、恥かしさのあまり死んででもしまわなければなりませんわ。ええと——貴方はどちらへいらっしゃるの？　途中まで、自動車で行っても構いはしないんでしょう？　そう、是非そうなさいな。何故って、私はまだ貴方にお訊きしなければならぬことがあるんですからね。ええと、それは何だっけ？　そう、与志さんが弄んでいる玩具《おもちゃ》に就いて、ですわ。これは是非ともよく確かめておかねばならないんですのよ。何故って、とるにも足らぬもののつもりで、とんだ怪我をしかねない、危険な玩具もあるんですからね。

と、気のきいた言葉を吐いたつもりになった津田夫人は、喜悦と満足の情を隠しもせず、息もつかずに一気に述べたてた。

彼女は小娘のようにぼっと上気していた。燦々ときらめく陽光をあびて、白い頰に充血した血管が透いて見えた。額へ垂れた小さな巻毛がくっきりと鮮やかな翳をおとして揺れているのが、彼女の姿をさらに若々しく見せた。薄暗い部屋から明るい外界へいきなり飛び出したことも、彼女を快適な興奮へ誘う一つの理由をなしていたかも知れなかった。後で想い返してみると、彼女がそのとき把んだ新たな想念といったものなど格別なく、厳密に想い返せば想い返すほど、何がなんだか訳も解らなかったが、そのときには、不安と疑惑の暗雲に日頃から覆われていた彼女の娘の婚約者について、非常に明確な光がぱっとさしかけられたような気がしたのである。

彼女が単純で、しかも単純であるだけそれだけ善良であるには疑いもなかった。彼女の魂の奥深くささった棘のように日頃から気懸りであった娘の婚約者について触れられると、彼女は自ら跳び込むように首猛夫の罠へひっかかったのである。彼女は敷石の階段を弾むように飛び降りると、階段脇に横付けになっている自動車の扉を勢い好く牽き開いた。

――さあ、お乗んなさいな。私はまだ途中で、貴方の御意見をお訊きしなければならないんですからね。（そう駒鳥のように唄い上げた津田夫人はふと傍らの夫の姿に気付くと、不意に鉾先を夫へ向けて、いきなりきめつけた。）まあ、貴方、貴方、貴方――貴方は何をぼんやりしていらっしゃるの？　私はこの方のお話をお伺いしなければならないんですから、貴方は先に――ぐずぐずせずにそちら側へ乗って下さいな。

若し限りなく静謐な、平和な夫婦生活というものがこの世にあり得るとしたら、この津田夫妻なども、その珍重すべき一組として数え上ぐべきだったろう。さながらお喋りの自動機械のような夫人を前にして、津田康造は「眉も動かさず」、何らの異議も申し立てなかった。彼は凡てを夫人のなすがままに任せ、何ら拘束しなかった。あらゆる「もの」をそのあるがままの姿で眺めるといったスピノザ流の方式が彼の身についた哲学であり、また、生れながらの性癖でもあった。こんな底知れぬ寛容を前にした津田夫人は、時折、自身を持ちきれぬほど取り乱した激しいヒステリイの発作に襲われた。彼女にとっては、そんな夫が寛大仁慈な神であるか、それとも冷笑をたたえた悪魔かのどちらかであるように思われ、或いはそのどちらでもあるような気もして、結局、どれがどうとも彼女自身判断がつかなくなってしまうのが、つねに一貫したお定りの結末であった。たった一人の娘のためにも流したこともないほどの涙を容易に流したあげく、彼女は彼女が最も得意とする天真爛漫な心境へつねに到達した。つまり、「何がなんだか訳も解らなく」なってしまうのであった。しかも、そんな彼女の最大の欠点は、彼女がそのような夫を心の底から愛していることであった。彼女は絶えず小言を述べたてて、夫の世話をうるさいほどやきたてながら、深さも知れぬ泥沼へはまりこむように彼女の夫へ惚れ込んでいたのである。やや冷静になったときの彼女は甚だ反省的になって、こんなことをいったことがあった。必ずしも叱責を要求する訳ではないが、あまりお喋りのためにともすれば直ぐかっとなりかねない自分へ対して、しかるべき適切な注意を与えるのが夫の義務ではないか――と、才気の閃きに欠けていなくもない彼女独特の論法で直截に懇願かつ要求したことがあったのである。然し、この切実な要求こそ、彼女の済度しがたい単純性を証明するものに外ならなかった。彼女が要望するさまざまな注意は、それまでの多くの機会に、比喩や暗喩の形で彼女の夫から既に与えられていたからである。

陽光を満身に浴びた津田康造は、澄んだ物思いに耽っていた。傍らの首猛夫の窺うような視線にも気付かず、茂った植込み脇の自動車へ彼はぼんやり近づいた。津田夫人が鋭く呼びかけたとき、彼は遠い夢からでも覚めたようにちらと振り向いたが、首猛夫が何者であるかを敢えて妻へ説明しようともせず、指示された通りの席へもぐり込んだ。膝の上で双方の指先を組み合わせると、彼は再び物思いに沈んでしまった。広い額から瘠せ型の頬へかけて、明るく、鮮やかな緑色の光が反映して、その瞑想的な風貌を襞深く浮き彫りにしたように見えた。

ひきつづいて、肥った津田夫人が窮屈そうに乗り込むと、隅の席を設けながら、外部の青年をさしまねいた。其処へ、待ちかまえていた首猛夫が得たりとばかりに飛びこんだのである。見送りに出た女中達は、誰からも言葉をかけられないのをかなり不服に思った。けれども、自動車は既に動き出していた。

明るい緑色の街路樹や黒ずんだ町々の屋根や澄んだ青空が車窓に映るにつれて、津田夫人の透き通るように白い頰は多彩な陰翳をさし示して、それが彼女のお喋りへ一種のアクセントをつけるかのようであった。

——さあ、お伺いしますわ。いよいよ与志さんの玩具《おもちゃ》のことをお訊きしますのよ。それはいったい、どんな種類の玩具《おもちゃ》でしょう？　それは、まあ、罪もない、可愛いい、上品な、それでいてしかも何処か馬鹿げたところがあるのでしょうかしら？　軽い、薄い翅でも両肩につけていて、風が吹くと与志さんの掌からいきなり飛びたつのか――それとも、私が馬鹿げて心配してるような、飛んでもないものがにょきりと首を出すびっくり箱のようなものなのか、いったいどんなものでしょう？　ええと、私が心配してるのは、与志さんの掌に握りしめられているものが癇癪玉のようなもので、あまり強く弄ぶといきなりぱんと破裂して――当の与志さんばかりか、一緒になって覗きこんでいる者まで怪我をさせやしないかということなんですのよ。さあ、いったい、それはどんなものなのでしょう？と、曲り角でぐいと横倒しになった膝をにじり寄せた彼女は、殆んど浮き浮きと叫んだ。

十字路を通り過ぎるときの眩い光が首猛夫の横顔をかすめると、深く窪んだ彼の眼窩の奥にはぽっと青い火が燃えたように見えた。彼は車体の動揺に身を任せながら、不意と前屈みに肩を傾けた。斜めにすり寄った津田夫人の肥った胸へ、彼は殆んど向い合わせになったのである。どんな相手にも根強い疑念など懐かず、結局は心の底から信じこみ、そして、そんなふうにまで信じこむ自身に忽ち酔ってしまう津田夫人のあまりの単純素朴さには、誰しもちょっとばかり辟易する筈であった。けれども、彼の癖である曖昧な薄笑いを、首猛夫は浮べもしなかった。彼はぐいと乗り出した相手の膝上へ、両手を揃えて差し出した。それは、労働などにたずさわったこともない細い指先で、奇妙に薄汚れて、また、ごつごつと骨張っていた。

——まあ、何んですの？

と、不意に差し出された指先を眺めながら、津田夫人はぱちくりと円い眼を見張った。

——見えませんか、ひきつった痕が……。第二関節のところです。

と、首猛夫は低い、嗄れた声で云った。

差し示された指々の第二関節のあたりに、事実、赤黒くひきつった醜い斑痕が見えた。それは薄い膜のようにも見えた。恐らく皮膚が病み潰れた後に新たに発生した薄い真皮の結節なのであった。それは滑らかで、指先の皮膚に特有な小皺もなく、そこに触れるのも痛々しいほど鮮やかな、生身のような肉紅色を呈していた。

——凍傷です……。

と、彼はぽつりと冷酷につけ加えた。津田夫人はちょっと身顫いした。そのとき、両側に高層建築物が立並び連なった深く、暗い谿谷のような場所へつき入ったので、彼女は相手が次第に眼を細め、そして、話の途中でついに両眼を閉じてしまったことに気付かなかった。

——僕がいたところはとても寒い場所でした。軀の芯まで冷えきってしまうんです。いやな隙間風が何処からともなく忍びこむと、冷たい気流が針のように皮膚をつき刺すんです。その這い寄ってくる気流の動きは、どんなに静かでも、鋭くなった神経の目に見え、そして、手にとるように解る。湿っぽいお仕着せはやがてかんかんに凍りついてしまい、薄い、氷のような硝子板をぴたりと生身につけるように食い入ってくる。其処に一時間も凝っとしていると——骨の髄が凍ってしまうどころではない、魂まで棒のように凍りついてしまうんです。そんな場所を、貴方は想像出来ますか？　おお、其処に働いていた囚人達は皆歯ぎしりして悔んでいた。何故って、こんな底冷えのする建物を造りあげたのは彼等自身なんですからね。自分で自分の身を痛めつけてるようなものさ——と、冬になると彼等は口癖のようにいい合った。それは、霜が下り始めると必ずいい交わされる毎年の挨拶みたいなものだったんです。酷しい冬がくると、長い廊下を歩く足音が端から端まで氷を割るように響き渡る。看守達は音のせぬスリッパーをはいているが、癪にさわった囚人達が、凍りついた廊下を矢鱈に蹴とばすからです。僕はかじかんだ指を両股の間にはさみながら、そんな荒涼たる、脳天を裂くような響きを聞いている。どういう訳か、僕の指先は短い指から凍りはじめて、まず親指が無感覚になってしまうんです。その紫色になった根元を抑えると、ぼっきりと音を立てて折れそうな位です。僕はとうとうひどい凍傷に冒かされてしまった。あらゆる指がぶよぶよと暗紫色に膨れあがり、関節は曲らなくなって、食器や土瓶の鉉《つる》さえつかめなくなったのです。やがてどす黒い血が噴き出し、腐ったような肉の塊りが崩れはじめると、ちょっと動いても、ぴんと後頭に疼くような事態に立ち至ってしまったんです。そして、身を切るように寒い或る朝のことだったが、僕はずるりと皮が剝がれたような気がした。よく切れない赤錆びた小刀か何かで魂の何処かを逆さまに削られたような気がしたんです。まだ暗い朝だった。僕は、直ぐ腕を窓際へ上げて、指先を眺めてみた。すると、それまで不様に膨れあがっていた第二関節の降起がべろりと剝げ落ちて白い骨がそこに覗かれた。その白い骨には細い凹んだ筋が無数に走っていて、なんだか青っぽく見えましたよ。冷たい気流がそこへ浸み入り、ささくれた肉の切端をびらびらと顫わせているようにさえ見えたんです。（そこで彼はちょっと口を噤んだ。そして、声を震わせそうな或る憤りをぐいと抑えるように息をのみこむと、変らぬ調子でつづけた。）その場所では、一週間に一度の医療巡回があった。病監に送るまでもない軽症の病人達のために、医者の代理――というのは、医務室に二十年間も勤務していたので薬の匂いだけは浸みこんでいるけれど病気のことなどは何も知らない蒼ぶくれた老人が、薬箱をかついだ気のきかぬ雑役夫を後ろにしたがえて、律義そうに廻ってくるんです。僕は、白い骨が鉤のように飛び出した両手の指を、その老人の前へ差し出しましたよ。老人は寒そうに鼻水を啜り上げたっけ。「油……油はあるかね」。そう後ろの雑役夫へ彼はぼそぼそと呟いた。「油は……もうねえです」。薬箱を掻き廻していた雑役夫は間の抜けた声で答えた。すると、当惑したようにもぞもぞと口のなかでわからぬことをいっていた老人が、やがて僕の顔も見ずにこういったのです。「何処か――着物の端でも破りとって、繃帯しとくと好い」。そして、僕の眼の前にばたんと扉が閉まった。その扉に背をもたせて、僕は隣りの房から房へと立ち去ってゆく彼等の足音を聞いていた。そう、僕は医務室の一事務員に過ぎないその老人を日頃から見知っていた。青い官給品の服の膝には継ぎがあたっていて、ばっくりと口をあいた靴へつきこんでいる彼の足は何時も寒さにがたがた震えていたんです。そう、僕は見かけによらぬ人道家ですよ。僕は僕の眼の前にぴしゃりと扉をしめたその老人を許せる。だが、その老人をこんなふうに生かしておく世界を許すことは、どうしても出来ないんです！　僕は、骨が鋭く飛び出た指に繃帯せぬことに、決心してしまった。針で刺すような寒気に骨を曝して、どれほど自然に耐えられるか験してみようと決心したんです。その冬は、特別に寒かった。指先どころか、忽ち、手首の関節が無感覚になってしまった。何を把んでも重い鉄塊のようで、地球にくっついているものを無理にむしりとっているような気がしましたよ。おお、僕の軀は端々《はしばし》から凍りはじめてきたんです！

津田夫人はふーっと大きな溜息をついた。首猛夫が囚人といったとき彼女はびくりとしたが、やはりそうした場所にいた三輪家の長男とこの青年が友人であったことに思い至り、そう気付くと同時に何故か安心して、そして、相手の話に耳を傾けている裡に、寒むとした荒涼たる事態にすっかり同情してしまったのである。彼女は、彼女の勢いこんだ質問へ相手が何を答えはじめたのか予想もつかなかったが、もはや自分の質問など忘れはてて悩ましそうな顔付をしていた。

——そう、僕の四肢は氷漬けになってしまった。完全な無感覚状態になってしまったんです。そんなときに、僕はそれを発見したのですよ。部屋の隅にその綿屑は吹き寄せられたようにへばりついていた。僕が近づくと、白く吐く息に追われてその綿屑はころころと転った。吹けば飛ぶように軽い綿屑だったのです。僕はかじかんだ指先でやっとつまみ上げた。おお、それはこんなに小さな、埃りにまみれて白くなった綿屑でしたよ。僕は掌の上に乗せて揺すってみたが、何の重味も感ぜられなかった。僕はそいつをつまんでみたり、吹き上げて飄々と浮び流れてゆくさまを眺めてみたり、暫く弄んでいたんです。やがてふと思いつくと、そいつを耳の上へ乗せて、そして、僕は目をつむってしまった。ふむ、僕がどうしてそんなことをしたか理解出来ますか。僕は冷えきった手足を軀のなかへ出来るだけ丸めこみ、凝っと坐りこんだのです。目をつむって身動きもせずにいると、耳朶と頭部の間にはさまったその綿屑の軟らかな感触がはっきり解ってくる。それは、そこにぽっと火がついたような感触でしたよ。おお、そうだったんです。そんな小さな、とるに足らぬ綿屑を乗せただけで軀中が温まってくるような気がした。寒気がそこでしのがれ、生命のかぼそい火がそこで保たれているような気になったんです。あっは！　それは苛酷な幻想だった。僕は無感覚になった四肢は僕の肉体ではないと思いこみ、綿屑がふわりと乗った耳朶の裏の微小な点に僕自身がすっかり化してしまったという幻想を無理にかきたてたんです。僕は見る見る裡に微細な一点に縮小してしまった。僕は、そこでだけ生きている！　おお、それは如何に冷酷な、ひしひしと迫る寒気だったろう。そして、僕は、その綿屑を揺りおとすまいと、一時間も身動きもせずに凝っとしていたんです。僕は相変らず目をつむって、あらゆる神経を耳朶へ集中していた。それは北極のような一時間だった。貴方は、無限の氷雪と空白につつまれた地点の一時間という時間の幅を想像出来ますか？　そこには戦慄なんてものもありはしないんです。僕の生命の焔はもはやゆらめきもしなかった。そして——きっかり一時間たった。僕は不意に立ち上った。いや、殆んど飛び上った。無性に腹立たしい力が僕を駆りやって、かんかんに凍りついた空気のなかへ僕の手足をやにわに振り廻わさせたんです！

首猛夫は、そして、風車のように両手をつき出した。それにつられて吾知らず見習ったように両手をつき出した津田夫人は、その場から飛び上りかけたのであった。車体の動揺につれて均衡を失った彼女は思わず相手の両腕へしがみついて、紅を刷いたように紅くなった。彼女は身をもたせたまま吃った。

——ええと、その……綿屑はどうなったのでしょう？

——影形もなく吹き飛んでしまったんです。何処かの隅の吹き溜りを探せば、また見つけられるでしょう。

と、こちらは取澄まして、こともなげに答えた。けれども、と同時に、彼は相手の耳許へつき刺すように鋭く囁きこんだのであった。

——そのとるに足らぬ、詰らぬ綿屑が、奥さん、僕の幻想的な玩具だったんです！

そう彼は素早く云った。ちょうど彼等のもつれあった姿勢が、そんな素早い囁きを可能にするような位置にあったのである。津田夫人はぴくりと腰をひいた。車内の動揺につれて前へのめりかける軀をやっと立て直すと、彼女ははじめて相手の顔をしげしげと眺めた。光が艶消しになった薄暗い逆光のなかで眺めると、彼の黄ばんだ皮膚の色も薄汚れた斑点もあたりに溶けこんで、浮き出た彼の顔の輪郭は線と立体との間に或る調和のとれたなかなか優れた顔立ちを示していた。深く窪んだ奥から射るように輝いた眼の光は、暗い情熱をたたえて、一種人の気をそそるような趣きがあった。意志的に角張った顎は不屈な闘争性を物語っていたが、それにしても粗暴な力を抑制する内的な克己心がそこに潜んでいなくもないように見えた。深く刻まれた無数の皺は彼を老成して見せたが、恐らく三輪高志と同年輩の二十五六で、二十七歳にまでは至っていないと判断された。逆境に痛めつけられたが、決して屈服しない立派な人物だと、素朴な津田夫人は忽ち思いこんだ。しげしげと眺めつづけていた彼女は、やがてふっと霊感にでも襲われたように叫んだ。

――まあ、解りましたわ。遠まわしに、まわりくどく、ちょっと聞いただけでは何をいっているかも解らぬような仕方で説明して下さった貴方の話が、すっかり私に解ったのですわ。貴方はこういわれるのでしょう？　いまの青年が弄んでいるのは、とるに足らぬ、詰らぬ綿屑だ。そう、それは吹けば飛ぶような、重味もない代物だ。だけれど、そんなものをたった一つの玩具《おもちゃ》にしなければならぬほどそんなに青年の魂は冷たい、凍るような、荒涼たる場所に置かれていて——その荒涼たる側面を見忘れてはいけない。そういわれるんでしょう？　まあ、どうでしょう？　私は巧みな解説者ではないこと？　そう、そうに違いありませんわ。

と、それまでの夫の暗喩に一度も気付いたこともない彼女が、極めて生き生きと的確にいってのけた。潑剌たる面持ちになった彼女は、もはや不気味でない相手をまじまじと眺めつづけた。すると、首猛夫はぱんと音がするほど強く拍手した。

——おお、奥さんは青年の魂の洞察家だ。

——まあ、おだてても慢心など致しませんよ。私は貴方の一解説者に過ぎないんですからね。私が心配しているのは……どうして与志さんがまだ詰らぬ綿屑を握りしめているのかということですわ。そんな軽い綿屑など吹き飛ばして、自分の手足を暑くなるまで振り廻わしてみる健康法に、どうしてまだ気付かないのかしら？

——ふむ、あまり長く掌の上に乗せて置くと、吹き飛ばせなくなるんです。

——というと、地球にくっついている鉄塊にでもなってしまうということなんですの？

——おお、奥さんはなかなか機智豊かだ。ふむ、それは魅惑的になるんです。

——まあ、まあ、掌の上の綿屑が魅惑的になるんですって？

——そうです。こんな小さな塊りを凝っと眺めていると……涙が出るほど長く凝視めていると、そいつは必ず動き出して、あげくの果ては、踊り出します。おお、この綿屑は何処へでもころころと転って行って、何にでも化ける。そいつは小さな悪魔になって踊り出すんですよ。

——なあんですって？　もう一度いって下さいな。

——何度でもいいますよ。ふむ、そいつが小さな悪魔になって踊り出したら、もうお終いだ。そいつからもう眼が離せないんです。どんな青年でもその魅惑的な呪縛から遁れられない。

——まあ、まあ、そんなことは馬鹿げていますわ。

——いや、与志君にせよ、他の青年にせよ、事態は同じことです。奥さん、僕は御注意申し上げますが、そんな馬鹿げた魅惑にとり憑かれた場合の救済法はたった一つしかないんです。それは、こちらが大きな悪魔になって、こちらの偉大な、幻想的な魅惑へその青年を牽きつけてしまうという手ですよ。おお、奥さん、その他にどんな手段も、誓って、ありやしないんです！

と、首猛夫は真面目そうな口振りで断定的にいい切った。

津田夫人はぴくりと肩をひくと、さらにしげしげと相手を眺め直した。太陽を横切る雲の翳りのような不安がまたまた彼女の魂をちょっとばかり揺すぶった。相手へ深く同情した厳粛な面持ちを首猛夫は装っていたが、ちくりと刺すような毒がそこに含まれていなくもないような気がしたのである。

彼女はそのとき何かを確かに予感した。然し、遺憾ながら女性特有の鋭い直覚をさらに研ぎすまし、深く分析してゆく能力など彼女に全く備っていなかったのである。あっと思う間もなく、相手を信じこみ、そして、また忽ち予感に慄のく不安動揺つねなき心境へ一瞬にして投げもどされるのが、彼女の医やしがたい習性であった。しかも、より悪いことは、彼女自身説明も出来ぬ不安と懐疑のちっちゃな坩堝を経るたびに、却っていよいよ梃子でも動かぬほど相手を信じこんでしまうのが一定した結末だったことである。

ちらちらと揺れ動いて焦点の定まらぬ相手の薄汚れた褐色の斑点が、彼女の眼に映った。彼等は白い鋪道が広く展いた地帯へ入りこみ、眩ゆい日光の反射が矢のように車窓から飛びこみ飛び去ってゆく光の縞のなかにあった。先程、不屈な闘志に贅肉を削りとって鋭い輪郭のみを示していたように見えた相手の優れた顔立ちが、いまは精悍な筋肉までも崩れ落ち、ただいたずらにごつごつと骨張っている醜い容貌と見えた。目だった皺の重畳は彼を少くとも十歳位は老衰させた。それは驚くべき変化であった。ただ深く窪んだ眼だけが、射るように不気味な燐光を放っていた。津田夫人はぶるんと咽喉元を顫わすと、視線を窓外へそらした。そして、そのとき彼女はまことに馬鹿げたことを呟いたのである。

——与志さんがそれで救われるとして——まあ、悪魔なんているのかしら？

——悪魔……おお、こいつはまだうろついていますよ。この車の外にだって、また、中にだってまだぴょんぴょん飛び廻っていますよ。

と、首猛夫は忽ち彼女の言葉尻を得たりとばかりにひっつかんだ。彼女の表情の変化を見逃さずに見てとった彼は、彼女に立ち直る隙も与えず、一散につっ走った。

——こいつは現代にまで生きつづけています。おお、こいつこそ何にでも化ける不思議な代物だ。見えるものでも、見えぬものでも何でもござれだ。こいつは何処へだって入って行って、片眼をつむってみせる。必要とあれば神にだって、また、それが道化た必要とあれば、悪魔自身にだって化けることが出来るんです。吾は吾なり、という主辞と賓辞をまったく巧く使いわけた違った声音でいってのける芸当さえ出来るんです。あっは、なんて小癪な奴だろう。僕はこいつを締め殺して、俺は死んだ！　といわせ得たら、全人類、全宇宙をそのために交換したって少しも惜しいと思わないんです！

そう彼は思いがけぬことを叫び上げた。彼の口辺には、白い泡が水底から湧き起る気泡のように噴き出た。津田夫人は円い眼をぱちくりと瞬かせて、ただぼんやりとなったばかりであった。すると、そうした彼女の表情の推移を窺いつづけていた彼は、ぐいとひっぱりこむようにさらに声を高めた。

——ちょっ！　御主人との論争は、結局、こいつをめぐってです。

——えっ？　なんですって……？

——先刻、御主人と長々話しこんだのは、要するに、こいつについてだったんですよ。御主人は、半ばはこいつの肩を持ち、半ばは反撥して……。

――まあ、まあ、津田は貴方とそんな話をする筈はありませんわ。

――いや、御主人の方が却って権威者でしたよ、中世の暗黒について――。

――まあ、なんですって……？

――ふむ、そこから悪魔がぴょんぴょん飛び出すんです。

と、きっぱりいった首猛夫は、車内の反対隅へじろりと目をくれた。彼等の対話を聞いているでもなく、また、耳を閉ざしているでもなく、半眼を閉じて後ろへ靠れかかっていた津田康造は、けれども、瞑想に耽ったまま身動きもしなかった。何事にも徹底して容喙せぬ夫の日常態度をのみこんでいる津田夫人は、そんな夫を見向きもしなかったが、不敵な首猛夫もじろりと目をくれただけで彼女の夫を無視してさらに喋りはじめた。

――中世は夜だ、とひとはいう。それは真実です。だが、よくいわれるように無智文盲の世界なのじゃない。おお、そうではないんです。その暗黒時代は、確かに奥知れぬ無限の闇に闇を重ねたようなあやめもわかたぬ漆黒の黒一色で塗りつぶされている。それは確かだ。けれども、その底知れぬ暗黒たるや、真紅の情熱や黄色な嫉妬や青い憧憬などが大きな坩堝のなかで雑多にこねまわされ、混合され、そして、その結果一寸先も見透しがたくなってしまった巨大な黒に他ならないんです。おお、そこには無限の色調の無限な階梯が秘められている。あらゆる人間精神の蠢きが、妖しい夜の花として、そこに咲き乱れる。そうだ。この巨大な夜の花園に花咲き、匂い、漂うものは、さまざまな色調を秘めた人間精神に他ならない。そうだ。中世とは、文字通り精神の世界なんです。人間の最も端緒的な、最も原始的な精神が、隠秘な、湿った凹所から這い出す昆虫のように頭を擡げて、蠢き出す暗い世界だ。おお、中世とは、一つの巨大な坩堝をもった、人間精神の実験室なんです！　そこにはあらゆる精神の蠢きが覗かれる。神秘な夜の讃歌や奇怪なまでに複雑極まりない陰謀や大胆不敵な冒険などが、その夜の世界を多彩に色取っている。そして――おお、これこそ、奥さん、最も重要な特徴だが、あらゆる種類の悪魔がそこに跳梁しはじめるんです。人間の望むあらゆる魔力がこの夜の世界を横行しはじめるんです。おお、奥さん、この「あらゆる種類の」という形容句に注意して下さい。この巨大な実験室を徘徊する悪魔達が、あらゆる種類を網羅しているってことは、注意に価いする事実ですからね。ちょっ。こいつらの種類を数え立ててみましょうか。それこそ山を動かすほどの大事業なんです。こいつらの数ときたら、その時代に生きていた人間の数とそっくり同じなんですからね。千差万別、万華鏡のごとくというのは、こいつらのことでしょう。神秘に瞑想的な悪魔や、探求癖に憑かれた悪魔や、こせついて悪賢しこい悪魔や、悪そのものにこりかたまって飽くなき否定精神を持ちつづける悪魔や、ユーモラスに道化る悪魔や、そして、間抜けて善良な悪魔さえそこにいるって始末です。こいつらを捉えあげるのは容易な業ではありませんよ。こいつらはお祭り気分で、吾物顔に、あらゆる場所を横行濶歩する。破風から飛びこんだり、溝から跳ね出したり、恋人達の口から口へ渡ったり、錬金術の壺から跳ね上ったり、聖書の頁の上で踊ったり、てんやわんやの乱痴気騒ぎです。こいつらは、はじめの裡こそ、一番鶏が何処かで鳴き、暁を告げる教会の鐘が荘重に鳴り響きはじめると、周章狼狽為すところを知らぬ程あわてふためいて立ち所に煙のごとく消え失せてしまう筈だった。妖しい夜の世界をこいつらの限られた領域として、真昼にはどんな形も尻尾も現わさない筈だった。ところが、そんな約束などなんのその、探求癖をもち冒険心に富んだこいつらは、忽ち大手を振って太陽の下をも大っぴらにうろつきはじめるに至ったんです。しかも、皮肉なことには、こいつらは教会の坊主共をもからかった。そして、空を飛び、地へ潜り、道具へ化け、動物へ変形し、或いは、精神自体になりすまして、人間の魂をがっちり摑んでしまったんです。ふむ、こいつらがこんなに我物顔に振舞ったのは、神がいなくなったというただそれだけの理由からに違いない。そうだ。その時代にはもはや神はいまさなかったのです。中世が神学と切っても切れぬ縁にあることを僕達は知っている。けれども、羊皮紙やパピルスを前に展げた神学者達の手によって、神がより純化され、より神的な神になったなんて嘘っぱちです。僕達の輝かしい神は、裸かの肉体と自然そのもののように開放された精神を備えた僕達の先祖が山野を跋渉していたとき、その傍らを一緒に歩いているだけだった。ところで、白い髯を垂れて筋張った手で羊皮紙をめくる神学者達の傍らへ来て音もなく坐り、彼等へ語り、頷き、異議をとなえて、厳密な論証へまで彼等を導いたものは、つねに一人の真面目な顔付をした理性的な悪魔に他ならなかったのですよ。そして、こいつとの対話なしに書き上げられた如何なる優れた神学書もなかった。おお、奥さん、貴方は黒い術《ブラック・アート》と白い術《ホワイト・アート》との闘争史を読んだことがありますか。人間の魂に対する指導権をめぐっての格闘で、これこそ中世そのものといっても好いくらいなんです。片や、人間の智慧を鋭くためし、欲情と情熱を限りなくそそり、現世の豊かな、多種多様な楽園を目指す、愛すべきこの悪魔群と、片や、教会の鹿爪らしい坊主共との間に交された延々数世紀にわたる虐殺史ですよ。それは同じ根から生れた二人の双生児の格闘史なんです。彼等双方が結局は同じ人間の魂をひっぱり合っていることに気付いた坊主共は、それだけに尚更必死になってしまった。この巨大な勢力をもった親しい敵を根こそぎ駆逐することなしには、現世の支配も精神界永遠の王座も期し得ぬと悟った彼等は、それこそ筆紙につくせぬほど残虐無比になってしまったんです。その猛りたった、必死な、馬鹿げた、血腥い歴史は、予言とか占いとか呪符とかいったものに対する執拗なほどの数々の教会布告や、火刑や車裂きや釜ゆでの絵にまで描かれた陰惨な魔女裁判の記録や、そしてまた、愉快な大法螺をふく錬金術師共の詐欺っぷりなどを繙けば、直ぐ明らかになることです。そんな彼等が掲げた旗印しは甚だ荘重なもので、迷信に対する信仰、悪魔の術《トイフェルクンスト》に対する神の業《ゴッテスウエルク》、黒い魔術《シュワルツエ・マギー》に対する白い魔術《ワイセ・マギー》——そして、訳の解らぬ呪符の代りに素朴な十字架を胸の上へ置かせるといった具合です。おお、おお、だが、こうした愚にもつかぬ呆れた歴史をくだくだと述べてるつもりはありませんよ。僕がいいたいのは、坊主共がもはや魂の抜けがらとなった哀れな犠牲者達をとっつかまえてきて不手際に料理している間に、肝腎のこの暗黒時代の王者達はするりと次の時代へ抜け出してしまったということです。黒い夜から白い昼の世界へ跳ね出し、二つの世界を股にかけて出没したこいつらにとって、次の時代へふっ飛ぶことなど片眼をつむってみせる位のことだった。そして、こいつらは烙印も傷も負わずに現代へ生きのびてしまったんです。おお、こいつらは「死せざる死」の術を心得ていて、自分の手でひっぱり倒した死人達の間をぴょんぴょん飛び越えて、僕達の時代へまでやってきてしまった。こいつらは魂そのもののような顔をして、現代の真昼間に、僕達の傍らでいまなおぴょんぴょん飛び跳ねているんです！

と、首猛夫は暗い情熱をこめて殆んど息も継がずにいい切った。

さすがお喋りの津田夫人もこの相手の長広舌にびっくりして、いよいよぼんやりしてしまった。巧みな一解説者たることを自任していながら、彼女は相手が何をいいはじめたのか、はじめの一語から終りの一語に至るまでまるで理解出来なかった。彼女は、事実、頭が痛くなった。けれども、彼女の体内深く膨らみ縮みつづけているちっちゃな心臓の鼓動は、何故か「訳も解らず」早鐘をつき鳴らすように打ち顫えていた。無数の光の縞が車窓から飛びこんで車内に反ね返ると、相手の窪んだ頬や、肩のあたりに、小さな円い黒い点がぴょんぴょんと飛び跳ね上るような気がしなくもなかったのである。すると、相手はさらに見当もつかぬことをいいはじめた。

――現代の真昼間にこいつらが横行しはじめたのについて、その先駆者がいない訳でもなかった。ふむ、そいつはまことに生真面目な、無色透明な悪魔だったんですよ。こいつは教会の坊主共をからかった。紀元六世紀の頃です。陽光麗らかな中庭で勤行していたり、見渡す限り広い野原で労働していたりすると、彼等は忽ちこいつに襟上をつかまれた。目が眩み、息切れがして、泡をふいたまま真蒼になってその場へ打っ倒れてしまうんです。恐慌が彼等の間に起った。鹿爪らしい彼等は、吾等の父《パーテル・ノステル》よ！　と唱えたが、何ら効果もなく無駄だった。おお、それはあの陽炎のように把えどころのないものだった。真昼の恐怖は忽ち全教会へ、全国土へ拡がった。ふむ、御存じですか、奥さん、野外の目に見えぬ虚空をうろついていて、彼等の襟上をいきなりつかむこの悪魔を――。そいつは、daemon meridianus――真昼の悪魔と呼ばれたんです。

いよいよ途方にくれた津田夫人は、ただぱちくりと眼を瞠った。彼女は口のなかで、訳も解らぬ言葉を無意味に反芻したが、それは間の抜けた溜息とも聞えた。車窓の外の緑の木立を縫って、ゆらめき流れる陽炎が、夢のなかの幻のように彼女の眼に映って、理由も知れぬ彼女の鼓動をさらに果てもなく昂め上げた。

――ちょっ！　僕達の社会的慣習なんて、詰らぬことに由来しているんです。そうなんですよ、奥さん。もうお解りでしょう、昼休みを誰がきめたかを――。この陽光眩ゆい真昼間に屋内へ退いて休養する昼休みなるものは、その坊主共の恐怖に由来しているんです。彼等は広い野外で一日中、宵の鐘が鳴るまで、勤行をつづける日課を止めちまった。太陽が中天へ架かる真昼の時間には、薄暗い内陣の祭壇前に閉じ籠って、祈りの文句をぶつぶつ呟いているって具合になったんです。ふむ、静謐なる真昼時よ！　彼等は翳もない白昼に見えざる手を延ばして彼等の襟首をつかまえる悪魔にすっかり手を焼き、そいつの背中を逆にとっつかまえて正体をあばきたてる気魄も勇気もなくなってしまった。彼等は正午の時間を真昼の悪魔の横行に任せてしまったんです。この挿話もまた愚劣な、そして、愉快な歴史ですよ。おお、奥さんはまだ御存じないらしい。この真昼の悪魔を現代語で呼べば――日射病です！

そう奇妙な薄笑いを浮べながら、首猛夫は真面目とも冗談ともつかずいい切った。窓外にゆらめく陽炎にぼんやり見入っていた津田夫人は、すると、その場に飛び上った。凸凹した歩道へ入って跳ね上る車内の動揺が、その彼女の運動をさらに援けたので、彼女は天井に勢い好く衝き当るほどであった。

――まあ、まあ、なんて厚かましい冗談でしょう！　それは一体意味のある落し話ですの。私は貴方が一癖ありげで、しかも、生真面目なところもある方だと思いこんでいたので――七面倒臭い話をもかしこまって聞いていたのですわ。それだのに、貴方はただ意味もないお喋りで……。

――おお、おお、僕には正真生真面目なところもあるんですよ。

――いいや、貴方は理窟っぽくて、まわりくどい、ただのお喋りです！

――へへえ、僕の話がまわりくどいのには、重大な意味が含まれてる筈だが、奥さんには解らないんでしょうかね。

――なあんですって？　貴方のお喋りは手際好く解説したところで、何んの内容《なかみ》もない無駄話です！　ええ、そうですとも。

と、津田夫人はかっとなって一気にきめつけた。間髪をいれず、首猛夫はすくんだふうに顔を伏せた。それは、猛りたった彼女の一喝にあって首をちぢめたように見えたが、しかも、しすましたりとばかりにほくそ笑んだ一瞬の微笑を押し隠す素早い動作なのであった。薄汚れた斑点を浮べた顔がぶるるんと波打って、彼はぎくしゃくとわざとらしく肩を揺すり上げた。

――そう、そうです。確かに、僕のお喋りは無駄話だった。だが、そんなまわりくどいお喋りをしたのも、ひたすら次の生真面目なお喋りをしたかったために他ならないんです。おお、奥さん、もうちょっとばかり我慢して聞いていて下さい。それはやはり一匹の悪魔の話なんだが、僕はそいつを昔から愛好しつづけてきたんです。ひょっとすると、中世の悪魔の裡でそいつが一番好きかも知れない。そいつは真昼の悪魔などより後に発生した代物で、里程標の立った十字路の傍らとか、森の端れとかに腰をおろして、地平線遥かから現われる旅人を待ち受けている。あても知れぬ漂泊者の類にそいつは好んで——歓喜に踊り上るばかりに話しかけてくる。そいつは非常に生真面目な、しかもちょっと皮肉な顔付をしていて、矢庭に質問してくるんです。その持ちかけてくる提議が何なのか、奥さん、想像出来ますか？　それは、謎かけ競争の提議なんですよ。おお、そいつは質問好きで、飽くなき探求精神に燃えているんです。もしも相手が人生の智慧の所有者なら、そいつはもうどっかと相対して坐りこんだまま、果知れぬ質問のかけやいこをつづけるんです。そいつにとっては、無限の質問以外何もありはしない。はたがどうなろうと、夜になろうと昼になろうと、もはや質問を開始したら、どうなったって構やしないんです。おお、そいつは飽くなき探求にのみ耽る。ただ一筋にまっしぐらに突進んで、絶対の探求とやらをやらかすんです。ちょっ！　夜明けの一番鶏が鳴こうが、教会の鐘が鳴り響き始めようと、悪魔の眷族共がいささかの顧慮も払わなくなったのは、探求癖にとっ憑かれたそいつが現われて以来のことかも知れないんですよ。そいつは徹夜などなんのその、夜昼ぶっ通しで、謎かけ競争をつづけるって始末なんですからね。おお、この不屈の探求癖に憑かれたやつは、質問の悪魔《フラーゲ・デーモン》と呼ばれていた。もし出来ることなら、僕はそいつになって一生暮したい程ですよ。そいつは好敵手を得ると、躍り上って昂然とこう叫ぶんです——。もし君がこの謎を解き得たら、何をやっても好い。それが希望なら、例えば永遠の生をやっても好い、とね。ふむ、それは甚だ魅惑的な、偉大な賭けではないだろうか。そう、確かにそうなんです。だが、まあ、待って下さい。そいつの提出条件はまだ終っていないんです。そいつは不意に声をひそめて、こうつけ加える。然し、もし君が負けたら、何時とはいわずこの場で君を取って食っちまう——。おお、それがそいつのぎりぎりの極り文句なんです！

と、反対隅の津田康造へ暗い焔をめらめらと放ちながら、彼は異常な情熱をこめて、昂然と叫んだ。それは、薄笑いするような、挑戦的な一瞥であった。と同時に、白日下のあらゆる物音がはたと停止して窓外を音もなく飛びゆく、深い沈黙の投げこまれた、息づまる一瞬でもあった。津田夫人はその場の妙に切迫した気魄に気押されたが、しかし、遺憾ながら、興味をかきたてられもしなかった。

——まあ、馬鹿馬鹿しいこと！

と、彼女は憤怒のあまりより高声に叫び返した。

——貴方のお喋りを黙って聞いていれば、いよいよ果てもなく馬鹿馬鹿しくなって……。

——まあ、待って下さい、奥さん。貴方に興味が起らない筈はないんだがな。ええと、そいつが墓地の入口で僕達を待っていたら、どうします？　奥さん。

——なあんですって？　貴方は私をおどかすんですの？

——いや、そいつは好んで墓地の入口に立っているんですよ。詮索するような眼を光らせながらね。そいつは僕達の姿を認めると、こういう。汝らの裡十字架を担えるもの、此処へ入るべし——と。

そこで首猛夫は相手を下から窺い見ながら、ぴたりと口を噤んだ。憤怒に駆られて薔薇色に上気した相手の頬のあたりには明らかに動揺が起った。

——まあ、それは何ですの？

——謎です。

——謎は解ってますよ。私が聞いているのは、それがどういう謎かということですわ。

——おお、おお、それを奥さんが解かねばならんのです。尤も、僕が少しばかり手助けしてあげない訳でもありませんがね。つまり、この永遠の休息と睡りを許される平安な場所へ入るには、一つの資格が要るってことです。

——一つの資格ですって？

——そうですよ。それがなければ、この墓地の外を休みもなく永遠にうろついていなければならない。なかなか悪賢しこくて、底知れぬその質問の悪魔《フラーゲ・デーモン》を絶えず相手にしながらね。

——まあ、まあ、また飛んでもない落し話に化けてしまう冗談ですの。

——いいや、生真面目な話です。何故って、この平安な場所へ入り得る者がたった一人僕達の裡にいるんですからね。

——まあ、なんてことだろう！　僅か一人だけですの？

——そう、たった一人です。

——ええと、すると、それは津田かしら？

——おお、おお、御主人ではなさそうだ。

——すると……それは誰ですの？

——僕の眼の前にいる貴方——。

——まあ、なあんですって？

——自分のことなど少しも思い患らわずに、他人の魂ばかりをおせっかいにも背負いこんで、担いきれぬ重荷に喘ぐ、単純で、善良な津田夫人！

と、首猛夫は薄笑いも浮べずに取り澄ましてしゃあしゃあといってのけた。津田夫人は嬉しさのあまりぞくぞくっと身顫いした。彼女の白い肌は滑らかに輝き、小鳩のような眼はいよいよ円くなって鮮やかな碧味を帯びて見えた。潑剌と躍動しはじめる生気と喜悦を抑えるすべもなく、彼女は小娘のように息をはずませた。風に吹かれる綿屑のようにあちらこちらと翻弄され、気をそそりたてる紆余曲折のあげくの果てに、哀れな彼女は僅かの一語で首猛夫の罠へばったりと落ちこんでしまったのであった。

——まあ、まあ、私一人が其処へ入れるとして……取り残された貴方達は、どうなるんでしょう？

と、歓喜に溢れた彼女は心から憐れむような叫びをあげた。

——自分の魂だけをひねくり廻わしている僕達は、安息と平和の境外をうろついていなければならんのです。尤も、淋しくなどありませんよ。矢継早に謎また謎とたたみかけてくる皮肉な奴が、僕達につきまとって、決して孤独にしてはくれないんですからね。

——すると……津田にも謎がかけられるんですの？

——そうです。そうです！　しかも、生死を賭けたやつがね。

——まあ、それはどんな恐ろしい謎でしょう？

——ふむ、奥さんの御主人想いにはやや参ったな。今度こそ、奥さん御自身で解いてみなければいけませんよ。まず手始めには一＝《イクオール》一といった簡単なところから、はじまるんですからね。

そう呟きながら、彼はちょっと首を曲げた。気を苛らだたせるような鋭い、険しい視線が、反対隅の津田康造の上へ凝っと注がれていた。彼等の対話中、一語もさしはさまぬ津田康造の無限に無関心な無抵抗振りが、灼熱した熔岩のように内部で燃えたぎっている彼の心魂を湧きたたせつづけてきたことには疑いもなかった。彼の口辺に皮肉な微笑が不意と浮んだ。それは数秒間つづいた。眼の縁にはぽっと赤味がさし、彼の顔全体は窓外の空白を反映したように蒼白くなった。

——おお、よく聞いて下さい、奥さん。貴方がこれを解かぬと、御主人が忽ち食われてしまいますからね。やはり、中世の昔です。われらが質問の悪魔《フラーゲ・デーモン》が森の端れや墓地の入口につっ立って謎かけ競争をはじめた頃、一匹の味もそっけもない悪魔が人々の間に現われたんです。そいつの名は、睨みの悪魔《ブリック・デーモン》というんです。おお、そいつはどうやら僕に似ていたらしい。つまり、こんなふうに睨みをきかすんです。尤も、そいつは僕より上手《うわて》だった。睨みについては僕もかなりの習練をつんだ積りだが、とうていそいつには敵わない。何故って、そいつの睨みはただの睨みではなく――そいつがはったと一睨みすると、相手はばったりその場に倒れ死んでしまうんですからね。つまり、文字通り一睨みで睨み殺してしまうって訳なのです。ふむ、こいつは確かに恐怖を捲き起した。そいつが無性に恐れられたのも理由のないことではないんです。これ以上の権力は、誰にも夢想出来やしない。何者も彼の前では決して面《おもて》を上げ得ざる最高権力の最大専政君主って格なんですからね。だが、遺憾ながら、そいつにちょっとばかりユーモアが欠けていた。そいつは、あまりに単純だったんです。怖れられはしたが、畏敬されはしなかった。そいつがただの木偶《でく》の棒で、のそのそ歩き廻っているばかりだという一般の譏《そし》りを免かれなかったんです。つまり……おお、笑わないで下さい。近代的精神とかいうやつがそいつにまるきり欠けていたという始末なんです。そいつは、ただ、凄む一方だった。そいつはイロニイを理解しない。僕の眼から見て甚だ惜しい代物で、両刃を閃かす知性でも備えさせ、繊細高貴に化粧させて磨きたててやりたい位なんですよ。そいつは、とにかく、すらりとした背の高

い、逞しい美丈夫で、堂々たる押し出しを持ってるんですからね。ところで、そいつが

――さあ、注意して聞いて下さい、これからがいよいよ質問の悪魔《フラーゲ・デーモン》がかける謎ですよ。或る麗らかな、今日みたいに次第に雲が切れて青空が覗かれるように晴れ渡った日の真昼頃ですがね。或る薄暗い応接間へそいつがつかつかと入って行って、折柄安楽椅子のなかで書見中の男をはったと睨んだ。すると、同時にばったりと息もと絶えて倒れたのは、おお、如何なる訳か、その睨みの悪魔《ブリック・デーモン》自身という始末だった。おお、これは一体どうしたことでしょう！

と、首猛夫はさも楽しげに歌い上げた。

――まあ、まあ、どうしたっていうことでしょう！

と、津田夫人もぱちくりと眼を瞬かせて、これまた上機嫌に合唱した。

相手の途方もない話に訳も解らずひきずられながら、しかも、彼女は陽気で、上機嫌で、無邪気な嬰児のように首を振り、幅広い胸を膨らませていた。抑えても抑えきれぬ快感が満身からむずむずと湧き起り、彼女は悪戯児らしい表情でちらと夫を振り返った。彼女の夫は姿勢も崩さず、なにか痛々しそうな視線を饒舌過ぎるほどの相手へ向けていた。こちらは首をひき、頭をそらして、細めた眼の間から、そうした津田康造を素知らぬふうに眺め返していた。数瞬たった。津田康造は眼もそらさず、身動きもしなかった。

――私は貴方に感心してますよ。

そう彼はそのときゆっくりと呟いた。首猛夫は応戦するようにぴくっと腰を起こしかけた。目に見えぬ火花が飛び散った。けれども、彼等の表情にも姿勢にも何らの変化は起らなかった。そんな気配に気付かぬ善良な津田夫人は、浮き浮きと夫へ呼びかけた。

——どう？　貴方にはお解りになる？　いまかけられた謎が。

——いいや。

——まあ、まあ、貴方。取って食われちまいますわ。

と、彼女はさらに陽気そうに叫び上げた。言い知れぬ愉悦と自足感の他に、彼女は何も感得出来なかったのである。彼女は肥った軀を持てあますように揺すりながら、首猛夫へ向き直った。

——御覧の通り、負けですわ。

——ふむ、確かに取って食われちまいますね、奥さん。

——ただ、ひょっとしたら……。

——ひょっとしたら、どうなんです？

——ひょっとしたら、津田には解けるかも知れませんわ。日頃から私が面白がることに無頓着な津田だけれど、もしそんなことに津田が構ってくれさえすれば——。

——ほう、こちらが関わりあわなくても、むこうからしゃにむにひきずりこんで離さぬといった謎もあるんですよ、奥さん。この謎などもその類です！

──まあ、まあ、まるで見当もつきませんわ。ええと、いったい、それはどういうことでしょう？

──ちょっ！　僕がまたぞろ答えるって始末なんですか？　奥さん。

と、首猛夫は眼を光らせた。

──おお、おお、奥さん。確かに御主人にはとっくに謎が解けてる筈だ。種《たね》を割れば、簡単な仕掛なんですからね。凄む一方で機智に欠くるところある、古風な睨みの悪魔《ブリック・デーモン》がはったと睨んだとき、そこにあったものは──鏡です！　自身の裡に何もなくとも相手の姿を隅々まで映し出して見せる鏡が、そこにあったのですよ。わが不器用な睨みの悪魔《ブリック・デーモン》は、あっと思う間もなく、逆手にかかってはったとばかりに自分を睨み殺してしまったという不様な始末なんです。ふむ、馬鹿げた話だ。貴方の御主人がどんなに巧みに鏡を胸へぶら下げていたか、おお、奥さん、後でゆっくり御主人にうかがって御覧なさい。僕がそこんところを詳しく説明しているひまがないというのは──此処で降りなければならないからですよ。遺憾ながら、僕の前には無数の用件が控えていましてね。もし墓地のなかまでお伴出来れば、それこそびっくり箱をひっくり返したような愉快な悪魔達をまだまだ御紹介出来る筈だが、いやはやまことに残念な次第です。ちょっと、此処で──停めてくれ給え。此処でお別れしますが、奥さん、明後日にはまたお伺いしますよ。尤も、御令嬢のところでなく、奥さんをお訪ねするかも知れない。恐らく歓迎して下さるでしょうね。ね、ほら、お喋りとお喋りとは気が合うって次第です！

と、早口に喋りまくりながら、首猛夫はひらりと飛び降りた。

もはや墓地に真近かかった。暗緑色の梢がなだらかな円味をもって連なっている墓地の森が、彼方に眺められた。首猛夫が自動車から降りた場所は、ペンキの剝げた、半ばぶち壊れたような、透き通しの大きな材木工場と、小さな横町を隔てて、その向い側に挽かれた板や丸太などが積み上げられたかなり広い空地がつづいている前であった。彼はぴょんぴょんと飛び上るようにその横町へ向って駆け出した。材木工場の角を曲るとき、彼はちょっと振り返って、手を振った。そして、板片が積まれた空地の横へ忽ち姿を消してしまった。車中の津田夫人も少女のように手を振り返した。首猛夫がその角で振り返ったことが、さらに彼女の気に入ったのである。相手の姿が升形に積み重ねられた板と板との間から見えなくなるまで見送っていた彼女は、再び動き出した車内で夫の顔も見ずに感にたえたような面持ちでこう呟いた。

――まあ、元気なこと。貴方もああいうひとを――部下に持たねばいけないんですわ。

そして、日頃の彼女に似合わしくなく、墓地へ着くまで彼女は黙りこんでしまった。

墓地の入口は、巨大な幹へ成長した欅の並木になっていた。鬱々と聳え、双方から重なり合った暗緑色の葉々は一つの薄暗い、奥深いアーチをなして風も通さず、自動車から降り立った彼等はむんむんとむれるような植物性の匂いにむせ返った。

三輪家の墓地はこの地域の中央にあった。欅の並木を通り過ぎたそのあたりは、丈の低い灌木や稚木が粗らに植えられた展いた地帯になっていて、澄み渡った青空が潤々と眺められた。そこには眼を遮るようなものはなかった。あらゆる物音はそこに死んでいた。金色の光はしっとりと大地へ吸いこまれ、微風は透明にゆらめいていた。白い十字架が傾いた横に榛の木がひょろひょろと立ち、その後方の地平には羊の捲毛のような綿雲が流れていた。それは、静謐と休息が支配する永遠の平安な場所に違いなかった。滑らかに微光する石碑や白い十字架が立ち並んだ外人墓地の一劃を通り過ぎるとき、その土台石は碧苔でびっしり覆われ、錆びついたまま歪み曲った鉄柵の奥に、Mina 1908—10と彫られた碑銘などが見受けられた。

津田夫人はそうした区域を格別敬虔な感銘もなしに進んでいた。彼女は爽やかな大気を満身に吸いこみながら、彼女自身に整理もつかぬ、訳も解らぬ、溢るるばかりの希望に胸を膨らませていた。彼女には何でも出来そうな気がした。この墓地の何処かで出遭うかも知れぬちっちゃな悪魔がかける謎などは苦もなく納得出来そうで、そんな小悪魔はおろか、彼女の唯一の棘であった娘とその婚約者を彼女の眼の前に据えれば、彼等の曖昧極まる心情を掌の上にのせて忽ちてきぱきと処理してしまえるような気すらしていたのである。けれども、彼女のこうした手放しな楽天的な気分は間もなく一挙に挫折してしまう工合になったのであった。

た。三輪家の墓地は、その附近では最も広い一劃を占め、しかも、祭壇風に高くなってい周囲の土留めのために栢榴石が方形に組まれ、その縁を巡って純日本風に簡素な榊の木が一列に植え込まれていた。この榊の木の垣越しに、集っている人々の姿が遠く覗かれたが、さらに近づいて正面へくると、彼等の一人一人の姿勢がはっきりと見分けられた。それはあまりに少人数であった。正面に建てられた三輪家累代の大きな墓石からやや離れた地点に据えられた床机の上に、一人の中年の神主が威儀を正して腰かけていたが、見るからに退屈そうで、その傍らに瘠せこけた三輪夫人が糸のようにしょんぼりと立っていた。石段を登りきった手洗石の横によれよれしたみすぼらしい服を着た、背の高い、貧相な二人の男がかしこまっており、津田夫人も見知らぬこの二人を相手に喋りたてているのは、矍鑠たる津田老人であった。それだけだった。病床の兄に代って祭主たるべき三輪与志の姿も、その未来の妻の姿も見当らなかった。やや不安になった津田夫人は、ステッキを振りまわしながら陽気そうに喋りたてている祖父の声を聞くと、忽ちかっとなりかけたのである。

健脚な津田家の祖父が此処へ着いたとき、これらの人物達は互いに黙りこくっていた。瘠せこけた三輪夫人をはじめとして、彼等はみな陰気な人物らしかった。よれよれの服を着た、貧相な二人の男は、嘗て三輪広志の庇護をうけた人達らしかったが、何時頃、如何なる関係にあったのか、三輪夫人にも全く見覚えもない人達であった。彼等は何の為にこの埋葬式に出席したかも明らかでなく、卑屈なくらい控え目な様子で隅の方にかしこまっていた。小ぢんまりして、貧相な彼等の容貌はなんとなく相互に似かよっていて、ただ片方が青色の服、他方が黒っぽい服という点だけで区別されるほどであった。彼等は互いの影ででもあるように寄りそって、墓地の入口に黙りこくっていた。

けれども、こうした沈黙の雰囲気を津田老人がこんなふうに吹き払ってしまったのであった。

――三輪の祖母《ばあ》さんとわしと、どちらが先に死ぬかはなかなか重大な問題じゃった。うっかり先に死のうものなら、盛大な塗油式でもやられ、アヴェ・マリアの一くさりでも枕許で歌われるって勢いじゃったからの。ところが、わし達は少し生き延び過ぎたわい。多かれ少なかれヨーロッパかぶれになったわし達が、皮膚の色も変えられぬあげくの果てに、まず、わしに小言ばかりいっていた三輪の祖母さんが神主の手にかかってこんなふうに埋葬されるとは、運命の皮肉とでもいうべきものじゃろう。尤も、わし達のヨーロッパかぶれは、児戯に類するものじゃった。せいぜい黒塗りの馬車に乗って、気品高い貴族精神とはこんなものかと味わっていた位のものじゃからの。ところが――わしは一度与志君ととっくり話し合いたいが、この頃の青年はまるきり違ってしまった。目の色が変ったような騒ぎじゃ。ヨーロッパの歴史をまるで自国の歴史ででもあるように話し合う。エムペドクレスとアリストテレス、プロチヌスとテルトリアヌス、パスカルとデカルトなどとまるで自分の祖先ででもあるような口振りじゃ。そのくせ、そのどちらが先に生れたかもろくろく知っておらん。よくよく聞き質せば、何も知っておらん。まことに皮相浅薄な知識じゃ。知ってることはみな切れ切れのちっぽけな断片で、ちょっとばかり悧巧振ったところで、中身のがらんどうな、薄っぺらな、へろへろの寄木細工を組立てているに過ぎんのじゃ。力強い叛逆だの、抵抗だのと口幅ったいことを一人前に述べたてるが、一分の隙もなく中身のぎっしりつまった大きな重圧など少しも感じとりはせん。いったい歴史や思想の重味を感ぜずに、抵抗などという大それた業《わざ》が、ちょっとばかりも行われよう筈もないわい。おお、神は伝統のなかにましますそうじゃ。神はおろかどっしりと厚い伝統の色合いや匂いすら嗅ぎ分けられぬ不器用者共が、神は死んだの、まったく新らしい神が生れただのと喚きたてているさまは、笑止の限りじゃ。おお、それは笑止の限りじゃよ。自分がせめて哀れな道化の役割をつとめていると、真から自覚しているものを除いてじゃな。ふーむ、どうやらわしは、はじめてお目にかかった諸公を前にして、飛んでもない慷慨を洩らしたわい。尤も、これには理由がない訳でもない。わしは三輪の祖母さんの死目に会えなんだが、その死顔はゆっくりと眺めた。その顔は日頃より小さくなっていたが、まことに安らかで、さらにいってみれば、ちょっと間が抜けていたわい。わしは此処へ来る途中、平安そのものといったその死顔を憶い出しながら歩いてきたが、そのとき、余計なことには、或る娘の死顔まで憶い出してしまったのじゃよ。その娘は、眼の色を変えた青年達のような高尚振った議論は出来なんだが、とにかく、髪の色も金髪になってしまいたいほどの風情じゃった。この娘がちょっとした、危険もない病気にかかったとき、死の恐怖に襲われたものじゃ。というより、死を予想する恐怖に、すっかり慄えあがってしまったのじゃな。何処から手に入れてきたか、モルヒネを自分の腕に注射した。幻想的な死を楽しく想い描いたという訳じゃろう。部屋のなかには、蓄音器までかけてあったのでな。二時間たった。人々が発見したとき、その娘は昏々と眠りこけていたわい。腕を針で刺してみたが、皮膚の感覚もなくなっとった。枕許で人々ががやがやっとるとき、この娘はちょっと眼をさました。切目の長い瞼をぱっちり見開いて、人々を不機嫌そうに眺めたが、何も見えなかったらしい。白くうつろな眼は、直ぐ閉ざされてしまったわい。そして、間もなくその娘は死んでしまった。ふーむ、わしはそれを見とって腹立たしかった。純粋な精神がどうの、本格的な思想がどうのとへろへろ腰で喚きたててる青年共を眺めると同じように、腹立たしかったのじゃ。ふむ、この娘は馬鹿じゃよ。死自体が安死術なのじゃ。

　そう津田老人はきっぱりと断定した。この老人の魂が年来、「美しき祖国」へ帰還しはじめていることは知人の凡てに知れ渡っていたが、それにしても、この結論はやや飛躍し過ぎていた。けれども、彼がこうきめつけると、二人の貧相な男は恐縮したようにぴたりと眼を伏せ、申し合わせたように肩をすくめたのであった。

――わしは、死が近づくさまを幾度か見ている。わしが知っている或る老人は、嘗て有名な思想家じゃったが、死期の一年ほど前に軽い、ちょっとした病気をした。すると、まるで何も解らなくなってしまったわい。すっかり馬鹿同様になって、何をいわれても解らないのじゃ。ところが、或るとき、わしがマッチをすったら無性に喜んだ。めらめらと燃える焔が心棒を黒く焼いてゆくさまを凝っと眺めとる。その眼付は非常に無邪気な感じで、たまらなくなるような微笑じゃったわい。そして、もう一度やれという身振りをする。風車が廻るのを喜ぶようになったし、張子の虎が首を振ると、手足を振って喜ぶんじゃ。つまり、正真正銘の赤ん坊になりきってしもうた。わしは、そのとき、考えたわい。これは何かこう円環みたいなもので、はじまったときには不意と何処からかはじまるが、終るときにはその何処からかはじまったあたりで不意に消えてしまう、とな。その先の輪は、あるといえば、あるし、ないといえば、ない――死も睡りも、そして、生れることも、みな同じ形式をもっとる筈なのじゃよ。そう考えた。勿論、わしはエネルギイ恒存の法則とやらも調べてみた。燃えきった焔から最後の黒い煙が上る。そして、一陣の風と化してしまう――という具合に、な。だが、法則というものは凡て説明の調子がおかしなものじゃよ。そんな説明はうんざりする。わしの考えの場所に、エネルギイの法則など持ってこようものなら、ぶちこわしになってしまうのじゃわい。おお、あるといえば、あるし、ないといえば、ない――それは、まさしく虚無じゃ。それは説明ではない。真暗闇に黒い墨を塗って、ほら御覧というようなものではない。ふむ、虚無とはそんなものではない。それをいってみれば、まあ、わしがその何も解らぬ無邪気な赤ん坊になって——首を振る張子の虎に、こちらも首を振ってみせるようなものじゃ。そのわしにとって、わしがあるはずじゃな。ところで、あるといえば、あるし、ないといえば、ない！　ふむ、どうじゃろう。

と、奇妙な眼付で、津田老人は相手をねめつけた。

何処か遠くの墓地で、朽ち枯れた枝が割れるようなぽーんと澄んだ響きが虚空を伝ってきた。それほど静かな、澄みきった地域であった。「死」は暗い、陰惨な翳を持たずに、この地域に安らかに憩い、睡っていた。地平の上にかかった白い綿雲は無心に流れつづけ、そして、地平の果てに消えると、新たな白い綿雲が小さな点のように現われた。

二人の相手はぴくりと軀を顫わせた。そして、恐縮しきったように首をうなだれた。けれども、より奇妙なことは、かしこまって目を伏せた彼等の裡でより丈低く見える黒服の男が他の青服の男の蔭から、さながら為すべからざる非礼を敢えてするかのごとくに、控え目に、おずおずと半歩ばかり踏み出したのであった。

——言葉を返してまことに失礼で御座いますが、いまふと想い出しました或る拳闘家の回想のなかで……。

——なんじゃと……？　拳闘家といいまいわれたのかな。

——左様で。

――ふーむ、場違いなことを想いついたものじゃな。それがわしの話とどういう聯関を持っとるのかな。

――その拳闘家は、或るとき、見事な一撃を顎へ食って、前後不覚にリングの真ん中へ延びてしまいました。そのとき――。

――ふーむ、死んだのではないのじゃな。

――左様で。死んだも同然にマットの上に横たわっておりますとき、一つの経験を致しました。この肉体をかけた甚だ現代的なスポーツには精神的なかけらもないと見做され勝ちで御座いますが、その有名な拳闘家の体験にはちょっとした暗示のきっかけがない訳でもありませんで……。

と、そこでさらに中途半端に口ごもった。太く黒い眉や大きく円《つぶ》らかな眼など全体として大柄で、見るからに健康そうな、一つの勢いを持った津田老人の物問いたげな、強い眼光に射すくめられたのである。けれども、それきり話しやめてしまったのではなかった。顔かたちがはっきり見えぬほど前のめりに上体を傾けた萎縮しきった態度で、ぼそぼそと話しつづけた。

――その拳闘家がノック・ダウンされると同時に、レフェリーは、一《ワン》、二《トウ》、三《スリイ》、とカウントしはじめましたが、勿論、当の本人はそんなことは知らない。マットへ顔をつけたまま、身動きもしなかったのです。彼は仮死状態そのままでよこたわっていました。リング・サイドはわっと総立ちに湧いて、口々に彼の名を呼びました。彼は無意識的にグラヴをちょっと持ち上げたようにも見えた。けれども、彼はなお身動きもしない。そのとき、彼は後に回想するような激烈な、異常な経験をしたのです。それ以前にも、彼は物凄いアッパー・カットやスウィングを食って、あっという間もなく昏倒したことがありました。拳闘家仲間でよくいう「天国行き」の経験は、なかなか彼に豊富だったのです。けれども、それらの経験は、文字通り「天国行き」でした。昏倒した瞬間から、何も記憶しなかったのです。暗い渦のなかへ、後ろ向きのまま墜ちるような気がする――それだけでした。如何に記憶をふりしぼってみても、闇のなかを模索するようで、如何なる意識も呼び出されてこない。そして、目覚めるときは、何時でも、暗い渦のなかから地表へぽっかり浮び出るような気がする――それだけだったのです。それは、一度死の国へ踏みこんで奇蹟的に再び甦ったものの空しい体験、また、私達凡てが深い睡りに落ちこんで再び目覚めるまでの何をも記憶しない経験、そこにはっきりした確固たる脈絡もなにもない切れ切れの断片、それらとまったく同一のものだったのです。つまり、知覚の死と同時に、意識の死を味わうお定りの経過を辿ったのでした。けれども、彼がマットへ頬を触れていたそのときの体験は、それらとまったく違っていた。それは、彼の回想によると、こうなんです。彼が昏倒すると同時に、天地を聾するほどの巨大なシムフォニイがはじまったと思われた。まず喇叭《らっぱ》が力強く鳴りはじめた。次に、管楽器が骨身に浸み通るほど響きはじめた。すると、銅鑼《どら》が加わり、太鼓が連打され、ホルンまで鳴り響きはじめたのです。それは強大な、怖ろしいばかりに凄まじいシムフォニイだったのです。天と地の間が一つの音楽堂になって、その間にある細大洩らさぬあらゆる物象が音響を発する楽器としてそこへ駆り出されたような印象でした。その印象は壮大で、渦巻くように激烈で、そして、彼の軀の一片一片を震撼させるように思われました。その名状しがたいシムフォニイは、しかも、果てしもなく続いたのです。その大叫喚、大旋律、大混沌のなかで、彼の魂は生れ変り、そして、さらにまったく新らしい血と肉をつけて、幾度も幾度も生れ変りつづけたようにすら思われた。そうです。それは、まったく別の機能、別の形式、別の意識を、怖ろしいばかりに強烈に、完璧な形で備えさせたようにすら思われたんです。それはそんなに激しく、肉体の一片一片を震撼させた果てしもない時間だったのです。やがて、太鼓の響きが、弱く、遠ざかってゆくとおもわれた。大太鼓の響きはまだ明瞭に聞えていたが、喇叭の音は細々となり、凡ての楽器が次第に遠ざかってゆくような気がした。それまでの時間は、百年も経ったような印象だった。百年！　ここで重要なのは、この印象です。この百年も経ったという明確な時間感覚なのです。彼がふと眼を細々と開くと、彼の真上に立って叫び上げているレフェリーのカウントはちょうど、七《セヴン》でした……。

そう顔を伏せたまま、ぽつりと語り終った。そして、何時の間にか青服の男の蔭へ隠れこむようにその背後へぴったりと寄り沿っていた。気弱で、控え目だとしても、あまりに影のような態度であった。その影のような相手をまじまじと覗きこむように、津田老人は一歩ほど踏み出した。

——で、どうしたのかな。

——その拳闘家は顔を上げかけました。細々と消え入る笛の響きをまだ遠くに聞きとりたい気がしたのでした。もう遅過ぎる！ そのとき、同時にそう思ったそうです。喇叭の音はまだ微かに聞えていましたが、それもはたと消えました。と同時に、ノック・アウトが宣告されたのでした。

——いや、いや、わしが訊いているのは、わしの話に異論をとなえる理由についてじゃよ。それは、どういうことかな。

と、津田老人は強く探るように訊き返した。相手の顔がちょっと蒼白くなった。息をのんだように口を噤むと、殆んど喘ぎながら答えた。

——私には解ります。その拳闘家の回想が私にはよく理解出来るのです。私は、貧血症で——ときどき激しい眩暈に襲われるのです。

——ほほう、どういうふうにかな。

——ひょいと立ち上ったときや、風呂へ入りかけて浴槽の縁をつかんだときなどに……。

——いや、わしがいま訊いたのは、どういう性質の眩暈かということじゃよ。

——私にはまだ充分に述べられませんが……それは不快でもない。まして快感でもない。それはまったく性質の違ったものです。急に息がつまったような気がする。顔が真蒼になったのがはっきりと解ります。手足の先がさっと冷たくなって、眼の前に耗り切れた白いフィルムのような膜がかかる——。そして、奇妙な瞬間がやってくるのです。私は眩暈に襲われるたびに、その瞬間をかなり厳密に精査したつもりですが、それは奇妙としか名づけようがない。それは、まあ、名状しがたい瞬間です。一切が、そのとき、明らかになったような気がする。自分の肉体が、忽然として、水晶のように透き通ってしまうんです。そうです。眼の前に白い、厚い霧がかかって、外部のいかなる形も見えなくなってしまったにもかかわらず、自身の内側はいかなる隅も、いかなる奥底も残るくまなく見渡せるような気がするんです。脳髄の襞の一つ一つがはっきりと眺められ、そこを意識が横切ってゆくさまが、叢を風が渡ってゆくように、或るざわめきをたてた一つのうねりとしてはっきり見分けられるんです。それは確かに奇妙な瞬間です。自身の裡の一切のからくりが認められる！　すると、さらに鮮やかな或る形がそこに浮き出てくる。それが腰を曲げたような一つの姿勢をとっていることまではっきり認められるんです。自身が倒れるか、倒れないか、どちらの可能性もそれぞれ力強い必然性へ向って傾きながら、しかも、互いに独立した安定感を持ち合って、互いを眺め合っている——そんな鮮やかな形がちらと眺められるような瞬間が到来するのです。それは、決して危機の瞬間ではない。或るものと

或るものとの衝突が一方を押し出そうとせめぎ合うのではない。二つの可能性が親しくその場に共存していて、他方を自身へひきずりこむ意図などいささかも持とうとしない――そういう瞬間なのです。それは、五分の一秒ほどの時間です。決してそれ以上でなく、また、恐らくそれ以下でもない、すると――不意に、凄まじい、怖ろしい、迸しるような力が噴き上げ、湧き起ってくる。何処からその強烈絶大な力が噴き上げてくるのか、何時も解らずじまいです。残るくまなく水晶のように透き通ったその内部は、たとえ針の先でついたような翳さえも見通せる筈なのです。にもかかわらず、その激烈に奔出する力は何処から来るか、つねに解らない。それを敢えていってみれば、透明な水中に無数の透明な水泡が湧き起って、一切を攪乱したといった感じです。そうです。それは一種不可思議な攪乱です。あらゆるものが透明に見透かせるのに、そのあらゆる一切のものが透明に惑乱されているのです。謂わば怖ろしいほどに澄みきった、凄まじいばかりの混沌です。そして、その奔騰する激烈な力は、脳髄のなかの襞の一つ一つを叩き潰し、意識全体を、肉体全体をぎしぎし軋ませながら、さらに炸裂するように強まってくる。もし私がそのとき僅かでも声を出し得たら、野獣のような咆哮をあげたことでしょう。その怖ろしい力は、腰を曲げていた二つの可能性のようなものじゃない。倒れるとか、倒れぬとかいうようなものじゃない。そんなものとはまるで違った、或いは、そんなものなど苦もなく何処かへ呑みこんでしまったような、極度に原始的な、極度に強烈な、そして、透明すぎるほどあまりに透明な、謂わば無限から無限へいきなり飛びこんでしまうような或るものなのです。私は幾度となく、その力を味わい、しかも、まざまざと眺めながら、それをどうにもいい表わせない。その的確な表現に心をくだきながら、まだ出来ないのです。強いていえば、それは、無限から無限の間へ架かった一つの茫漠たる意志のようなものです。私の成立以前から私を把えているようなものです。そうです。残念ながら、そんなふうにしかいえない。意識を意識しようとする意識——もしそんなものがあるとすれば、それは、そんなものの極度に透明な原型なんです。それは、何処からとも知れず、強烈、無限に迸しり出てくる。それは白熱した透明な時間です。恐らく二、三秒ぐらいしか、それは続かないでしょう。そして、私は昏倒してしまうんです。

そういい終った。そして、いい終ると同時に、傍らの青服の男の背中へくっついて、其処にかき消えんばかりであった。墓地の石畳上へ投げる彼等の影は一つになっていた。午後の陽射しは、彼等の尾を長くひきはじめていたのである。

太い眉の下に見開かれた津田老人の眼光は、相手を射抜かんばかりであった。彼はいよいよ相手を探り調べるような眼付で訊き質した。

——ふーむ、その迸しり出る力は、そして、何処へ消えてしまうのかな。

——その強烈無比に奔騰する力が何処かへ消えてしまうなどとは、到底考えられないのです。そんなことは絶対信ぜられません。それはただ……移るのです。

——というと、何処へ、移るのかな。

——あちらの側へ、です。

と、殆んど虫の鳴くような声で答えた。

冷たい風が津田老人の首筋を吹き通ったような気がした。彼は相手の言葉を理解した。と同時に、寂莫凄寥たる墓地の真ん中にぽつんと立っている自身の姿をまざまざと意識もしたのである。すると、そんな津田老人に奇妙な幻想がおこった。金色の光がしっとりと吸いこまれている大地の此処彼処が、音もなく割れはじめた。一瞬にして緑の葉々を何処かへ吹き飛ばしてしまった寥々たる裸木は、骸骨のように横へ傾き、深くえぐりとられた大地の間から触手のような髭根が現われて、天空へ延びた——。大地は深い奥底まで見通せて、そこには蒼白い、石棺が並んでいた。堅い石棺の蝶番はがたがた顫え、はずれ落ち、覆い蓋がばっくり開くと、横たわっていた死人達が腰を折って起き上り、機械人形のように首を曲げ、鼻をうごめかしながら、かっと眼を見開くと、一斉にこちらを眺めた。

——そんな幻覚であった。それは音もない、透明な、白昼夢のようであった。

津田老人はぶるるんと首を振った。魔法を解く杖のようにステッキを石畳の上へこつんと突き鳴らすと、彼はさらに相手へ顔をすり寄せた。

——ふーむ、あんたは、あちらの側を知っているのかな。

——いえ、いえ。

——だが、あんたは知ってるかのごとくいい切りおった。まるで、あちらの側を見てきたようにな。

——私にはただ眩暈の持病があるだけなんです。

——つまり、病的なのじゃな。

——左様で。で、私はちょっと——類推してみたんです。

と、声をひそめていった。津田老人は太い眉をぴりりと険しく寄せた。

——すると、そこに、何が類推出来るかな。

——さまざまなことが……。

——ふーむ、怖ろしいこともかな。

——そう、怖ろしいことも。

——ふむ、どんなふうにかな。

——言葉を返して失礼ですが、あちらの側にありますものは、まるで形式を異にしているのです。

と、すっかり恐縮しきったふうに答えた。津田老人は思わず周囲の墓地を見廻わした。

周囲がまた一変したかと危ぶむような、はっと眺め廻す視線であった。けれども、音もなく透明な先刻の幻覚はもはや再びおこらなかった。微風もなく、大気は澄み、怖ろしいほど静かであった。鮮やかな緑の衣裳をつけた稚木と稚木の間には、金色の羽虫のような陽炎が翻り、舞い上り、何処か高い虚空へ消え去っていた。祭壇風に高まった三輪家の墓地からは、やや傾斜した遥かな青い地平まで眺められた。遠く立ち並んだ墓石の列は、天と地との間に鋸の歯が鋭く噛みあっているように見えた。

「美しき祖国」へ帰還したものの、抽象癖がなくなった訳でもない津田老人は、謂わば論理と心理の境い目にたゆとうさだかならぬものについて、一種の異常趣味と思えるほどの果知れぬ興味をもっていた。津田夫人が日頃から歎息しているごとくに、そんな話題になると、彼は疲れも知らぬほど話しつづけ、ヨーロッパかぶれの青年達をつねに非難していながら、その彼自身が青年そっくりな、何かに憧れるような熱狂的な眼付になってしまうのであった。そんなときの彼は相手を選ばず、相手が何者であろうと構わなかった。もし軀が許せば三日位徹夜をぶっつづけても、といいかねぬほどの意気込みだったのである。寂莫たる墓地の彼方に白く浮いている綿雲を、津田老人はしばらく凝っと眺め渡していた。

——墓地！　津田家の墓地は此処にないが、やがてわしもこうした場所に入るじゃろう。そして、そのときのわしがまるで形式を異にしているとすると、まず自身をどんなふうに思うじゃろうな。

と、老人は詠嘆するように呟いた。

青服の男の蔭の黒服の男はまたちょっと蒼白くなった。よく見ると、この男の肌ははじめから生色がなく、影のような生活を送ってきた歴史がそこに示されていた。その男は伏目のまま顔を覗かせると、津田老人の私語に答えず、却ってぽつりと訊き質した。

――夜、夢を御覧になりますか？

――ふむ、若い頃ほどではないが、まだ見る。はあて、その夢がどうしたのかな。

――その夢の内容を、覚めてから、記憶してられるでしょうか？

――それを訊いて、どうするつもりかな。あんたの意見によると、あちらの側と夢の領域とはまた形式を異にしとる――。ふむ、そうじゃったろう。

――左様で。ところで、こういう体験がおありにならぬでしょうか？　昨夜は何らの夢も見ぬ、前後不覚に泥のように眠りこけてそこに夢のかけらもなかった、と確信していると、半月後か一月後の或るときに不意とその夜の夢をまざまざと想い出して、そうだ、あの夜はこんな夢を見ていたと疑いもなく再確信するようなことが――。そして、しかも、その翌日か翌々日あたりにまたぞろ残るくまなくその記憶を忘失してしまうと、如何に努力しても、その夜の夢の内容はもはや再び現われてこない……。

――ふーむ、わしにそんな経験があるとして、それはどういう意味かな。

と、津田老人は牽き込まれるように訊き返した。相手はさらに石棺のように白くなった。

――ところで、一月経っても、半年経っても、百年経っても、ついに想い出さぬという夢もある訳でして、むしろ、私達の夜はそうした記憶してない夢に覆われつづけているんです。

――ふむ、ふむ。

――《記憶してない夢》――それを、私達は何処から何処へまで担いつづけるのでしょう。お解りでしょうか？　それは、私達とともに、あちらの側へも、移ってゆく――。

――はあて、あちらの側へ移ってゆくと、あんたは確言されるのかな。

――左様で。私達はそれを見た筈です、生れる前にも死後にも――。

そうぽつんと云った。今度は、頑丈な津田老人の顔が白くなった。奥深い大地の底を覗きこむように、津田老人は顔を寄せた。

――見たというと、胎児時代にも、それ以前にも、かな。

――左様で。

――ふむ、それはどんな夢じゃろう！

――先刻申し上げたとおり、類推するだけでして――たとい、この世の言葉にそれを翻訳しても、恐らく誰も信用しますまい。

――ふむ、ふむ。それは、何処かから迸しり出るような、一つの怖ろしい力なのじゃな。

――左様で。永遠から永遠へ飛ぶ真白なもののようでして――それはまことに奇妙な私なのです。

と、殆んど消え入るように答えた。

津田老人は不意にステッキを虚空へ振り上げた。彼の眼光は青年のように若々しく、肉付きの好い頬は薔薇色にさえなって、ステッキをびゅうびゅう振り廻わした。歓喜に似た力強いものが、彼の体内を押し上げてきたのであった。

――そうじゃろう、そうじゃろうとも。この静謐な、平穏な墓地！　その暗い奥底で目もない盲目の虫が何処かを蝕み、怖ろしい変化がわななくざわめきのように起りつづけるとしても、地表には風のそよぎも起らぬこの墓地はやはり讃うべきじゃよ。大聖も凡俗も等しき平安へ憩うこの自然は讃うべきじゃよ。この美しい自然！　やがてその地底から、真白な、透明な死人達が現われて……。

然しそこではたと言葉はとまった。石段の下に、そのとき、津田夫妻の姿が現われて、津田夫人の鳩のように円い眼がはったとこちらを睨んだのであった。

津田夫人はすっかり動揺していた。見知らぬ男達を相手に喋りたてている祖父をまずたしなめるべきか、それとも、墓石の前へ真直ぐに進むべきか、石段を登りながらまだ迷っていた。けれども、彼女は祖父を横目で睨んだだけで通り過ぎた。墓石の傍らで白楊の葉のように戦いている三輪夫人へ向ってまっしぐらにつき進んだのであった。瘠せこけた三輪夫人はそんな相手の姿を見ただけで、もはや、ひるみ、すくんで、その場に消え入らんばかりであった。

——まあ、まあ、まあ、与志さんはどうしたの？　安寿子は午前中にお宅へお伺いした筈ですわ。まさか二人きりで、何処かへ行っちまったんではないでしょう？

——ええ、それが……風癲病院へ寄った筈で、二人一緒に此処へ来ることになってるんだけど、どうしたのかしら。

——風癲病院？　そう、そう、そんな話だったわね。誰かお友達が入院してるとかの話だったけど……いったい、まあ、与志さん自身も診察してもらう必要があるんじゃないかしら。ええと、ちゃんといっときますが、これは失言ではないつもりよ。二人一緒に来る筈だなんて貴方がそんなに落着いているものだから、二人とも貴方をすっかりないがしろにしてるのよ。そうですよ。いったい、まあ、このお祖母さんの御骨を、貴方自身が持ってきたんですの？

——そう、はじめからそのつもりだったから……。

——まあ、なあんてひとの好いことをいってるの。せめて、あの勝気なお祖母さんがこの箱の中からがたがたと暴れ出して、あのひと達を手きびしくきめつけてくれると好いんだけど。あのひと達がこんなふうなのは、結局、厳格にしつける者がいないからなんですよ。いったい、与志さんたら自分独りで生きてるつもりなんだろうかしら、それとも、安寿子と一緒に生活するつもりなのかしら、どうなんでしょう？

と、容赦もなく津田夫人はきめつけた。登場早々息をきらせていきりたった彼女の気魄にみな黙りこんでしまい、三輪家の墓地附近は再びしんとした、地底のような静寂に包まれてしまった。三輪夫人は墓石の横へ押しつけられ、からみついた蔓草のように細くなった。

ものに動ぜぬ悠然たる姿勢を保っているのは津田老人のみで、彼は太いステッキを壮年のような力強さで抛物線状に虚空へ振りまわしていたが、やがてその先端が不意にぴたりと止った。

——はあて、三輪の祖母さんがちっちゃな骨壺をがたがた破って飛び出すまでもないわい。美しい、平穏な墓地！　与志君と安寿子は……墓のなかから現われおった。

ひとびとはそのステッキの指し示す方向を一斉に振り返った。三輪与志とその婚約者は確かに予想もせぬ方角から現われた。その附近は、丈の高い墓石が狭く入り組んで立ち並び、鋸の歯のような鋭く傾いた線を描いて、灰白な光がにぶく立ち昇っていた。彼等の姿は、事実、ばっくり口を開いた墓のなかから忽然と出現したように見えた。津田安寿子の純白な衣裳はふわふわと墓石の間を縫って近づいてきたのである。

墓石の間を揺れ動く白い形をきっと見据えていた津田夫人は、出来ることなら、そのにぶい灰色にくすんだ、遠い一劃へまで叫びかけたい風情であった。けれども、彼女は叫びかけることも、さらに、彼等が石段を昇ってくるのを待っていきなり忿懣をぶちまけることも出来なかった。その理由は、退屈しきって、顔色が鳶色になったようにさえ見える中年の神主が威儀を正して床机から立ち上ると、この僅かなひとびとは鹿爪らしい二つの縦列をつくって、石畳の上に並びはじめたのである。ひとびとは黙然とうなだれていた。白い裳裾がやがてその縦列の横を風のように翻り過ぎた。三輪家累代の幅広い、大きな墓石の下に、ひとびとからやや離れた最前列にぽつんと立った三輪夫人の傍らに、このささやかな埋葬式の祭主がやっと位置したのであった。

三輪家の墓地は、嘗て、榊の植え込まれた垣に沿って、小さな、個々の墓石が並んでいたらしかった。それらが、広い地下納骨堂を備えたこの三輪家累代の墓へ統一されたのは古い以前で、そのときの発案者はまだ少女時代の三輪家の祖母だったといわれている。矩形の台座の横側には、地下へ降りる石段があり、赤錆びた草模様が単調に浮かび出た鉄板の扉がこちら側からも覗かれた。

待ちくたびれた神主は、幣帛のついた榊をもはや振り廻しはじめていた。親属眷族《うからやから》ここに相集《つど》いて——と、鼻にかかった、つき抜けるような声で、さらに、荘重な祝詞《のりと》を上げはじめたが、そんな無意味な言葉など、津田夫人は聞いていなかった。彼女は先刻から横目に前列を眺めていたのである。

相接して並んだ二人の婚約者の横顔が、彼女の視点の角度から、ちょうど斜めにくっきりと浮いて見えた。ややかしげた彼女の娘の額から鼻へかけての優れた稜線と三輪与志の同じように形の好い稜線が、ちょうど二つの影絵を相接して重ね並べたように見え、その気品高い横顔は、出来れば見事な額縁へでもはめこみ飾っておきたいほどであった。彼女は先刻から殆んど息をのんでそんな形に見惚れていた。喋りはじめれば果てしもない忿懣を並べたてたに違いない彼女がそれほど鎮静したのは、眠たげな神主の声も幾分役立ったのかも知れなかった。《確かに似合いの夫婦だわ》と、彼女は誇らしげに自身へ呟いた。《陰気で、訳の解らぬことを考えているのが、与志さんの最大欠点だけど——男って一般にそんなところがあるのかも知れない。》彼女はそして傍らの夫、津田康造をちらっと窺った。伏目になっている彼女の夫は、澄んだ翳を頬にたたえていた。どちらかといえば無口だったこの夫が何を考えているのか少しも解らず、自身でも扱いきれぬ、奇妙な、果てしもないヒステリーに憑きまとわれた時代が、彼女にもあったが、日常生活の幅広い時間の波のなかでどんなふうに鈍磨されたものか、そのヒステリーの周期は次第に長くなり、ついには、そうした性質の発作は稀になって、しかも、彼女はますますそんな夫に惚れこんでしまった——そうした記憶が彼女にふと甦ってきた。恐らく彼女のヒステリーの最初の原因であった夫への疑問が、結局、何ら解決されていないのに、そんなふうになってしまったことは、考え直してみればさらに苛らだたしくないこともなかったが、とにかく、それは厳然たる、確かな、不動の体験なのであった。《そうだわ。馬鹿げた赤ん坊みたいに安寿子はいまはにかんでいるけれども、朝から晩まで与志さんと顔を合わせるようになれば――結構、うまくやってくかも知れない。そうだわ。そんな与志さんが気にならなくなって、たまには与志さんをぴりりとさせるような小言をいってのけられるようになるんだわ。そう、そうに違いないわ。》そして、夫が妻にたしなめられてかしこまっている奇妙に楽しい場面の空想すら、彼女に浮かんできた。一度そんな情景が繰り展げられると、彼女の愉しげな白昼夢は、さらに、とりとめもなく拡がりはじめたのであった。

彼女ははたと夢から醒めた。三輪与志が無造作に進み出て骨箱を両手に捧げると、台座脇の石段を冷たい響きをたてて降りはじめたのであった。神主の祝詞は、何時の間にか、終っていた。赤錆びが磨かれていない鉄の扉の前で、三輪与志は腰をかがめたらしく、その頭部が不意とかき消えたが、傾けた長身な肩先が、暫く見えていた。その肩先は動きもしなかった。やがて、ぴーんと鍵の音がした。がらがらと鉄の扉が押し開かれると、三輪与志の姿はまったく地下納骨堂のなかへ消えてしまった。ひとびとは生真面目そうにおし黙っていた。何処かで、地底からでも響くような、遠雷のような、鈍い、長く余韻をひいた、震えるような音が聞えた。けれども、それはひとびとの錯覚かも知れなかった。たとえ三輪与志が、薄暗い地下納骨堂のなかを独りで歩き廻わっているとしても、その足音がこんな遠雷のような反響をたてて聞えてくる筈もなかった。ひとびとはそれとなく耳を澄ましていた。沈黙の時間がたった。やがて、三輪与志の沈鬱な顔が再び現われた。深く削られた頰のあたりをゆるがしもせずに、ゆったりした足取りで石段を昇りきると、静かにもとの位置へもどった。

ひとびとは前面へ進み出はじめた。その敬虔な礼拝が済むと、この埋葬式は終るのであった。三輪家の祖母へかなり恭〻しく礼拝して脇を振り向いた津田夫人は、すると、今度こそは何物にも慰撫されぬほど完璧にかっとなった。瘠せこけた母親へ二言三言何か話しかけていた三輪与志が、そのまま、ひとびとへ挨拶もせずに、その場から立ち去りかけたのであった。

――まあ、まあ、何処へですの？　与志さん！

と、彼女は断崖から跳びおりる決心でもしたふうに、きっぱりと彼の背後から呼びかけた。三輪与志は、正面の石段上に立ち止った。

――友達のところへです。

と、彼は眼も上げずに、低く答えた。津田夫人は、石畳の上に跳びあがった。

――なあんですって？　それぐらいのことが、そんなに急ぐ理由になるんですの？　どうして、みなと一緒に帰ってはいけないんです？　私は、もう、歯にものを着せずいいますが、貴方は、いったい……。

――僕には、いろんな用があります。

と、三輪与志は相手を遮るようにぽつんと云った。石段上の手洗い石の傍らにつき立った彼は、沈鬱な表情を崩しもしなかった。

——たとえ用があっても、貴方位の年頃のときの用は、たかが知れてますよ。（と、津田夫人は憤然ときめつけた。）ええと、誰だかもいろんな用があるといってたけれど、はあて、誰だったかしら？　今日会ったひとのなかで——そう、貴方の兄さんの御友達ですわ。珍らしいほど頭の好い、素ばしこい、鋭いひとで、貴方がどんな玩具《おもちゃ》をいじっているか、ちゃんと知ってるんです。つまらぬ魂の病気に貴方がかかっていると、はっきり見抜いていましたわ。そんなふうで貴方が何時までも過していると、どんなになってしまうか、自分で予想がつきますか？　ええと、貴方は大きな悪魔にひっつかまれてしまうんですわ。その大きな悪魔というのは、私達を取って食ってしまって——おや、まあ、まあ、貴方までも何か用があるんですの？

と、津田夫人は円い眼を見張って、傍らを振り向いた。

物思いに耽った津田康造が音もなく通り過ぎたのである。彼は夫人の言葉に眼を上げたが、反射的に頷いただけで、そのまま石段を降りて行った。津田夫人はちょっとぎくんとした。寛容な、物静かな夫ではあったけれども、嘗てこれまでこんなふうな態度をとったことはなかったのである。

彼女がその場に立ち竦んでいる間に、三輪与志もまた石段をこつこつと降りて行った。彼等は肩を並べて、金色の光がゆらめく透明な大気のなかを、立ち並んだ墓石の列に沿って静かに揺れ動いて行った。彼等は互いに話をしているとも見えなかった。長身な三輪与志がやや上背があるように見えたが、瘠せている彼等の後姿は殆んど同じ型を示していた。丈の低い稚木が、彼等の姿をちらちらと隠見させはじめた。遠雷のような、地底を伝わる鈍い響きが、また何処からか聞えてきた。墓地はそのあたりから、遠い、青い地平に向ってゆるやかに傾斜していた。遥かな地平の上には、小さな捲毛のような白い綿雲がなお静かに、無心に浮いていた。

津田夫人は、衣服を更えた神主が傍らを通り過ぎたので、われに返った。そして、大きな墓石を負って黙然としているひとびとに気付くと、彼女は、さらに再び、われに返った。彼女の娘は長い睫毛を伏せて、唇を強く嚙んでいた。津田夫人に似て透き通るほど白い肌にすさまじい情熱を秘めたようなその長身を、白い衣裳につつんだ彼女の姿は、目覚めるばかりに鮮やかであった。彼女は澄んだ眼を上げたが、母親の視線に屈せず、まじろぎもしなかった。津田夫人はつかつかと近づいた。

——風癲病院とやらで、与志さんは、いったい、何の話をしてたの？　安寿子さん！

問いかけられた相手は不意にためらった。物おじせぬ力強さと愁いを帯びた静けさが、津田安寿子の性格のなかに共存しているらしかった。彼女はさらに強く唇を嚙むと、苦しそうに云った。

——私、困ったんです。与志さんは、幽霊の話をしてたらしいんですの。

何処かでぱーんと朽木が裂け割れるような音がすると、傍らの三輪夫人がぶるるんと顫えた。津田夫人はきっと娘を睨んだ。

――まあ、なんて馬鹿げた話だろう。与志さんたら、貴方をそっちのけにして、そんな話ばかりしてるのね。まあ、まあ、まあ、そうだわ。確かにちっちゃな悪魔に魅入られてしまって、与志さんたら、もう眼が離せなくなってるんだわ。なんてことだろう！

と、彼女は肥った肩を忌ま忌ましげに聳かした。津田安寿子はそうした母親に構わず、何かを追い求めるような、思いを一点に凝らした微妙な眼付になった。

――それはどんな気持なんでしょう。どうしてそんな話をしたのでしょうか。それはあまりにひどいと、私、おせっかいに思ったんです。病院を出ると直ぐ、どうしてそんな話をするのかと訊いたんですけど、与志さんは凝っと私を見ただけでしたわ。それで、私、思いきって、訊いたんです。高志兄さんのところへ幽霊が出るらしいけど、御存じかしら、と。すると、与志さんは「知ってる」と不機嫌に答えたんですわ。

――なあんですって？

と、津田夫人は石畳の上に飛び上った。彼女は首を曲げると、傍らの三輪夫人を穴のあくほど見据えたが、こちらはもう朽木のようにゆらゆら震え慄いていた。

――いったい、貴方はちゃんとそれを知ってるの？　高志さんのところへ幽霊が出るなんて、なんて馬鹿げた恥さらしだろう！

――そう、そうだわ。

――まあ、なんてとんまな返事をするの。すると、貴方も知ってるのね。

――そう、私も思いあまったあげくに、安寿子さんに相談したのよ。

――まあ、まあ、安寿子に相談するなんて、それからして馬鹿げてますよ。三輪の家は、いったい、どんなことになってるんだろう！

――そう、私もそれを思いあまって……。

――そんなことを思いあまったって、何にもなりませんよ。貴方は自分でそれをちゃんと確かめたの？

――いいえ、見はしないけど……。

――見はしないけど、確かだというの？　まあ、まあ、何処まで行けば馬鹿げたことにきりがつくんだろう！

憤然と太い胴体を捻った津田夫人は、墓石の真下でこちらを眺めている津田老人に気付くと、喇叭でも吹きたてるように声高く叫びかけた。

――お祖父さん、お祖父さん。貴方は物知りで、今まで長く世の中を見てこられたんですから、はっきりお訊きして、このひとに教えてやりたいんですけど、幽霊って、あるものですの、ないものですの？

その問いを待ちうけていたように、津田老人はしゃんと腰を延ばした。話の圏内にひきこまれたことに満足そうで、しかも、訊かるべきことを訊かれたといったふうに、即座にきっぱりと答えた。

――ふーむ、あるといえば、あるし、ないといえば、ない！

――そんなありきたりの答え方では駄目ですわ。もっとはっきりいって下さいな、お祖父さん！

――はあて、はっきりいえば――要するに、こちら次第じゃな。

――というと、そんな馬鹿げたものが見える一風変った、偏屈なものがいない訳ではないということなんですのね、お祖父さん。まあ、まあ、馬鹿げたことって、いったい何処まできりがないんだろう！

――いや、いや、きりがないのは、馬鹿げたことばかりではないわい。

――いいえ、馬鹿げたことばかりですわ。何から何まで、馬鹿げている。だいたい、三輪の家も、津田の家も……。

――いや、いや、わしの述べることは、こういい換えても好い。つまり――。

――なあんですって？　もう沢山、沢山ですよ。それ以上高遠な御説など教えていただかなくても好いんですったら、御祖父さん！

――ふーむ、見えるものが在るのか、在るものが見えるのか、とそれは同じ問題なのじゃよ。その規定をどうつけるか、どう扱うかで、わしらは飛んでもない側へ迷いこんでしまわぬともかぎらぬて。

　そこで津田老人は、太い、黒い眉を挙げてあたりを見廻わすと、ぴたりと口をつぐんだ。

　誰もいなかった。二人の貧相な男の姿は、何時の間に立ち去ったのか、三輪家の墓地内に見当らなかった。津田老人は頭を擡げると、遠く展いた墓地全体を眺め渡した。緑の稚木はそよとも動かず、しーんと静かであった。丈の高い墓石が鋸の歯のように入り組んだあたりには、にぶい灰白の光が立ち昇っていた。一つの人影もなかった。それは忽然とかき消えてしまったような印象であった。透明な大地の奥底でばっくり蓋を開いた蒼白い石棺のなかへでも彼等の姿は閉じこめられてしまったようであった。津田老人は頭を擡げたまま、棒立ちになっていた。彼の首筋を冷たい風がさらに吹き抜けたような気がしたのであった。

　せわしい、機関銃のような会話を目まぐるしく一回転させた津田夫人は、再び彼女の娘へ視線をもどしてきっと睨んだ。息せききった会話と興奮のため、彼女の小鳩のような眼は、いってみれば、肥った山鳩ぐらいに大きく見開かれていた。もはや何物も容赦せぬような激しい勢いで、彼女はきっぱりと叫んだ。

　——寝床のなかで馬鹿げた夢を見ている高志さんなどにかかわらなくたって好いんですよ、安寿子さん！　そんな詰らぬひま潰しは、それ相応のひとに任せておいて——どうでも好いんです。それより、与志さんはそれからどうしたの？　いったい、どうして、こんなに時間に遅れてしまったんですの、安寿子さん!

津田安寿子はほのかな薔薇色にそめられた白い頬をちょっと震わせた。けれども、その堅くひきしまった口許は、何か迸るものを凝っと抑えているようであった。

——電車を降りて……大廻りになる他の電車に乗り換えたのですわ、お母さま。

——ふーむ、どうして大廻りになるような他の電車などに乗り換えてしまったの? 何かまた馬鹿げたことでも与志さんは思いついたのかしら?

——いいえ、お母さま。私達の電車に、まだ若い女のかたが乗ってきて、与志さんの隣りに腰かけたんです。そのかたは、白いケープにつつんだ可愛いい赤ちゃんを抱いていましたわ。まだ二つ位で、やっと笑ったり、ちっちゃな手を延ばして動かしたりすることが出来はじめたばかりなので、始終肥った軀を動かしてるんですの。顎が二重にくびれて、眼のぱっちりした可愛いらしい赤ちゃんでしたわ。その赤ちゃんが隣りの与志さんの肩をけんめいに摑むんですの。かきむしるようにひっぱって、うんうん手首に力をいれてるんですわ。お母さま、御存じかしら、そんなとき、与志さんはとても穏やかに笑うんです。ちょっと口の端を曲げるんですわ。すると、その若いお母さんが隣りへいたずらしている肥った赤ちゃんをひき寄せて、ぶうぅーとしたんです。可愛いくてたまらぬように、赤ちゃんがくすぐったがってくびれた顎をすくめるほど、強く頬ずりしたんです。私、はっとしたんです。私、困ってしまいましたわ。私、はっと与志さんの顔を見たんです。すると、私の予感した通りになったんです。与志さんは急に不機嫌になって、立ち上ると、その電車を降りてしまったんです。其処は、がらんとして構内に人影もない郊外の駅でしたけれど、交叉点でしたわ。そして、与志さんは、私がお祖母さまの御骨のことを心配するのに構わず、その遠くまで迂回する他の線に乗り換えてしまったんです。

——ふーむ、貴方達は二人とも呆れるほど馬鹿げてますよ。なんて世話のやけるひと達だろう！　貴方は、いったい、どんな気持で一緒について歩いてるんです？　安寿子さん！

と、津田夫人は歯ぎしりするように叫び上げた。

津田安寿子はまじろぎもせず、母親を眺め返した。高く通った鼻筋をやや斜めに傾けて、なんだか白眼がちのようにじーっとこちらを直視したのであった。まだ瘠せていた少女として手こずるほどすねた頃、津田安寿子はそんな眼付をすることがあった。小さなヒステリーだ、と、そんなとき、津田夫人は何時も胸のなかに呟いたのであった。そんなふうに、娘はその母親をじーっと直視していたのであった。

——私、解ります。与志さんは苦しいんです。

と、やがて津田安寿子は思いがけぬ口調で低く云った。津田夫人はちょっと驚いたように息をはずませた。

——なんですの？　もう一度いって下さいな、安寿子さん！

——お母さまには解りませんわ。

——何が私に解らないっていうの？　与志さんには、いったい、何があるんですの？

——いろんなことがあるんですわ。

——なんですって？　そんな小生意気なことは他のひとに向っておっしゃいな。誰にだって、いろんなことがあるんです。与志さんにあるいろんなことって、いったい、どんなことです！

——私、それが解らないんです。

と、津田安寿子は彫られたような優れた顔を不意に横へそむけて、抗うように強く云った。

ほのかな薔薇色をたたえた白い頬は、さらにびりりと震えていた。横から見ても白眼がちに見える、長い切目のあたりには、澄んだ、しかも、激しい底光りが発していた。津田夫人はぴくりとした。なんて気の強い娘《こ》だろう、わたしそっくりだわ、と瞬間に思うと、津田夫人はじーんと痺れるような感覚に襲われた。けれども、その感覚は一瞬にして過ぎ去った。すると、彼女は、次の瞬間、何処からか湧いてくる持ちきれぬような力に突き上げられて、無性に腹立たしくなってしまったのであった。

——なあんて馬鹿げたことばかりいってるんです。解ったり、解らなかったり、いったい、どうだというの？　そんな馬鹿げた言葉のやりとりがしたいのなら、せめて与志さんの前で、いじけていずにてきぱきやって御覧なさいな。私の前だけで気が強くなったって、駄目ですよ。ちっとばかりの効果もありやしない。ええ、そうですとも。私はびくっともしないんですよ。私には何から何までちゃんと解っているんです。貴方はいったい、与志さんの前で何をびくびくしてるんです。一言半句も口がきけやしないじゃありませんか。それが、私の前でお母さまには解るの、解らないなどと、何処からそんな口幅ったい言葉が飛び出してくるんです！　解るの、解らないのと、だいたい、貴方はまだそんなことを立派に云える年齢《とし》になってやしないんです。貴方はまだ結婚前の娘ですよ。世の中にはまだまだ貴方の知らないことがいくらでもあるんです。知ったところで大したことはなくても——とにかく、貴方にせよ、与志さんにせよ、まだまだ乳の臭いのする子供ですよ。直ぐ壊れる玩具《おもちゃ》をいじくっている子供なんですよ。そうですとも。与志さんはちょっとばかり小さな悪魔に魅入られているだけです。それだけです。そんな与志さんの前で、いじらしいほどびくついているなんて、馬鹿げたかぎりだわ。そんなことでは、魂の病気など療せやしないんですよ。訳の解らぬ発作をぴたりと鎮める療法など、何時までたったって見つかりやしないんです。ええ、そうですとも。ぴょんぴょん跳び跳ねるちっちゃな悪魔を、ええと、ぴたりと抑えつける大きな悪魔などに、とうていなれやしないんです。まあ、まあ、どういうつもりなの？　そんなに白眼を光らせて睨みつけたって、私はびくともしませんよ。

と、津田夫人は満面に朱をそそいで、娘を睨み返した。

津田安寿子は、事実、頰をひきしめ、口許を堅く結んで、長い切目を白眼がちに光らせながら、じーっとこちらを直視していた。彼女はたじろぎもしなかった。けれども、彼女は長身な軀をやっと支え立っているようであった。その肩から膝へかけて、びりびり震えているさまが、白い衣裳を通してはっきりと見分けられた。すると、彼女は瞬きもせずに、迸しるように云った。

——私、どうすれば好いんですの、お母さま。

それは、不意と溢れるように迸しり出た。挑むような眼付とまるで違った、全身の一片一片からしぼり出されたような率直な訴えであった。津田夫人は身を立て直しかけたが、どうした訳か彼女自身も重心がとれず、ゆらゆらとよろめいた。

——どうすれば好いと、いきなりいったって……無理ですよ。そう、私は考えてる。辛いほど考えてるんですよ。与志さんのことなら、私の方が貴方より思い悩んでいるくらいだわ。貴方達のことを思うと——夜も眠れぬくらいだわ。それを、いきなり、どうすれば好いと、私にもちかけたって……無理ですよ。

と、津田夫人はしどろもどろに答えた。一瞬前までの勢いは、その同じ一瞬に消し飛んでしまい、謂わば彼女の内部で精神の突然変異が行われたような工合であった。出来ればその場にかき消えたいほど、彼女は小さな輪を描いてゆらゆらとよろめきつづけた。彼女はやっと身を立て直したが、不覚にもじわりと涙がにじみ出てきた。彼女の眼の縁はじーんと痺れてきた。それは彼女自身も予想すらせぬ涙であった。

その眼の前に白い膜がかかって、彼女は、はっとなった。壁へつきあたった舞踏者のように、彼女はくるりと急に一回転した。そして、その涙を、話の圏外に押し出されて一つの底辺を形づくっている三輪夫人や津田老人に気付かれぬほど素早く、彼女は正面の石段へさっさと歩きはじめた。

遠い地平の上に浮んでいた綿雲が青空へ拡がり、その日の午前と同じような曇った薄光が墓地全体に漂いはじめていた。風が出てきたらしく、ゆるい斜面の上の稚木がざわざわと揺れた。あたりは涼しくなってきた。

津田夫人は力をこめて石段を踏むと、傍らの娘に鼻へかかった声で、なんだか手傷を負った獣でも呻くように、口早でなく云った。

——こんな墓場の真ん中で、何時までも馬鹿げた話をしてたってきりがありやしない。ええ、そうだわ。私は貴方とゆっくり相談しましょう。ええと、高志さんや与志さんのお友達で、頭の鋭いひとと私は今日会ったんですよ。そう、そう、確か貴方も病院で会った筈でしたわね。風采に似合わぬ頭の鋭いひとですよ。そのひとがいってたけど、とにかく、自分の軀を動かさなければ駄目なんです。凝っとしていたら凍えてしまうのよ。貴方みたいにめそめそしてたら、駄目なんです！（と、彼女自身がしゃっくりでもするように啜り上げた。）ええ、そうですとも。そのことは、貴方もはっきりと憶えておいて下さいな。ええと、それから……ちっちゃな悪魔に魅入られているひとには、どうしたら好いんだっけ。こちらが大きな悪魔になってしまうのは、いったい、どうしたら好いんだっけ。ええと、いきなり取って食ってしまうんだったかしら。まあ、まあ、あのひとがいった通りを憶い出さなくても構やしない。とにかく、与志さんはつまらぬ玩具《おもちゃ》を握りしめていて——それを、可愛いい人形だと思ってるんです。だから、その可愛いい人形にこちらがなれば、好いんだけど。ええと、巧い考えが頭のここまで出てきているようだわ。そう、これは私が自分だけで思いついたことだわ。それは——世の中を知らぬ貴方達だけにしかないってものが、そんな貴重なものが貴方達にあるってことだわ。そう、そうだわ。貴方はまだそんなに若いのにめそめそしてたら、駄目なんです。綿屑がはみ出たぼろ人形を立派な、可愛いい人形と思わせるのは、そう、貴方にある情熱しかありやしないんですよ、安寿子さん！

三

この屋根裏部屋へ黒川建吉が移ってきてから、既に数年たった。その部屋のなかは薄暗く、天井は手を延ばせば届くほど低かった。部屋のなかが昼でも暗いのは、四辺に一つの小さな窓もないためであった。薄い、北方光線のような、静かに動かぬ光が、天井板の隙間から幾筋か洩れ射しこんでいて、細い隙間の上は外部の空へ展いた破風になっているらしかった。手を延ばせば届くほど天井が低い理由は、部屋の隅の扉を開いて、暗い廊下へ出てみれば、忽ち明らかになる。太い、節くれだった棟木と垂木が組み合わされた屋根裏の構造が、いきなり眼前に見上げられた。長年埃りにまみれて黒くすすけた棟木から軒へかけての勾配は、屋根裏部屋の天井がそれ以上高くなり得ないことを示していた。そして屋根裏の骨組を負った暗い鉤の手の廊下の端から見下すと、この屋根裏部屋が建物内で占めている、謂わば物音も聞えてこぬ遠くかけはなれた孤独な位置が、さらにのみこめるのであった。この天井の低い屋根裏部屋は建物の横端にあり、もしそんな言葉があるとすれば、中三階とでも呼ぶべき位置にあった。そんなに遠くへ曲がりこみ、隠れた部屋は他になかった。鉤の手になった階段は十歩ばかりで二階の廊下の片隅へ達し、その廊下からさらにつづく階段の踊り場の斜め下に小さな入口があって、表から光が射しこんだその小さな入口は、きりたった、暗い崖と崖の間を通して眺めおろされる深い谷底のように白く浮いて見えた。

黒川建吉のように絶えず閉じこもった性癖の者でなければ、恐らくこんな奥まった、陰気な部屋を見つけ出しもしまいし、そしてまたこんなに長くそこに住みつきもしなかっただろう。部屋の内部は彼が移ってきたときから少しも変化していなかった。外部寄りの片隅に肌目の荒いビール箱が二つ置かれてあるだけで、他に何らの装飾もなかった。そのビール箱のなかには、簡単な、琺瑯製の食器類と洗面器具が並べられ、そして、こまかな文房具類が置き並べられている方には、二三冊の大判な書物がたてかけられてあった。それだけであった。彼がこの薄暗い部屋へ移ってきたのは、首都の大学へ入学したためであったが、既に現在からでは数年たってしまったはじめの頃、その出席日数が自分でも数えあげられるほど短期間出て行ったのみで、その後はこの奥まった部屋へすっかり閉じこもってしまった。そして、嘗て小図書館内の一室へ閉じこもったときのように、彼は暁方近くまで起きていた。ただその時代の習慣とまったく違ったところは、彼が背を屈めて覗きこみ、あれほど偏愛した書物を殆んど繙くこともなしに、手を腰へ当てて、狭い部屋のなかを絶えず歩き回っていることであった。彼は一つの檻のなかへ閉じこめられたように、蒙古人に似て上瞼へ切れ上った両眼を半ば閉じて、夜中、深い考えに憑かれながら歩きつづけていた。そして、日中は昏々と睡りつづけ、彼の夜昼の生活はまったく逆になってしまった。そうした彼にとって、一つの小さな窓もなく薄暗いこの部屋は却って好都合なのであった。

昼間眠りつづけている彼は、暗い廊下の隅まで食事を運んでもらっていた。そんな世話を彼に敢えてする善良で、親切な隣人を得たのは、彼がこの部屋へ移ってきたばかりの頃であった。夕方、薄闇が漂いはじめる時刻になると、彼は謂わば彼にとっての暁方の散歩に出かけて行った。狭い家並と家並との間にはさまれ、じめじめと湿って、しかも絶えず周囲へ溢れ出ている水溜りの上へ架けられた薄い溝板を渡りきって、やや幅広い街路へ出かかるあたりに、木片と木片を無造作にたたきつけたような低い小舎があった。彼の住居からそとへ出るためには、その傾きかけた小舎の前をつねに通り過ぎねばならなかった。その小舎の土間の奥には煉瓦の炉が組まれ、炭火が赤くおこっていた。そして、その傍らに、頬のとがった、髯の薄い男が、何時も熱心に仕事をしていた。その顔付から察すると朝鮮人と思われた。ひしゃげて凹んだ薬罐や亀裂の入った鍋類が横に置かれてあり、彼が通り過ぎるときも眼を上げずに仕事をつづけている勤勉な鋳掛屋であった。土間の前に据えられた床机には、きまったように、深い愁鬱を瞳にたたえた一人の若い男が古ぼけた胡弓を膝上へ置き、街路に面して腰かけていた。その姿は、病者のように物静かであった。手足もほっそりとしていた。この若い男は、勤勉な鋳掛屋の同国人とは見えなかったけれども、夕暮が迫ってくるその時刻になると、きまって其処へやってくるらしかった。黒川建吉が薄暗い微光を鈍く映している表の水溜りへ出るとき、何時も噎《むせ》び泣くような胡弓の音が聞えた。それは嗚咽し、啜り上げるような顫える音であった。然し、溝板を渡りきった狭い小路から彼の姿が現われると、その若い男はぴたりと胡弓をひきやめて、彼が通り過ぎるまで不安そうに見送っているのであった。

或る夕方、黒川建吉がその小舎の前へさしかかると、頰のとがった鋳掛屋が、何時もと違って街路に立ちふさがるようにつっ立っていて、上方を眺めていた。横を通り過ぎる黒川建吉の姿を認めると、誰へともなく話しかけるように、彼は頭を重く振りながら呟いた。

——悪い。悪いこと、ある。

それは、悪い前兆という意味らしかった。黒川建吉も立ちどまって向いの高い屋根を眺め上げると、何処から昇ったものか、長い一直線をなした屋根の峰の上に、一匹の瘠せた、白い犬が四本の足を揃えてすくんでいた。暮れかかった靄のような大気を負ったその白い犬の姿は、黒い屋根から浮き出て見えた。それは、見るからに危なげな足取りであった。屋根の背を覚つかなげに歩み進んでいた犬は、瓦の表面が滑るらしく、細い前足を僅かに出しかけては立ちすくみ、そのたびに、くんくんと悲しげな声をあげた。長い屋根の背が隣りの棟と接して谷間になった地点までやっと進むと、滑り落ちるように、その白い犬の形はかき消えた。瞬間、小さな巻いた尾が見えた。けれども何処か安全な場所へでも滑り落ちたらしく悲鳴は聞えなかった。頬のとがった鋳掛屋も黒川建吉も耳を澄ませながら、夕暮の薄靄が漂っている高い屋根の峰をなお眺め上げていた。

頬骨が出た朝鮮人は、傍らに並んだ黒川建吉を、彼の仕事場の前を夕方になると通る風変りな隣人として、何時しか見知っているらしかった。その隣人の陽に当らぬ血色の悪い横顔へ眼を移しながら彼はなお暫く耳を澄ましていた。夕暮特有の低くさまざまに入りまじった静かな物音が何処からともなく響いてきたが、犬の哭き声は聞えなかった。すると、彼は真面目な顔付で、先刻と同じく暗く呟くように云った。

——貴方の部屋、悪い。悪いこと、ある。

そして、彼は怯えるように首をすくめると、胡弓を何時ものように膝の上へ置いて、彼等から離れて物静かに腰かけている若い男と眼を見合わせた。それは、意味ありげな視線であった。彼等は眼を見合わせたまま、暫く黙っていた。やがてその若い男は悲しげに首を振って、しかも、眼を伏せると、思いがけず流暢に、本当です、と云った。この胡弓を持った若い男の発音は抑揚も正常で、ちょっと見たところ、殆んど日本人と違わなかった。その若い男は高貴な優れた顔立をしていた。ただ気質的な愁鬱をたたえた底深い瞳が、遠い異郷の風貌を示していた。彼はじーっと凝視める相手に困惑したように額を傾け、眼を伏せたまま、言葉少く話しはじめた。その短い話の内容というのは、嘗てあの部屋で心中が行われたこと、その屍体が十日間も誰にも発見されなかったこと、それ以来其処に誰も住んでいなかったこと、などであった。

——鬼が出るそうです。

と首をかしげながら、若い男は最後にそっと附け加えた。

黒川建吉は暗い顔をして、その部屋の歴史を聞いていた。殊に、屍体が発見されたとき既に糜爛《びらん》しはじめていた点に相手が触れると彼は眉をひそめた。彼の態度は厳粛なくらいであった。然し、鬼が出るそうです、と相手が最後に囁くようにいったとき、却って、彼の口辺に温和な、微妙な微笑が浮んだ。それは人なつこい微笑であった。そして、彼は、それで好い、といったふうに穏やかに頷くと、薄鼠色の黄昏が這い寄りはじめた運河の街へ出て行った。

それ以来、胡弓をかかえた若い男の不安そうな眼付は、通り過ぎる彼の姿を悩ましく探査する表情に変わり、そして、その表情は次第に畏敬をこめた色調すら帯びてきた。彼等は互いに親しく挨拶を交わすほどになった。そんな彼について、若い男は頬のとがった鋳掛屋と話し合っているらしかった。

或る夕方、彼の姿を認めると、薬罐や鍋類が積まれた土間の奥から頬のとがった鋳掛屋が彼の腕を摑まんばかりに飛び出してきた。

——つばめ……。

——つばめ？

——燕、ある。燕、巣、つくる。好いこと、ある。

と、その朝鮮人は吃りながら、せわしげに手振りした。

——燕、あたし家に、巣、つくる。好い。あたし、好いこと、沢山ある。あたし、昨日、犬、見た。犬、これ……。

そういいながら鋳掛屋はもどかしげに太い指先を組み合わせた。

——これ、何？

——さかり——。

——さかり？　ああ、さかり、ある。さかり、犬、見た。好いこと、ある。今日、燕。毎日、好いこと、沢山ある。あたし、嬉しい！

その言葉ももどかしげな素朴に善良な鋳掛屋は、彼の肩をつかむと、柱へ打ちつけた横木が弛んで隣りの空地へ斜めに傾きかけた小舎の横手へひき連れて行った。じめじめと湿った水溜りと溝の上をやはり通らなければならなかった。そして、殆んど手が届くほど低い庇を見上げると、軒の横木の奥に、事実、まだ充分に集められぬ薄い、細い藁を透して微かにそよいでいる白い胸毛と黒い嘴が、素朴な幸福の象徴のように窺われた。黒川建吉は、一瞬、眼をつむった。善良な鋳掛屋は傍らで口を開いたまま、その音がはっきり聞えるほど、溢れるような喜悦に喘いでいた。二人の男に真近かから覗き上げられながら、その燕は身動きもしなかった。この白い胸毛をそよがせている燕が、黒川建吉の生活に便宜をもたらしたのであった。頬のとがった、髯の薄い、そして迷信深い朝鮮人は、彼の薄暗い部屋へ決して入ろうと試みなかったけれども、それ以来、夜中起《よるじゅう》きている彼のために、彼が眠っている昼間の裡に、階段の隅へまで食事を運んでくれることになったのであった。

この鋳掛屋が、黒川建吉が予期もしなかった最初の善良で親切な隣人で、そして恐らく、自身に閉じこもった彼にとって、最後の隣人でもあった。建物の端れの階段をひとに会わぬような時間に出入して、直ぐ自分の部屋へ消えてしまう彼は内部の詳細を知らなかったけれども、この建物は一階にも二階にもせまく区切った小部屋が並んでいて、建物自体が一つの貧民窟をなしているらしかった。そこにはさまざまな種類の人々が住んでいたが、彼は誰にも遭わなかった。嘗て教育者であったという一人の老人が風変りな生活をしている黒川建吉の部屋を訪れたがっていると、彼はあの胡弓を持った若い男から聞いたことがあるが、その老人もついに訪ねてこなかった。ただ一度彼はその世に見捨てられたような、つつましげな老人の姿を見たことがある。それは蒼白い、静かな月夜であった。ひとびとも寝しずまった夜更け、運河と橋の街から帰ってきた彼は、すでに遠くからその響きを聞いていた。彼は鋳掛屋の小舎の傍らの空地で、足をとめた。あの異国の若い男が街路へ持ち出した床机に腰をおろして、胡弓を弾いているのであった。その傍らに一人の老人が身動きもせず、蹲っていた。彼等は満身に蒼白い光をあびて、この世のものならぬような、或いは、それと把えがたい魂そのもののような、ひっそりと静まりきった気配を漂わせていた。胡弓は啜りなき、噎びあげる、物悲しい音をたてた。蒼白い大気のなかへ、こまかに震え沁みいるような響きであった。それが亡国の響きとひとびとに呼ばれるのも誤りであるまいと思われるほどの侘しく、寂寥たる響きであった。けれども、国が亡びようと、地球が冷えきってしまおうと、それは彼等にとっていささかも関わりないことだったのだろう。こんな静かな蒼白い光のなかにこの世の身を月の光と化し、胡弓の音と化し得れば、それで好いといったふうに、彼等はその悲痛な響きに深く沈みこみ、とけこんでいた。

我愚人之心也哉　沌沌兮　俗人皆昭昭　我独若昏　俗人皆察察　我独悶悶

そんな老子の一節を、もしその老人が魂の何処かで口ずさんだとしても、この蒼白い光と音へ似つかわしく諧調しただろう。それほどこの世からかけはなれた憂愁に彼等の姿は蒼白く、ひっそりとつつみこまれていた。彼等は黒川建吉の足音にも気付かなかった。彼が自分の部屋へもどって耳を澄ますと、そのむせぶような胡弓の音はなお聞えていた。

その見捨てられた、つつましげな老人はついに黒川建吉の部屋を訪れなかったけれども、然しその荒涼たる屋根裏部屋へ踏み入ったものが誰一人なかった訳ではなかった。むしろ、或る種類のひとびとがその奥まって、物音も聞えぬ部屋を頻繁に訪れたあわただしい一時期があったことが、より記憶さるべきであった。地方の大学へ行った三輪与志以外に如何なる親しい友人ももたなかった彼は、この首都の大学で単に顔見知りになった数人のひとびとから、都心地から離れて不便なその彼の部屋を或る種の会合場所として貸与して欲しいと強硬に提議されたことがあった。それは奇妙な申し出であったが、彼は断らなかった。そして、そんな学生達や、また、彼がまるで見知らぬひとびとが訪れると、彼は何時も部屋から出て行った。然し、そのひとびとの裡には、ひたすら自身にひきこもり、社会から隔絶した風変りな生活をしている彼に、特殊な、殆んど揶揄的な興味をもって、その閉ざされた考えを開こうと試みる者があったことをも附記しておかねばならない。そんな特殊な興味をいだいた人物は、彼の屋根裏部屋を単独に訪れてきさえしたのである。けれども、それはあまりにあわただしく、短い一時期のみであった。何時しかそのひとびとは何処へともなく消え去ってしまった。そして、黒川建吉の部屋は、再び、一人の閉じこもった主人の姿のみしか見なかったのである。彼は再び完全な孤独へもどり、もはや講義をうけにも出て行かなかった。

それから数箇月たって、あの胡弓を偏愛していた若い男が帰国することになった。鋳掛屋の土間でもよおされたささやかな晩餐会の席上、その朋友であり、遠くから彼へ関心を寄せていたつつましやかな老人に彼は再び会ったが、その後間もなく、その老人の姿も建物内から見えなくなった。彼は何時も態度の変らぬ鋳掛屋へ、時折立ち寄るのみになったが、然し、その頃、もしそういって好ければさらに新らしい隣人が彼にできたのであった。

もはや薄闇が四辺を覆っている或る夏の夕方、運河にそって細長い建物を裏側から眺めている時、彼の屋根裏部屋上の高く大きく展いた破風から黒く羽ばたきたつ影があった。薄闇の夜空へ斜めに切れるような影であった。それは燕だったろうか。いや、すでに燕が新たに巣をつくって住む季節ではなかった。あの鋳掛屋の庇へ棲みついた燕はいまだ夕暮の街路を弾丸のように身軽く飛び交っていたけれども。そして、それは暗い夜空へ重く羽ばたき消え入った。翌日の夕方、眼ざめると同時に、ふと天井を眺め上げた彼は、部屋隅のビール箱をひき寄せて踏み台にすると、身を前へかがめてそっと踏み昇った。手が届くほど低い天井は忽ち頭がつかえたが、彼は出来るだけ肩をかがめ、首を斜めにまげ、片方の耳を天井板へぴったりとつけて、凝っと窺ってみた。物音はしなかった。天井板の向う側はひっそりと静かだった。彼はことことと指先で天井板を叩いてみた。すると彼ははっと息をのんだ。ばさっと羽を敲つような音が一寸と隔てもないほど近い、耳の真上から聞えたのであった。彼は暫らくじーっと息をこらしていた。それは微かな、埃りにまみれた板の上を這い回るような音であった。小さな動物が短い足幅で、小さな輪のような狭い範囲を静かに歩きまわっている音であった。彼は再び天井板をこつこつと衝き上げた。ぴたりとその足音がとまった。すると、不意に、裏板を掻きむしって後退りしながら、きいきいと歯をむいたような鋭く、高い声が起った。薄暗いなかに眼を据え、光らせて、その小動物が全身の毛を逆立てたようであった。薄い天井板を隔てた直ぐ真上で、こちらへ歯をむいて窺っている気配であった。それは全身を逆立てるとともに、また、何からもその身を防ぎきれぬ自身を訴えているような声でもあった。後肢をずって後退りしながらも、天井板へとがった鉤爪をかけているらしく、その声と同じようにきいきいと肌目の荒い裏板を掻きむしる音が、こちらの胸をその底までかきむしるように響いてきた。黒川建吉の頬がひきつった。恐らくそうしたとるにたらぬほど些細な時間の閃きにも、一種の天啓と呼ぶべきものがひそんでいるのだろう。神の怒りに触れでもしたように、彼ははっと息づまって強直した。薄い天井板を僅かに隔てて、彼とその小さな動物は互いにじーっと耳をすませ、窺い合っていた。犯罪者と探偵が一枚の扉を隔てて窺いあうように、或いは、自身のみに閉じこもった孤独な隣人がふと互いの隣室の気配へ耳をすますように——。

時間がたった。細い隙間から洩れる光は弱く、薄暗くなってきた。天井裏の小動物はまた静かに這い動きはじめた。肩をかがめてそっと息をこらした黒川建吉の気配に、その小動物もまた落着いたらしかった。裏板を足幅せまく踏んで、破風の閾の上へ歩いてゆく気配であった。黒川建吉は板へぴったりと横顔をつけたまま耳を澄ました。ばさっと風をきる音が聞えた。もんどり打って墜ちると、その途上からやがてまっしぐらに天空へ翔け上るみじかく、低い羽ばたきが聞えた。それは虚空へ飛びたってゆく目に見えぬ風のような響きであった。

この蝙蝠が彼の新たな隣人となったのであった。それは一匹の蝙蝠であった。薄闇のなかに眼を光らせ、不安に顫え、脅かすような他からの音に全身を逆立てて怒っている一匹の蝙蝠なのであった。この新たな隣人達の置かれた位置はなにかしら互いに似ていた。そしてもしそういってよければ、僅か一枚の薄板を隔てたのみの彼等は、やがて互いに姿も見ぬ気配のみの相手を愛するようになったのであった。孤独者の場合、互いに見捨てられたような相手をふとした気分から無性に苛めてみたくなることが、それにしても、あるものらしかったが、然し、黒川建吉はそんな風にその蝙蝠を扱ったことは一度もなかった。彼の性質は、愛するものをその位置に何時もそっと置いておき、ひたすら穏やかに見護っているのであった。彼は、時折、ビール箱をひき寄せると、こつこつと低く天井板を叩いた。その屋根裏の蝙蝠はこうした彼の穏やかな音にやがて次第に慣れ、そして、その真上へ這い寄ってくると、翼をゆするようにばさばさと答えた。時折は、その爪だった後肢でそのあたりを軽く踏み歩いてみたり、下を窺って軀を寄せてくる場合すらあった。そういって好ければ、彼等は互いに穏和な気配を感じあっていたのである。そして、そんな親しい挨拶がすんだのち、その蝙蝠がまず宵闇のなかへもんどり打って羽ばたき、飛び立つのであった。その翼の音をゆっくり聞いて、それから、夕暮の街へ出てゆくのが、やがて、黒川建吉の日課になったのであった。彼等は夜空へ何を目指して羽ばたきたっていたのだろうか。その内面は互いにかきみださず、彼等はただ薄い板を通しての羽ばたく音に耳を澄ましているのであった。彼等の夜の生活は必ずしも単調ではなかった。彼等は何か思いついたようにまだ暗い暁方近く、また相つづいて出てゆくこともあった。そして、彼等の生活はすっかり同じ形態になってしまったのである。もしその蝙蝠が、世界の昼夜の時間をひっくり返して、昼間羽ばたきたてば、黒川建吉も昼間眩ゆい太陽の光の下へ出て行ったに違いなかった。

　寒い季節がくると、屋根裏奥の凩もあたらぬ凹所へ隠れてしまうのか、それとも、何処かの洞窟へでもひそんで冬眠するのか、屋根裏はひっそりと静まりきってしまったが、何時しか黒川建吉も気付かぬ新らしい季節へ移ると、その屋根裏からばさっと翼を拡げる音が聞えてくるのであった。こうした誰にも知られぬ親しい関係が、この奥まった屋根裏部屋で数年間もつづけられたのは、一種の奇蹟といってもよかっただろう。彼等は薄い一枚の板を隔てて、互いに変らぬ、穏和な気分を伝え合った。これが、この屋根裏部屋へ移ってきてからの黒川建吉の表面上の生活の凡てであった。

彼は、先刻から、部屋のなかをゆっくり歩いていた。天井板の細い隙間から洩れる光は、透明な白い縞を部屋へおとしていた。外へ出てゆくにはまだ早い時刻であった。薄い隙間の上で外部の空へ大きく展いた破風を通して、遠くの広場に集った子供達の遊戯する喚声が虚空に漂う風のように聞えた。しかも、子供達が集まる広場に沿って運河があるらしく、その喜戯する喚声は水面を這い伝わる波動のように絶え間もなく拡がり、押し寄せ、或いはまた滑らかな水面にはね返ったように虚空に反響しつづけていた。運河を隔てた遠い喚声が響き聞えてくるにもかかわらず、その建物内部からは何らの物音も聞えなかった。遠くからは聞え、近い内部からははたとも物音が聞えてこないことは、この高く、かけはなれた屋根裏部屋の特殊な位置を物語っていた。

彼は檻のなかを行き戻りするように、さらに部屋のなかを歩きつづけていた。部屋の隅には、依然として、埃りのつもった、木肌のささくれだったビール箱が置かれ、いかなる道具類も増えていなかった。この部屋のなかで変化したものといえば、太陽の光に殆んどあたらぬ彼の顔色がより悪くなっていることのみぐらいであった。その皮膚は滑らかな脂気とてなく、樹皮のように乾ききって、その顔色は不健康に冴えなかった。眼の縁には、黒くあざやかな隈さえきざみこまれていた。けれども、夜昼さかさまな生活が長年つづけられていたにもかかわらず、彼の眼の血管膜は、格別血走っても、濁ってもいなかった。

彼の眼の色は深い泉のように鎮まりきって、つねに波紋も生ぜぬような穏やかな光をたたえていた。彼の眼は、骨相上、どちらかといえば、鋭い筈であった。彼の切目は蒙古人のように上瞼へ切れ上って、もし彼が凝っとみつめれば、かなり酷しい印象を起す筈なのであった。彼の顎は堅く骨ばっていて、正面から眺めるとしまった口の真下に一つの凹みがあった。それは、その下顎の部分になにか激しい打撲でもうけ、ちょっと切れこんでいるように見えた。そんな彼の表情が、つねに人柄の好さそうな温和な性格と見受けられるのは、その深い瞑想をたたえたように静まりきって穏やかな眼の光のみによるのであった。

彼は、大きく展いた破風を通して聞えてくる遠い子供達の喚声に耳を傾けていた。彼は立ちどまって天井を眺め上げると、部屋隅のビール箱をひき寄せた。彼の動作から判断すると、まだ明るい外へ彼は出てゆくらしかった。時たま、こんなに早く出かけることもあったのである。ビール箱にのった彼は、天井板をこつこつと軽く叩いた。耳を澄ましたが暫く物音もしなかった。彼は再びこつこつと叩き上げた。すると薄暗い屋根裏の奥で軀をたてたように後肢で裏板を叩き返す微かな物音が響いてきた。ばさばさと翼をうつ音が次第に寄ってきた。そのせまい足幅は彼の頭の上を小さな輪を描いてばさばさと音をたてながら、廻り歩いた。それは、彼の呼びかけに答える何時もながらの挨拶なのであった。彼は裏板を踏むその幅せまい足音に聞き入りながら、一瞬、眼をつむった。穏やかな眼の光が一瞬にかき消えると、暗い表情があらわれた。この屋根裏部屋へ移ってきたばかりの頃、あの鋳掛屋の庇へ巣をつくった燕の白くそよいでいる胸毛を素朴な幸福の象徴のように眺め上げたとき、彼は同じように眼をつむったことがあった。そんなふうに暗く眼をつむりながら、彼は屋根裏の微かな足音に凝っと聞きいっていた。そして、もう一度音低く板を叩きあげると、彼は反対隅の扉を開いて、暗い廊下へ出て行った。

ぎしぎしと軋む階段の途中で、彼は誰にも遭わなかった。相変らず水溜りが溢れた外は曇っていたが、まだ明るかった。溝板を渡りきって街路へ出た彼は、鋳掛屋の前で、土間のなかへ声をかけた。

鋳掛屋の土間にはさまざまな道具が増えていた。炭火が赤く燃えた炉には鞴《ふいご》がとりつけられ、その脇には巌丈な鉄砧が据えられて、かつて見られなかった大きな、或いは小さな種類の金槌や螺旋廻しの類が数箇も其処に置かれてあった。修理すべき薬罐や釜の類も増えていた。頬のとがった鋳掛屋は、暑さのため、その上半身は裸になっていた。薄い髯をきれいに剃りあげていた彼は黒川建吉を振り返ると、汗にまみれた顔から白い歯を出して笑った。

——今日、早いね。李さん、貴方に会うと、いってた。

黒川建吉は首をまげて頷くと、心持ち足を緩めただけで、鋳掛屋の小舎の前を通り過ぎた。

このやや幅広い街路は、最初の運河の橋へ出るまで、幾重にも折れ曲がり、うねっていた。湿気のため土台も柱も弱り、その構造全体が斜めに傾きかけている家並を出はずれると、その街路は、雑草に覆われた空地を横切ったりした。廃墟になったように荒れ果てた工場と工場とにはさまれた狭い板塀の間を通ってゆく淋れた場所もあった。けれども、黒川建吉はその道を殆んど進まなかった。鋳掛屋の小舎から初めての曲り角で、彼は不意に立ちどまった。その曲り角から、思いがけず、首猛夫の薄汚れた風体がふらりと現われたのであった。黒川建吉の頬は思いなしかちょっと蒼くなった。

——戻りましょう。

そう口早に低くいうと、黒川建吉はくるりと踵をめぐらした。

その土間の前を通り過ぎたばかりなのに、間もなく見知らぬ薄汚れた男と連れだって戻ってゆく黒川建吉の姿を、裸になって鞴の前へ蹲みこんでいた鋳掛屋は仕事の手をやめて、声もかけずに、不審げに見送っていた。

首猛夫は例の薄笑いを口辺に浮べたまま、珍らしく黙っていた。ぎしぎしと軋む階段を彼は殊更に音をたてて、ゆっくり昇って行った。彼は踊り場の上で立ちどまると、表から光が射しこんで白く浮いている小さな入口を暫く眺めおろしていた。

薄暗い屋根裏部屋へ踏み入ると、彼は素早く細長い室内を眺め廻した。部屋隅の一つのビール箱へ腰かけるようにと眼先で示した黒川建吉にも構わず、彼は感慨深げに部屋の中央へつっ立っていた。外部へ展いた破風を通して、運河の向うの広場で遊戯している子供達の喚声がなお風のように聞えていた。彼等は黙ったまま暫くその虚空を漂うような響きに耳を傾けていた。昨日別れたばかりのように、彼等は格別の挨拶も交わし合わなかった。数分たった。首猛夫は低い天井をちょっと眺め上げた。そして、部屋のなかをゆっくりと歩き廻りはじめた。

——少しも変っていないな。荒涼たるものだ。

と、彼は眉を寄せて、はじめて呟いた。

——君はまだこの部屋のなかを歩き廻っているのかね、夜中《よるじゅう》起きつづけながら。ふーむ、俺にもそれとそっくりな時代があったっけ。

と、何故か彼は相手の顔も見ずに、低く呟きつづけた。

——俺は、その頃、街をうろついていた。俺は妄想を食って生きていたよ。俺は部屋のなかをうろついていた。自身のなかを往ったり来たりしていたんだ。

そして、彼は不意に相手をじろりと見据えた。それは、相手から何かを誘い出そうと試みるような鋭い呪縛的な視線であった。けれども、肩をかがめ、伏目になっていた黒川建吉は、黙ったままその場に立っていた。そんな相手の態度をじーっと見据えていた首猛夫は、やがて目にとまらぬほどの薄笑いを口辺に浮べると、再び細長い部屋のはしからはしまでゆっくりと歩きはじめた。彼は黙った相手に構わぬように話しはじめた。

——この荒涼たる、天井の低い、見すぼらしい部屋……俺が眺めた最後の部屋はこの部屋だったんだよ。君は、俺が此処を最後に訪ねてきた日を憶えているかい？　あの日が娑婆の見おさめだった。雨上りの空気の澄んだ日だった。運河の水が増えて、橋げたに渦が捲いていたっけ。俺は、君の一風変った考えを問いただしにわざわざ独りで此処にやってきた。然し、恐らく君が思い描いた妄想の十分の一も聞きだせなかったっけな。俺は、あのとき、話も終らぬ裡に、慌てて此処を飛び出した。憶えているかい？　階段のそとまで確か君と一緒だった。俺には、あのとき、連絡があった。その時間がさしせまっていたんだ。連絡場所は賑やかな都心地で、俺はかなり急いだけれども僅かばかり遅れた。指定時刻より三分遅れたっけ。その喫茶店の扉を押し開いて入って行ったとき、その閾の上で俺は奇妙な動揺を覚えた。そのフランス風の喫茶店の内部には、七、八人の客が腰かけていたが、一斉に眼を上げてこちらを見たような気がしたんだ。すーっ、すーっと矢のように走り流れる視線が俺へ集って、何処かへ鋭くつきささったような感じだった。後で解ったことだが、その店の内部に腰かけていた客の半分以上は張りこんでいる奴等だった。なにしろ俺の連絡相手たるや既に逮捕されていて、そいつめ、この連絡場所まで知らせているって始末だったんだからね。その時のやつらの指揮者は柔道四段といわれる獰猛な男で、あとで俺に手柄話をしてきかせたが、そいつはそいつなりに激しく緊張していたんだ。俺の人相は充分には知られていなかった。眼が鋭く、顔一面にそばかすがあるってのが、やつらに解った俺の人相の凡てだったのだ。その指揮官は、間違って無関係な者を捕えてはならぬと、緊張のあまり膝が顫えていたそうだよ。やつは入口の扉へ一番近い席へ腰かけていた。俺が入ってくるまで、俺かも知れぬと思い迷った男が二人もあったそうだ。やつは額のあたりがしびれるほど迷い抜いたが、結局、そうではないと判断して、時間まで、じーと耐《こら》えていたんだ。指定時刻を僅かに過ぎて俺が入ってきたのを見たとき、やつはどきんとしたそうだよ。そうかな、そうでないかな、と心臓が早鐘のように波打つ間、閃く光のように自問自答しつづけていたといったっけ。やつは、俺がやつの横側を進んでゆく姿を眺めながら、ついに、そうだと判断した。もし間違って何ら関わりもない無辜な市民を逮捕したなら、その責任は凡て彼自身が負うと、やつなりに悲愴な決心を、そのとき、したんだ。やつは、白いハンケチを出して、口のはしを拭いた。それが合図だったのだ。扉を開いたとき、俺は奇妙に何かつきささったような気がしたが、それは一種の予感へまで高まらなかった。ただなにかしら重苦しい気分につつまれたっけ。部屋のなかへ進むと、それでも俺は直ぐ立ち上がれるように椅子を卓からひき、軀を斜めにひらいて腰かけた。俺は、あの頃、君も知ってる通り、絶えず煙草を喫っていた。その習慣は今日まだ復活してはいないがね。俺は腰をおろすと、まず煙草の火をつけた。隣りの席にいた男が、ちょっと火を貸して下さいと寄ってきた。俺が煙草を差し出した瞬間、かちりと金属的な音がして冷たいと感ずる間もなく、既に手錠がその右腕にはまっていた。あっは、それはあざやかなほど素早い、目にもとまらぬほどの時間だったよ。それは確かに賞めてやってよいほどの技術だった。その男は肩幅のせまい、どう見ても屈強とは見えぬ男だったが、やつらの仲間中で指折りの名人だったのだそうだ。瞬間、俺の体内に奔しり上げるような猛然たる力が湧き起った。立ち上った俺は、何物もとめられぬほど、しゃにむに暴れ猛った。珈琲茶碗の乗った卓も椅子も植木鉢も、店のなかのもの一切が、乱雑に吹き飛んだ真ん中で、俺は五、六人の男に前後左右からのしかかられた。俺はそれでも抵抗をやめなかったっけ。尤も、そんなに暴れる俺には、こんな魂胆もあったんだ。その店の内部をちょっとの時間には回復が出来ぬほど、出来るだけ荒らしたておいて、もし連絡相手が後からやってきたとき、其処に寸前、捕物があったと、一目に解るようにしておきたいものだとね。おお、なんと馬鹿げた配慮だったろう。俺がそんなに気を配ったその当の相手たるや、既にやつらの手のなかにあって、しかも、とっつかまえられた掌のなかで顫えている小鳥のように、この会合場所まですっかりやつらに教えこんでいたんだ！

と、首猛夫は忌ま忌ましげに不意と口をつぐんだ。黒い焔が彼の瞳の奥に燃え上った。そして、凝っと聞きいっていた相手が何かいい出すように上半身を乗り出したさまを、彼は探るような横目でちらっと眺めた。

上瞼へ深く切れ上った鋭い眼を静かに伏せたまま、或る記憶をまさぐるように暫く眉をひそめていた黒川建吉は、すると、まるで予想もつかぬことをぽつりと訊いた。

——まだ中学生の頃、貴方は老子の講義を受けましたか？

こちらの顔色がさっと一瞬憤怒に変って、その場に飛び上りかけたが、それまで黙りつづけていた相手からとにかく言葉をひきだしたことに満足して、首猛夫はやっと自身を抑えたらしかった。

——ちょっ、それはどういうことかな。

——私は、或る老人に一人の生徒の話を聞いたことがあるのです。

と、黒川建吉はさらにぽつりと声低く云った。相手は窪んだ眼を光らせた。

——それは、どんな生徒——？

——非常に強気な生徒だったのです。

——というと、どんな程度に強気な生徒——？

——その不屈な眼付だけで、ひとの気をしゃにむに摑んでしまうといったふうな強気です。

と、黒川建吉は酷しい眼を伏せたまま、声低く答えた。すると、相手は不意に道化たふうにその首をひょいとすくめた。

——ふーむ、そんな強気な生徒が、どうしたというんだろう？

——その生徒の話を聞いたとき、ひょっとしたら……貴方ではないかと思ったのです。

——あっは、俺がその眼付だけでひとの気をがっちり摑んでしまうって……？ そんな魔力を確かに賦与してもらえれば……これに過ぎたる光栄この世にあらじといった次第だな。

――尤も、それは貴方のことではなかったかも知れません。何故かといえば、その老人は、その後、その強気な生徒について或る不確かな噂を聞いたことがあるそうです。

――ふむ、どういう噂？

――まったく新たな教団の設立です。

――えっ、なんだって……？

――その教団設立後、彼は信徒達から怖ろしい称号をうけているという噂だったのです。

――ちょっ！　それはいったいどんな称号だったのだろう！

――その嘗ての強気な生徒は、その後、生神様と呼ばれているのだそうです。

と、黒川建吉はなお伏目のまま、ぽつんと答えた。首猛夫は、今度こそその場に飛び上った。それが不遜な冗談で、その口辺の何処かに意味ありげな皮肉な薄笑いでも浮べてはしないかと、彼は相手の顔色を酷しく覗きこんだが、もはや黒川建吉は深い凹みの見える下顎をひきしめて黙りこんだまま、生真面目に身動きもしなかった。

天井板の細い隙間から洩れ落ちる薄明のような光を斜めにうけて、黒川建吉の顔色はその薄い光そのもののように蒼白かった。深い凹みの見える下顎をひきしめたまま、彼は身動きもしなかった。傍らの首猛夫の薄汚れて黄ばんだ顔色に較べると、或る透明な、乳白色の膜を隔ててその向うに浮いているような単色の蒼白さであった。けれども、そのどちらがより不健康な顔色かと問われれば、誰しも直ちには答えられなかったかも知れない。しびれのきれるほど黙りつづけている相手を窺いつづけていた首猛夫は、不意にくるりと回転した。彼は再び苛らだたしげに部屋の隅へ歩き出しはじめた。その床を強く踏みしめるたびに、乾いた埃りっぽい匂いが足許からゆらゆらと上ってきた。

この遠くかけはなれた屋根裏部屋を彼が訪れてきたことには、恐らく一つの目論見があった。というより、それは彼一流の遠大な、冒険的な、しかも、陰険な計画の一部分であったかも知れなかったけれども、とにかく、この自身に閉じこもった、風変りな青年黒川建吉に一つの重要な役割をうけもたせ、そこから何らかの言質でもひき出す目論見をもって、この屋根裏部屋へ踏み入ったらしいことは、故意に部屋内の雰囲気をかき乱しているその苛らだたしげな言動にも窺われた。けれども、深く穏やかな沈黙のなかに静まりきっている相手をその計画へ自然な形でひきずりこむためには、どんなふうに、また、どんな地点から相手に気取られもせず触れはじめたら好いかと、彼なりの苦慮を厳密にはらっているらしかったのである。部屋の一隅から他の隅へ苛らだたしげに歩き廻っていた彼はついに何時もの彼独特の方法で、本体のまわりをまわりくどくうろつきながら、しかも、その何処か決定的な地点へ突如たる単刀直入式な探りの一撃を加える決心をしたらしかった。

彼は部屋の中央へ身動きもせず佇んでいる相手へ音もなくすり寄ると、今度はこちらからまるで思いもよらぬ質問をそっと発したのであった。

——君、お母さんは……？

と、彼はぽつりと訊いた。相手の頬がぴくりと動いたが、ためらいもしなかった。

——すでに亡くなっています。数年前に、両親とも——。

——どちらが先《さき》——？

——父のほうが先です。

と、同じように黒川建吉もそっと答えた。

——ふむ、俺とまったく同じ境涯だな。

と、素気なく呟いた首猛夫は相手の肩先からゆっくり離れて、さらに薄暗い部屋のなかを歩きはじめた。彼は細長い部屋の隅で不意にくるりと振り返った。

——君はそれをどう思う、母親の胎内から君が生れたことを？

——というと、どういうことです？

——それはこういうことだ。そこに何らかの屈辱感なしに、疑うべからざる事実としてそれを、きっぱり認容し得るかということだ！

と、首猛夫は、相手から眼を離さず食い入るように云った。そのとき、黒川建吉の蒼白い頬がぴくりと痙攣して、彼ははじめてその鋭い眼を上げた。彼は部屋の隅に立ち止ったた相手をじーっと注視した。上瞼へ深く切れこんだ彼の切目が、すると、さらに深まったように見えた。黒い紗でも覆い垂れたような暗い隈につつまれて、その眼の光は穏やかに動かなかったが、その穏やかな眼の光の奥底には何か推理する微妙な時間が漂っているようにも見えた。そんな相手が何を答えるかとこちらは眉も動かさず待ちうけていたが、何らの応答も戻ってこないことを見極めると、さらに強く押しこむように云った。

——ふむ、俺自身は、認容せねばならぬものをも、決して認容しないぜ。それが俺の方式で——俺が嫌いなのは、必然ということなんだ！

その瞬間、触れるべきものについに触れたとでもいったふうに、彼はひょいと部屋の隅から一尺ばかり飛びすさった。そして、じろりと横目に相手を窺ったが、もしひとの精神を隈なく透視し得る器械でもあって覗いてみるとしたら、日頃不敵な首猛夫の鋼のような精神が、その瞬間、はりつめた緊張のあまり顫えて見えたかも知れなかったのである。

そんなに勢いこんだ相手から僅か離れて、黒川建吉は、黒く隈どられた鋭い切目をやや斜めにかしげながら、屋根裏の破風からなお遠く、波動のように響いてくる子供達の喚声に耳を傾け、聞きいっているような姿勢で立っていた。それは、と同時に、嘗てこの部屋を訪れてきただけの顔見知りに過ぎない相手が何を目的として訪ねてきたかを仔細に推理しつづけているような、凝っと一点に眼を据えた態度でもあった。微妙な時間が音もなくたった。

　一度口火を切った首猛夫は、その攻撃地点からまっしぐらにつき進んだ。

――ところで……あの空気も澄んだ雨上りの日、俺はわざわざ此処へやってきたっけ。ふむ、君は憶えてるだろうか。部屋の隅にビール箱が二つころがったこの薄暗い、荒涼たる場所で、俺は君に討論をしかけたっけな。議題は、決定論――。あの喫茶店で俺を待ちうけている奴等の手配のことなど勿論予想もせずに、俺達は、俺達の運命について、必然について、認識について、意志について、討論したっけ。いや、俺が矢鱈に次々と問題を提出したといった方があたってるかな。とにかく、いまから考えると、かなり馬鹿げた、幼稚な議論を固執し、主張し、興奮したものだった。そうだ。俺は奇妙に興奮していたっけ。それというのも、君の議論が――おお、俺にはまったく見当もつかぬ奇妙なものだったからだ。そうだったぜ。君はあまり口数をきかなかったが、時たま、俺ははっとしたことがあったんだ。それが一つの理論というより、奇妙な霊感みたいなもので、時折、俺の胸をぐさと刺したんだ。おお、それは馬鹿げていた。俺がそれほど君に興味をもったのは馬鹿げたことだったんだ。何故って――俺も屢〻妄想にとり憑かれて、奇妙な霊感ってやつに見舞われる性質《たち》だったからな。つまり、同類としての興味に牽かれて、はっとしたって訳に過ぎないのだ。それにしても、俺には、君がついに理解出来た訳ではない。おお、そうではない。俺は決して君を理解し得ないのかも知れないぜ。俺がいまだに君に興味を持ってるのは、ただちょっと――ふむ、君がこんなことをいったのを想い出したからだ。

君は、あの日、確かにこんなことをいったっけ。ふむ、それは俺に理解しがたいことだった。俺は、その頃、まだ必然ということが嫌いでもなかったんだからな。おお、あの日、君はこういったのだぜ。俺達の歴史は逸脱の歴史だ、と――。

――そう、私達の歴史は、逸脱の歴史です。

と、凝っと相手を見据えていた黒川建吉は、思わずひきこまれたようにぽつりと頷いた。

――あっは、君はまだその意見にへばりついていたのかな。とすると……そこに底知れぬ意味が隠れていないこともない訳だな。あの日、そんな奇妙な語法に面食って、俺ははっとしたばかりだったが、それは、いったい、どういうことなのだろう?

と、やっとひき出した一筋の糸口へさりげなくしがみついた首猛夫は、その糸口をぐっとひき延ばした。そんなにするりと滑りこんだ相手を凝っと注視しながら、黒川建吉はその外面のみからは内部の動きも判断し得ぬような物静かな口調でぽつりと云った。

――それは、歴史の幅をよろめき出ることです。

――というと、何処へ……?

――それは無限大へまで涯もなく逸脱してしまうのです。私達にとっての問題は、私達がそこまで耐えねばならぬということのみしか残っていないのです。

――えっ、無限大へまで……?

——そうです。そこまで耐えねばならないのです。

——ふーむ、涯もない無限大へまで、何が逸脱するのだろうか？

——私達の精神が、です。

——俺達の精神、だって……。

——そうです。

——というと……あの雨上りの日同様、君の意見はいまのところまだ霧でもつかむように、どうもまるで理解しがたいが、此処でちょっと俺の意見をさしはさませて貰えれば、それはむしろ、一つの結論なのではないかしら？

——そう、一つの結論です。

——あっは、解ったぞ。いや、君の曖昧晦渋な意見内容が解ったというのではなく、君の奇妙な思考方法が、俺にはかなり明確に解ってきたのだよ。あの雨上りの日に聞いた『未来の眼』とかいう荘重な言葉までなんだかぼんやり解ってきたようだ。そうだ。君は何時も逆さまに話しはじめるのさ。事柄の最後からいきなり説明しはじめる。ぷふい、そこで俺達の話が互いに理解しがたく食いちがってしまうって始末なんだ。あっは！　だが俺は敢えて勧めるが、君はまず出発点から話しはじめなければならないんだぜ。ふむ、俺達の歴史が逸脱の歴史とは、どういうことだろう！

——それは貴方自身が既に触れていることで——出発点は貴方の言葉からでした。

――あっは、というと……俺は先刻何んといったかしら？

――貴方は先刻きっぱりとこういわれたのです。認容せねばならぬものを認容せぬのが、貴方の方式で――貴方が嫌いなのは、必然ということだったのです。

と、黒川建吉はまるで暗記でもしていたように、よどみもなく云った。こちらはぴくりと頬を顫わせた。不意に首を差し延ばした彼は、黒川建吉の凹んだ下顎のあたりからぐいと覗き上げた。こちらのひた隠した底意を見抜いた皮肉な翳でもその蒼白い顔に浮んでいるのではないかと懸念した不敵な動作であった。けれども、屋根裏の破風へ向いたような黒川建吉の表情は少しも変化していなかった。首猛夫はひょいと軀をひいた。

――ちょっ！　俺はまるでわざとにでもそういったみたいだな。

――おお、そうでした。

――ということは、俺もまた霧のような無限大とやらへ向っているのかしら？

――それを敢えてすれば、それは、逸脱者です。

――逸脱者……？

――そうです。

――ふーむ。逸脱者とは何ぞや、だな。

――貴方がいま置かれている精神の場所……それと同じ出発点に立たされ、しかも、歩みつづけた者です。

——はあて、誰がそこから歩みつづけ得ただろう？

——私達の先人です。

——先人……？

——そうです。貴方がいま置かれたような怖ろしい精神の場所……その同じような出発点に、私達の先人もまた立たされてきたのです。

——それは、何時頃の先人……？

——全歴史上の先人です。

——えっ、なあんだって……？

——そんな怖ろしい、一歩を踏み出すことも不可能なような出発点に立たなかった私達にとっての輝かしい先人は、嘗て歴史のなかに一人として存しなかったのです。

——あっは、人類発生以来——そんな逸脱者とやら以外に、誰もいなかったのかな？

——そうです。歴史の何処の割目を探しても、そのひとびとの他に何んらの痕跡もありません。

——ちょっ、馬鹿げている。それはあまりに逸脱し過ぎているぜ。どんな基準で、君はそう確言するのだろう！

——私の精神へかけて、です。

——あっは、屋根裏部屋の精神にかけて、かな。

のです。

——そうであっても構わない。私には、見えるのです……。

——ふむ、君には、見える……。

——そうです。そうです。私には、見えます。歴史の幅からよろめき出るその姿のみが、見えるのです。歴史の幅から見事に、また、とりかえしもつかずはみ出してしまったもののみが、私達の先人として認められるのです——。私達の眼の前に姿を現わし、話しかけるのは、本来そうあってはならないような無限の場所へまで踏みこみ、逸脱してしまった怖ろしいひとびとに限られている。その他には、誓って、何もありはしないんです。

——ぷふい！　やはり屋根裏の思考へおちこんでしまったな。

——屋根裏の思考……？

——そう、で、君には確かにそう見えるんだな。

——そうとしか見えない——それ以外にないのです。

——ふむ、君にとっては、それ以外にない筈だ。

——おお、誰にとっても、それ以外にないのです。

——誰にとっても……？

——そうです……。

——そうとすれば、ふむ、俺は敢えて繰り返すが、人類発生以来——そんな馬鹿げた奴等しか存しなかったことが、俺達の歴史の真の姿だったろうか？

――そうです。遺憾ながら、それ以外に何もない。それ以外に何もありやしない。それこそ拭い去ろうとして拭い去り得ぬ逸脱の歴史なんです。私達の歴史の相は、ひたすら彼等の歩調の尺度にかかっている。そして、狂気にでも追いたてられたように歴史の幅を踏みこえてしまった彼等の足取りに、いまなお私達の一切がかかっている。そうです。いまなお、一切の精神史がそこにかかっているのです！

と、一抹の悩ましげな響きすら帯びて黒川建吉は殆んどきっぱりといい切った。何時しか自身の思考の道筋へ近づいてしまったように彼は相手すら眺めなかった。上瞼へ深く切れこんだ彼の鋭い眼は、遥か遠い空間の一点へ凝っと据えられていた。首猛夫は不意に首をすくめるとそんな相手をちらっと窺った。青い燐光がその険しい眼から奔しり出た。凡ては彼の目論見通りに進みはじめているらしかった。

――とすると……馬鹿げた歴史の足取りだな。

と、彼は一瞬の間も置かずに言葉を押し進めた。それは、急きこんで嚙みつくような口振りであったが、と同時に、酷しい緊張からほぐれた落着きを取り戻した故意に技巧的な調子が含まれていなくもなかった。彼等の間に数瞬の沈黙がおちた。もし黒川建吉が、そのとき、上瞼へ切れこんでいる鋭い眼を相手へ向ければ、最初の目標点へやっと達して深い息をついた、皮肉な薄笑いが相手に漂いはじめているのを認めた筈であった。けれども、黒川建吉は、瘠せて骨ばった上体を斜めに傾け、凝っと一点に眼を据えつづけたままであった。彼は次第に自身へ閉じこもりはじめていた。彼からはその忍びやかな呼吸の響きも聞えなかった。やがて、その傾いた姿勢が静かに弛むと、彼は一歩を踏み出した。それは放心したような、ゆるやかな、音もたてぬ歩調であった。夜中起きつづけて部屋のなかを歩き廻っているときの歩調と、それはまったく同一であった。もはや鋭い眼の据わった深い沈思におちこんで、彼は周囲に注意をはらわなかった。細心で慎重な護衛兵か侍医のように、もしうっかり相手に触れて既に口火の切られたその言葉を途中で止めさせてはならぬと、そっと横から窺いながら、相手の歩調通りに音もたてずつき従ってくる首猛夫の陰険な姿もいまは眼に入らぬらしかった。彼はたった一人で、謂わばこの屋根裏部屋とすっかり同じででもあるらしい自己の薄暗い思考のなかを歩きはじめたようであった。何時でも考えこみながらそうしている癖が出たのだろう。今度は彼が細長い部屋の隅へゆっくり歩きはじめた。そして、その薄暗く閉ざされた思考のなかを一歩一歩かたく踏み進むように、彼は低い声で一語句さらに一語句と生真面目に洩らしはじめたが、それは明らかに殆んど独り言であった。

——それは、逸脱の歴史です。取返しのつかぬ場所へまで遥かに逸脱してしまったひとびとの歴史なのです。彼等は正しいということからは、屢〻、無縁だった。彼等はまた必然の道をも見事に踏みはずしている。それどころか、万人妥当の正しいことと直角に相反したまったくの正反対へ涯もなく逸脱してしまった場合すらあったのです。彼等が正しか

った か否かは、そこでは些細な問題にもなり得ない。その先人達の無限の方向へ酔い痴れた思考や行為が、歴史の広い幅をどれほど逸脱したかが、私達の眼前に残されているだけなのです。認容すべきものを認容したがらぬ果知れぬ精神に支えられて、彼等がどれほど怖ろしい極限へまで辿り行ったかが、私達の眼に映ってくるだけなのです。それこそ、拭おうとして拭い去り得ぬ、逸脱の歴史です。おお、そうなのです。そのとき、一を一と喚いて合唱していた威勢のよかった、愚かしい声などは、もはや私達の耳に聞えてこない。そんな声は、相も変らぬ何々時代という単調な歴史のなかへ、何らの余韻も残さず消えてしまってあとかたもないのです。そうです。歴史は事実の記録帳ではない。私達の歴史は、事実の尨大な集積ではないのです。事実なんてものは、毎日読みすてられる新聞の記事みたいなもので、人類がその声を聞き、その姿を見ようと望んできたものは、そんなものではなかったのです。おお、謂わば無限大へ向って逸脱しつづけた亡霊の声だけが、晦暗な歴史の奥から去りやらぬ影のように聞えてくる。そして、それが真に涯もない無限大へ向う果知れぬ精神へ賭けたものであれば、次第次第に堅固に透明に結晶してゆき、いよいよ偉大なものになるんです。歴史とは、その偉大なものが出てきてどっかと坐ると、道はもはやそこで転回するといったものだ。それから以後の歴史が見違えるようにすっかり変ってしまうのです。がやがやいってた合唱などみんな塵のように消えてしまいます。

――ふむ、消えちまう……。

——そうです。塵のように消えてしまうのは、しかも、そんな馬鹿げた合唱ばかりでなく、静かに美しい微妙な呟きすら、そこに殆ど聞えなくなってしまうのです。認容せざるを得ぬものを謙虚にうけいれて、清純に悲痛に歌い出た美しい歌をも、それは仮借なくのみこんでしまうのです。それこそ無慈悲な歴史の幅のなせる苛酷な業なのです。ところで、私達に美しく響く言葉とは、何だろう？　それは、微風にそよぐ樹木の自然な調べか、近代人の胸裡から奔しり出る絶望的なイロニイに他ならない。そうです。私達はその二つの美しさしか持っていない。けれども、岡の上にそびえ朔風に向い立った一本の美しく強い樹——そんなものはいまは遥か古代の風景画になってしまった。そうです。そんな美しい風景はもはや私達のまわりからかき消えてしまった。厳然として動かすべからざる壁の存在が誰の胸にも否応なく確信され、歴史を踏みこえることなど絶対に不可能だと悟られてしまったのが、近代の絶望的な表情です。おお、歴史のなかに置かれたこと自体が、彼等にとって絶対至上の絶望的な宿命に他ならなかった。そこで彼等はどんな悲痛な絶望的な歌を歌い上げたのだろう？　謂わば、言葉のみを信じ、言葉のみに頼ったふりをしてみせることしか彼等に術《すべ》はないのです。宿命とはそれ自身一つの抵抗だ。水流に一つの石が置かれたとき、そこに微妙な諧音がかなでられる一種かぼそい証明作用だ——。そんなふうに悲痛らしく歌い上げるしか術はなかったのです。おお、それは誰も彼もがすっかり同じ調子だったのです。歴史のながれのなかへ身を横たえた近代人のこのイロニイはそれ自身ひよわく、しかも、美しい。けれども、そんなものもやがては消えてしまうのです。この水流のなかには、あらゆる馬鹿げた、或いは、美しい声があとかたもなくのみこまれてしまう。だが——大きな石が落ちてくると、その流れ自体がすっかり変ってしまうのです。私達の歴史はそんな例に欠けてはいない。それは、そのひとが出てこなくても、そのときの社会的条件は必ずそれと同じような人物を生んだといったようなものではない。そのひとが現われて、どっかとそこに坐ったために、ただそのことのために、人類の全歴史が変ってしまったというような場合があるのです。そのひとの存在のみによって、それ以後の歴史の流れが一変してしまうのです。

——ふむ。そのひとの存在のみによってそれ以後の全歴史を変えてしまったというようなひとは、いったい、誰だろう？

と、首猛夫は、手を触れたら覚めてしまうかも知れない危険な夢遊病者でも扱うように寄りそいながら、慎重に口をはさんだ。

——それは、基督……？

——そう、基督もその一人です。

——えっ、基督もその一人だって……？

——そうです。私達は既に多くの先人を持っているのです。

——すると……君自身が認める最初の逸脱者は誰だろう？

——吾ありという自覚に徹して、しかも、それを持ちきれなかった最初の自殺者です。

——あっは、エトナのエムペドクレス——。そう君はいうのかね。ふむ、かなり奇妙だぞ。すると、その次は君だろうか？

と、相手を覗きこんだ首猛夫は思わず奇妙なことを口走った。慎重であった筈の彼が、そのとき、そんな急激な興奮にかられたのはちょっと不思議であった。黒川建吉はその場にゆっくり立ち止った。

——そういっても好いでしょう。一般的にいって、私です。

——ふむ、私一般がそれ以後の歴史を一変させるのだって……？

——そうです。彼等からの迷妄の歴史はそこで終らねばならない。彼等からの迷妄の歴史は、そこでまた転回するのです。

——なあんだって……？

と、首猛夫は大げさに飛び上がった。彼は相手にぴったりと寄りそった。

——君はいま確かに、迷妄の歴史といったのだね。あっは、君の意見によると、俺達の精神に偉大な影響を及ぼしていたのは、数多くの逸脱者の存在のみによる筈だった。ふむ、俺は、君が——君の所謂逸脱の歴史を全的に認め讃えているのかと錯覚していたよ。ところがそうでなかったとすれば、それはどういうことになるのだろう？　君自身がまったく新たな逸脱でも示してみせるということかしら？

——偉大な逸脱の歴史は、また、偉大な迷妄の歴史でもあるのです。

——ふむ、ふむ。確かにそうだろうとも。言葉のイロニイは便利なものだからね。だが、君が讃えていた逸脱の歴史を迷妄の歴史として全的に拒否する転回の理由は、いったい、何処にあるのだろうかしら、えっ？

——私は……まず変更してしまうのです。

——ふむ、何を変更してしまうのだろうかしら？

——私は、目的を変更してしまうのです。

と、その場に身動きもせず立ちどまったまま、黒川建吉はそっと洩らすように声低く云った。それは物静かな、穏やかな語調であったけれども、相手の胸の何処かをぐさっと刺したらしかった。こちらはぴくりと息をのんで棒立ちになったのであった。

——あっは、人類の理想とは何ぞや、だな。

——そうです。人類史の目的が見あたらなかったので、歴史判定の基準がいままでなかったのです。

と、黒川建吉は凝っと据えられた鋭い眼も動かさず、ぽつりと云った。急速な沈黙が彼等の間におちた。こちらはそんな荘重な言葉へわざとらしい薄笑いでも浮べようとぐいと肩をそびやかしかけたが、そんな動作はぴたりと止まった。相手が深く息をのんで胸奥から何かを奔しらせるような気配がその瞬間に感ぜられたのであった。事実、遥か遠い空間へ凝っと据えられつづけていた黒川建吉の鋭い眼から黒い紗を透してくるような薄白い光が放たれはじめたのであった。

――目的が変ると、あらゆるものが変ります。あらゆるものの基準が一変してしまう。あらゆる形が新たな、鮮やかな光をうけて、まるで違った相を現わします。世界の隅々に至るまでまるきり違った価値を私達の前に示すようになるのです。

――ふむ。そうだ。俺もそんな目新らしく、目覚ましいことを考えたことがあったっけ。あのきちょうめんなワグネルが手もなく足もない小人《ホムンクルス》をつくりあげたとすれば、人間的な尺度からいって、それはまさしく畸形児だが、そんな尺度など問題外とすれば、それはとにかく一つの見事な、まったく新らしい創造なのだな。あっは、逸脱者たる栄誉をになう以上、何を創るかでなく、まったく新たなものを創ってみせねばならん。

――そうです。人間を基準とする目的は無限大のなかへ消えこまねばならないのです。

――ふむ、なかなか荘重な事業だな。

――そうです。人間的な匂いは、あちらへ移ってしまわなければならないのです。

――えっ、あちらへ……?

――そう、無限大のあちらへ、です。

――というと、其処は何処だろう?

――人間的な何物も嘗てなかったところです。人間の匂いのいまだ及ばなかったところです。

——というと……其処は何処だろう？

——存在が存在たり得なくなった無限の涯の地点です。

——おお、おお、そんな場所へまで俺達はこの身を移せるだろうかしら？

——おお、そのためにこそ、あらゆる目的が変更されねばならない。人間にまつわるあらゆる目的は一変されねばならないのです。

——あっは、人間にまつわるあらゆる目的を一変してしまうなんて、果たして可能かしら？

——可能です。もし私が、私自身を超剋し得れば——。

——えっ、君自身を超剋するのだって……？

——そうです。人間はもはや人間を超剋せねばならない。それは既に可能です。それはもはや起らねばならない。

——ふむ、なんのためにそんな馬鹿げたことを、君は思いついたのかしら？

——そのとき、存在の姿が自分自身の姿でも眺めるようにはっきり見えます。

——というと……どんな存在の姿？

——私一般によって医やしがたい傷をつけられた、いたましい姿です。

と、黒川建吉は不意に奔しるように云った。と同時に、こちらはぴくりと肩をゆすった。

――あっは、また飛躍してしまったな。

と、殆んど相手に聞えぬほどの声で、こちらは苛らだたしげに呟いた。その忌ま忌ましげな呟きは、事実、相手に聞えなかった。黒川建吉の蠟のように蒼白い顔を下から覗きこむと、堅く強直した頰のあたりを間歇的な痙攣が鋭くかすめ過ぎているさまがはっきり認められた。彼が周囲にまるきり注意もはらわず、薄暗い思考のなかをまだ歩みつづけているることは明らかであった。彼はゆっくり足を踏みだすと、自身に閉じこもった或る種の熱病にでもうかされたような独り言をつづけながら、部屋のなかをまた歩きはじめた。

――時間と空間の征服、それが私達の永遠の目的になっていた。自然のなかへ置かれた人間の立場をひたすらまもりつづけていると、その習性から決定的には離れられなかったのです。それは、パリー迄二週間で行けるか、三日で行けるか、です。カルフォルニア産のオレンジをその風味を失わずに沙漠のなかで食べられることです。存在の根源を掌に握り、フラスコのなかに揺すってみて、そして、新らしい星雲を眼の前につくってみせることです。そうです。それはしかも必ず自分の眼前でなければならない。それこそ、まさしく科学が唯一の神と信ぜられる時代です。だが、そこに本当にあったものは何だろう。厳密な計算と論証、大きな量的変動とまことに小さな質的変化――それだけです。ちっぽけな計算尺たる人間自体の偉大な質的変化などいまだ決定的に試みられやしなかったのです。私達の悲愴な先人達が試みた不逞な逸脱は、そこにはまだ本当の実をむすばなかった。そうです。それはまだ一つのかぼそい抵抗にしか過ぎなかった。無限大への可能を孕んだはかない抵抗にしか過ぎなかったのです。そうです。不動に物言わぬ存在は完全全一の存在として指も触れられずに安穏に安置されてきたのです。それがどんな微細な精密な分析をうけようと、それ自身が傷つけられ、いたましい血を流したことなどなかったのです。だが、それらは起らねばならない、必ず起らねばならない。いまこそ、一切の目的は、根こそぎ変更されねばならない。そうです。宇宙の責任が真に追求されたとき、新たな形而上学が可能になるのです。

——とすると……どんな方法で？

と、傍らから首猛夫がぽつりと訊き質した。その険しい眼から燃え上った青い焔はめらめらと揺れ動いた。彼が目論んでいた目標へもう一歩とでもいったふうな全身を賭けた激しい緊張振りであった。

黒川建吉の蒼白い表情は鋭い波動のような間歇的な痙攣をのぞいては、格別目立った興奮も示していなかったけれども、それでも、自身のなかを辿り進むような長い言葉に熱っぽくうかされていた。夜中に起きつづけて自問自答でもしているような彼は、しかも、相手の執拗な質問がうるさそうでもなかった。彼は声低く答えた。

——無限の可能性を判別し、うけいれる眼をもって、です。

――というと……どんな眼？

――無限の未来に置かれた眼です。

――というと……どんな眼なのだろう？

――それは、死滅した眼です。

と、黒川建吉はぽつんと云った。首猛夫はぴたりと立ち止った。

――あっは、死滅した眼だって？　おお、おお、『未来の眼』と君がいった意味は果たしてそうだったのだろうか。ふーむ、解ったぞ。君はつねに未来の場所から現在を見る。

――そうです。一切が死滅してしまった場所に身を置いて、一切を判定するのです。

――おお、おお、それこそあのカルノーの原理に表象される、風もなく光もない白一色の樹氷に閉ざされた氷の世界だ。そんな場所に身を置いた君には、一本の糸のような時間の幅から逸脱し、よろめき出てくる無限の可能性が見えるのだね。

――そうです。その場所では一切が見えます。

と、黒川建吉は歩調もとめずに声低く答えた。しすましたりとこちらはその場に飛び上りかけたが、ぐいと衝動をその肩先へ移して、やっと自分を抑えたらしかった。眉を険しく寄せると、彼はなお執拗に問いつづけた。

――たとえその足許を激しく叩いてもかーんと音もせぬような、その冷厳無比に澄みきった氷の世界……そんな場所へ、君は、確かに身を置き得るのだね。

——そうです。誰もが、身を置き得る筈です。

——あっは、そこへ身を置き得るのは、私一般だとでもいうのかな。ふむ、簡単に説明すると、そこは時間の涯なのだね、あらゆる可能性が透明なレンズの前にぴたりと止められたような——。

——簡単にいえば……そこは、死滅せる宇宙です。

と、黒川建吉はこちらへ注意もはらわず、自身の思考のなかをまだ歩きつづけながら、呟いた。相手のくどいほどの質問が彼の自問自答とさながら照応でもするように、彼は殆んど必要以上に頷きつづけていた。

——そうです。そんな場所をひとびとは嘗てこんなふうに考えていた。

太陽は黒く、

陸は海へ沈み、

天空から白熱した星々が墜ちる。

朦気は罩め、劫火は荒れ狂い、

天空へまで灼熱の火焔が燃え上る。

これは、エッダです。そう、それは、美しい死滅の予測図です。宇宙の死滅を誰もがこんなふうにしか想定していなかったことを確証する記録です。だが、その場所の真実の姿はそんなものではなかった。

——そんなものではなかった……？　というと、君は既にそれを見てしまったのだろうかしら？

と、首猛夫は、思わずはっと相手の肩先でも摑んでこちらへ振り向けてみたそうに、その場へ正真飛び上った。こちらの罠へ巧くひっかかってきながら、しかも、相手自身それに気付かずすり抜けてゆく背後へ躍りかかりでもしたような激しさであった。だが、黒川建吉はそんな相手の険しい挙動にも気付かなかった。彼の鋭い切目からは、灼けるように白熱した輝きというより幽暗の間から洩れ射す一筋の微光が漂い出た。

——そうです。その場所の真実の姿はそんなものでなかった。その場所の真実の姿こそは、こうあるべきです。それを、簡単直截にいえば——太陽はもはや太陽でなく、陸はもはや陸でなく、海はもはや海でない。無限の天空から天空へ光芒を放つ星々はもはや星々ではない！　おお、それは、もはや決定的にそうあるべきです。

——おお、おお、果てしもない言葉の語呂合わせでもはじまったのかしら？　そんな真実の姿が、エッダに描かれた宇宙死滅の日の姿と、いったい、どう違うのだろう？

太陽は黒く、

陸は海へ沈み、

天空からは白熱した星々が墜ちる。

太陽はもはやそこでも太陽ではなく、陸はもはや陸ではなく——そんな死滅の日の姿

と、君自身がその身を置く宇宙死滅の日の真実の姿とは、いったい、どれほど違っている
というのだろう！

——おお。

太陽は黒く、
陸は海へ沈み……

そんなエッダの死滅の日の姿は、あの輝かしい天地創造の日とまったく同じなのです。

そうです。それはまったく同じです。エッダの美しい死滅の予測図と天地創造の細密な測定図は、同じ一枚の画面の正確な裏表に過ぎないのです。そうです。もしその二枚の画を重ね合わせてみれば、天空へ燃え上る火焔の形に至るまで、一分一厘のすきも狂いもなくぴったりと合わさる筈です。そして、それは決して真の死滅の姿なのではない。死滅とともに新たな再生を約束する永劫回帰の輝かしい相に過ぎない。だが——おお、そうではない。宇宙死滅の真の姿は決定的にそんな相とは違っているのです！

と、夢魔にでもうなされるように、黒川建吉は呻いた。それは、自身の物想いのみに耽った彼が相手を全的に否定した最初の言葉であった。彼は上体を傾けたまま、細長い部屋の中央に立ち止ってしまった。

——宇宙死滅の真実の日には、一切が見えるのです！

——ふむ、決定的な死滅の相が、かな。

――そうです。決定的な死滅の相です。

――というと……どんな相なのだろう？

――嘗て人間をその上に乗せていた広大な宇宙の怖ろしい、物言わぬ、ひきさかれた、忌まわしい反省がそこにある筈です。

――あっは！　宇宙の反省だって……？

――そこには、理解しがたい人間精神が亡霊のごとくとり憑いていて払いのけられない。そうです。それは、自然の法則を超えるのです。論理を逸脱するのです。

――なあんだって……？

――そのとき、医やしがたい傷をうけた存在は、ついにもはや存在たり得ない筈だ！と、黒川建吉はもはやとりとめもなく乱れてきた譫言のように、謎のような想念を整えもせず洩らした。（ふむ、そこのところが決定的な飛躍なのだ――）と、首猛夫は、何時からとも知れず陰熱にうかされてきたような相手の表情から眼も離さず、皮肉そうに自身へ呟いた。相手の表情に逆比例して、彼は既に眉も動かさなかった。薄暗い光のなかに、不健康な、蒼白い二つの顔が斜めに並んでいた。それは死面のように見えた。この荘厳な宇宙がやがて死滅した日に音もなく漂ってくる黄昏の薄白い、真空な場所へでもひっそりと並んでいるように見えた。数瞬たった。黒川建吉は深い息をひくと、この数年間胸裡に秘めつづけられた最後の言葉が泡立つ奔騰のように溢れ出てきたのであった。

――おお、私は、肉体と精神の裡、精神へ賭ける。人間の優位を主張する。この宇宙が自然的に衰滅することなど決してなく、必ず人間的なものによって破壊されると信ずる。人間は、この唯一無二の証明によって、偉大な自己否定に達するのです！

そう呻き上げるように黒川建吉は一気にいいきった。

薄暗い部屋の中央に、彼は肩先を顫わせて立っていた。それはまぎれもなく、自身に閉じこもった孤独の数年間ただそのことのみを考えぬいたような、断定的な表白であった。それは無意味な譫言めいていたが、と同時に、或る寂莫たる、氷に閉ざされたような、荒涼たる地点にただ独り立って、《これぞよし》と叫び上げるような異常な確信と力強さに充ちていたのであった。その荘重な、熱狂的な、予言者風ともいえる言葉は、確かに、怖ろしい宇宙死滅の日にも白々とした朦気の立ち罩める荒涼たる何処かの果てから、遠雷のように鳴り響いてくるかも知れなかったのである。黒川建吉の上瞼へ切れこんだ鋭い眼は、ぴたりと閉ざされた。彼は、瞬間、物言わぬ物体に変化してしまったように見えた。一種の忘我状態に陥ちいって、彼はその呼吸すら止めてしまったように見えたのである。

そんな独特の興奮状態におちこんだ相手を、こちらはまじろぎもせず凝視めつづけていた。彼が携えてきた計画へ相手を捲きこんでしまう寸前で、なおじーっと耐えている、さりげない、落着きはらった、冷酷な眼付であった。もしそういう言葉があるとすれば、そのさりげない表情こそ一種冷酷な憐憫とでも呼ぶべきものだったろう。あらゆる物事の本質を底まで知り抜いているため、そして、あらゆるものの最後の涯までまじろぎもせず凝視めつづけ得る能力を備えているため、相反する二つの感情を一点に凝集してたじろぎもせぬ、不敵な表情であった。もし或る不敵な死刑執行人が一つの刑を終えたのち確かに呼吸がとまったかとその死刑囚の顔を確かめてみたとすれば、こんな表情を浮かべているのかも知れない。日頃の饒舌を何処かへしまいこみ、しつこいほど訊き質していた彼は、相手から何時の間にか何らかの言質を得てしまっているらしかった。

やがてゆっくりと部屋のなかを見渡した彼は、両指の関節をぽきぽき折りながら、部屋隅の一つのビール箱へ近づいた。そのビール箱のなかに立てかけられていた大判の書物に気付いたのであった。彼は身をかがめて、その分厚な書物をとりあげたが、ぱらぱら頁を繰って覗きみしている裡に、そのビール箱の上へゆっくりと腰をおろした。それは、自然な動作であったが、或いは、彼なりの隠れた目論見があるのかも知れなかった。彼は書物の間へ眼をおとしたまま、こういいはじめたのであった。

——妄想を食って生きている……ふむ、先刻、俺は確かそういったっけな。それは俺の生涯でも、殆んど絶体の場所へまで追いつめられた忌ま忌ましい時代だったよ。俺もこんな薄汚れた屋根裏部屋にいたことがあったんだ。俺は君より何も持っていなかったっけ。一冊の本すらなかったぜ。そして……誰一人話し合う相手もいない孤独な屋根裏部屋——おお、そこにはぎりぎり考えることしか残ってやしない。そして、ただただ妄想をのみ食って生きているようになるんだ。ふむ、それこそ避けがたい思考の道筋だ。ところで、そこにあるのは、どんな種類の妄想だろう！　おお、おお、俺は敢えていうが——それは必ず、無限の自由意志とからみあった妄想に限られている。そうだ。俺自身の体験からおしてみて、これだけは確かなことなんだぜ。ふむ、俺は君の話を聞いてる裡に、俺の過去の亡霊でもこの場に飛び出してきたのかと、とまどった位だった。あっは、こんな薄暗い屋根裏部屋のなかで追いつめられた精神は、危いかな、だ。俺の見るところでは、君は、意志と認識の問題をごっちゃにしていて——価値判断を誤まれる場所へまで適用しているのだぜ。おお、おお、それを君自身、果たして気付いているのだろうかしら、えっ？

と、酷しく呟きながら、首猛夫はちらっと相手を窺った。こちらは身動きもせず、黒く隈どられた眼を閉じたまま、一種の忘我状態からまだ覚めきらぬふうであった。すると、そんな放心した瞬間を、活動的な首猛夫は素早く利用したのであった。彼は大判の書物の間へまたすーっと眼をもどした。

——ところで……君は先刻、死滅した眼といったっけな。ふむ、君自体が既に死滅した眼と化してる事態をかなり明確に説明していたっけ。そうだとすれば……好いかね、例えば、いま君の眼の前に、既に点火されたダイナマイトとでもいったものが置かれていて、その導火線が白い煙を奔しらせながらしゅっしゅっと音をたてて燃え進んでゆく——。ふむ、そうだとして……そうした瞬間にも、君はあらゆる可能性を見据える死滅した眼で、それをじーっと眺めつづけておれるのだろうかしら?

と、首猛夫はまるでさりげなくゆっくりと云った。けれども、膝の上に無意味に拡げた大判の書物をとりとめなく覗きこんでいる指先は、すさまじい戦慄に顫えていた。いまこそ彼は疑いもなく、彼が秘め隠してきた真の目標へ、全身の緊張をかけて、びりりと触れたに違いなかったのである。彼は、膝上の書物から眼も上げなかった。すると、放心したように部屋の中央へ佇みつづけていた黒川建吉は、誰か違った相手にでも呟くように、殆んど反射的にぼんやり答えた。

——そう、勿論、眺めていなければならない……。

——そう、勿論、君は眺めていなければならないんだ!

そう繰り返して鋭く叫んだ瞬間、首猛夫は膝上の大判の書物を目にもとまらぬほど素早くぱたんと閉じた。それは、その相手の言葉を何処か確実な場所へでもしまいこんでおくような、力強い閉じ方であった。そして、もはや明確な言質をとってしまったその話題から一散に駆け離れて行くように、書物をもとの場所へそそくさとつきこみながら、いいはじめた。

——妄想しか残っていないこの屋根裏部屋……ふむ、こんな陰気な部屋へ誰か訪ねてくる奴もあるだろうかしら?

——最近、三輪が訪ねてきます。

と、まだ重苦しい放心から覚めやらぬぼんやりした声音で、黒川建吉は答えた。すると、今度こそはわざとらしくもなく、正真の驚愕にうたれて、首猛夫はビール箱から飛び上った。

——三輪……？　三輪が訪ねてくるのだって……？

——そうです。三輪与志は最近こちらへ戻ってきたのです。

——あっは！　今日はなんて馬鹿げた日なんだろう。あちらでも三輪与志、こちらでも三輪与志、とやつのことばかり幾度聞かされれば済むって次第かしら。ぷふい、そんなにひっぱりだこのやつが考えてることは、いったい何だろう！

——虚体論です……。

と、敢えて質問された訳でもないのに、こちらはぼんやりと、しかも、悩ましそうに云った。

部屋のなかはしーんとしてしまった。天井裏で何か小さな物体が埃りにまみれながら緩く擦り動くような音がしたが、ビール箱の前に佇んだ首猛夫は顔も上げなかった。ただ僅かの一語に魂の何処かでも衝激されたように、彼はぴたりと息をとめて、その場に棒立ちになったのであった。静かな北方光線に似て濃淡も変化せぬ薄白い光が彼の深く窪んだ険しい眼窩に斜めに落ちかかっていたが、彼は何処か予想もつかぬ隅を眺めているふうであった。黒川建吉の僅かな一語が、ビール箱から飛び上った彼の軀幹に驚くべき変化をもたらしたのであった。それははじめて聞き知った、嘗て聞き慣れぬ異様な言葉であったが、と同時に、そういい出されてみると、彼の魂の何処かにひっかかってびりりと電流のように衝激したらしかったのである。それは、彼の胸裡に親しいまでに食いこんだ、含蓄のある言葉に違いなかった。殆んど一瞬の間も置かずあらゆる言葉に反射的と思われるほど対応しつづけてきた彼が、そのとき、ぴたりと黙りこんでしまったには、彼なりの理由がない訳でもなかったのである。しーんと身動きもせぬ彼は、部屋内部の雰囲気をかき乱そうともしなかった。彼は自身を嚙む、酷しい眼付で佇みつくしていた。そんな姿と相対した黒川建吉もまた相手を眺めていなかった。深い霧がその眼の前にかかった放心状態から次第に覚めかかっていたが、と同時に、新たな、とりとめもない物想いに踏みこみ、移り行くように見えた。嘗て顔見知りであった眼前の相手が如何なる意味をもった人物かもさして気にとめぬふうに、彼は親しい友人三輪与志の茫漠たる観念を凝っとまさぐりつづけていた。やがて、彼の肩先が重く垂れた。

——三輪は可哀想です。

と、彼はぽつんと云った。そして、彼は薄暗い隅へまたゆっくりと歩き出した。

——私には解る。彼は苦しいのです。あまり苦しいので、自身に負いきれぬ課題を自身の課題としなければ、とうてい、彼は生きてゆけないのです。彼は、考えてはならぬことと、不可能なことのみを考えた。重苦しい、どうしようもないほど巨大な、名状しがたい苦痛なしには、彼は何一つ考えられなかった。がっしり組み立てられた彼の骨格をみしみしと無造作に押し潰す重味なしには、この世に立っておれなかった。おお、彼がとうてい存在し得ぬ場所を、彼の存在の立脚点とすること——それは怖ろしい矛盾だ。それは確かに、苦痛のみをもたらす怖ろしい矛盾に違いない。そして、その怖ろしい矛盾自体が、彼の生と思考を支える唯一の地盤になった。そうなのです。その身をひき裂かれた場所へしか、彼はその身を置くことが出来なかったのです。そうだったのです。そんな彼の苦痛が、嘗ての私にはまるで解らなかった。自身を語りたがらぬ彼の神秘めかした曖昧さを、私は非難すらした。毎夜遅くまで論議しながら、彼が浮べる曖昧な微笑が私には耐えがたかったのです。おお、そうでした。彼はついに一度も語らなかった。或る部分のみしか洩らさなかった。他の一切は、彼の苦痛のなかへ棒のようにのみこまれ、隠されていたのです。そして、それはまた当然のことだった。だが——いまこそ解った。彼と別れて、この屋根裏部屋へ移ってきてから、はじめて彼の怖ろしい矛盾が解ったのです。彼の魂の荒涼たる場所がいまこそ解ったのです。おお、それは如何に耐えがたい夜々だったろう。それは、忌まわしくも避けがたい出発点だった。それを説明することさえはばかられるような、歯ぎしりするほど忌まわしい出発点だった。おお、その本心を決して語りたがらず、曖昧たらざるを得なかった彼の苦しい立場が私にはっきり理解出来たのも、この屋根裏部屋の深い夜々に於いてだったのです。

——ふーむ、君達はまだそれについて話し合っているのかな。

と、首猛夫は相手につき従いながら、彼には珍らしい、低い、真面目な調子で訊いた。

——いいえ、私達はもう話し合わないのです。

——どうして……?

——此処に来てから……三輪がこの頃訪ねてくるようになってから、私達は何も話さない。話す必要がなくなったのです。

——君自身が屋根裏部屋の思考へ踏みこんだから……?

——そういっても好いでしょう。私は理解した。嘗て理解しなかった彼の苦しい立場を私もまた発見したからです。

——ふーむ、彼の観念の全貌も……?

——おお、三輪の観念の全貌を誰がよく理解し得るだろう。それはあまりに複雑です。あまりに非論理的です。私はもはや彼の観念内容の細目を敢えて知ろうとは思わない。ついに一度もその全貌を私の前に明らかにせず、その一切が彼の苦痛のなかへ棒のようにのみこまれ、隠されていた秘密——それはあまりに苦し過ぎる。あまりに苦痛にみちた仕事です。おお、苦痛に充ちた夜々、私がひたすら理解したのは、彼が置かれた怖ろしい立場だけに過ぎなかった。そうです。そして、それこそ唯一の理解だったのです。私もまた一歩を踏み出してみようと試みた。一歩も踏み出せぬような場所から——。

――ふーむ。すると、やつの観念は、いったい、何なのだろう？

――三輪の……？

――そう、先刻君が述べた虚体――。

と、首猛夫はさらに生真面目に訊き質した。こちらはふと目覚めたように、足をとめて、相手を凝ーっと見入った。

――それは、茫漠たる、とりとめもない観念です。

と、黒川建吉は声低く呟いた。

――それは、私達をとりまく堅固な実体からあまりにかけ離れ過ぎている！　それは実体の反対概念といっても好いかも知れない。そうです。そんな曖昧な、不明確な表現をとるしか三輪には方法がなかった。もし三輪が論理的に、明快に、それあって他なしといったふうに厳密に追求されれば、彼は殆んど無意味な、曖昧な微笑を浮べているしか手術《てだて》はなかった筈です。おお、それは単なる反対概念でもない。それは、むしろ、実体に決定的に矛盾するものというべきかも知れない……。

――ふーむ、そんなものが果たしてあり得るだろうか？

――ある……？

――そう、それはこう訊き直しても好いのだぜ。それは果たして吾々が言表し得るものだろうかしら？

——おお、それは少くとも私達が意志し得るものなのです。

——えっ、なあんだって……。

——それは、否応もない、ぎりぎり結着へ追いつめられた私達の窮極的な態度の表明といって好いのです。

——ふむ、またまた薄暗い屋根裏部屋の意志がもち出されたな。それは、そうあってはならない誤まれる場所への適用なしに、果たして強力に主張され得るかしら？

——いや、消極的《ネガティヴ》な主張です……。

——それが、つまり、虚体……？

——それは恐らくこういっても好いでしょう。人間が存在に対する自己の位置づけを行うとき、唯一無二の、最後表明的な態度の決定にせまられるのです。彼は果たして人間であり得たか、或いは、一つの存在であったか、と——。

と、黒川建吉は低い、底力のこもった声で囁いた。部屋の中央に立った彼の肉づきの好い、しかも、骨ばった肩先は、前のめりにだらりと垂れ、その両腕はあてもなく前後に揺れていた。嘗て類人猿が大地から立ち上り、涯知れぬ原始の叢林をさまよいはじめたとき、こんな格構ではなかったかと思われた。彼の穏やかな眼の光は、新たな油でもそそぎこまれぽっと点火したように、悩ましげにゆらめきはじめていた。

——もし三輪がそれをはっきりと叫び得るとしたら、恐らくこう叫び上げた筈なのです。ぎりぎりのところ、「吾あり」と敢えて力強く、明確に叫び得る表白は、何に立脚して行われるのだろうか。それが……その疑問が、三輪のぎりぎりの問題だったのです。それは誰しも少年期の涯もない憂愁のなかで一度は自身のなかにまさぐってみた最初の疑問に違いない。けれども、三輪は敢えて一歩を踏み出してみようと試みた。そうです。恐らくそうしてはならない一歩を彼は踏み出そうとしたのかも知れなかったのです。おお、私とは何んだろう！　もし自己が自己とぴったりと重なるならば、それは、確実な、堅固な、実体です。不動な、揺るぎもない、驚くばかり見事な実体です。それは疑いもなくそうだった。果たしてそれを、誰が今まで疑い得ただろう。私達の記憶に刻印された偉大な逸脱者といえども、この自己を自己とする実体から遥かに踏み出たものは稀だった。そうです。私達は、その揺るぎもない、明確な境地に何時の間にか達して、「吾あり」と叫びつづけてきたのです。それどころか、そんな堅固な境地に安住して、不動の地位を保ちつづけながらがっしりと打ちたてたものこそ、人類の理想という偉大な標語に他ならなかった。おお、人類永遠の理想！　もし私達の出発点が正しければ、確かに一石またその上に麗わしい一石と永遠不動の見事な建築物が其処に築き上げられる筈なのです。確かにそうなのです。ところで――「吾は吾なり」と確言する絶対不動の保証とは、果たして何んだったのだろうか？　それは、たった一つ――明証《エヴィデンツ》、それだけです。そう、それだけです。それは、その見かけからして如何に疑いつくそうとついに疑い得ぬ、どうにも動かしようもない、唯一無二らしい自己証明です。たとえ持ちきれぬほどの不快がそこにあったにせよ、どう処理したら好いのか、どう手を触れて好いのか、見当もつけかねるような、忌まわしいばかりに確固たる第一前提です。疑うべからざる公理です。おお、そうなのです。そこからは一歩も踏み越えがたい。冷酷な鉄柵にでも囲まれているように、たとえ僅かの一歩をも踏み出すことは不可能です。だが、しかもなお――三輪は其処からの怖ろしい一歩を敢えて試みた。其処に持ちきれぬほどの不快を味わいつづけた三輪は、その不快の重さだけでもずるりと前のめりに踏み出そうと試みたのです。

――ふむ、不快の重さだけでも、だな。

――そうです。その不快は絶対に耐えがたい……。

――ふーむ。その耐えがたさはどのくらいなのだろうか。

――無限大といっても好い……。

――あっは、また無限大が現われたな。おお、おお、その不快は、どうして無限大なほど耐えがたいのだろうか？

――それは、自身へ対する不快だからです。

――なあんだって……？　自身が自身へ重なるときの不快は、無限大だと、君は確言するのだな。

――そうです。少くとも三輪にあっては、そうだったのです。

――ぷふい！　やつにあっては、そうだったって……？

――そうです。確固不動たる明証《エヴィデンツ》――それは、彼にあっては、不快そのものに他ならなかった。おお、明証《エヴィデンツ》！　それは、彼にあっては、人間そのものの似顔に他ならなかった。そうなのです。傷ついた仲間が他の仲間のところへきて温められるように、羸弱い自身は自身をいたわり、温めてきたのです。おお、自身が自身へ重なる――それをしないと、怖ろしい。それをしないと、侘しいのです。全世界からひき裂かれる孤独に耐えきれなかったのです。せめて自身を自身の拠り所としなければ、嘗て人間は何も考えられなかった。自身をいたわり、温ため、甘やかさなければ、自身の位置の判定がつかなかったのです。行動の基準が立たなかったのです。自身が思考していると確信出来なかったのです。そして、其処から出発したあげくのはてに、この確固たる全世界へ見事に密着したのです。おお、それは忌まわしい、物言わぬ存在のなかに置かれた人間としての正しい出発点に違いなかった。かくありき、かくあり、かくあるべしと力強く叫ぶに足る厳密な出発点に違いなかった。そう、そうだったのです。だが――だが、それはもはや変革されねばならない。そんな自身をいたわりつづける、生温たかな自己確認は、三輪にあっては、根こそぎ変革されねばならなかったのです。自身へも密着し得ぬ、忌まわしくも耐えがたい孤独――それが彼の出発点だった。そんな絶対に耐えがたいものを嚙みしめながら、彼はなお無限大へまで耐えつづけなければならなかった。それは苦しい、辛過ぎる仕事です、絶対に耐えがたい不快をなお自らの裡に包んだ重味として、彼は前のめりに歩み出さなければならない。それは怖ろしい矛盾だ。そうです。それは確かに怖ろし過ぎる矛盾だ。お、一歩も踏み出してはならぬその場所から試みる第一歩は、自身が自身へ酔い痴れた自己証明ではないのです！　自己が自己たり得ぬ秘密を知ったものは、存在に対する唯一の自己証明の方法をも知っている！

——ふーむ、それはどんな荘重な秘密……？

——存在が担うべき不快の秘密です。

——えっ、存在が担うべき不快だって……？

——そうです。三輪の不快は存在自体へ移らねばならない。

——おお、存在はついにやつの味わった不快とやらを噛みしめなければならない訳かな。

——おお、そうなのです。それこそ三輪のぎりぎりの態度なのです。

——というと、やつはいったい何を索めているんだろう……？

——虚体です。

——虚体……。ふむ、そうだっけ。俺の先刻からの質問は、それだったけな。とすると、どうもまたひどく理解しにくくなってしまったが、それをより解り易くいえば、どういうことなのだろう？

——解り易く……？

——そう、それを敢えて図式的に、数学的に、視覚的に説明すれば、どういうことなのだろう？

——おお、それはこうです。もし人間をその内部に含んでいた存在が、或るとき、或る窮極の、時間の涯のような瞬間、怖ろしい自己反省をして、そこに嘗て見慣れた存在以外のものを認めたとしたら、永遠に理解しがたいようなものがそこに残っていたとしたら、ばっくり口をあけ虚空の空気が通うほどの巨大な傷がそこに開いているとしたら、そのものは人間からつけ加えられたものだ。それは時期知れぬ、何時の間にかつけ加えられた。それは、それまで見たことも予想したこともなかった、まるで奇妙な、存在が不動の存在である限り決して理解しがたいものの筈です。おお、それこそ……その名状しがたいものこそ、虚体です！　三輪の問題とは、人間はついに人間を超え得るか、否か、だ。人間がついに永遠の人間性を主張し得るために、むしろ存在をのみこみ、内包するほど茫漠たる巨大な虚体を、目もなく耳もないような忌まわしいその相手へ決然と与え得るか、否か、だ。おお、そうなのです！

そう激しく息づきながら、黒川建吉は悩ましげにいいきった。先刻彼自身の秘められた観念が白熱的に洩らされたときより、彼はより興奮してるように見えた。彼は息苦しそうで、一筋の血の気もない蒼白な額の上には、雨粒のように白く光った数滴の脂汗さえ浮んでいた。前のめりに垂れた両腕の間にはきらきら輝く両眼が据えられ、喘ぐ息使いが波打つ肩先で鎮められているその興奮した姿は、境も知れず踏み迷った深く、暗い叢林の中央部に凝っと佇みつくしているようであった。すると、その瞬間、こちらは不意と横へ顔をそむけたのである。《ぷふい！　こいつらはみな其処んところへ飛躍しやがるんだな》と、首猛夫は忌ま忌ましげに舌打ちした。横向きに傾けた彼の膝のあたりは苛らだった自身を抑えかねて、がくがくと揺れていたのである。《ふむ、存在への平手打ち！　だが、それにしても、こいつらはなんて俺に似たことを考えてやがるんだろう！》そして、名状しがたい憤怒が全身の筋肉の一片一片へみなぎり、溢れてくるように、彼はぶるぶると身顫いした。もし黒川建吉がなお両肩を垂れたまま凝っと深い物想いに耽りつづけているのでなければ、彼は相手の頬を両手ではさんでこちらへ向け、穴でもあくほど睨みつけたかも知れなかったのである。

黒川建吉は激しい息使いを穏やかに鎮めながら、さらに前のめりに踏み出した。

——その三輪の観念……それについて、けれども、私は詳しく話し合ったことは一度もなかった。そうです。それは私流の一つの解釈に過ぎない。三輪自身はまるで違ったことを考えているのかも知れないのです。

——ふむ、だが、やつの問題の中心は虚体とやらだな。

——そう、そうでした。

――ふーむ。君がそれについて話し合ったのは、何時頃……？

と、首猛夫は、その苛らだたしげな、険しい表情に似合わず静かに訊き質した。

――もう数年前……かなり以前です。

――それは、三輪の父がまだ生きてた頃……？

――三輪の父……？　そう、まだ生きていたでしょう。それは、三輪が自同律に関する考究に従事しはじめた時代です。

――えっ、君はいま何んといったのかな？

――自同律に関する考究、です。

――ふむ、やつは其処んところから出発したのだな。

――そうです。三輪の非論理的な、怖ろしい、持ちきれぬほどの世界は、論理の前提の考究からはじまったのです。

――ふーむ。それは七面倒くさい空論だな。

――それは複雑です。そうです。徒労と思えるほどの努力を必要とするのです。それは量り知れない苦悩の秘密を含んでいる。だが、此処へ来て……この部屋へ私が移ってから彼の影響を身にしみて覚えたのは、そのように彼が苦しんだ考究の内容についてではないのです。おお、そうではなかった。私がとったのは……私もまた彼の態度を私の態度としてみただけなのです。

です。

——彼の態度……?

——そうです。

——それは果たして学ぶべきほどの態度だったのかな。

——三輪は徒労と思えるほどの努力をも決して避けなかった。三輪はあくまで耐えたの
——ふーむ、無限大までかな……?

——そう、三輪はつねに極限で思考した……。常に一貫してそうでした。

——ふむ、つねに……。

——そうです。或る想念を得たら必ず極端化しなければならぬ——。それが彼を一貫しつづけた原理だったのです。

すると、その瞬間、首猛夫はちらっと眼を伏せた。それは彼にそぐわぬ、つつましやかとさえ見える、素早い伏目であった。彼の胸裡を何か痺れるようなものが閃き過ぎたに違いなかったのである。皮肉な薄笑いの翳も浮べず、彼はどす黒い唇の端をぐいと嚙んだ。

数瞬後、再び眼をちらっと上げると、彼はぽつんと声低く云った。それはぼんやりした調子とさえ聞える音声であった。

——やつは果たして踏み越え得るだろうか……?

——おお、三輪がそれを踏み越え得たら——。

と、こちらはなお悩ましそうに、悲痛に叫んだ。その息使いはもはや穏やかに整えられていたけれども、黒川建吉の紙のように白くなった顔の上にはまだ一筋の血の気ものぼっていなかった。

――そうです。三輪がそれをついに踏み越え得たら……私達の精神史が一変する。私自身の課題もまた容易になる。私達は自己の位置づけを存在に対して明確に主張し得るようになるのです。

――私達……？

――そう、私達です。

――あっは、この俺も含めて、かな。

――そう、私達すべてです。精神に立脚するすべてのものが、そのとき、偉大な精神の讃歌を唄いあげ得るようになるのです。

――ふむ、それは荘重な讃歌だな。

――そうです。偉大な全否定の讃歌です。

――おお、おお、それはちっぽけな、誤まれる自己主張に過ぎない……。

――いや、完璧無垢な、唯一無二の自己主張です。それ以外に人間の位置づけはあり得ない筈です！

――あっは、それまた光も射さぬ屋根裏部屋の思考だ……。

――いいや、それは単なる、自己が自己へ重なりたがる、自由への渇望ではない。おお、そんなものではない。そうではない。そこに何かしら私達に理解しがたいものがあるとすれば、それがただに現代の声であるばかりでなく、また未来の声でもあるからです。おお、そうです。それこそは、虚無を許さぬ全否定です。

――ぷふい、積極的《ポジテイヴ》な虚体、だな。

――それは、永遠の虚無を宇宙から取り除いてやる偉大な課題へまで発展する筈です。おお、そうなのです。それは怖ろしい矛盾だ。確かに怖ろしい矛盾なのだ。私達の自由の真の証明は、どれほど怖ろしい場所で行われなければならないのだろう？　おお、三輪の課題は、無限の涯へまで担いきられねばならない。あっは、三輪は可哀想なのです！

と、その親しい友達のひき裂かれた精神については語っても語りきれぬほど多くの想念がたくわえられているふうに、黒川建吉は悲痛に叫んだ。この数年間、この薄暗い屋根裏部屋へ移ってきて以来、彼がこれほど話しつづけたことは恐らく一度もなかっただろう。日頃の蒼味も取りもどさぬ彼の顔色は、けれども、格別の疲労の翳に襲われてもいなかった。彼の鋭い切目は、天空を飛ぶ白光のように輝いてさえいたのである。こちらは、そのとき、ぎりぎりっと奥歯を嚙み鳴らした。そして、急に冷酷な険しい眼付になったのであった。《おお、おお、可哀想なのは、そういう自分だ！》と、冷ややかな呟きが首猛夫から洩れ出た。彼の顔はさりげなく脇へそむけられていたけれども、そう呟いた彼の口辺は氷のように殆んど動かなかったのである。

部屋のなかは怖ろしいほど静かであった。屋根裏の破風を通して響いていた羽音のような子供達の喚声は、いまは運河の遥か彼方へ遠のいていた。それは霧のような夢想を運ぶ、若やいだ、雑多な反響をもはや伴わぬ、低く、鈍い、単音に変っていた。その遥かな、遠い、かすかな響き以外には、何らの物音も聞えなかった。彼等の抑えつけられた呼吸音すら聞えなかった。部屋のなかの空気はそよとも動かなかった。首猛夫がこの部屋へ踏み入ってからかなりの時間がたっていたにもかかわらず、屋根裏から洩れ落ちる薄白い光は目にとまるほども変化していなかった。外部はまだ明るく、薄鼠色の宵闇が迫ってくる晩夏の夕暮にはかなり間があるらしかった。

首猛夫は斜めに首先を傾けながら、屋根裏部屋の奇妙な、晦渋な思考のなかへ落ちこんでいる相手を凝ーっと皮肉そうに観察していた。何かを胸裡に計量しつづけているような、斜めからの凝視であった。彼がこの相手を選んで訪れてきたからには、勿論、こんな風変りな妄想を予想してきたものの、それにしても、彼の秘かな目論見にあまりにぴったりあてはまる相手らしかったのである。やがて、彼は薄汚れた頬をぴくりと揺るがせた。彼は相手を見向きもせず、故意とらしく重々しげな一歩を踏み出した。

——妄想を食って生きている屋根裏部屋……。ふむ、其処ではあらゆる形の極端化が行われなければならない。思考の極端化——それは、現代風な賢者の石だ。それを発見すれば、もはや万物の根源へ達することも不可能でないと思いこむ躓きの石だ。誤謬推理への出発点だ。だが——ふむ、だが、俺はいま何かを想いつきそうだぞ。もしこの屋根裏部屋のあらゆる妄想が最後の涯まで一貫され得れば……。

と、そこでちょっと言葉を区切った彼は、部屋の隅でくるりと振り返った。

——ふむ、君自身は……？

——私自身……？

——そう、君自身は先刻述べた極端化の原理を一貫出来るかな。

——一貫しなければならないのです。

——そう、そう、君は飽くまで一貫しなければならない筈だっけ。

と、首猛夫は堅く念を押して再びきめつけるように強く押しこんだ。そして、彼は相手も眺めず、細長い部屋を横切った。

——ふむ、最後の涯まで耐えること、それはとにかく見事な火花だ！　この薄暗い屋根裏部屋に蠢きはじめた精神がもし一つの閃く火花を虚空に放ち得たら……。

——おお、三輪は必ず精神の栄光を輝やかすでしょう。

——やつが……？

——そうです。

——おお、おお、君自身やつが踏み超え得るや否やを危ぶんでいるのではなかったかしら？

――そうです。そして、しかも、私は予感する。たとえ果敢ない一瞬の光芒であれ、三輪は必ず自らを燃えきるでしょう。

――自らに重なり得ない自らを……？

――そうです。

――ふーむ、君は、あの陰気な、物言わぬやつの虚体とやらの忠実な使徒なのだな。

――いや、私は三輪の態度の至当な擁護者に過ぎない。それだけです。

そうきっぱりといいきった黒川建吉の横顔を、こちらはじろりと窺った。

――ふむ、やつが辿る道と君が決定的に別れても……？

――別れる……？

――そう、君は三輪与志の同情ある解説者らしいが、俺の見るところでは、君とやつとはかなり違っているのだぜ。

――それは、気質の差異でしょう。

――気質の……？　いや、そんなものとはまったく別のものだな。

――それは目標の差異……？

――おお、おお、目標は皆同じらしい。そう、みんな同じような、大それた、馬鹿げた目標を持っている！

——すると、貴方はどういう差異を認めるのでしょう？

——ふむ、君は人間を信じているらしいのだよ。

——そう、私は人間を信じています。

——そして、やつは……？

——恐らく、三輪もまた信じている筈です。

——あっは、そうだろうか。俺が訊いたかぎりでは、やつは人間をねじ歪めたがっている……。確かにそうらしいのだぜ。

そうじろりと相手を窺いつづけながら、首猛夫は妙に静かな口調で云った。そのひっそりした、しかも、断定的な音調が部屋のなかの大気を這ってゆくと、こちらは不意にぼんやりした眼付になったのであった。黒川建吉はちらっと眼を伏せた。

——そう、そうもいえるかも知れません。

——ふむ、それがどちらでもいえると、君自身きっぱりと認めるのかな。

と、首猛夫は忌ま忌ましげに相手を覗きこんだ。彼はいきなりその場に飛び上りかけたが、あまりにたやすく容認してしまった相手の態度に急に奇怪な憤怒に駆られたらしかった。先程から一つの極点から極点へ転変し、起伏しつづけていた烈しい感情のうねりを、彼はついに持ちきれなくなったらしかった。びりびりと電光のような痙攣がかすめると、彼は、事実、その場に高く飛び上った。その軀が延びきった中空で、しかも、彼はいきなりぱんと両掌を打ち合わせたのであった。

——ああでもあり、また、こうでもある！　君はきっぱりとそういうのだな。ぷふい、そうだ。遺憾ながら、そうなんだぜ。君がきっぱりそういったとて、それは現代の誤りでもなんでもありやしない。ふむ、本来違った場所にあるべきものが、みんな同じ場所へ追いつめられてしまった！　そうなのだ。現代の優秀な青年達はみんな詰らぬ同じような場所へ追いこめられてしまったんだ。これこそゆゆしき問題だ。おお、どうだろう！　規格判そっくりの鋳型へはめこまれ、同じレッテルを貼りつけられ、そこらにまったく同じ格構でほうり出された木偶《でく》の坊の青年どもが問題なのじゃない。本来他の稚枝へ延び拡がって異った形の鮮やかな花を咲かすべき若芽を秘めた青年達が、まだ地底深い同じ根のところで手足も延ばせず押しつけられてしまったそのことが、現代の問題なんだ。それは確かだ。何故って、とうの昔に屋根裏の思考など蹴飛ばしてしまったこの俺自身が、そんな君達を哀れな兄弟だと感じない訳でもないからな。ちょっ、精神的兄弟だとね。そうだぜ。何処か馬鹿げたところが俺達は似ていて、奇妙な親密感をひしひし喚起されるって具合なんだ。ふむ、それは、いったい、どういうことだろう！　生きることも、動くことも、何か一つを欲することも、また恐らくは、呼吸することさえ忘れてしまった屋根裏部屋へ、あらゆる優秀な青年達がみんな揃って追いつめられてしまったということなんだ。そして、其処にあるのは、いったい、何んだろう？　たった一つ——妄想！　それだけだ。そうだぜ。其処にはぎりぎり頭を壁へぶちつけて考えることしか残ってやしない。それは怖ろしい場所だ。何か考えていれば他の一切が要らなくなってしまうような場所だ。あっは、現代の屋根裏部屋！　それが青年の魂の場所だ。狭苦しく、薄暗い、洞窟だ。人間を歪めるやつも人間を信じているものもすっかり同じ灰色へ塗りつぶされて、その顔形はおろか表情のニュアンスさえ判別もつかなくなってしまった、昼と夜の境のような、光も射さぬ場所なんだ！

と、それまで受け身にまわって、相手の秘められた胸裡のみを窺いつづけていた首猛夫が、口辺に泡をふいて喋りたてはじめた。そんなふうに息もつかずに急に苛らだたしげに喋りはじめた理由は察知も出来なかったが、その意気ごみだけは明らかであった。一たん彼が喋り出したからには、その相手を必ずその凄まじい渦のなかへ捲きこんで、あっという間もなく押し流してしまう。満々たる洪水のような激しさなのであった。

——妄想！　それは、それ自身では何らの力もない。徒労に終るひま潰しだ。それはせいぜい眠られぬ夜にひとの生血を吸って蒼白い貧血状態へでももたらすか、それとも、頬の贅肉をげっそり削りとってしまう位の力しかありやしない。そう、それだけの代物だ。ところで、俺の前にいまある妄想とは、何んだろう？　それ自身としては非のうちどころもないような代物が二つも揃っている。片や、自意識の、片や、宇宙の責任を徹底的に問いたがる壮大捕捉しがたい妄想だ！　おお、おお、これこそまったく飛んでもない代物だ。完璧無垢の妄想だ。この世の誰だって、こんな馬鹿げたものには触れたがらない。あっは、そうなんだぜ。俺達の名状しがたい極限たる原始と終末——それは、そのままにそっとして置くことになっている、不可触、禁断の領域なんだからな。そんな並はずれた妄想にちっとばかりも触れたがるのは、同じように屋根裏へ追いつめられた血の気もない蒼白い青年達に限られている。この世の正常人達は、あまりに並はずれた突飛な空想、あまりに架空な童話じみた夢想など吾身に関わりもないこととして、ちらっと振り向きもしやしないんだ。そう、びくっと身動きもしやしない。そうとすれば——ここに並べられた完璧無垢な、無力な妄想は、どんなふうにこの屋根裏部屋から飛び立つのだろう？　おお、その運命はもはや明らかだ。それらはもんどりうって墜ちるばかり。せいぜいあたりの空気をしゅっしゅっと奇妙に顫わせながらね。ふむ、それは確かなんだぜ。だが——ふむ、だが、こんな馬鹿げた妄想が、びっくりするほど数多く集められ、青年の魂の坩堝のなかで見事にこね合わされたら、どうだろう？　ぷふい、妄想の集積！　そいつがそれ自身として、一つの小宇宙《ミクロコスモス》を形づくったら、どうだろう？　そうだ。そうなんだぜ。そいつはこの世に何らの力も持ち得ぬなどとは、まだまだ誰もいいきれやしない。そんな馬鹿げた実験にはまだまだ誰も着手していず、きっぱりした実験報告書の類は誰一人としてまだ提出していないんだ。ぷふい、このことをはっきりと記憶して置いてくれ給え。なにしろ俺達はこの屋根裏部屋からまるで新たな一歩を踏み出そうという並はずれて馬鹿げた実験の先駆者なんだからな。そして、この屋根裏部屋から宇宙の涯へ羽ばたき立つイカルスの翼の実験に必要欠くべからざる粘着剤とは——誰でもぎょっとして必ず振り向くほどの、手近かな、生々しい妄想をまず一つでっち上げること。おお、そうなんだぜ。この屋根裏部屋へ踏みこんだからには、精神的兄弟の親密感にかけて——俺はたといこの頭蓋を打ち割ってでも、ぎりぎりそいつをしぼり出してみようと決めこんだのだ！

と、彼はさも苛らだたしそうに叫んだ。そして、その頭部を肩の間へ深く埋めて、襯衣《シャツ》でも脱ぐように軀全体をすくめ、円めこんでいたが、やがて、彼はぐいと頭を擡げた。

——俺のここんところに、ここへまで昇っているそいつ、俺が何時でも気にかけていたそいつ——そいつを、いまこそ摑んだぞ！　死の社会学！　ふむ、こいつはどうだろう？　こいつを人間社会の真ん中へ投げこむと、誰でもぎょっとするかも知れないんだぜ。こいつが屋根裏の妄想の中軸に位いすれば、誰でもびっくりして振り向くかも知れないんだ。ふむ、どうだろう？　これでとうとう屋根裏部屋の馬鹿げた妄想が見事に揃って、出発点にずらりと並んだという訳だ。おお、動け、妄想《ヒメーラ》——。ぐらぐらと大地を揺すり上げろ。虚空に凄まじい羽音を響かせろ。おお、おお、これだけ揃えば、俺達はもはやこの世に動き出さねばならない。互いの妄想が一つの小宇宙《ミクロコスモス》へまで見事にこね合わされて、見事な自転運動を開始しなければならないんだ。ぷふい、俺達がこの薄暗い屋根裏部屋でかかげた奇妙な旗印しがやがてこの世の見事な旗印しにならないと、いったい、誰が保証し得るだろう?

そう自身を持ちきれぬほどの興奮状態へ落ちこんだふうに、首猛夫は叫び上げた。それは確かに相手を何処か宇宙の涯へでも捲きこんでゆくほどの凄まじい興奮に見えた。けれども、と同時に、彼が自身を忘れはてた興奮にとり憑かれたふうを装っていることは、白く泡をふいた口辺は別として、彼の窪んだ、険しい眼の光が相手を鋭く窺いつづけて、動きもしなかったことに明らかだったのである。こちらはぴくりと肩を顫わせた。鋭い切目を伏せたまま足許を眺めつづけていた黒川建吉は、そんな相手の表情にも気付かず、凝ーっと記憶をまさぐりつづけていた。

——私達の旗印し……?

——そう、この薄暗い屋根裏部屋から現代の凄まじい狼火を上げるんだ。たとえ俺達が虚空の涯で木っ葉微塵になろうと……。

——おお、私達が私達というとき、彼を欠くことは出来ない。私達にはまだ一人の友達があります。

——えっ、この屋根裏部屋へまだ誰か来るんだって……?

と、首猛夫はぴくっと驚いたように訊き返した。彼の眼が暗く光った。

——いや、彼は此処へ来たことはない。此処へ来ることも私達と会うことも、不可能だった。そして、彼はもはや私達と話せなくなった。だが、ひとびとの寝静まった深夜、自由について飽くこともなく論議しあった彼を、私達から欠くことは出来ない。そうです。私達が互いに影響しあったとして、三輪を最もよく理解していたのは、矢場だったかも知れない。そうなのです。矢場には率直な、静かな情熱があった……。

——ふむ、矢場だって……？

——そう、彼はもはや自由について語ることもないのです。

——ぷふい、やつはとうに踏み出している！　ふむ、哀れな矢場徹吾……やつは担いきれぬ課題を負って、既に実行しはじめてるんだ。

と、首猛夫は烈しく口走った。と同時に、彼はぴたりと口を噤んだ。しーんと凝結したような相手の気配が瞬時に感ぜられたのであった。

黒川建吉の骨張った全身は、そのとき、強烈な電流にでも触れて跳ね返ったようにその場に棒立ちになったのであった。それは驚くべきほどの強直であった。彼は凝ーっと相手を正面から眺めた。上瞼へ深く切れこんだ鋭い眼は、白い、穏やかな底光りを放っていた。ひるみも微動もせぬ、射るような視線であった。僅かの一語が今度は彼の全軀幹の機能を一変させてしまったのである。その鋭い、射すくめるような視線は、首猛夫がこの部屋へ入ってきたばかりのときに片鱗が窺われた、仔細に相手を推理する、考え深そうな視線であった。

嘗て小図書館内の一室に起居していた頃の黒川建吉は、その友人達も驚くほどの推理能力を持っていた。その頃の彼を記憶している者には、この考え深そうな凝視の意味が直ちに解る筈であった。けれども、この数年間、誰とも話しあうこともなく薄暗い部屋へひたすら閉じこもっている間に、その能力は何時しか片隅へ押しのけられ、何処かへ消えてしまったふうであった。少くとも彼の物静かな生活からはその特質的な性癖があらわに頭を擡げたことはなかったのである。それが、この瞬間にいままた忽然と現われてきた感があった。彼ははじめて眼前の首猛夫を射抜くように精査したのである。単なる顔見知りに過ぎなかった相手が、いまだにこの部屋を訪れた理由をも用件をも何一つ述べていなかった奇妙な経過が、彼の胸裡に仔細に思いめぐらされはじめたらしかった。彼は凝ーっと何時までも相手を眺めつづけていたのである。

屋根裏でばさりと翅をうつような音が急に聞えた。それは裏板へ何か小さな物体がひらりと飛びおりて、その附近を翅ではいたような響きであった。五尺ほど離れて、身動きもせずに正面から互いを凝視めあっていた彼等の顔が同時に低い天井を見上げた。屋根裏からはこつこつと合図のような響きが聞えた。その軀をひきずるような低い足音が彼等の頭の上をゆっくり廻っているように思われたが、間もなくその小さく刻む足取りは直線に部屋の隅へ向けられた。そして、部屋の隅でぴたりと立ちどまると、その場から身をひるがえして何処かの桟へでも飛び上ったものか、その響きはふっと立ち消えたまま、何の物音もしなくなった。黒川建吉は静かに視線をもとへ戻した。すると、同じように顔を斜めに上げたまま横目で凝っとこちらを眺めている相手の視線にぶつかったのであった。黒川建吉の顔色がさらに紙のように白くなると、その口から穏やかになじるような言葉がゆっくりと洩れ出たのであった。

——貴方は、何を策らんでいるのです？

こちらはひょいとその肩先をすくめた。相手の詰問をそこから避け通したような動作であった。数瞬前、いい過ぎたかなといった一抹の懸念の色が彼をかすめなくもなかったが、それも一瞬の表情であった。こんな不敵な、あらゆる環境に圧しひしがれぬ不屈な男にとっては、それを却って最も有利な事態への出発点として逆用し得ぬほどの絶対的な、どう動かしようもない、不利な事態など、この世に存しなかったに違いなかった。不敵な薄笑いを浮べて相手の出方《でかた》を待ちうけていた彼は、と同時に、この部屋をもはや立ち去ると決めこんだらしく、入口の扉へ背後から片手をかけていた。

——先刻、君は俺が誰に似ているといったっけ……？

と、彼は相手の詰問にも答えず、却ってゆっくりと反問した。

——新たな教団の設立者……。ふむ、俺は確かにそいつにでもなって、教徒達の間に永遠の睨みをきかせてみたいのだよ。何故って、この俺も人間など未来永劫信じてやしないが、人間と人間との間にまつわり絡んだ一種微妙な関係ってやつはあくまで信じきっているのだからな。

と、彼は妙に生真面目な、声低い調子で押しこんだ。そのとき、かちりと金属的な響きがした。背後の扉が音もなくすーっと開かれたのであった。彼は閾の上に立って、薄暗い廊下の覗かれる太い柱に寄り沿いながら、さらにゆっくりとつづけた。

――ふむ、君も出かけるんではなかったかな。今日は涼しくなりそうで……運河は気持の好いほど澄みきっていたぜ。もし君が俺と一緒に出ないのなら、ここでいって置くが――俺はもう一度此処にやってくるよ。そう、今日はちょっと無理かな。だが、明日までには必ず来る。ふむ、明日までには、ぱんと凄まじく炸裂するようなものが俺の手許へ戻ってくる筈になってるんだ。

そう奇妙なことをいい残すと、薄暗い廊下へ彼はするりと抜け出した。

黒川建吉は無人となった部屋の中央に暫らく佇みつくしていたが、狭い階段をせわしげに踏み鳴らして降りてゆく音が聞えると、低い屋根裏の構造がそのまま剝き出しにされた、薄暗い廊下へ彼も出て行った。そして、殆んど足許も見定まらぬ暗い廊下のはずれに立って、細長い階段を見下した。

その場所から見下すと、深い谿谷のような印象を誰でも受けるのである。二階の廊下隅に設けられた四角な踊り場が、崖の途中に突き出た小さな台地のように見え、入口から射しこんでくる薄白い光は逆光になって深い谷底から揺らぎ上ってくるように見えた。

台地のような踊り場を既に通り過ぎていた首猛夫は、さらにつらなる階段の途中で一人の長身な、瘠せぎすの男と殆んど鉢合わしそうになってすれちがった。然し、そのすれちがい方はかなり風変りであった。互いに敵意をいだいた動物が凝っと睨みあい肩を怒らせながら近寄るように、その顔をそらさず互いにぴったり向け合ったまま、彼等は通り過ぎた。いや、通り過ぎたといっては誤まりである。すれちがったと同時に、彼等は互いに立ち止ったのであった。踊り場へ片足かけていた長身な男はすれちがった相手を低く呼びとめたらしかったが、その深く削られた横顔はまぎれもなく三輪与志であった。階段を二三歩離れて、彼等は上と下からなお互いを眺めあっていた。

——貴方は、何を策らんでいるのです？

そう相手を凝っと見下しながら、三輪与志は不意と沈鬱に訊き質した。あたりはしーんとしていた。その重たげな質問は、たったいま薄暗い屋根裏部屋の中央から黒川建吉が発したばかりの詰問とすっかりと同じものなのであった。首猛夫は階段を二三歩飛び上った。彼はぐいと長身な三輪与志へ近づいていたのである。

——ふむ、君も兄貴同様な秘密主義者らしいな。津田康造が君の未来の岳父とは、さすがの俺も気付かなかったぜ。

と、まるで見当もつかぬことを、彼は腹立たしげに囁きこんだ。

——ぷふい、それを知ったときの俺の胸のなかに、何が浮んだと思う……？　素晴らしい祝辞が、そのとき、俺に思い浮んだのだぜ。結婚半年目ぐらいの或る麗らかな日に、君が必ず忽然として思いあたるべき見事な言葉がね。ふむ、その祝辞とはこうなのだ。女房には編物棒を持たせて置け、そして、退屈な亭主をその脇に——。

——それは、何んです……？

——この世の単調がひとの気を牽くことも事実だということさ。おお、おお、陰気な君にはやがて必ず悟ってもらわねばならぬ金言だ！

彼等はまじろぎもせず上下から互いを凝視めあった。すると、三輪与志の肩先がぐらりと揺れた。相手から暗い、痛烈な、憎悪とも屈辱ともつかぬ名状しがたい焰がほとばしり出たのである。奇妙な薄笑いを浮べて穴でもあくほど覗きこんだ相手がやがてぴょんぴょんと二三段ずつ階段を飛び下りて建付の悪い入口からするりと出てゆくのを、三輪与志は黙って見送っていた。そして、台地のような踊り場の上に立ったまま、彼はちょっと何か考えこんでいた。

暗い階段をさらに昇りかけて、彼は屋根裏の廊下隅に立っている友人の姿を認めたが、それが日頃の挨拶のように彼等は僅かに頷きあっただけだった。屋根裏に澱み、漂っている埃りっぽい匂いをかぎながら、彼は言葉もなく黒川建吉の部屋へ入りこんだ。

薄白い、半透明な光の輪のなかへ踏みこんだ彼等は暫らく黙っていた。先に立った三輪与志は長身な軀をかがめると、低い天井を凝っと眺め上げた。この細長い部屋の天井は、長身な三輪与志が爪立ちもせずに腕を延ばせば、そのまま届くほどであった。深く削られた頬へ淡い光を斜めにうけた彼は、やがて片手を延ばすと、低い天井板をこつこつと叩いて、耳を澄ました。それはためらいもせぬ、物慣れた動作であった。この屋根裏に棲んでいる小さな動物はまた彼にも親しい馴染みとなっているらしかった。恐らくその動作はこの部屋を訪れるときのきまった挨拶形式となっていたのだろう。室内は大気の動きも感ぜられぬほど静かだった。ことりとの物音も聞えなかった。けれども、それは僅かに数呼吸するほどの短かな無音の時間であった。埃りにまみれて長い翅をひきずるような音が部屋隅の奥から聞えはじめると、間もなく、小さな輪をなして微かに裏板を敲つ響きがもどってきた。それは、爪だった後肢で暗い範囲を踏みしめる輪舞のような足取りであった。翅をばさばさと敲って、飛び上りながら近づいてくる足音でもあった。背後の黒川建吉と顔を見合わせた三輪与志の口辺に、目にとまらぬほどの、なごやかな微笑が浮んだ。彼はさらにこつこつと叩き上げた。薄い一枚の板を隔てて、上方と下方から軽く無心に敲ちあう合図が忍びやかに交わされた。そして、この最初の挨拶が終ると、三輪与志は部屋隅に置かれた一つのビール箱をひき寄せて、ゆっくりと腰をおろした。

彼がこの屋根裏部屋を訪れはじめてから既に数箇月経っていたが、数年振りで相会った彼等の態度はそのはじめから同じだった。互いにかけ離れた数年間の歳月は、彼等の内面に予想出来ぬほどの変化をもたらしたに違いなかったが、彼等は長い時間殆んど一語も交わさぬことがあった。あの小図書館内の一室で興奮をさそう論議を飽くこともなくつづけた数年前の情景と較べれば、如何に著るしい変化がこの数年の歳月の間にもたらされたことだろう。ビール箱に腰をおろして向き合った彼等の顔が微動もせず、時の緩やかな刻みが数えられるほど長く静かな沈黙のなかに沈んでいることさえ珍らしいことではなかった。顔を合わせるだけで恐らく彼等のあらゆる意志の疎通が行われるらしかったが、また同時に、そこにはそれ以上のものもあったのである。それは恐らく互いに触れ合ってはならぬ性質のものだった。彼等は互いの胸裡を隈なく知り尽しているというより、互いの秘かな苦痛に触れ合うことを控えていたのである。その怖ろしい秘密は最後の涯まで自身のみで担いつくされねばならず、たとえ他から如何に親密に慰められようともついにどうにもならぬ性質のものだと、彼等は底知れぬ無言の裡に知り合っていたのであった。

　黒川建吉も部屋隅に向かい合った他のビール箱へ腰をおろした。片肘をついて背を曲げた彼は、そのビール箱のなかから琺瑯製の大きな白皿を取り出した。白布の覆いを取り去ると、白いエナメルの底から盛り上ったような、小粒な、暗紫色に濡れた、鮮やかな葡萄の房が現われた。それは、あの親切な鋳掛屋が今朝がた寄こしたものに違いなかった。その琺瑯製の白皿を相手のビール箱の片端へ載せると、彼は葡萄の一顆《ひとつぶ》をもぎりとりながら、低く訊いた。

　——徹吾は、どう？

　——健康だった。

——君が解った……？

と、こちらは重ねて静かに訊いた。すると、三輪与志の暗くひそめられた眉の間に、或る不明瞭なものが動いた。彼は顎を深くひくと、答えもなく凝っと黙想した。それは今朝から彼にずっとつきまとい、離れぬ想念であった。あの××風癲病院の橋廊を渡りきった岸博士の部屋に、患者としての矢場徹吾を迎えて以来、彼の脳裡から去りやらず、漂い、渦巻いている想念であった。敢えていってみれば、今朝彼の前に立った矢場徹吾の印象は、或る確かめがたい、まとまりもつかぬ、異様に刺すような疑念のみを彼にもたらした。それは異様な疑念であった。この親しい友達が外観そう見える黙狂の事態に事実あるのか、容易に判断しきれぬものが彼の何処かに残ったのである。岸博士との対話中に飛びこんできて、ひともなげに不敵に振舞いつづけた首猛夫が、如何なる意図か、この静かな患者の腰へ腕を廻わしてその軀をかかえ上げたとき、病的に紅潮した頬を一瞬かすめ過ぎた閃くような微笑は、果たして揺らめく楡の群葉の間を透かし通ってくる光の屈折のなかに映じたつかのまの幻覚だったか、それとも、まごうことなき事実だったか、それは瞬間に過ぎ去って再び確かめがたい、とりとめもない印象であったが、しかも、それ以来、三輪与志の魂の奥深くに重く刻印され、つきまとい、離れ去らなかったのである。そして、そんな荒唐無稽な疑念自体が、重苦しく、また、耐えがたいものなのであった。数瞬たった。顎を深くひいて黙りこんだ相手をこちらは気づかわしげに眺め上げた。身顫いするような、絶望的な調子が、すると、黒川建吉から洩れ出た。

——回復の見込みもない病状……？

凝っと黙想していた三輪与志は、はっと目覚めたように相手を遮った。どう説明すべきかいい迷う、陰鬱な表情が彼に現われた。

——いいや。

——希望がある……？

——いいや。

と、三輪与志は妙に不明瞭に応答したが、それはまるで別なことを考え別なことに答えているまったく空虚な音調であった。彼は確かに別な物思いに気をとられていた。

——ひょっとしたら……。

と、彼は、気づかわしげに肩を傾けて両膝に乗り出した相手から顔をそらしたまま、自分の胸から何かをひきずり出すように呟いた。

——ひょっとしたら……徹吾は、病気以前かも知れない。

こちらは驚いて相手を凝視めた。それはあまりに不正確な短か過ぎる二義的な言葉であったが、またまったく別な角度をひろげる暗示風な表現でもあった。ビール箱に深く腰かけた三輪与志は、白いエナメルに塗られて艶やかに盛り上った葡萄皿の縁を、そこに気もとめず、まさぐっていた。細い、薄い皮膚をした、しなやかな指先であった。さらに数瞬たった。黒川建吉は胸裡で相手の曖昧な言葉を反芻していた。そして、凝っと相手を眺めたまま敢えてさらに反問しようともしなかったのは、凡そ事態の内容を説明したがらぬ相手の気質をのみこんでいるためであったが、また彼自身何かに思いあたったためでもあった。彼は相手が触れている小さく光った葡萄の房へ眼を落すと、彼もまた殆んど独り言に似て重苦しげに呟いた。

——徹吾は、地下室にいたらしい。

——地下室……？

——そう、地下室で仕事をしていたらしい。

三輪与志はちらっと眼を横に走らせた。恐らくたったいま階段の踊り場脇ですれちがったばかりの首猛夫について、彼等の想念がそのときはっしと敲ちあったように一致したらしかったが、彼等はその薄汚れた、得体も知れぬ人物について互いに質ね合おうともしなかった。彼は囁くように訊いた。

——何処の地下室……？

——××橋の向う側……。

——目印しは、ある……？

——その上は、二階建ての大きな印刷工場になっている。

——印刷工場……？

——そう、恐らく君も知ってるよ。橋を渡った右手に見える青ペンキが塗られた四角な建物に気がつかなかったかしら？

——すると……錆びた鉄屑が積まれた堀割りに沿って、輪転の音が絶えずしている工場……？

——そうだ。そして、その地下室はいま倉庫になってるんだ。

そういい切った黒川建吉の調子には、重い確信的な響きがあった。

失踪後の矢場徹吾がその後の数年間如何なる過程を辿ったのか、その行動については何一つ明らかなものがなかった。もし凡てが漠たる、晦暗にのみ覆われているその時期の一つの座標でも知り得れば、現在の矢場徹吾の位置について少くとも或る部分は明らかになし得るのだろう。けれども、一般的にいって、それは凡てが怖ろしいばかりの秘密に包まれた暗澹たる時代であった。秘密——それこそその陰惨な時代を貫く根本特徴であった。とはいえ、それは単純な暗黒時代ではなかった。敢えていってみれば、説明もしがたいほど必要以上の極端な神秘化と殆んど絶対に見透しがたい紛乱と錯綜の支配している《鉄の時代》なのであった。そうだ。それは確かに、鉄の時代であった。もし私達の精神の歴史に、輝かしき黄金時代、逞しき青銅時代といったような区分と名称を敢えて附することが許されるならば、その時代こそはまさしく、酷しき鉄の時代と呼ばるべきであった。何時か在ったに違いない楽しい黄金時代を私達が振り返ってみれば、自虐的なほどの自覚と反省につつまれたその後の時代は全て否定の時代なのであった。嬰児の心を喪った、狂暴なもののみへ這い寄りたがる否定の時代だった。或る力強いもの——それがついに強烈な自己否定へ達するものであれ、ただひたすら自他を圧服する力のみを、私達は求めた。そして、他を圧服すべき率直な原理が支配している時代を、逞しき青銅時代とすれば、支配すべき対象がひたすら自己へ集中してついにもがきもとれなくなってしまった時代を、痛ましき鉄の時代と呼ばずばなるまい。そうだ。それこそは私達の痛ましい精神史と時代の酷しい精神史が隙もなく一致した鉄の時代なのであった。例えば、当時掲げられた《鉄の規律》という一つのいかめしい標語をとってみても、精神的な、肉体的な両面にわたって考え得るかぎりの厳格な自己訓練と献身と犠牲を要求し、鋼のように黒光りする情熱を秘めた、その驚くばかりの苛酷さを、果たして今日の誰がよく想像し得るだろう。それは、神秘な燈火ゆらめく絶対の祭壇の前に結んだ一つの果てしもない誓約の果てしもない履行とすらいい得たのであった。そして、その限りもない秘密の帳りにつつまれた社会運動の内部は、そこに従事している当のひとびとを除いては、外部から何一つ窺い得なかった。しかも、その当のひとびとといえども、微かな光があてられた小さな円のような狭い範囲以外には何ら正確な視界も持ち得ず、その輪の外こそは膨らんだ想像と直観のみに頼って僅かに覗かれる、秘密な翳につつまれた魔の世界だったのである。そして、それに加うるに、白墨で描かれた呪縛の円のようなその範囲も当時生起したさまざまな条件によって屢〻忽然と変化したのであるから、一つの小さな輪から他の小さな輪へつらなり移って行った或る個人の継続的な歴史など、その当の本人をおいては誰一人詳しく知悉するものもなかったほどであった。何時の間にか矢場徹吾と知り合いになっていた兄三輪高志の行動についても、弟は何一つとして知るところもなかったのである。そうした三輪与志にとって、嘗ての矢場徹吾へ当てられる一点の微光のような消息が霹靂のように響いたとしても至当だったろう。ビール箱から思わずずーっと乗り出した彼の肩先に殆んど触れるほど軀を寄せた黒川建吉は、さらに低くつづけた。

——僕は、今日、その工場のひとに会うことになっている。

——調べてみる……？

——もし出来たら——。

——それは、古くからいるひと……？

——そう、そうらしい。

——そのひとは何んという名前……？

と、三輪与志はちょっと息をとめると、考え深そうに訊いた。

——李奉洋《リーポンヤン》。朝鮮のひとだ。

——李……？　あの鋳掛屋もたしか李という名前ではなかったかしら。

——そう、そうだっけ。

——親戚……？

——いいや。だけど、親しい間柄らしい。

——あの鋳掛屋は誰にでも親切だからな。で、徹吾のことも、彼から……？

——そう、だけれど、徹吾の話はまったくの偶然からだった。

——先刻君が出かけたのも、そのため……？

——そう、誰から聞いた……？

——あの鋳掛屋から。此処へ来がけに俺はメダルの修繕を頼んできた。鎖からもぎとれたんだ。そのとき、君のところへ客があるといってた。

——僕のところに……？

——そう、珍らしいことだといっていた。

と、三輪与志はぽつんと云った。

そこで、彼等の対話はぴたりと止ってしまった。そのとき彼等の眼前にあの薄汚れた首猛夫の風貌が再び同時に思い浮べられたらしかったが、彼等はどちらからも敢えて触れようとしなかったのである。そして、この頃の彼等の習慣となっている寂寥たる沈黙の時間がやってきた。彼等の上に落ちかかった光の輪は帯のような暈《かさ》を漂わせ、あたりは薄暗くなったように見えた。目に見えぬ黄昏が這いよっていた。遠い運河から響きわたっていた羽虫に似た喚声はもはや頭上の破風を通して聞えてこなかった。果てしもない静けさであった。彼等は、物言わぬ石のように、微動もしなかった。そうだ。それは物言わぬ石の沈黙であった。もしこの部屋がより暗くなって、彼等の姿が闇へ吸いこまれてしまえば、つまり、空間的な線と形を備えた彼等の肉体が無限の漆黒の闇へどっぷりとのみこまれ、かき消えてしまえば、そんな果てしもない彼等の沈黙の意味とその在り方はより明らかになり得るのだろう。耳を澄ませば、柱や壁のなかに翅を潜ませていた地虫が音もなく鳴きはじめたようであった。

数分経つと、薄白い光の輪がゆるく揺れた気配に、黒川建吉は鋭い切目を見開いた。相手の形が変化していた。先刻首猛夫が忙しげにそそくさとつきこんで行ったため、ビール箱からのめりはみ出している大判の書物を膝上へ取り上げて、三輪与志はゆっくりと頁をめくっていた。彼は鈍い光のなかに浮き出た白と黒の紙の上へ視線をおとしたまま、やがて、囁くように云った。

——この本はまだ持ってたんだな。

——そう、時々読む。

と、黒川建吉も鋭い切目を開いたまま声低く答えた。三輪与志はめくっていた細い指先をとめると、眼の前に展かれた章節をゆっくり黙読した。

……悪魔はなにものをも創りなす能わず。ただ神の造りませしものの上にひたすらその外観《おもて》を変じて異形なるものの象《かたち》を投ぐるのみ。

壁の荒い肌目の間に隠れた地虫が翅をすり合わせるような響きをたてた。すると、目に見えぬ風精がそれに合唱したように思われた。それは嘗て黒川建吉があの小図書館内の一室で彼に読んできかせた章句であった。三輪与志はその章句をはっきり暗記しているらしかった。書物の上へ落したまま凝っと伏せた彼の眼の光は窺い知れなかったが、首から肩へかけての彼の上半身は風に揺られる梢のように揺れていた。

ばさりと屋根裏に翅を敲つ物音がした。高く薄暗い桟から天井の裏板へ軽く飛びおりた響きであった。彼等は同時に天井を見上げた。微かな、速い足音がかたかたと直線に進んでくると、彼等の頭上で大きな、ゆるやかな円を描いて廻わりはじめた。輪舞の調子をとって、時たま爪だった後肢で強く裏板を敲つ響きは、彼等の応答を督促しているようであった。彼等はそのとき同時に立ち上ったが、こつこつと直ぐ叩き返したのは、長身な三輪与志であった。爪だった後肢で薄い板をかきむしるように叩き敲つ輪は、彼等の頭上で次第に音低く、小刻みになってきた。その小さな輪がぴたりと立ち止ると、やがてことりことりと幅狭い歩幅を一歩ずつ踏みしめながら、破風の方角へ歩き始めた。その軀を左右に揺すって滑るような足取りであった。それはまたその厳めしい行進を見送られている落着いた、尊大な、軽やかな歩調でもあった。足音は夕暮の虚空へ大きく展いた破風へ直角な地点にとまった。彼等はぴくりと息をのんだ。羽目板の壁へぴたりと寄り沿った彼等の頭上で、間もなく、一塊の物体がもんどりうって墜ちると、僅かな空間を隔てた中空でばさりと虚空を切って鋭く翅をうつ音がした。

——飛び出した……。

と、三輪与志は息をはずませて囁いた。それが彼の最近の習慣にもなっているらしく、まだ横脇に携えていた大判の書物をビール箱の端へ乗せると、傍らの黒川建吉の先に立って、暗い廊下へ出て行った。

溝から溢れ出た溜り水には、夕暮の淡い空の光が映っていた。じめじめ湿った溝板は彼等の足許で水気を帯びた、軋んだ響きをたてた。二人が肩を並べるとその片方が溜り水のなかへ足を踏みこむほど幅狭い小路を通り抜けて、彼等がひしゃげた薬罐や大きな釜が乱雑に積まれた鋳掛屋の土間へ入って行ったとき、頬のとがった朝鮮人は鉄砧の上で小さな細工物を熔接していた。鞴から洩れる火に照らされた裸の背中には鈍い銅色の汗が光っていた。むれた温室に似た生あたたかい空気であった。灼熱した金梃子を傍らに置くと、彼は侵入者達を振り返った。

——いま、出来上ったところ……。

赤い焰に頬を照らされた鋳掛屋は、さらに頬を赤く染めながら、そこでちょっと口ごもった。

——あたし、悪かったな。あたし、見たよ、きれいなひと——。それ、三輪さんのお嫁さん？

鉄砧の上から銀色の長い鎖をひきずり上げて三輪与志へ手渡しながら、彼はひとの好さそうな、満面に溢れる笑いを浮べた。相手の気持を明るくする、自身にはずかしがるような笑い顔であった。この善良な鋳掛屋は嘗て三輪与志と知り始めた頃（——あたし、お嫁さん、なかなかもらえない）と嘆息して、急に満面へ朱をそそいだようになったことがあった。そして、その記憶が三輪与志を迎えるたびに何時も彼の頬を子供のように紅く染めさせるのであった。黒川建吉が三輪与志の掌を覗きこむと、冷たそうに垂れた銀の鎖の先端に小さな卵色の首飾りが揺れていた。薄い銀梨地に赤い焔を反映したその飾り物はきらきらと宙に輝いていた。先刻三輪与志自身がもぎとれたメダルといったにもかかわらず、それはメダルではなかった。それは琥珀に縁どられ楕円の形をした小さなロケットであった。もし白く隆起した女性の胸へその繊細な装身具が垂れているならば、それは秘められた一つの恋物語を聯想せしめただろう。凝っと覗きこんでいる黒川建吉へ、三輪与志はぽつんと呟いた。

——今朝、兄貴から頼まれたんだ……。

そして、掌を動かすと、その掌のなかへはね上った卵色のロケットは貝殻に似て膨れ上った小さな蓋をもっていた。三輪与志は琥珀に縁どられた端へ指をかけると、ぱくりと蓋を開いた。すると、そのなかには色の褪せた、楕円形の、古風な写真がはまっていて、黼から洩れる光にかざしてみると、その明瞭な輪郭は認められなかったが、それはまだ若い、美しい、陰気そうな少女の肖像であった。その顔は正面を向いて、薄暗い奥からこちらを直視していた。

――誰……？

と、黒川建吉は声低く訊いた。

――もう亡くなったひと……？

――亡くなったひとだ。

――そう、心中した。

――心中……？

――そうだった。

――兄さんと……？

――いいや。

――誰と……？

――兄貴の友達と――。

――何故……？

――解らない。

と、三輪与志は陰鬱に素気なく答えた。彼等はその色褪せた写真に見入っていて、互いを見向かなかった。蠟の焰の動きにつれて、その少女の顔は、或るときは鮮やかに、また或るときはくすんで、まばたくように明滅した。やがて、三輪与志は貝殻に似た蓋をぱちんと閉ざしてその首飾りをポケットに入れると、暗い顔付で歩き出した。

彼等の話の内容を聞きとれずに耳をそばだてていた鋳掛屋は、裸のまま立ち上って彼等の後に従った。彼はとがった頬から鼻の先まで汗ばんでいた。土間の閾の上に立った彼は何か訊きたそうな身振りをした。けれども、赤銅色に上気した頬を彼はわずかに寄せたばかりであった。そして、白けて揺れるような夕暮へぼっと浮んだ彼等の姿が、半ば傾き壊れた家々の立ち並んだ街路を折れ曲るまで見送っていた。

あたりは薄暗くなってきた。両側から板塀の迫った狭い、長い小路を出はずれると、雑草がはびこった広場の向うにがらんと人気もない廃墟のような工場が見えた。人影のない広場一面に茎の長い雑草が、その動きの幅も目に見えぬほど緩やかに揺れていた。そして、薄闇のなかで、凝っと息をこらしているのは、高く細い雑草の茎ばかりではなかった。薄鼠色の夕闇のなかで、あらゆる物体がその動きを止めて凝っと息づいているように見えた。黄昏は目に見えず這い寄っていた。彼等は空を見上げた。刷毛ではき散らしたような青味を帯びて重く垂れた灰色の空に、目にとまる点となって飛び交う影はなかった。見渡すかぎり一匹の蝙蝠の姿も一羽の燕の姿もなかった。ところどころに厚い雲の層が裂け、灰色に円く覆いかぶさった空であった。休止しつづけているため廃墟となった工場地帯を通り過ぎると、彼等の眼前になだらかな潤い眺望が展けた。小高い丘陵から眺めおろす地点であった。家々の屋根が連なった地平の果てには、綿を重ねたような厚い雲に覆われた奥にぽかりと暗い穴があき、その深い奥底に黒く暈どられた日輪が鈍くきらめいていた。鮮やかな肉紅色の光の矢は、遠く離れた雲の裂け目から、黒い光源からまったく無縁のように、放射状に奔しり出ていた。鮮やかな光の矢と黒く暈どられた鈍い光源はまったく無縁であった。紫と臙脂の数知れぬ輪と帯につつまれ、いぶされたような赤銅色の円盤は、音もなく荘厳に沈んでいた。鮮やかな、ゆるやかな、不気味な日没であった。冷たい空気が何処からともなく漂ってきた。運河が真近いらしかった。

運河と橋がつらねられた輪のように交錯した区域が其処から拡がっていた。彼等が背を延ばすと箍《たが》に似て繞りうねった輪道の彼方に、大運河の水が白く光っていた。そして、次第に、その運河の帯は幅広く見えてきた。一本の太い帯となっている大運河から無数に入り組んだ小運河には、数知れぬ古風な小さな橋がかかっていた。長く斜めに尾をひいた翳のなかへ半ば消えこんだ木橋、或いは、白く光った水面から弧状の円を描いて触手のように鉄骨を延ばした巌丈な鋼鉄橋、或いはまた、簡素な数本の索導線を骸骨のように張りめぐらした古風な吊橋、そうした小さな橋々が、垂れ罩めた夕靄のなかに細密画《ミニアチユア》のように浮んでいた。それは、大地の果ての満々たる汚水の上へ、軟質の泥濘と沸きのぼる瘴気の上へ、ひとびとの蝟集しひしめく首都を絶えることもなく築きあげてきた数世紀に亘る営みの残滓であった。古風な木橋から朽ちた木橋へ、或いは、朽ちた木橋から黒光りする拱橋へと、その果てもない橋々の系列はつらなり続いていた。太くうねった大運河の水は、帯のように白く光っていた。そして、ざわめく騒音、また時折はたと深い停止へ沈みこむ果知れぬ静寂が、その運河と橋の交錯した区域から漂ってくるのみであった。夕靄のなかへ斜めに沈みこんだ区域に赤い灯が点きはじめていた。湿った、まつわるような冷気が下から吹き上げてきた。

この遥かに運河と橋がつらなった区域を見下す地点で、彼等は何時も足をとめた。それは、数世紀にわたる人間の営みの残滓のみではなかった。もしこの運河と橋がつらなった微細画《ミニアチュア》の太初の原型を想いうかべ得るひとがあれば、水辺に葦がそよぎ、枯れ、堆積した太古からこの湿気た河口地帯へさまざまな生物が漂い寄り、ひしめきあった営みの歴史をまざまざと想い浮べただろう。それは、この運河と橋がつらなった風景とまったく類似した形で、垂れ罩めた夕靄のなかに沈んでいる筈であった。生と生の果てしもない力が薄闇の奥からひしひしと湧きのぼり、迫ってくる広い眺望であった。遥かに白く光った大運河の流れを見下しながら、彼等は何時ものように凝っと佇んでいた。

夕靄にいぶされた鈍い太陽は、地平の果てに沈みかけていた。厚い雲に閉ざされた奥深い層の彼方に、その落下する速度が数えられるようであった。彼等は冷気が吹き上げる傾斜をゆっくりと下りて行った。染み汚れた油の匂いが漂いはじめてきた。最初の運河の最初の橋へ達するまでに、彼等は黄褐色に疲れた顔を陰気に運んでゆく多くのひとびとにすれちがいはじめた。一日の労働から解放されたそのひとびとは凡て闇のように陰気であった。色濃くなってきた宵闇のなかから音もなく現われると、彼等の姿は見る見る裡に膨れ拡がって音もなく近づき、そして、音もなく無言に過ぎていった。彼等はすれちがう相手を凝視める気力もなかった。影絵のような姿であった。最初の橋へさしかかると、三輪与志は淡い微光が刷かれてまだ仄白い空を高く見上げた。彼が探しもとめる一つの影、宵闇をかすめて羽ばたく黒い蝙蝠の姿は見あたらなかった。黒川建吉の屋根裏部屋にいたとき彼の口辺に溢れ出たおだやかな微笑は、もはや彼の何処にも認められなかった。もしこの薄闇の空を横切りゆく一つの影を認めれば、彼の口辺に新たな、溢れる翳がさしたかも知れなかったけれども。最初の橋のたもとで、肌毛だったほど冷たい気流が彼等をつつんだ。彼等が見下すと、小運河の水面には濛気のように揺れのぼる蒸気が白く這っていた。その形は崩れおちながらも横へ這い拡がり、這い拡がりながらも煙のように揺らぎのぼり、そして、遥かな河面一杯にゆるやかに立ちのぼっていた。それは湿った沼沢地に築かれたこの運河地帯に果てしもなく垂れ罩める深い霧の前兆であった。白々と肌冷えして漂ってくる秋の気配であった。蒸し暑い晩夏のぎらぎら輝く白昼から湿った夜へ移りゆく季節の転変であった。ゆらぎのぼる霧は最初の小運河からのみ発生しているのではなかった。見渡すかぎりの白い水面から小運河と小運河をつなぐ埋立地のような区域へ、揺れ漂う濛気は音もなく這い寄りはじめていた。太陽は数瞬前に沈んだばかりであった。夕靄はその垂れた縁を霧につつまれて、その縁どられたあたりは油のように黄色く光っていた。橋の手すりから身を乗り出すと、黒川建吉は濛気のたちのぼる水面を眺めおろした。滑らかに揺れている水面がまだ重たげに映っている橋と彼等の投影をゆらゆらと歪め揺すぶっていた。そして、その影のまわりからも白い蒸気がたちのぼっていた。水と水、湿気と蒸気がつらなったこの広い運河の区域に、恐らく黒川建吉は異常な愛着をもっているに違いなかった。彼は水面へ吸い寄せられるような視線を投げていた。遥かに見透かされる大運河の彼方は、もはやその形も明らかでなく、黒い紗のような単色の覆衣《ヴェール》の下につつまれていた。橋のたもとに灯がついた。彼等は最初の運河の最初の橋から歩き出した。

湿った霧が一面に立ち罩めるというより、こまかな霧粒のまじった薄鼠色の夕闇が、彼等が進むあたりを暗くつつんできた。すれちがうひとびとの顔も次第に見分けがたくなってきた。霧のなかにぽっとかすんだ形から思いもかけぬ鎧に装われたような巌丈な橋が現われてきた。幅広く、やや長いその鉄橋のはずれで彼等はちょっと立ち止った。何処かあまり遠くない区域からその発生の根源も聞きわけがたい一種複雑などよめく騒音が聞えてきた。波動のような、ものが敲ちあうような、絶えず動いているものがかもし出すような、ざわめく騒音であった。それは何処の区域とも分らなかった。湿った霧は次第に厚い層をなして上方へたちこめはじめ、次の橋の形も見透しがたかった。太い鋲がうたれた橋の鉄骨の傍らで、黒川建吉へ声をかけて通り過ぎたものがあった。

——お早よう。

澄んだ、幼い声であった。黒川建吉の背後で三輪与志はぴたりと足をとめた。殆んど顔形も見分けがたい薄闇のなかに白く浮んだのは、まだ十五ぐらいの少女の細面な輪郭であった。凝っと透しみつめると、三尺と離れていない彼方の薄闇から浮び出た生気が迸しり出るような大きな眼と、悪戯児らしくとがらした口許にはっきり見憶えがあった。黒川建吉の背後からまじろぎもせず凝視めている相手に気付いたその少女は、ちょっと立止りかけて、きびきびした眼を不審げに見開いた。午前の風癲病院で遭ったあの不遜なほど活潑な、美しい少女であった。彼女は薄白い霧粒の間から三輪与志を暫らく眺め返していたが、まだ幼い翳がのこった口許をさらに皮肉そうにとがらすと、くるりとその軀を捻った。黒川建吉に短い挨拶をのこしたきりで薄闇のなかへ歩き出したその後ろ姿は、見事に発育した肢体をぼんやりかすんだ霧のなかへすらりとした輪郭として刻印したと見る間もなく、すっと溶けこむように淡く消え入った。

——知ってる……？

と、黒川建吉は霧のなかを見送った顔も動かさずに低く訊いた。

——知ってる。今日、会った。

——今日……？

と、黒川建吉は何故か考え深く訊き返した。

――そう、今朝、徹吾を迎えた部屋で会った。白痴の妹が一緒にいたっけ。

そして、三輪与志が更につづけようとする挙動を抑えるように、黒川建吉は顔を橋の方へ向けた。白々とした霧粒のなかに浮んだ鎧のような橋は向う側のはずれまで見透せなかった。重い、足早な響きが橋の途上から響くと、新たな、大きな影が幽霊のような鉄骨の前に現われた。その影は、立ちどまっている彼等の前をかすめるように通り過ぎた。太い鋲がうたれた鉄骨の横に佇んでいる彼等の姿にその影は気付かなかったが、風のようにかすめすぎるとき、その横顔はかなりはっきり見分けられた。瘠せて、肩が怒った、まだ若い精悍な男であった。深く窪んだ頰のあたりに鋭くひかれた傷痕があった。足早に霧のなかへ進んでゆくその瘠せた影を見送りながら、黒川建吉はぽつんと云った。

――知ってる……？

――いや、あの男は知らない。

と、三輪与志は重く答えた。

――誰……？

――報いられざるエスコート……。

と、鎧のような大きな橋へ向って歩き出しかけながら、黒川建吉は呟いた。

巌丈な鋼鉄で組みたてられた橋は、彼等の足許でゆっくりと鳴った。彼等は互いを見失いそうな霧のなかでぴったりと肩を並べていた。この夕闇のなかへ踏み出してから、それは彼等の間に交わされたはじめての会話であった。

――エスコート……？

――そう、あの男は「ねんね」のあとに絶えずついている。そして……そう、君が知ってるかどうか知らないが、あの少女の綽名は「ねんね」というんだ。

と、黒川建吉は橋の重い響きに聞き入りながら、つづけた。

――あの男は「ねんね」の隠れたる護衛兵なんだよ。

――護衛兵……？

――そう、僕は夜の散歩であの男をよく見かけている。ということは、三輪、「ねんね」の姿をもまた見かけているということだがね。あの男は猟犬のように忠実だ。僕は今迄に幾度か、その忠実な、そして、敢えていってみれば、騎士道的と呼べるほどのそのいたましい場面を見ている。そう、それはいたましい、ちっちゃな恋物語といって好い。この地上にはいたましいさまざまな恋物語があるものだな。そうだよ、三輪。敢えてさらにいってみれば、それを知ってる僕はまたあの報われざる男の隠れた同情者といっても好いくらいなんだ。「筒袖の拳坊」……それがあの男の名前だがね。僕が聞いたかぎりでは、その綽名はまだ子供のときから喧嘩好きで、ただ喧嘩の仕具合が好いだけのために、大きくなってからも子供っぽく不似合いな筒袖を着つづけていたことに由来するんだそうだ。そう、いまでは河向うの映画館の用心棒をしているんだが、恐らくその映画館にいついているひまもないだろう。夕方になると、彼は「ねんね」のあとに従っていなければならない。

——夕方になると……?

三輪与志は不審そうに訊き返した。

——そう、夕方になると……「ねんね」は仕事に出なければならない。

——仕事に……?

——そう、「ねんね」の商売は夕方からはじまるんだ。

薄白い霧粒は次第に厚く重い大気そのものに溶けこんでいた。呼吸もかすれるほどの濛気であった。鎧に似た橋を通り過ぎた彼等はさらに新たな鉄橋にさしかかっていた。湧きのぼり、漂う冷気は肌にべたつくほど冷え冷えと浸みこんできた。一瞬、襟筋をすくめると、三輪与志はさらに訊き質した。

——それは、どういう商売……?

——淫売婦……。

——淫売婦……?

——そう、「ねんね」は自然にそれを覚えこんだ。

と、黒川建吉は低く囁くように呟いた。あの××風癲病院の一室で眺めた少女の敏捷そうな動作を想い出しながら、三輪与志は重く暗い眼付になった。

——そうだよ、三輪。「ねんね」はそれをまったく自然に覚えこんだ。あの河向うの魔窟を知ってる君はそんな「ねんね」の姿を既に見てる筈だと先刻まで僕は思いこんでいたっけ。このあたりで「ねんね」の名はかなり有名だからな。そして、その被害者達ももはやかなりの数にのぼっている筈だよ。それは間の抜けた被害者達といって好い。僕はその被害者達の顔もまた見知ってるんだ。そうだよ。それは、剝き出しにされた欲望が原始そのままに渦巻いている、あの雑沓する人混みのなかでのみ発生し、そして、そこでのみ成立する商売だったんだ。それは自然な商売だった。そんなに振舞う「ねんね」自身、その行為が何を意味するか意識していないし、また、知ってもいないんだからな。恐らく第一の被害者はそうした結果など意図もしなかったのだろう。ただ年齢のわりに見事に発育した美しい少女に言い寄ってみただけなのだろう。ところが、その結果は、するりと抜け出して——そう、前金をとったまますするりと人混みへ消えてしまう処女の淫売婦がそれから出来上ってしまったんだ。

——あれが「処女の淫売婦」だって……？

と、何かに思いあたったように、三輪与志はちょっと立ち止った。厚ぼったい霧が忽ちその全身をつつんだ。

——そう、そうなんだよ、三輪。その名は恐らく君も聞いていただろう。そして、その名に組み合わされた暴力についても、恐らく君は聞き知っているに違いない。そうだ。しかも、それは一つの組だと思われているに相違ないんだ。誰しもそこに哀れな恋物語など想像し得ないだろうからね。だが、事実は、彼等は一つの組でもなんでもありはしない。そうだよ。「ねんね」自身、彼女がひそかに保護されていることなど知らないんだ。彼女は「ねんね」自身、彼女が助けられるのは何時もなにかしらの偶然だと思いこんでいるんだよ。そして……あの報いられざる男はあまり子供っぽく無邪気な「ねんね」へそれを明らさまにいい出すことすら出来ないんだ。夕方になると、あの献身的な男はただ「ねんね」のあとを見え隠れにつけている。そう、僕はそんな場面にぶっつかって最後まで見届けていたことが幾度かあるんだ。それは恐らく、眼を光らせて「ねんね」を探しまわった嘗ての被害者の一人に違いないんだ。そんな男達は必ず「ねんね」の肩先をつかんで、あたり構わず喚きたてる。そう、僕がはっきり見た中年の赤ら顔の男は、子供っぽい顎を不敵なほどつんとあげた「ねんね」の首筋を強く抑えつけながら、訳も解らぬことを喚きたてていたっけ。すると、どよめいている人混みのなかからするするとあの瘠せた男が現われてくる。何時もそうだった。そして……あの「筒袖の拳坊」がどんなふうに暴力的にその場をさばいてしまうか、その凄まじさは見ていて苦しいほどなんだ。

——苦しい……？

——そう、あの男が属している虚無と暴力の世界を君が見知っているかどうか知らないが、その凄まじさは見ていて苦しいほどだよ。なんだか絶望的といって好いような苦しさがある。勿論、あの報われざる男の激烈な全能力がそのとき最後の一滴までその場へ奔り出されるのだろうが……。それにしても、僕は何時も見ていて息苦しくなるんだ。

と、黒川建吉は厚ぼったい霧を息苦しそうに深く吸いこんだ。

彼等をかこんでいる白い霧粒はぼんやりと彼等の輪郭を覆っていた。そして、互いに凝集した霧粒は二間ほど離れると、厚い、濃密な、乳白色の壁になって、もはや近づいてくる橋の形も見透かせなかった。小運河に架かった触手のような橋を渡り過ぎるとき、その河面を見下しても、濛々と立ちこめる霧しか見えなかった。深い、白い闇であった。彼等は先刻から誰ともすれちがわなかった。三輪与志は、どっぷりとつつまれた霧のなかでより長身に見えた。彼も湿った厚ぼったい霧を苦しそうに吸いこんだ。

——あの「ねんね」を君はよく知っている……？

——いや、向うから挨拶するだけだよ。

と、黒川建吉は短く答えた。

——僕はむしろ「神様」の友達といって好い。君が病院で見たという白痴の妹……その「神様」や同じくらいな年頃の子供達を遊ばせてやることが、僕にはあるんだ。そう、あの大運河を通っている小蒸気に「神様」を乗せてやったことが何度かあった。あの気の好い白痴の妹は、水の上が好きなんだよ。何も話せないことが、却って、美しい。そうなんだ、三輪。そして、僕もあの大運河を下ってゆくことが好きなんだ。

と、つけ加えながら、黒川建吉はちょっと耳をすました。

重く垂れた乳白色の霧に遮ぎられて、そのあたりの地形は見定められなかったが、彼等はもはや小さな橋々のつらなりうねった小運河地帯を過ぎて、あの大運河に沿って走っている幅広く舗装された輪道へさしかかっているらしかった。霧のなかで踏む足音が応えのある重さでこつこつと鳴った。そして、見渡すかぎり白い闇の奥深い何処かからひたひたと寄せるような大運河の水音がゆるく聞えた。そのゆるい、静かな河面の音が響いてくる暗い輪道の縁へ、黒川建吉は物慣れたふうに近づいて行った。冷たく澄んだ気流が絶え間もなく漂ってきた。重く垂れ拡がったような霧の幕の下に、暗い河面が眺められた。幅広い河面は、揺れのぼる濛気もたてずに、遥かな水面へまでつづく暗い空間を展いて、乳白色の霧の下に黒くうねっていた。対岸は見えなかった。白く拡がった暈をかぶっているのは、大運河に架かった橋上の灯影に違いなかった。

——橋は美しい……。

と、河縁に沿った黒川建吉は、その白い暈を遠く眺めながら、溢れるようにつづけた。

——そうだ、三輪。どんな角度から見ても、橋は美しい……。あの丘陵の見晴し台の地点から、僕達は何時もこの運河地帯を眺めおろす。すると、銀色に光った水面に斜めに架かって揺れる影をおとした橋々のあの優美な形を憶えているだろう、三輪。俺達はその優美な橋々を眺めながら降りてゆくんだからな。そして、正面から見上げる巌丈な鉄橋、さらに、その橋上から眺める向うの赤錆びた橋……それらは何時も男性的で、壮大だ。だが、あの「神様」をつれて、小蒸気から見上げる橋の形はまたまったく見事に安定しているんだ。そうだよ。橋はその骨組を隠していない。青く澄んだ空に三角形の、弧状の、或いは矩形の線を描く骨組はそれだけでどっしり安定しているんだ。僕はこの大運河を下っていくことが好きだよ。橋の美しさは、さらにまた、その橋下をくぐり抜けてみなければ解らないからね。そして、橋の裏側もその堅固な見事な構造をかくしていない。絶えず敲ちあたる水流に耐えてがっしりと支えた橋脚の形が驚くほどさまざまなばかりでなく、橋裏もまた楔字形や亀甲状に見事に組立てられているんだ。それらはすべて美しい……。そうだよ、三輪。僕は黙った「神様」と何時も一緒に水と空をぼんやり眺めながら、小蒸気に乗ってるんだ。

胸のなかから溢れるように、黒川建吉がそう話しつづけている裡に、白く拡がった暈のあたりに、黒く太い縞に似た鉄骨の形が現われてきた。その太い鉄骨は次第に巨大な姿を乳白色の霧の間に示してきた。巨大な橋であった。それは、大運河に架かった橋であった。その薄黒い大きな手は果知れぬ霧の彼方へ幽霊のように延びていた。そして、もはや淡黄色の暈となってぼんやり見透かされる装飾燈が、思いもよらぬ中空に幻想的に浮んでいた。この大運河に架かった長い、堅固な、そして、その橋桁に一つの支点も持たぬ鉄橋は、その白日下の相貌をまったく隠していた。それは、先刻、黒川建吉の屋根裏部屋で彼等の話題にのぼった××橋らしかった。もしそうとすれば、この橋を渡った右手に、青ペンキが塗られた二階建ての印刷工場がある筈であった。けれども、その対岸はやはり見通せなかった。ただ橋を渡ってくる人影が薄黒い小さな輪郭となって彼等の前に現われ、そして、薄黒い輪郭のまま彼等の脇をかすめ過ぎた。

彼等は高く聳え立った鉄骨の傍らから深い水面を眺め下した。揺らぎ立ちこめる霧につつまれて、黒くうねった河面は見えなかった。見渡すかぎり一面の霧であった。白い霧粒と霧粒がからみあい、漂い、黒い闇を底知れず塗りこめていた。その深い霧のなかであらゆるものの形が変容していた。それは塵芥と腐臭が漂い寄る河面から揺らぎのぼる霧であった。幻想的な都会の幻想的な霧であった。晴れた日はくすぶった煤煙がたれこめ、曇った日は鉛色に濡れた倦怠が這いよる都会を覆う白々と湿った霧であった。そして、それは眩ゆい歓楽と欲望をそそる夜の瘴気であった。絶望的な憂愁をつつむ霧であった。この幻想的な霧のなかで、だが、誰が自らの変容を自然そのものの変容以上に装いつづけ得ただろう。

深い霧がたれこめた下から、橋台につきあたる潮の音が聞えた。耳を澄ますと、それは微細な霧粒と霧粒が互いにつきあたっているような物音でもあった。凝っと身動きもしなかった三輪与志は、ゆっくり軀を起した。

——明日、病院へ行ってみよう。

――そう、僕も徹吾に会ってみる。

と、黒川建吉も軀を起しながら、ゆっくり答えた。

そして、此処で別れることをしめしあわせていたように、三輪与志が相手から離れると、その肩先に白い霧粒が直ぐまつわりついた。押しわけられた空間を埋めて、白い霧粒が彼の背後へ凝集しはじめた。見る見る裡に、三輪与志の後ろ姿は厚ぼったい霧につつまれた。長身な影であった。厚い壁へのめりこむようにその後ろ姿はまつわりつく霧をさらに押しわけたが、それは忽ち一つの薄黒い輪郭となった。そして、さらに身を揺すると、その薄黒い輪郭がちょっとその場に停止したように見えた。確かにそう見えた。何かの物体の痕跡のように、その薄黒い輪郭は一瞬其処に残っているように見えた。けれども、それは瞬間の残像であった。ぼーっとした淡い形が自身の淡い輪郭のなかへすっと消えこむと、もはやそのあたり一面には白々と厚い霧が拡がっていた。

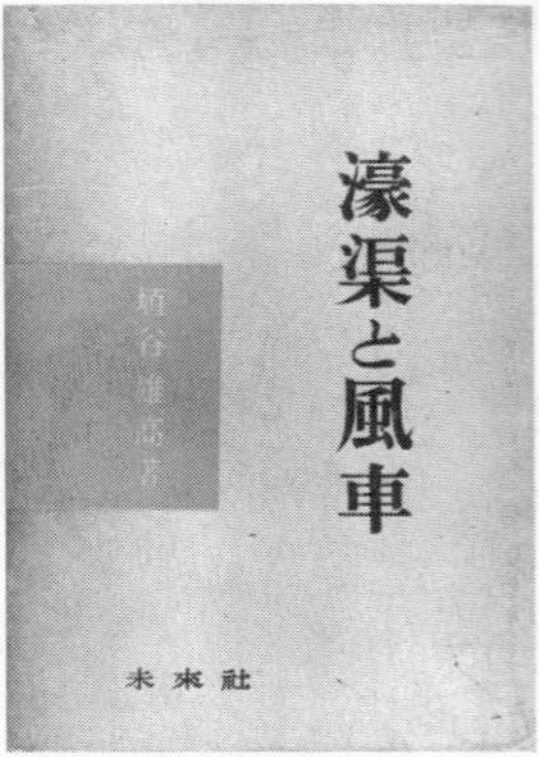

『濠渠と風車』　函
1957年 3 月　未来社刊

『死靈』　カバー
1948年10月　真善美社刊

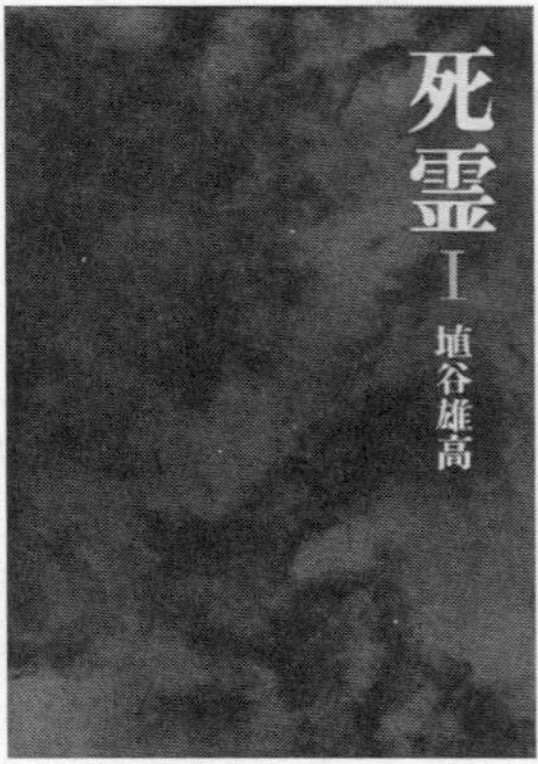

『死霊 I 』　函
1981年 9 月　講談社刊

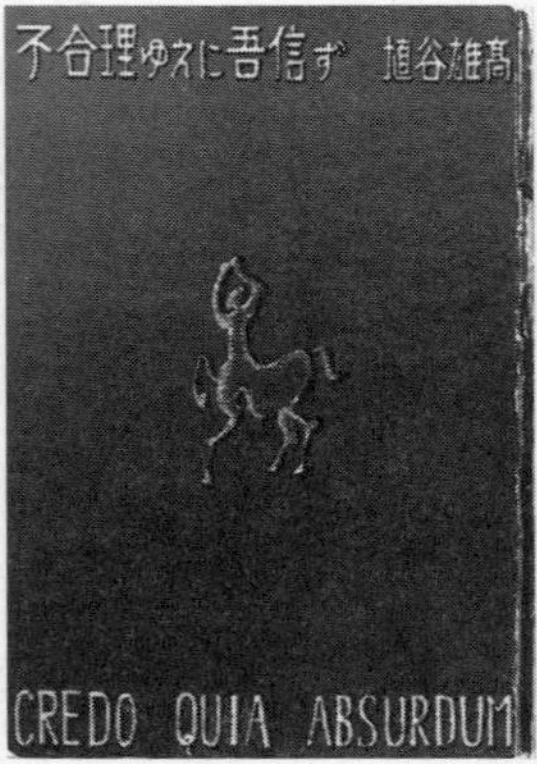

『不合理ゆえに吾信ず』　カバー
1950年 1 月　月曜書房刊

1955年頃の著者。東京・吉祥寺の自宅で。

著者に代わって読者へ

《死霊》の一面、夢魔について

小川国夫

埴谷雄高は本然の、とめどもない思索者です。彼が少年時代から青年時代にかけて、何を読み、何を心に留め、どのように考えていたかは、若干の記録も残っていますが、もしその全貌を知りたければ、《死霊》を読めばつかむことができます。

昭和七年三月から翌年の十一月まで、二十二、三歳の彼は、治安維持法にひっかかって、留置場と刑務所にいましたが、牢内でひそかに思索は進んでいました。とりわけカントの《純粋理性批判》への傾倒はなみなみならぬものであったことが知られています。更に心をとらえてやまない複数の思想を、どうすべきか、彼は悩んで、一つの方法を考えだしました。いく人かの人物を想像して、その一人一人に、わが身に渦巻く思想を仮託するというやりかたです。いくつかの蔵を建てて宝を分類して収めるというわけです。死蔵ではない、人物の心に植えるのだから、思念は育ち、うねりとなるであろう、と考えたに違いありません。

〈いく人かの人物〉とはだれとだれでしょうか。首猛夫、矢場徹吾、三輪高志、与志兄弟、津田安寿子、岸杉夫博士などです。このようにして、埴谷雄高の中に《死霊》の登場人物たちは住みはじめたと考えられます。

ところで、これらの人物たちはどんな世界に住むことになるのでしょうか。埴谷はためらいなく、ほとんど自動的に、ドストエフスキーの《悪霊》の世界を選んだと思われます。ドストエフスキーは若い埴谷雄高にとって圧倒的な作家だったからでもありますが、理由はそれだけではありません。《悪霊》の登場人物たちの置かれている状況が、埴谷が直面した現実の状況と似ていたからです。

埴谷が入党した日本共産党は、当時なにをしていたか。〈査問〉をしていたのです。昭和八年暮れのことですが、党員小畑達夫と大泉兼蔵が党内で〈査問〉されます。スパイの嫌疑を受けたからです。小畑は査問されて死にます。大泉は逃亡します。埴谷雄高の身近で起った事件です。だから埴谷が密室と言う時、逃げ場のないガス室の意味がこめられているのです。同じ年（昭和八年）に彼が共産党と袂別する理由はここにあったのです。当然この事実は《死霊》の中にとりあげられます。三輪高志ら五人が旋盤工を、スパイの嫌疑で査問するくだりです。その際、旋盤工は反論します。

——俺の働いている工場のわきを流れているきれいな川をさかのぼると鉱泉宿があっ

て、そこで幹部の秘密会議があったので、俺は川のほとりの材木置場で、物置きを背にして丸太を鋸で引いていた。そこを通らなければ山へ入ることはできなかった。だから俺は仕事をしながら、見張りをしていたのさ。幹部連は、俺の仲間に案内されて、三つのグループにわかれて、その石ころ道を通ったが、俺には知らん顔だった。俺に目をとめたものは一人もなかった。俺はまるで材木同然だった。連中は自分らが秘密の見張り役に守られていることを知らなかったのか。山奥にも一日中黙ったままで働いている人間がいることにも、注意していなかった。革命されるべきものは何か、その訴えなどどうでもいいようだった。三つのグループのだれもがそんなふうだった。幹部防衛の任務についた時から、かたわらの汚れた小さな貯水池に映る青空と、ゆっくりと流れる雲を見ながら、俺はいつも考えたものだ。どう疑っても疑いきれぬ現実にぶつかって、ガッカリしたのさ。底もない悲しさだった。ここにいる諸君に、俺がどんなに落胆したか解るとは到底思えない。俺がぶつかった真実は、そこに上層部があるかぎり、革命は必ず歪められ、その革命的要素をまるごと失ってしまう、ということだった。

　このような証言をすれば、かえって裏切り者の容疑は深まるでしょう。しかし埴谷は、この旋盤工の言い分が正当で、査問する側は厚顔だ、とするのです。

　結局旋盤工は湖水に浸《つ》けられて殺されます。比類がないほどえんえんと殺しの場面が続きますので、凄惨でありながらも、儀式がとり行われているような気配さえ感じてしまいます。何を言いたいのでしょうか。聖パウロは永遠の生命をとなえたのですが、埴谷雄高が力説しているのは永遠の死なのです。旋盤工のように、命も名前も消されてしまったものこそ再生をとげる、いわば〈無出現〉の復活こそが本当の革命となる、存在の革命に値いする、ということです。

旋盤工の死は某々の死ですし、多勢の死と重なります。この単数でもあり複数でもある死を埴谷は、実に巧みに説明しています。神は便利な観念だと彼は言うのですが、同じような観念として、〈のっぺらぼう〉を創出します。ツルツルした傷痕それ自体であるこの顔こそ、神に匹敵するもののカタチとして（普遍的存在のカタチとして）受け容れたまえ、熟視したまえ、とすすめるのです。

〈のっぺらぼう〉が君の思いの流れにまぎれこんでアッという間にやってくる、速いこと、十七万光年かなたの超新星から跳んだニュートリノがモンブランや日本の岐阜県にとどくのに似ている、と埴谷は言います。その〈零であり全である自己意識〉〈自己を自己意識すらせぬ自由感〉をけなげ、あっぱれとするのは、そのまま、彼の〈のっぺらぼう〉への讃歌なのです。

本書は、『死霊 I』（一九八一年九月　講談社刊）を底本とし、若干のふりがなを加えました。また、底本にある身体等に関する記述に、今日から見て不適切と思われる表現がありますが、時代背景と作品価値を考え、著者が故人でもあるため、原文のままとしました。

死霊《しれい》Ⅰ

埴谷雄高《はにやゆたか》

二〇〇三年二月一〇日第一刷発行
二〇二五年五月一六日第二七刷発行

発行者——篠木和久
発行所——株式会社　講談社
東京都文京区音羽2・12・21　〒112-8001
電話　編集（03）5395・3513
販売（03）5395・5817
業務（03）5395・3615

デザイン—菊地信義
製版——株式会社KPSプロダクツ
印刷——株式会社KPSプロダクツ
製本——株式会社国宝社

定価はカバーに表示してあります。

講談社
文芸文庫

ISBN4-06-198321-0

講談社文芸文庫

青木淳選	建築文学傑作選	青木 淳——解
青山二郎	眼の哲学|利休伝ノート	森 孝一——人／森 孝一——年
阿川弘之	舷燈	岡田 睦——解／進藤純孝——案
阿川弘之	鮎の宿	岡田 睦——年
阿川弘之	論語知らずの論語読み	高島俊男——解／岡田 睦——年
阿川弘之	亡き母や	小山鉄郎——解／岡田 睦——年
秋山 駿	小林秀雄と中原中也	井口時男——解／著者他——年
秋山 駿	簡単な生活者の意見	佐藤洋二郎-解／著者他——年
芥川龍之介	上海游記|江南游記	伊藤桂一——解／藤本寿彦——年
芥川龍之介 谷崎潤一郎	文芸的な、余りに文芸的な|饒舌録ほか 芥川vs.谷崎論争 千葉俊二編	千葉俊二——解
安部公房	砂漠の思想	沼野充義——人／谷 真介——年
安部公房	終りし道の標べに	リービ英雄-解／谷 真介——案
安部ヨリミ	スフィンクスは笑う	三浦雅士——解
有吉佐和子	地唄|三婆 有吉佐和子作品集	宮内淳子——解／宮内淳子——年
有吉佐和子	有田川	半田美永——解／宮内淳子——年
安藤礼二	光の曼陀羅 日本文学論	大江健三郎賞選評-解／著者——年
安藤礼二	神々の闘争 折口信夫論	斎藤英喜——解／著者——年
李 良枝	由煕|ナビ・タリョン	渡部直己——解／編集部——年
李 良枝	石の聲 完全版	李 栄——解／編集部——年
石川桂郎	妻の温泉	富岡幸一郎-解
石川 淳	紫苑物語	立石 伯——解／鈴木貞美——案
石川 淳	黄金伝説|雪のイヴ	立石 伯——解／日高昭二——案
石川 淳	普賢|佳人	立石 伯——解／石和 鷹——案
石川 淳	焼跡のイエス|善財	立石 伯——解／立石 伯——年
石川啄木	雲は天才である	関川夏央——解／佐藤清文——年
石坂洋次郎	乳母車|最後の女 石坂洋次郎傑作短編選	三浦雅士——解／森 英一——年
石原吉郎	石原吉郎詩文集	佐々木幹郎-解／小柳玲子——年
石牟礼道子	妣たちの国 石牟礼道子詩歌文集	伊藤比呂美-解／渡辺京二——年
石牟礼道子	西南役伝説	赤坂憲雄——解／渡辺京二——年
磯﨑憲一郎	鳥獣戯画|我が人生最悪の時	乗代雄介——解／著者——年
伊藤桂一	静かなノモンハン	勝又 浩——解／久米 勲——年
伊藤痴遊	隠れたる事実 明治裏面史	木村 洋——解
伊藤痴遊	続 隠れたる事実 明治裏面史	奈良岡聰智-解

▶解=解説 案=作家案内 人=人と作品 年=年譜を示す。 2025年5月現在

講談社文芸文庫

伊藤比呂美-とげ抜き　新巣鴨地蔵縁起　栩木伸明―解／著者―――年
稲垣足穂―稲垣足穂詩文集　高橋孝次―解／高橋孝次―年
稲葉真弓―半島へ　木村朗子―解
井上ひさし-京伝店の烟草入れ 井上ひさし江戸小説集　野口武彦―解／渡辺昭夫―年
井上靖――補陀落渡海記 井上靖短篇名作集　曾根博義―解／曾根博義―年
井上靖――本覚坊遺文　高橋英夫―解／曾根博義―年
井上靖――崑崙の玉｜漂流 井上靖歴史小説傑作選　島内景二―解／曾根博義―年
井伏鱒二―還暦の鯉　庄野潤三―人／松本武夫―年
井伏鱒二―厄除け詩集　河盛好蔵―人／松本武夫―年
井伏鱒二―夜ふけと梅の花｜山椒魚　秋山 駿―解／松本武夫―年
井伏鱒二―鞆ノ津茶会記　加藤典洋―解／寺横武夫―年
井伏鱒二―釣師・釣場　夢枕 獏―解／寺横武夫―年
色川武大―生家へ　平岡篤頼―解／著者―――年
色川武大―狂人日記　佐伯一麦―解／著者―――年
色川武大―小さな部屋｜明日泣く　内藤 誠―解／著者―――年
岩阪恵子―木山さん、捷平さん　蜂飼 耳―解／著者―――年
内田百閒―百閒随筆 Ⅱ 池内紀編　池内 紀―解／佐藤 聖―年
内田百閒―［ワイド版］百閒随筆 Ⅰ 池内紀編　池内 紀―解
宇野浩二―思い川｜枯木のある風景｜蔵の中　水上 勉―解／柳沢孝子―案
梅崎春生―桜島｜日の果て｜幻化　川村 湊―解／古林 尚―案
梅崎春生―ボロ家の春秋　菅野昭正―解／編集部―――年
梅崎春生―狂い凧　戸塚麻子―解／編集部―――年
梅崎春生―悪酒の時代 猫のことなど―梅崎春生随筆集―　外岡秀俊―解／編集部―――年
江藤淳――成熟と喪失 ―"母"の崩壊―　上野千鶴子-解／平岡敏夫―案
江藤淳――考えるよろこび　田中和生―解／武藤康史―年
江藤淳――旅の話・犬の夢　富岡幸一郎-解／武藤康史―年
江藤淳――海舟余波 わが読史余滴　武藤康史―解／武藤康史―年
江藤淳
蓮實重彥―オールド・ファッション 普通の会話　高橋源一郎-解
遠藤周作―青い小さな葡萄　上総英郎―解／古屋健三―案
遠藤周作―白い人｜黄色い人　若林 真―解／広石廉二―年
遠藤周作―遠藤周作短篇名作選　加藤宗哉―解／加藤宗哉―年
遠藤周作―『深い河』創作日記　加藤宗哉―解／加藤宗哉―年
遠藤周作―［ワイド版］哀歌　上総英郎―解／高山鉄男―案

講談社文芸文庫

大江健三郎-万延元年のフットボール　加藤典洋──解／古林 尚──案
大江健三郎-叫び声　新井敏記──解／井口時男──案
大江健三郎-みずから我が涙をぬぐいたまう日　渡辺広士──解／高田知波──案
大江健三郎-懐かしい年への手紙　小森陽一──解／黒古一夫──案
大江健三郎-静かな生活　伊丹十三──解／栗坪良樹──案
大江健三郎-僕が本当に若かった頃　井口時男──解／中島国彦──案
大江健三郎-新しい人よ眼ざめよ　リービ英雄-解／編集部──年
大岡昇平──中原中也　粟津則雄──解／佐々木幹郎-案
大岡昇平──花影　小谷野 敦──解／吉田凞生──年
大岡 信──私の万葉集一　東 直子──解
大岡 信──私の万葉集二　丸谷才一──解
大岡 信──私の万葉集三　嵐山光三郎-解
大岡 信──私の万葉集四　正岡子規──附
大岡 信──私の万葉集五　高橋順子──解
大岡 信──現代詩試論｜詩人の設計図　三浦雅士──解
大澤真幸──〈自由〉の条件
大澤真幸──〈世界史〉の哲学 1　古代篇　山本貴光──解
大澤真幸──〈世界史〉の哲学 2　中世篇　熊野純彦──解
大澤真幸──〈世界史〉の哲学 3　東洋篇　橋爪大三郎-解
大澤真幸──〈世界史〉の哲学 4　イスラーム篇　吉川浩満──解
大西巨人──春秋の花　城戸朱理──解／齋藤秀昭──年
大原富枝──婉という女｜正妻　高橋英夫──解／福江泰太──年
岡田 睦──明日なき身　富岡幸一郎-解／編集部──年
岡本かの子-食魔 岡本かの子食文学傑作選 大久保喬樹編　大久保喬樹-解／小松邦宏──年
岡本太郎──原色の呪文 現代の芸術精神　安藤礼二──解／岡本太郎記念館-年
小川国夫──アポロンの島　森川達也──解／山本恵一郎-年
小川国夫──試みの岸　長谷川郁夫-解／山本恵一郎-年
奥泉 光──石の来歴｜浪漫的な行軍の記録　前田 塁──解／著者──年
奥泉 光
群像編集部 編-戦後文学を読む
大佛次郎──旅の誘い 大佛次郎随筆集　福島行一──解／福島行一──年
織田作之助-夫婦善哉　種村季弘──解／矢島道弘──年
織田作之助-世相｜競馬　稲垣眞美──解／矢島道弘──年
小田 実──オモニ太平記　金 石 範──解／編集部──年

著者	書名	解説等
柄谷行人編	近代日本の批評 II 昭和篇下	
柄谷行人編	近代日本の批評 III 明治・大正篇	
柄谷行人	坂口安吾と中上健次	井口時男──解／関井光男──年
柄谷行人	日本近代文学の起源 原本	関井光男──年
柄谷行人 中上健次	柄谷行人中上健次全対話	高澤秀次──解
柄谷行人	反文学論	池田雄一──解／関井光男──年
柄谷行人 蓮實重彥	柄谷行人蓮實重彥全対話	
柄谷行人	柄谷行人インタヴューズ1977-2001	
柄谷行人	柄谷行人インタヴューズ2002-2013	丸川哲史──解／関井光男──年
柄谷行人	［ワイド版］意味という病	絓 秀実──解／曾根博義──案
柄谷行人	内省と遡行	
柄谷行人 浅田彰	柄谷行人浅田彰全対話	
柄谷行人	柄谷行人対話篇 I 1970-83	
柄谷行人	柄谷行人対話篇 II 1984-88	
柄谷行人	柄谷行人対話篇 III 1989-2008	
柄谷行人	柄谷行人の初期思想	國分功一郎-解／関井光男・編集部-年
河井寛次郎	火の誓い	河井須也子-人／鷺 珠江──年
河井寛次郎	蝶が飛ぶ 葉っぱが飛ぶ	河井須也子-解／鷺 珠江──年
川喜田半泥子	随筆 泥仏堂日録	森 孝一──解／森 孝一──年
川崎長太郎	抹香町｜路傍	秋山 駿──解／保昌正夫──年
川崎長太郎	鳳仙花	川村二郎──解／保昌正夫──年
川崎長太郎	老残｜死に近く 川崎長太郎老境小説集	いしいしんじ-解／齋藤秀昭──年
川崎長太郎	泡｜裸木 川崎長太郎花街小説集	齋藤秀昭──解／齋藤秀昭──年
川崎長太郎	ひかげの宿｜山桜 川崎長太郎「抹香町」小説集	齋藤秀昭──解／齋藤秀昭──年
川端康成	一草一花	勝又 浩──人／川端香男里-年
川端康成	水晶幻想｜禽獣	高橋英夫──解／羽鳥徹哉──案
川端康成	反橋｜しぐれ｜たまゆら	竹西寛子──解／原 善──案
川端康成	たんぽぽ	秋山 駿──解／近藤裕子──案
川端康成	浅草紅団｜浅草祭	増田みず子-解／栗坪良樹──案
川端康成	文芸時評	羽鳥徹哉──解／川端香男里-年
川端康成	非常｜寒風｜雪国抄 川端康成傑作短篇再発見	富岡幸一郎-解／川端香男里-年

講談社文芸文庫

上林暁 ——聖ヨハネ病院にて|大懺悔　富岡幸一郎-解／津久井 隆—年
菊地信義—装幀百花 菊地信義のデザイン 水戸部功編　水戸部 功—解／水戸部 功—年
木下杢太郎-木下杢太郎随筆集　岩阪恵子——解／柿谷浩一—年
木山捷平—氏神さま|春雨|耳学問　岩阪恵子——解／保昌正夫——案
木山捷平—鳴るは風鈴 木山捷平ユーモア小説選　坪内祐三——解／編集部——年
木山捷平—落葉|回転窓 木山捷平純情小説選　岩阪恵子——解／編集部——年
木山捷平—新編 日本の旅あちこち　岡崎武志——解
木山捷平—酔いざめ日記
木山捷平—[ワイド版]長春五馬路　蜂飼 耳——解／編集部——年
京須偕充—圓生の録音室　赤川次郎・柳家喬太郎————解
清岡卓行—アカシヤの大連　宇佐美 斉—解／馬渡憲三郎-案
久坂葉子—幾度目かの最期 久坂葉子作品集　久坂部 羊—解／久米 勲——年
窪川鶴次郎-東京の散歩道　勝又 浩——解
倉橋由美子-蛇|愛の陰画　小池真理子-解／古屋美登里-年
黒井千次—たまらん坂 武蔵野短篇集　辻井 喬——解／篠崎美生子-年
黒井千次選-「内向の世代」初期作品アンソロジー
黒島伝治—橇|豚群　勝又 浩——人／戎居士郎——年
群像編集部編-群像短篇名作選 1946～1969
群像編集部編-群像短篇名作選 1970～1999
群像編集部編-群像短篇名作選 2000～2014
幸田文——ちぎれ雲　中沢けい——人／藤本寿彦——年
幸田文——番茶菓子　勝又 浩——人／藤本寿彦——年
幸田文——包む　荒川洋治——人／藤本寿彦——年
幸田文——草の花　池内 紀——人／藤本寿彦——年
幸田文——猿のこしかけ　小林裕子——解／藤本寿彦——年
幸田文——回転どあ|東京と大阪と　藤本寿彦——解／藤本寿彦——年
幸田文——さざなみの日記　村松友視——解／藤本寿彦——年
幸田文——黒い裾　出久根達郎-解／藤本寿彦——年
幸田文——北愁　群 ようこ—解／藤本寿彦——年
幸田文——男　山本ふみこ-解／藤本寿彦——年
幸田露伴—運命|幽情記　川村二郎——解／登尾 豊——案
幸田露伴—芭蕉入門　小澤 實——解
幸田露伴—蒲生氏郷|武田信玄|今川義元　西川貴子——解／藤本寿彦——年
幸田露伴—珍饌会 露伴の食　南條竹則——解／藤本寿彦——年

講談社文芸文庫

講談社編——東京オリンピック 文学者の見た世紀の祭典　高橋源一郎–解
講談社文芸文庫編-第三の新人名作選　富岡幸一郎–解
講談社文芸文庫編-大東京繁昌記 下町篇　川本三郎——解
講談社文芸文庫編-大東京繁昌記 山手篇　森 まゆみ——解
講談社文芸文庫編-戦争小説短篇名作選　若松英輔——解
講談社文芸文庫編-明治深刻悲惨小説集 齋藤秀昭選　齋藤秀昭——解
講談社文芸文庫編-個人全集月報集 武田百合子全作品・森茉莉全集
小島信夫——抱擁家族　大橋健三郎–解／保昌正夫——案
小島信夫——うるわしき日々　千石英世——解／岡田 啓——年
小島信夫——月光|暮坂 小島信夫後期作品集　山崎 勉——解／編集部——年
小島信夫——美濃　保坂和志——解／柿谷浩一——年
小島信夫——公園|卒業式 小島信夫初期作品集　佐々木 敦——解／柿谷浩一——年
小島信夫——各務原・名古屋・国立　高橋源一郎–解／柿谷浩一——年
小島信夫——[ワイド版]抱擁家族　大橋健三郎–解／保昌正夫——案
後藤明生——挾み撃ち　武田信明——解／著者——年
後藤明生——首塚の上のアドバルーン　芳川泰久——解／著者——年
小林信彦——[ワイド版]袋小路の休日　坪内祐三——解／著者——年
小林秀雄——栗の樹　秋山 駿——人／吉田凞生——年
小林秀雄——小林秀雄対話集　秋山 駿——解／吉田凞生——年
小林秀雄——小林秀雄全文芸時評集 上・下　山城むつみ–解／吉田凞生——年
小林秀雄——[ワイド版]小林秀雄対話集　秋山 駿——解／吉田凞生——年
佐伯一麦——ショート・サーキット 佐伯一麦初期作品集　福田和也——解／二瓶浩明——年
佐伯一麦——日和山 佐伯一麦自選短篇集　阿部公彦——解／著者——年
佐伯一麦——ノルゲ Norge　三浦雅士——解／著者——年
坂口安吾——風と光と二十の私と　川村 湊——解／関井光男——案
坂口安吾——桜の森の満開の下　川村 湊——解／和田博文——案
坂口安吾——日本文化私観 坂口安吾エッセイ選　川村 湊——解／若月忠信——年
坂口安吾——教祖の文学|不良少年とキリスト 坂口安吾エッセイ選　川村 湊——解／若月忠信——年
阪田寛夫——庄野潤三ノート　富岡幸一郎–解
鷺沢萠——帰れぬ人びと　川村 湊——解／著者、オフィスめめ–年
佐々木邦——苦心の学友 少年倶楽部名作選　松井和男——解
佐多稲子——私の東京地図　川本三郎——解／佐多稲子研究会–年
佐藤紅緑——ああ玉杯に花うけて 少年倶楽部名作選　紀田順一郎–解
佐藤春夫——わんぱく時代　佐藤洋二郎–解／牛山百合子–年